CW01072968

MOON PALACE

COÉDITION ACTES SUD - LABOR - L'AIRE

Titre original :
Moon Palace
© Paul Auster, 1989
Viking Penguin Inc.

© ACTES SUD, 1990
pour la traduction française
ISBN 2-86869-892-1

Illustration de couverture :
Richard Haas, *Central Park* (détail), 1979
Brooke Alexander Inc. N.Y.
(Tous droits réservés)

Photo de 4e de couverture :
Photo Arturo Patten

Paul Auster

MOON PALACE

roman traduit de l'américain
par Christine Le Bœuf

BABEL

pour Norman Schiff – in memoriam

Rien ne saurait étonner un Américain.

JULES VERNE,
De la Terre à la Lune.

1

C'était l'été où l'homme a pour la première fois posé le pied sur la Lune. J'étais très jeune en ce temps-là, mais je n'avais aucune foi dans l'avenir. Je voulais vivre dangereusement, me pousser aussi loin que je pourrais aller, et voir ce qui se passerait une fois que j'y serais parvenu. En réalité j'ai bien failli ne pas y parvenir. Petit à petit, j'ai vu diminuer mes ressources jusqu'à zéro ; j'ai perdu mon appartement ; je me suis retrouvé à la rue. Sans une jeune fille du nom de Kitty Wu, je serais sans doute mort de faim. Je l'avais rencontrée par hasard peu de temps auparavant, mais j'ai fini par m'apercevoir qu'il s'était moins agi de hasard que d'une forme de disponibilité, une façon de chercher mon salut dans la conscience d'autrui. Ce fut la première période. A partir de là, il m'est arrivé des choses étranges. J'ai trouvé cet emploi auprès du vieil homme en chaise roulante. J'ai découvert qui était mon père. J'ai parcouru le désert, de l'Utah à la Californie. Il y a longtemps, certes, que cela s'est passé, mais je me souviens bien de cette époque, je m'en souviens comme du commencement de ma vie.

Je suis arrivé à New York à l'automne 1965. J'avais alors dix-huit ans, et durant les neuf premiers mois j'ai habité dans une résidence universitaire. A Columbia, tous les étudiants de première année étrangers à la ville devaient obligatoirement résider sur le campus, mais dès la fin de la session j'ai déménagé dans un appartement de la Cent douzième rue ouest. C'est là que j'ai passé les trois années suivantes. Compte tenu des difficultés auxquelles j'ai dû faire face, il est miraculeux que j'aie tenu aussi longtemps.

J'ai vécu dans cet appartement avec plus d'un millier de livres. Dans un premier temps, ils avaient appartenu à mon oncle Victor, qui les avait peu à peu accumulés au long d'environ trente années. Juste avant mon départ pour le collège, d'un geste impulsif, il me les avait offerts en cadeau d'adieu. J'avais résisté de mon mieux, mais oncle Victor était un homme sentimental et généreux, et il n'avait rien voulu entendre. "Je n'ai pas d'argent à te donner, disait-il, et pas le moindre conseil. Prends les livres pour me faire plaisir." J'ai pris les livres, mais pendant un an et demi je n'ai ouvert aucun des cartons dans lesquels ils étaient emballés. J'avais le projet de persuader mon oncle de les reprendre et, en attendant, je souhaitais qu'il ne leur arrive rien.

Tels quels, ces cartons me furent en réalité très utiles. L'appartement de la Cent douzième rue n'était pas meublé et, plutôt que de gaspiller mes fonds en achats que je ne désirais ni ne pouvais me permettre, je convertis les cartons en "mobilier

imaginaire". Cela ressemblait à un jeu de patience :
il fallait les grouper selon différentes configurations
modulaires, les aligner, les empiler les uns sur les
autres, les arranger et les réarranger jusqu'à ce
qu'ils ressemblent enfin à des objets domestiques.
Une série de seize servait de support à mon matelas, une autre de douze tenait lieu de table, groupés
par sept ils devenaient sièges, par deux, table de
chevet. Dans l'ensemble, l'effet était plutôt monochrome, avec, où que l'on regardât, ce brun clair
assourdi, mais je ne pouvais me défendre d'un sentiment de fierté devant mon ingéniosité. Mes amis
trouvaient bien cela étrange, mais ils s'étaient déjà
frottés à mes étrangetés. Pensez à la satisfaction, leur
expliquais-je, de vous glisser au lit avec l'idée que
vos rêves vont se dérouler au-dessus de la littérature américaine du XIXe siècle. Imaginez le plaisir
de vous mettre à table avec la Renaissance entière
tapie sous votre repas. A vrai dire je ne savais pas du
tout quels livres se trouvaient dans quels cartons,
mais j'étais très fort à cette époque pour inventer
des histoires, et j'aimais le ton de ces phrases, même
si elles n'étaient pas fondées.

   Mon mobilier imaginaire resta intact pendant près
d'un an. Puis, au printemps 1967, oncle Victor mourut. Sa mort fut pour moi un choc terrible ; à bien
des égards, c'était le pire choc que j'eusse jamais
subi. Oncle Victor n'était pas seulement l'être au
monde que j'avais le plus aimé, il était mon seul
parent, mon unique relation à quelque chose de
plus vaste que moi. Sans lui, je me sentis dépossédé,

écorché vif par le destin. Si je m'étais d'une manière ou d'une autre attendu à sa disparition, j'en aurais sans doute pris plus facilement mon parti. Mais comment s'attendre à la mort d'un homme de cinquante-deux ans dont la santé a toujours été bonne ? Mon oncle s'est simplement écroulé par un bel après-midi de la mi-avril, et ma vie à cet instant a commencé à basculer, j'ai commencé à disparaître dans un autre univers.

Il n'y a pas grand-chose à raconter sur ma famille. La liste des personnages est courte, et pour la plupart ils ne sont guère restés en scène. J'ai vécu jusqu'à onze ans avec ma mère, mais elle a été tuée dans un accident de la circulation, renversée par un autobus qui dérapait, incontrôlable, dans la neige de Boston. Il n'y avait jamais eu de père dans le tableau, seulement nous deux, ma mère et moi. Le fait qu'elle portât son nom de jeune fille prouvait qu'elle n'avait jamais été mariée, mais je n'ai appris qu'après sa mort que j'étais illégitime. Quand j'étais petit, il ne me venait pas à l'esprit de poser des questions sur de tels sujets. J'étais Marco Fogg, ma mère Emily Fogg, et mon oncle de Chicago Victor Fogg. Nous étions tous des Fogg et il me paraissait tout à fait logique que les membres d'une même famille portent le même nom. Plus tard, oncle Victor m'a raconté qu'à l'origine le nom de son père était Fogelman, et que quelqu'un, à Ellis Island, dans les bureaux de l'immigration, l'avait réduit à Fog, avec un *g*, ce qui avait tenu lieu de nom américain à la famille jusqu'à l'ajout du second *g*, en 1907. Fogel veut dire oiseau, m'expliquait mon oncle, et j'aimais l'idée qu'une telle créature fît partie de mes fondements. Je m'imaginais un valeureux ancêtre qui, un jour, avait réellement été capable de voler. Un oiseau volant dans le brouillard, me figurais-je*, un oiseau géant qui traversait l'Océan sans se reposer avant d'avoir atteint l'Amérique.

Je ne possède aucun portrait de ma mère et j'ai du mal à me rappeler son apparence. Quand je l'évoque en pensée, je revois une petite femme aux cheveux sombres, avec des poignets d'enfant et des doigts blancs, délicats, et soudain, chaque fois, je me souviens combien c'était bon, le contact de ces doigts. Elle est toujours très jeune et jolie, dans ma mémoire, et c'est sans doute la vérité, puisqu'elle n'avait que vingt-neuf ou trente ans quand elle est morte. Nous avons habité plusieurs petits appartements à Boston et à Cambridge, et je crois qu'elle travaillait pour l'un ou l'autre éditeur de livres scolaires, mais j'étais trop jeune pour me représenter ce qu'elle pouvait y faire. Ce qui me revient avec la plus grande vivacité, ce sont les occasions où nous allions ensemble au cinéma (des westerns avec Randolph Scott, *La Guerre des mondes*, *Pinocchio*), et comment, assis dans l'obscurité de la salle et nous tenant par la main, nous faisions un sort à un cornet de pop-corn. Elle était capable de raconter des blagues qui provoquaient chez moi des fous rires à perdre

* En anglais, *fog* signifie brouillard. *(N.d.T.)*

haleine, mais cela n'arrivait que rarement, quand les planètes se trouvaient dans une conjonction favorable. La plupart du temps, elle était rêveuse, avec une légère tendance à la morosité, et par moments je sentais émaner d'elle une véritable tristesse, l'impression qu'elle était en lutte contre un désarroi immense et secret. Au fur et à mesure que je grandissais, elle me laissait plus souvent seul chez nous, à la garde d'une baby-sitter, mais je n'ai compris la signification de ses mystérieuses absences que beaucoup plus tard, des années après sa mort. En ce qui concerne mon père, cependant, rien, ni avant, ni après. C'était l'unique sujet dont ma mère refusait de discuter avec moi, et chaque fois que je l'interrogeais, elle était inébranlable. "Il est mort depuis longtemps, disait-elle, bien avant ta naissance." Il n'y avait aucune trace de lui dans la maison. Pas une photographie, pas même un nom. Faute de pouvoir m'accrocher à quelque chose, je me l'imaginais comme une sorte de Buck Rogers aux cheveux sombres, un voyageur sidéral, passé dans une quatrième dimension, et qui ne trouvait pas le chemin du retour.

Ma mère a été enterrée auprès de ses parents dans le cimetière de Westlawn, et ensuite je suis allé habiter chez oncle Victor, dans le nord de Chicago. Je n'ai guère de souvenirs de cette première période mais il semble que j'ai souvent broyé du noir et largement joué ma partie de reniflette, m'endormant le soir en sanglots comme quelque orphelin pathétique dans un roman du XIXe siècle. Un jour, une femme un peu sotte, que connaissait Victor, nous a rencontrés dans la rue et, au moment où je lui étais présenté, elle s'est mise à pleurer, à se tamponner les yeux avec son mouchoir et à bafouiller que je devais être l'enfant de l'amour de cette pauvre Emily. Je n'avais jamais entendu cette expression, mais j'y devinais une allusion à des choses affreuses et lamentables. Quand j'en ai demandé l'explication à oncle Victor, il a improvisé une réponse que je n'ai pas oubliée : "Tous les enfants sont des enfants de l'amour, m'a-t-il dit, mais on n'appelle ainsi que les meilleurs."

Le frère aîné de ma mère était un vieux garçon de quarante et un ans, long et maigre, avec un nez en bec d'oiseau, qui gagnait sa vie en jouant de la clarinette. Comme tous les Fogg, il avait un penchant pour l'errance et la rêverie, avec des emballements soudains et de longues torpeurs. Après des débuts prometteurs comme membre de l'orchestre de Cleveland, il avait finalement été victime de ces traits de caractère. Il restait au lit à l'heure des répétitions, arrivait aux concerts sans cravate, et eut un jour l'effronterie de raconter une blague cochonne à portée d'oreille du chef d'orchestre bulgare. Après avoir été mis à la porte, il s'était retrouvé dans des orchestres de moindre importance, chacun un peu plus minable que le précédent, et à l'époque de son retour à Chicago, en 1953, il avait appris à accepter la médiocrité de sa carrière. Quand je suis venu vivre chez lui en 1958, il donnait des leçons à des clarinettistes débutants et jouait pour les *Howie Dunn's Moonlight Moods**, un petit groupe qui faisait les tournées habituelles, de mariages en confirmations et en célébrations de fin d'études. Victor avait conscience de manquer d'ambition, mais il savait aussi qu'il existait au monde d'autres sujets d'intérêt que la musique. Si nombreux, en fait, qu'il en était souvent débordé. Il était de ces gens qui, lorsqu'ils sont occupés à une chose, rêvent toujours à une autre ; il était incapable de s'asseoir pour répéter un morceau sans s'interrompre afin de réfléchir à un problème d'échecs, de jouer aux échecs sans songer aux faiblesses des *Chicago Cubs*, de se rendre au stade sans méditer sur quelque personnage mineur dans Shakespeare et puis, enfin rentré chez lui, de s'installer avec un livre pendant plus de vingt minutes sans ressentir une envie urgente de jouer de sa clarinette. Où qu'il eût été, où qu'il allât, la trace qu'il laissait derrière lui restait parsemée de coups maladroits aux échecs, de pronostics non réalisés et de livres à demi lus.

Il n'était pas difficile, pourtant, d'aimer l'oncle Victor. Nous mangions moins bien que du temps de ma mère, et les appartements où nous habitions étaient plus miteux et plus encombrés, mais il ne s'agit là, en fin de compte, que de détails. Victor ne prétendait pas être ce qu'il n'était pas. Il savait la paternité au-dessus de ses forces et me traitait en conséquence moins comme un enfant que comme

* Les Ambiances lunaires de Howie Dunn. *(N.d.T.)*

un ami, un camarade en modèle réduit et fort adoré. Cet arrangement nous convenait à tous deux. Dans le mois de mon installation, il avait élaboré un jeu consistant à inventer ensemble des pays, des mondes imaginaires qui renversaient les lois de la nature. Il fallait des semaines pour perfectionner certains des meilleurs, et les cartes que j'en traçais étaient accrochées en place d'honneur au-dessus de la table de la cuisine. La Contrée de la Lumière sporadique, par exemple, ou le Royaume des Hommes à un œil. Etant donné les difficultés que nous rencontrions tous deux dans le monde réel, il était sans doute logique que nous cherchions à nous en évader aussi souvent que possible.

Peu de temps après mon arrivée à Chicago, oncle Victor m'a emmené voir le film à succès de la saison, *Le Tour du monde en quatre-vingts jours*. Le nom du héros de cette histoire est Fogg, bien sûr, et à partir de ce jour-là oncle Victor m'a appelé Philéas en signe de tendresse – en secrète référence à cet instant étrange où, selon son expression, "nous avons été confrontés à nous-mêmes sur l'écran". Oncle Victor adorait concocter des théories complexes et absurdes à propos de tout, et il ne se lassait jamais d'interpréter les gloires dissimulées dans mon nom. Marco Stanley Fogg. D'après lui, cela prouvait que j'avais le voyage dans le sang, que la vie m'emporterait en des lieux où nul homme n'avait encore été. Marco, bien naturellement, rappelait Marco Polo, le premier Européen à se rendre en Chine ; Stanley, le journaliste américain qui avait retrouvé la trace du docteur Livingstone "au cœur des ténèbres africaines" ; et Fogg, c'était Philéas, l'homme qui était passé comme le vent autour du globe, en moins de trois mois. Peu importait que ma mère n'eût choisi Marco que parce qu'elle aimait ce prénom, que Stanley eût été celui de mon grand-père et que Fogg fût une appellation fausse, caprice d'un fonctionnaire américain illettré. Oncle Victor trouvait du sens là où nul autre n'en aurait vu et puis, subrepticement, le muait en une sorte de connivence secrète. En vérité, j'étais ravi de toute l'attention qu'il me prodiguait, et même si je savais que ses propos n'étaient que vent et rodomontades, une part de moi y croyait mot pour mot. A court terme, le nominalisme de Victor m'a aidé à surmonter l'épreuve des premières semaines dans ma nouvelle école. Rien n'est plus vulnérable que les noms, et "Fogg" se prêtait à une foule de mutilations spontanées : *Fag* et *Frog**, par exemple, accompagnées d'innombrables allusions météorologiques : Boule de Neige, Gadoue, Gueule de Crachin. Après avoir épuisé les ressources que leur offrait mon patronyme, mes camarades avaient dirigé leur attention sur mon prénom. Le *o* à la fin de Marco était assez évident pour susciter des épithètes telles que Dumbo, Jerko, et Mumbo-Jumbo, mais ce qu'ils ont trouvé en outre défiait toute attente. Marco est devenu Marco Polo ; Marco Polo, *Polo Shirt* ; *Polo Shirt*, *Shirt Face* ; et *Shirt*

* Mégot et grenouille. *(N.d.T.)*

Face a donné *Shit Face**, une éblouissante manifestation de cruauté qui m'a stupéfié la première
fois que je l'ai entendue. A la longue, j'ai survécu à
mon initiation d'écolier, mais il m'en est resté la
sensation de l'infinie fragilité de mon nom. Ce
nom était pour moi tellement lié à la conscience de
mon individualité que je souhaitais désormais le
protéger de toute agression. A quinze ans, j'ai
commencé à signer mes devoirs M. S. Fogg, en
écho prétentieux aux dieux de la littérature mo-
derne, mais enchanté aussi du fait que ces initiales
signifient manuscrit. Oncle Victor approuvait de
grand cœur cette pirouette. "Tout homme est l'auteur de sa propre vie, disait-il. Le livre que tu écris
n'est pas terminé. C'est donc un manuscrit. Que
pourrait-il y avoir de plus approprié ?" Petit à petit,
Marco a disparu du domaine public. Pour mon
oncle, j'étais Philéas, et quand est arrivé le temps
du collège j'étais M. S. pour tous les autres. Quelques esprits forts ont fait remarquer que ces lettres
étaient aussi les initiales d'une maladie**, mais à
cette époque j'accueillais avec joie tout supplément
d'associations ou d'ironie qui pût m'être rattaché.
Quand j'ai connu Kitty Wu, elle m'a donné plusieurs autres noms, mais ils étaient sa propriété
personnelle, si l'on peut dire, et de plus je les
aimais bien : Foggy, par exemple, qui ne servait

* Marco Polo, Chemise de polo, Face de chemise, Face de
merde. *(N.d.T.)*
** *Multiple Sclerosis* : sclérose multiple. *(N.d.T.)*

que dans des occasions particulières, et Cyrano, adopté pour des raisons qui deviendront évidentes plus tard. Si oncle Victor avait vécu assez longtemps pour la rencontrer, je suis certain qu'il aurait apprécié le fait que Marco eût enfin, à sa manière, mis quelque peu le pied en Chine.

Les leçons de clarinette ne furent pas un succès (j'avais le souffle avare, les lèvres impatientes), et je m'arrangeai bientôt pour les esquiver. Le baseball m'attirait davantage, et dès l'âge de onze ans j'étais devenu l'un de ces gosses américains efflanqués qui se promènent partout avec leur gant, envoyant le poing droit dans la poche un millier de fois par jour. Il ne fait aucun doute que le base-ball m'a aidé, à l'école, à franchir certains obstacles, et quand j'ai été admis en *Little League*, ce premier printemps, oncle Victor est venu assister à presque tous les matchs pour m'encourager. En juillet 1958, pourtant, nous sommes soudain partis habiter à Saint Paul, dans le Minnesota ("une occasion unique", disait Victor, à propos d'un poste de professeur de musique qu'on lui avait proposé), mais l'année suivante nous étions de retour à Chicago. En octobre, Victor a acheté un poste de télévision, et il m'a autorisé à manquer l'école pour regarder les *White Sox* perdre les *World Series* en six rencontres. C'était l'année d'Early Wynn et des *"go-go Sox"*, de Wally Moon qui renvoyait ses balles dans la lune. Nous étions pour Chicago, bien sûr mais avons tous deux éprouvé un contentement secret quand l'homme aux sourcils broussailleux a réussi son circuit au cours de la dernière partie. Dès le début de la nouvelle saison, nous sommes redevenus d'ardents supporters des *Cubs* – ces pauvres maladroits de *Cubs* –, l'équipe qui possédait nos âmes. Victor était un avocat convaincu du base-ball en plein jour, et il considérait comme un bienfait moral que le roi du chewing-gum n'eût pas succombé à la perversion des lumières artificielles. "Quand je vais regarder un match, disait-il, je ne veux voir d'autres étoiles que celles qui sont sur le terrain. C'est un sport fait pour le soleil et la laine imprégnée de sueur. Le char d'Apollon planant au zénith ! Le grand ballon en flammes dans le ciel américain !" Nous avons eu de longues discussions, ces années-là, à propos d'hommes tels qu'Ernie Banks, George Altman et Glen Hobbie. Hobbie était l'un de ses préférés mais, fidèle à sa conception de l'univers, mon oncle affirmait que ce lanceur ne réussirait jamais puisque son nom impliquait l'amateurisme. De tels jeux de mots étaient caractéristiques du type d'humour de Victor. A cette époque, je m'étais pris d'une réelle affection pour ses plaisanteries, et je comprenais pourquoi elles devaient être proférées d'une mine impassible.

Peu après mes quatorze ans, notre ménage s'agrandit d'une troisième personne. Dora Shamsky, "née" Katz, était une veuve corpulente d'une bonne quarantaine, avec une extravagante chevelure blonde oxygénée et une croupe étroitement corsetée. Depuis la mort de M. Shamsky, six ans auparavant, elle travaillait comme secrétaire à l'actuariat de la compagnie d'assurances *Mid American Life*. Victor l'avait rencontrée dans la salle de bal de l'hôtel *Featherstone*, où cette compagnie avait confié aux *Moonlight Moods* le soin d'assurer le décor musical de sa soirée annuelle, à la veille du Jour de l'an. Après une cour menée en coup de vent, le couple convola en mars. Je ne trouvais rien à redire à tout ceci *per se* et c'est avec fierté que je servis de témoin au mariage. Mais une fois la poussière retombée, je remarquai avec tristesse que ma nouvelle tante n'était pas prompte à rire des plaisanteries de Victor ; je me demandais si cela n'indiquait pas chez elle un caractère quelque peu obtus, un manque d'agilité mentale de mauvais augure pour l'avenir de leur union. J'appris bientôt qu'il y avait deux Dora. La première, toute d'activité et d'efficacité, était un personnage bourru, un peu masculin, qui circulait dans la maison comme une tornade avec une énergie de sergent-major en affichant une bonne humeur crépitante, un "je sais tout", un patron. La seconde Dora, une coquette alcoolique, une créature sensuelle, larmoyante et portée à s'attendrir sur elle-même, traînaillait en robe de chambre rose et vomissait sur le tapis du salon quand elle avait trop bu. Des deux, c'est la seconde que je préférais, ne fût-ce que pour la tendresse dont elle faisait alors preuve à mon égard. Mais Dora prise de boisson représentait une énigme que j'étais bien en peine de résoudre, car ses effondrements rendaient Victor triste et malheureux et, plus que tout au monde, je détestais voir souffrir mon oncle. Victor pouvait s'accommoder de la Dora sobre et querelleuse, mais son ivrognerie suscitait en lui une sévérité et une impatience qui me paraissaient peu naturelles, une perversion de sa vraie nature. Le bien et le mal se livraient donc un combat perpétuel. Quand Dora était gentille, Victor ne l'était pas. Quand Dora était désagréable, Victor allait bien. La bonne Dora suscitait un mauvais Victor, et le bon Victor ne revenait que si Dora n'était pas aimable. Je suis resté pendant plus d'un an prisonnier de cette machine infernale.

Heureusement, la compagnie d'autobus de Boston avait versé une indemnisation généreuse. D'après les calculs de Victor, il devait y avoir assez pour me payer quatre années d'études en subvenant à des besoins raisonnables, plus un petit extra pour m'aider à accéder à la prétendue vraie vie. Pendant les premières années, il avait scrupuleusement conservé cette somme intacte. Il m'entretenait à ses frais et en était heureux, fier de sa responsabilité et sans aucune intention apparente de toucher ne fût-ce qu'à une partie de cet argent. Avec Dora dans le tableau, néanmoins, il modifia son projet. Il retira d'un coup les intérêts qui s'étaient accumulés, ainsi qu'une partie du "petit extra", et m'inscrivit dans une école du New Hampshire, pensant annuler ainsi les effets de son erreur. Car si Dora ne s'était pas révélée la mère qu'il avait espéré me donner, il ne voyait pas pourquoi ne pas chercher une autre solution. Dommage pour le "petit extra", bien sûr, mais on n'y pouvait rien. Confronté à un choix entre maintenant et plus tard, Victor avait toujours penché du côté de maintenant, et, puisque sa vie entière était régie par la logique de cette tendance, il n'était que naturel qu'il optât à nouveau pour l'immédiat.

J'ai passé trois ans à l'Anselm Academy pour garçons. Quand je suis revenu à la maison, la deuxième année, Victor et Dora étaient déjà à la croisée des chemins, mais il ne semblait pas y avoir intérêt à me changer à nouveau d'école et je suis donc retourné dans le New Hampshire après la fin des vacances d'été. La relation que m'a faite Victor du divorce était plutôt embrouillée et je n'ai jamais été certain de ce qui s'était réellement passé. J'ai entendu parler de comptes en banque défaillants et de vaisselle cassée, de même que d'un nommé Georges, dont je me suis demandé s'il n'y était pas pour quelque chose. Cependant, je n'ai pas insisté auprès de mon oncle pour avoir des détails, car une fois l'affaire réglée il semblait plus soulagé que sonné de se retrouver seul. Si Victor avait survécu aux guerres conjugales, cela ne signifie pas qu'il en sortait indemne. J'étais bouleversé par son aspect chiffonné (boutons manquants, cols sales, bas de pantalons effilochés), et jusqu'à ses plaisanteries prenaient un tour mélancolique, presque déchirant. Quelle que fût la gravité de ces signes, j'étais plus inquiet encore de ses défaillances physiques. Il lui arrivait de trébucher (une mystérieuse faiblesse des genoux), de se cogner aux objets familiers, de paraître oublier où il était. Je me disais que c'était la rançon de sa vie avec Dora, et pourtant il devait y avoir autre chose. Refusant de m'alarmer davantage, je réussissais à me persuader que ces troubles concernaient moins sa santé que son moral. J'avais peut-être raison, mais avec du recul j'ai peine à imaginer que les symptômes qui m'apparaissaient cet été-là étaient sans rapport avec la crise cardiaque dont il est mort deux ans plus tard. Même si Victor ne disait rien, son corps, lui, m'adressait un message codé, et je n'ai eu ni la capacité ni l'intelligence de le déchiffrer.

Quand je suis revenu à Chicago pour les vacances de Noël, la crise semblait passée. Victor avait recouvré presque tout son entrain et de grands événements se préparaient soudain. En septembre, Howie Dunn et lui avaient dissous les *Moonlight Moods* et créé un nouveau groupe en s'associant avec trois jeunes musiciens qui prenaient la relève à la batterie, au piano et au saxophone. Ils s'appelaient désormais les *Moon Men* – les Hommes de la lune – et la plupart de leurs chansons étaient des pièces originales. Victor écrivait les textes, Howie composait la musique, et ils chantaient tous les cinq, à leur manière. "Plus de vieux tubes, m'annonça Victor à mon arrivée. Plus d'airs de danse. Plus de noces soûlographiques. Nous en avons fini avec les fêtes et banquets minables, nous allons dans le haut de gamme." Il est indiscutable qu'ils avaient mis au point une formule originale, et quand le lendemain soir je suis allé les écouter leurs chansons m'ont fait l'effet d'une révélation – pleines d'humour et d'esprit, d'une sorte d'effronterie turbulente qui se moquait de tout, de la politique à l'amour. Les poèmes de Victor avaient une saveur désinvolte de vieux refrains, mais avec une tonalité sous-jacente aux effets presque swiftiens. La rencontre de Spike Jones et de Schopenhauer, si on peut imaginer une chose pareille. Howie avait décroché pour les *Moon Men* un engagement dans un club du centre-ville, et ils avaient continué de s'y produire toutes les fins de semaine, de Thanksgiving à la Saint-Valentin. Quand je suis revenu à Chicago après la fin de mes études secondaires, une tournée était déjà en préparation et on parlait même d'enregistrer un disque pour une société de Los Angeles. C'est alors que les livres d'oncle Victor ont fait leur entrée dans mon histoire. Il prenait la route à la mi-septembre et ne savait pas quand il serait de retour.

C'était une soirée tardive, à moins d'une semaine de la date prévue pour mon départ à New York. Victor était installé dans son fauteuil près de la fenêtre, il avait fumé tout un paquet de Raleighs et buvait du schnaps dans un gobelet de supermarché. Vautré sur le divan, je flottais dans une stupeur béate, à base de bourbon et de cigarettes. Nous avions bavardé de choses et d'autres pendant trois ou quatre heures, mais une accalmie était survenue dans la conversation et chacun de nous dérivait dans le silence de ses propres pensées. En louchant vers la fumée qui lui remontait en spirale le long de la joue, oncle Victor a aspiré une ultime bouffée de sa cigarette, puis il l'a écrasée dans son cendrier préféré, un souvenir de l'Exposition universelle de 1939. Tout en m'observant avec une attention affectueuse, il a bu un dernier petit coup, fait claquer ses lèvres et poussé un profond soupir. "Nous arrivons maintenant au plus difficile, a-t-il déclaré. Les conclusions, les adieux, les dernières paroles. L'arrachage des bornes, comme je crois qu'on dit dans les westerns. Si tu ne reçois pas souvent de mes nouvelles, Philéas, souviens-toi que tu occupes mes pensées. J'aimerais pouvoir dire que je sais où je serai, mais de nouveaux mondes nous appellent soudain tous les deux, et je doute que nous ayons souvent l'occasion de nous écrire." Il a fait une pause pour allumer une cigarette, et je voyais trembler la main qui tenait l'allumette. "Personne ne sait combien de temps cela durera, a-t-il continué, mais Howie est très optimiste. Nous avons déjà de nombreux engagements, et d'autres suivront à coup sûr. Colorado, Arizona, Nevada, Californie. Nous mettons le cap à l'ouest et nous lançons dans les régions sauvages. De toute façon, cela devrait être intéressant, me semble-t-il. Une bande de rats des villes au milieu des cow-boys et des Indiens. Mais je me réjouis à l'idée de ces grands espaces, à l'idée de faire de la musique sous le ciel du désert. Qui sait si quelque vérité nouvelle ne m'y sera pas révélée ?"

Oncle Victor a ri, comme pour atténuer le sérieux de son propos. "L'essentiel, a-t-il repris, c'est que pour couvrir de telles distances il faut voyager léger. Je vais devoir me débarrasser de certains objets, en donner, en jeter aux orties. Comme la perspective de leur disparition définitive me chagrine, j'ai décidé de te les passer. A qui d'autre puis-je me fier, après tout ? Qui d'autre perpétuerait la tradition ? Je commence par les livres. Si, si, tous les livres. Pour ma part, le moment me paraît convenir le mieux du monde. Quand je les ai comptés cet après-midi, il y avait mille quatre cent quatre-vingt-douze volumes. Un chiffre de bon augure, à mon avis, puisqu'il évoque le souvenir de la découverte de l'Amérique par Colomb, et que le nom du collège où tu vas lui a été donné en l'honneur de Colomb. Certains de ces livres sont grands, d'autres petits, il y en a des gros et des minces – mais tous contiennent des mots. Si tu lis ces mots, ils seront peut-être utiles à ton éducation. Non, non, je ne veux rien entendre. Pas un souffle de protestation. Dès que tu seras installé à New York, je te les ferai expédier. Je garderai le deuxième exemplaire du Dante, mais à part cela ils sont tous pour toi. Ensuite il y a le jeu d'échecs en bois. Je conserve le jeu magnétique, mais tu dois prendre le jeu en bois. Et puis la boîte à cigares avec les autographes de joueurs de base-ball. Nous avons pratiquement tous les *Cubs* des dernières décennies, quelques stars et de nombreux seconds rôles provenant de toute la *League*. Matt Batts, Memo Luna, Rip Repulski, Putsy Caballero, Dick Drott. L'obscurité même de ces noms devrait leur assurer l'immortalité. Après cela j'en arrive à diverses babioles, bricoles et menus machins. Mes cendriers souvenirs de New

York et de l'Alamo, les disques de Haydn et de Mozart que j'ai enregistrés avec l'orchestre de Cleveland, l'album de photos de famille, la médaille que j'ai gagnée quand j'étais petit, en terminant premier de l'Etat dans un concours musical. En 1924, le croirais-tu ? Cela fait bien, bien longtemps ! Enfin je veux que tu prennes le costume en tweed que j'ai acheté dans le Loop* voici quelques hivers. Je n'en aurai pas besoin là où je vais, et il est fait de la plus belle laine d'Ecosse. Je ne l'ai porté que deux fois, et si je le donnais à l'armée du Salut il aboutirait sur le dos de quelque sotte créature de Skid Row. Beaucoup mieux que ce soit pour toi. Cela te donnera une certaine distinction, et ce n'est pas un crime de se faire beau, pas vrai ? Nous irons dès demain matin chez le tailleur pour te le faire ajuster.

"Voilà. Je pense que c'est tout. Les livres, le jeu d'échecs, les autographes, les divers, le costume. Maintenant que j'ai disposé de mon royaume, je suis satisfait. Tu n'as pas besoin de me regarder comme ça. Je sais ce que je fais, et je suis content de l'avoir fait. Tu es un bon gars, Philéas, et tu seras toujours avec moi, où que je sois. Pour l'instant, nous partons dans des directions opposées. Mais tôt ou tard nous nous retrouverons, j'en suis sûr. Tout s'arrange à la fin, vois-tu, tout se raccorde. Les neuf cercles. Les neuf planètes. Les neuf tours de batte. Nos neuf vies. Penses-y. Les correspondances sont infinies. Mais assez radoté pour ce soir. Il se

* Quartier de Chicago. *(N.d.T.)*

fait tard, et le sommeil nous attend tous les deux. Viens, donne-moi la main. Oui, c'est bien, une bonne prise ferme. Comme ça. Et maintenant serre. C'est ça, une poignée de main d'adieu. Une poignée de main qui nous durera jusqu'à la fin des temps."

Une ou deux fois par quinzaine, oncle Victor m'envoyait une carte postale. C'étaient en général de ces cartes pour touristes, aux quadrichromies criardes : couchers de soleil sur les montagnes Rocheuses, photos publicitaires de motels routiers, cactus, rodéos, ranchs pour touristes, villes fantômes, panoramas du désert. On y lisait parfois des salutations dans la ligne dessinant un lasso, et il y eut même une mule qui parlait, avec au-dessus de sa tête une bulle de bande dessinée : *Un bonjour de Silver Gulch*. Les messages au verso étaient brefs, des griffonnages sibyllins, mais j'étais moins affamé de nouvelles de mon oncle que d'un signe de vie occasionnel. Le vrai plaisir se trouvait dans les cartes elles-mêmes, et plus elles étaient ineptes et vulgaires, plus j'étais heureux de les recevoir. Il me semblait que nous partagions une blague complice chaque fois que j'en trouvais une dans ma boîte aux lettres, et j'ai même été jusqu'à coller les meilleures (la photo d'un restaurant vide à Reno, une grosse femme sur un cheval à Cheyenne) sur le mur au-dessus de mon lit. Mon compagnon de chambre comprenait pour le restaurant vide, mais pas pour la cavalière. Je lui expliquai qu'elle ressemblait étrangement à l'ex-femme de mon oncle, Dora. Vu la façon dont vont les choses en ce monde, disais-je, il y a de fortes chances pour que cette femme soit Dora elle-même.

Parce que Victor ne restait jamais nulle part très longtemps, il m'était malaisé de lui répondre. A la fin d'octobre, je rédigeai pour lui une lettre de neuf pages à propos de la panne de courant à New York (j'avais été coincé dans un ascenseur avec deux amis), mais je ne la postai qu'en janvier, quand les *Moon Men* entamèrent leur contrat de trois semaines à Tahoe. Si je ne pouvais pas écrire souvent, je m'arrangeai néanmoins pour rester en contact spirituel avec lui en portant son costume. La mode n'était guère aux complets en ce temps-là pour les étudiants, mais je m'y sentais chez moi, et comme tout bien considéré je n'avais pas d'autre chez-moi, je continuai à le porter tous les jours, du début à la fin de l'année. Dans les moments difficiles ou tristes, je trouvais un réconfort particulier à me sentir emmitouflé dans la chaleur des habits de mon oncle, et il m'est arrivé d'avoir l'impression que le costume me maintenait effectivement en forme, que si je ne le portais pas mon corps s'éparpillerait. Il fonctionnait comme une membrane protectrice, une deuxième peau qui m'abritait des coups de l'existence. Avec du recul, je me rends compte que je devais avoir une curieuse allure : hâve, échevelé, intense, un jeune homme dont le décalage par rapport au reste du monde était évident. Mais le fait est que je n'avais aucune envie d'entrer dans la danse. Si mes camarades de cours me considéraient comme un individu bizarre, ce n'était pas mon problème. J'étais l'intellectuel sublime, le futur génie irascible et imbu de ses opinions, le *malevolo* ténébreux qui se tenait à l'écart du troupeau. Le souvenir des poses ridicules que j'affectais alors me fait presque rougir. J'étais un amalgame grotesque de timidité et d'arrogance, avec des accès d'une turbulence effroyable alternant avec de longs silences embarrassés. Quand l'humeur m'en prenait, je passais des nuits entières dans les bars à boire et à fumer comme si je voulais me tuer, en récitant les vers de poètes du XVIe siècle, en lançant en latin d'obscures références à des philosophes médiévaux, en faisant tout ce que je pouvais pour impressionner mes amis. Dix-huit ans, c'est un âge terrible, et tandis que je nourrissais la conviction d'être d'une certaine façon plus mûr que mes condisciples, je n'avais trouvé en vérité qu'une autre manière d'être jeune. Le costume était, plus que tout, l'insigne de mon identité, l'emblème de la vision de moi que je souhaitais offrir aux autres. En toute objectivité, il n'y avait rien à y redire. Il était en tweed vert foncé, avec de petits carreaux et des revers étroits – un complet solide et de bonne fabrication – mais après avoir été porté sans cesse pendant plusieurs mois son aspect était devenu un peu aléatoire, il pendait sur ma maigre carcasse comme une arrière-pensée froissée, un tourbillon de laine affaissé. Ce que mes amis ignoraient, bien sûr, c'est que je le revêtais pour des raisons sentimentales. Sous cette affectation de non-conformisme, je satisfaisais mon désir d'avoir mon oncle auprès de moi, et la coupe du vêtement n'y était pratiquement pour rien. Si Victor m'avait donné des fringues violettes, je les aurais sans nul doute portées dans le même esprit que je portais le tweed.

Au printemps, à la fin des cours, je refusai la proposition de mon compagnon de chambre, qui suggérait que nous habitions ensemble l'année suivante. J'aimais bien Zimmer (en fait, il était mon meilleur ami), mais après quatre ans de chambres partagées et de foyers d'étudiants, je ne pouvais résister à la tentation de vivre seul. Je trouvai un appartement dans la Cent douzième rue ouest, et y emménageai le 15 juin, arrivant avec mes valises quelques instants à peine avant que deux robustes gaillards me livrent les soixante-seize cartons de livres d'oncle Victor, qui avaient passé neuf mois en attente dans un entrepôt. C'était un studio au cinquième étage d'un grand immeuble avec ascenseur : une pièce de taille moyenne, avec un coin cuisine au sud-est, un placard, une salle de bains, et une paire de fenêtres donnant sur une ruelle. Des pigeons battaient des ailes et roucoulaient sur la corniche, et en bas, sur le trottoir, traînaient six poubelles cabossées. Dedans, il faisait sombre, l'air semblait teinté de gris et, même par les journées les plus ensoleillées, ne filtrait qu'une pâle lueur. Après quelques angoisses, au début, de petites bouffées de peur à l'idée de vivre seul, je fis une découverte singulière, qui me permit de réchauffer la pièce et de m'y installer. C'était la première ou la deuxième nuit que j'y passais et, tout à fait par hasard, je me trouvai debout entre les deux fenêtres, dans une position oblique par rapport à celle de gauche. Tournant légèrement les yeux dans cette direction, je remarquai soudain un vide, un espace entre les deux immeubles du fond. Je voyais Broadway, une minuscule portion abrégée de Broadway, et ce qui me parut remarquable, c'est que toute la zone que je pouvais en apercevoir était occupée par une enseigne au néon, une torche éclatante de lettres roses et bleues qui formaient les mots MOON PALACE. Je la reconnaissais comme celle du restaurant chinois au coin de la rue, mais la violence avec laquelle ces mots m'assaillaient excluait toute référence, toute association pratique. Suspendues là, dans l'obscurité, comme un message venu du ciel même, ces lettres étaient magiques. MOON PALACE. Je pensai aussitôt à l'oncle Victor et à sa petite bande, et en ce premier instant irrationnel mes peurs perdirent toute emprise sur moi. Je n'avais jamais rien éprouvé d'aussi soudain, d'aussi absolu. Une chambre nue et sordide avait été transformée en un lieu d'intériorité, point d'intersection de présages étranges et d'événements mystérieux, arbitraires. Je continuai à regarder l'enseigne du *Moon Palace*, et je compris petit à petit que j'étais arrivé au bon endroit, que ce petit logement était bien le lieu où je devais vivre.

Je passai l'été à travailler à temps partiel dans une librairie, à aller au cinéma, à me prendre et me déprendre d'amour pour une certaine Cynthia dont le visage a depuis longtemps disparu de ma mémoire. Je me sentais de mieux en mieux chez moi dans mon nouvel appartement, et quand les cours reprirent à l'automne, je me lançai dans une ronde effrénée de beuveries nocturnes avec Zimmer et mes amis, de conquêtes amoureuses, et de longues bordées totalement silencieuses de lecture et d'étude. Bien plus tard, quand j'ai regardé tout cela avec le recul des années, j'ai compris combien cette époque avait été fertile pour moi.

Puis j'eus vingt ans, et peu de semaines après je reçus d'oncle Victor une longue lettre presque incompréhensible, écrite au crayon au verso de formulaires de commande de l'encyclopédie Humboldt. D'après ce que j'y démêlai, les *Moon Men* avaient connu des revers, et, après une longue période de malchance (engagements rompus, pneus crevés, un ivrogne qui avait envoyé un coup de poing sur le nez du saxophoniste), les membres du groupe avaient fini par se séparer. Depuis novembre, oncle Victor vivait à Boise, dans l'Idaho, où il avait trouvé un travail temporaire comme vendeur d'encyclopédies au porte à porte. Mais ça ne marchait pas, et, pour la première fois depuis toutes les années que je le connaissais, je percevais un ton de défaite dans les paroles de Victor. "Ma clarinette est au clou, disait la lettre, mon compte en banque est à zéro, et les habitants de Boise ne s'intéressent pas aux encyclopédies."

Je lui envoyai de l'argent, puis insistai par télégramme pour qu'il vînt à New York. Victor répondit quelques jours plus tard en me remerciant de l'invitation. Il aurait emballé ses affaires à la fin de la semaine, écrivait-il, et partirait alors avec le premier bus. Je calculai qu'il serait là le mardi, au plus tard le mercredi. Mais le mercredi vint et passa, et Victor n'arrivait pas. J'envoyai un autre télégramme, mais il resta sans réponse. Les possibilités d'un désastre me paraissaient infinies. J'imaginais tout ce qui peut arriver à quelqu'un entre Boise et New York, et le continent américain devenait soudain une vaste zone dangereuse pleine de pièges et de labyrinthes, un cauchemar périlleux. J'entrepris de trouver la trace du propriétaire de la maison où Victor avait loué une chambre, n'arrivai à rien, et alors, en dernier ressort, téléphonai à la police de Boise. J'expliquai mon problème en détail au sergent qui était à l'autre bout de la ligne, un nommé Neil Armstrong. Le lendemain, le sergent Armstrong me rappelait pour me donner la nouvelle. Oncle Victor avait été retrouvé mort dans son logement de la Douzième rue nord – affalé dans un fauteuil, vêtu de son pardessus, une clarinette à demi assemblée serrée entre les doigts de sa main droite. Deux valises pleines étaient posées près de la porte. On avait fouillé la chambre, mais les autorités n'avaient rien découvert qui pût suggérer une agression. D'après le rapport préliminaire de l'examen médical, la cause probable de la mort était une crise cardiaque. "Pas de chance, fiston, ajouta le sergent, je suis vraiment désolé."

Je partis en avion vers l'ouest le lendemain matin pour prendre les dispositions nécessaires.

J'identifiai le corps de Victor à la morgue, payai des dettes, signai des papiers et des formulaires, fis des démarches pour le retour du corps à Chicago. L'entrepreneur des pompes funèbres de Boise était désespéré par l'état du cadavre. Après presque une semaine d'attente dans l'appartement, il n'y avait plus grand-chose à en faire. "A votre place, me dit-il, je n'attendrais pas de miracles."

J'organisai les funérailles par téléphone, je prévins quelques-uns des amis de Victor (Howie Dunn, le saxophoniste au nez cassé, un certain nombre de ses anciens élèves), tentai sans beaucoup de conviction d'atteindre Dora (elle resta introuvable), puis accompagnai le cercueil à Chicago. Victor fut enterré à côté de ma mère et le ciel nous transperça de pluie tandis que nous regardions notre ami disparaître dans la terre. Ensuite nous nous rendîmes chez les Dunn, dans le North Side ; Mme Dunn avait préparé un modeste repas de viandes froides et de soupe chaude. Il y avait quatre heures que je pleurais sans arrêt, et dans la maison j'avalai bientôt cinq ou six doubles bourbons tout en mangeant. Ils eurent sur mon moral un effet considérable, et après une heure ou deux je me mis à chanter d'une voix forte. Howie m'accompagnait au piano, et pendant un moment l'assemblée devint assez bruyante. Puis je vomis sur le sol, et le charme fut rompu. A six heures, je faisais mes adieux et m'élançais sous la pluie. Je me promenai à l'aveuglette pendant deux ou trois heures, vomis encore sur un seuil, puis trouvai une petite prostituée aux yeux gris debout dans la rue sous un parapluie, à la lumière des néons. Je l'accompagnai dans une chambre à l'hôtel *Eldorado*, lui fis une brève causerie sur les poèmes de sir Walter Raleigh, et lui chantai des berceuses pendant qu'elle ôtait ses vêtements et écartait les jambes. Elle me traita de cinglé, mais je lui donnai cent dollars et elle accepta de passer la nuit avec moi. Je dormis mal, néanmoins, et à quatre heures du matin je me glissais hors du lit, enfilais mes habits mouillés et prenais un taxi pour l'aéroport. A dix heures j'étais revenu à New York.

A long terme, mon problème n'a pas été le chagrin. Le chagrin se trouvait peut-être à l'origine, mais il a bientôt cédé la place à quelque chose de différent – quelque chose de plus tangible, de plus mesurable dans ses effets, de plus violent dans les dégâts qui en sont résultés. Toute une chaîne de forces avait été mise en mouvement, et à un certain moment je me suis mis à vaciller, à voler autour de moi-même en cercles de plus en plus larges, jusqu'à me trouver enfin chassé hors de l'orbite.

Le fait est que l'état de mes finances se détériorait. Il y avait un certain temps que je m'en rendais compte, mais jusqu'alors la menace était restée lointaine, et je n'y avais pas pensé sérieusement. Après la mort d'oncle Victor, néanmoins, et avec les milliers de dollars que j'avais dépensés pendant ces jours terribles, le budget qui était supposé me durer jusqu'à la fin du collège était réduit en miettes.

Si je ne faisais pas quelque chose pour remplacer cet argent, je ne tiendrais pas jusqu'au bout. Je calculai que si je continuais mes dépenses au même rythme, j'aurais épuisé mes fonds au mois de novembre de ma dernière année. Et par là j'entendais bien tout : chaque pièce de cinq cents, chaque centime, chaque sou, jusqu'au fond.

Mon premier mouvement fut d'abandonner l'université mais, après avoir joué avec cette idée pendant un jour ou deux, j'y renonçai. J'avais promis à mon oncle de terminer mes études, et puisqu'il n'était plus là pour donner son approbation à un changement de projet, je ne me sentais pas libre de manquer à ma parole. Il y avait, de plus, la question du service militaire. Si j'abandonnais à ce moment, mon sursis d'étudiant serait révoqué, et la perspective de m'en aller à une mort certaine dans les jungles de l'Asie ne me disait rien. Je resterais donc à New York et poursuivrais mes cours à Columbia. C'était la décision de bon sens, l'attitude qui convenait. Après un début aussi prometteur, il ne m'aurait pas été difficile de continuer à me conduire de façon raisonnable. Il existait toutes sortes de solutions à la portée de gens dans mon cas – des bourses, des prêts, des programmes études-travail – mais sitôt que je commençais à les envisager, j'étais envahi de dégoût. C'était une réaction soudaine, involontaire, un haut-le-cœur. Je me rendis compte que je ne voulais rien avoir à faire de tout cela, et je rejetai donc l'ensemble – avec entêtement, avec mépris, avec la pleine conscience d'être en train de saboter mon unique chance de survivre à ma situation critique. A partir de ce moment, en fait, je ne levai plus le petit doigt, je ne fis plus rien pour m'en sortir. Dieu sait pourquoi j'agissais ainsi. A l'époque je me suis inventé d'innombrables raisons, mais en somme cela se réduisait sans doute au désespoir. J'étais désespéré, et face à une telle tourmente une attitude drastique me paraissait en quelque sorte indispensable. Je voulais cracher sur le monde, accomplir l'acte le plus extravagant qui fût. Avec toute la ferveur et l'idéalisme d'un jeune homme qui a trop pensé et lu trop de livres, je décidai que cet acte serait : rien – mon action consisterait en un refus militant de toute action. C'était du nihilisme haussé au niveau d'une proposition esthétique. Je ferais de ma vie une œuvre d'art, me sacrifiant à ce paradoxe raffiné : chaque souffle de vie me préparerait à mieux savourer ma propre fin. Tous les signes convergeaient vers une éclipse totale et, en dépit de mes tentatives de les interpréter différemment, l'image de cette obscurité peu à peu me fascinait, j'étais séduit par la simplicité de son dessein. Je ne chercherais pas à contrarier l'inévitable, mais je ne me précipiterais pas davantage à sa rencontre. Si la vie continuait pendant quelque temps telle qu'elle avait toujours été, tant mieux. Je serais patient, je tiendrais bon. Simplement, je savais ce qui m'attendait et, que cela arrive aujourd'hui ou que cela arrive demain, de toute façon cela devait arriver. L'éclipse totale. La bête avait été immolée, ses entrailles déchiffrées. La Lune cacherait le

Soleil, et alors je disparaîtrais. Je serais complètement fauché, un débris de chair et d'os sans un centime à revendiquer.

C'est alors que je commençai à lire les livres d'oncle Victor. Deux semaines après les funérailles, je choisis une caisse au hasard, découpai avec soin, au couteau, la bande adhésive, et lus tout son contenu. Je découvrais là un curieux mélange, emballé sans apparence d'ordre ni d'intention. Il y avait des romans et des pièces de théâtre, des livres d'histoire et des guides de voyages, des manuels d'échecs et des polars, de la science-fiction et des ouvrages de philosophie – un chaos absolu de matière imprimée. Peu m'importait. Je les lisais de bout en bout, en refusant tout jugement. A mes yeux, chaque livre avait autant de valeur que n'importe quel autre, chaque phrase était composée exactement du bon nombre de mots, et chaque mot se trouvait exactement là où il fallait. C'est ainsi que j'avais choisi de porter le deuil d'oncle Victor. Une par une, j'ouvrirais les caisses, et un par un, je lirais les livres. Telle était la tâche que je m'étais assignée, et je m'y suis tenu jusqu'à l'amère fin.

Toutes ces caisses renfermaient le même genre de fatras que la première, un bric-à-brac du meilleur et du pire, d'œuvres éphémères éparpillées parmi les classiques, de livres de poche en lambeaux coincés entre des ouvrages reliés, de littérature alimentaire auprès de Donne et de Tolstoï. Jamais oncle Victor n'avait organisé sa bibliothèque de façon systématique. Chaque fois qu'il achetait

un livre, il le plaçait sur l'étagère à côté du précédent, et petit à petit les rangées s'étaient étendues,
occupant de plus en plus d'espace au cours des
années. C'était ainsi, précisément, que les livres
étaient entrés dans les cartons. La chronologie au
moins était intacte, cette séquence avait été préser-
vée à défaut d'autre chose. Je considérais cet arrangement comme idéal. Lorsque j'ouvrais un carton,
j'avais accès à un nouveau segment de la vie de
mon oncle, une période définie de jours, de semaines
ou de mois, et je trouvais de la consolation dans
l'impression d'occuper le même espace mental que
Victor avait un jour occupé – de lire les mêmes
mots, d'habiter les mêmes histoires, d'avoir peut-
être les mêmes pensées. C'était presque comme parcourir l'itinéraire d'un explorateur du temps jadis,
retracer les pas qui l'avaient porté dans un territoire
vierge, en direction de l'occident, avec le soleil, à
la poursuite de la lumière jusqu'à ce qu'elle s'étei-
gnît enfin. Les caisses n'étant ni numérotées ni éti-
quetées, je n'avais aucun moyen de savoir d'avance
dans quelle période j'allais pénétrer. Le voyage
consistait donc en excursions discrètes, disconti-
nues. De Boston à Lenox, par exemple. De Min-
neapolis à Sioux Falls. De Kenosha à Salt Lake
City. Peu m'importait d'être obligé de sauter d'un
bout à l'autre de la carte. A la fin, tous les vides
seraient remplis, toutes les distances couvertes.
    J'avais déjà lu beaucoup de ces livres, et il s'en
trouvait dont Victor lui-même m'avait fait la lecture : *Robinson Crusoé*, *Le Docteur Jekyll et*

M. Hyde, *L'Homme invisible*. Mais je ne considérais pas que ce fût un obstacle. Animé d'une égale passion, j'allais mon chemin à travers tout, dévorant les vieilleries avec autant d'appétit que les nouveautés. Des piles de livres achevés se dressaient dans les coins de ma chambre, et, dès que l'une d'elles paraissait en danger de s'écrouler, je chargeais les volumes menacés dans deux sacs à provisions afin de les emporter dès que je me rendrais à Columbia. Juste en face du campus, sur Broadway, se trouvait la librairie Chandler, un trou à rats, encombré et poussiéreux, qui faisait commerce actif de livres d'occasion. Entre l'été soixante-sept et l'été soixante-neuf j'y fis des douzaines d'apparitions, me défaisant petit à petit de mon héritage. C'était la seule action que je m'autorisais : disposer de ce que je possédais déjà. Je trouvais déchirant de me séparer de ce qui avait appartenu à oncle Victor, mais en même temps je savais qu'il ne m'en aurait pas voulu. D'une certaine manière, je m'étais acquitté de ma dette envers lui en lisant les livres, et en ce moment où l'argent me manquait tant, il ne me paraissait que logique de franchir l'étape suivante, et de les échanger contre des espèces.

Le problème était que je n'y trouvais pas mon compte. Chandler ne faisait pas de cadeaux, et sa conception des œuvres était si différente de la mienne que je me défendais mal. A mon idée, les livres n'étaient pas tant le contenant des mots que les mots eux-mêmes, et la valeur d'un ouvrage donné dépendait de sa valeur spirituelle plutôt que de sa condition physique. Un Homère écorné, par exemple, avait plus de prix qu'un Virgile en parfait état ; trois volumes de Descartes moins qu'un seul de Pascal. Ces distinctions étaient pour moi essentielles, mais pour Chandler elles n'existaient pas. Un livre n'était à ses yeux qu'un objet, une chose appartenant au domaine des choses, et en cela ne différait guère d'une boîte à chaussures, d'une chasse de W.-C. ou d'une cafetière. Chaque fois que je lui apportais une nouvelle portion de la bibliothèque d'oncle Victor, le vieillard affectait le même jeu : il manipulait les volumes avec mépris, en examinait les dos, cherchait taches et flétrissures, ne manquant jamais de donner l'impression qu'il s'agissait d'un tas d'ordures. C'était ainsi que cela marchait. Dévaluer la marchandise permettait à Chandler d'offrir des prix planchers. Après trente années d'expérience, il possédait son rôle jusqu'au bout des ongles : un répertoire de marmonnements et d'apartés, de grimaces, de claquements de langue et de hochements de tête désolés, performance destinée à me donner conscience du peu de valeur de mon propre jugement, à m'accabler de honte devant l'audace dont je faisais preuve en lui présentant de tels ouvrages. Vous souhaitez de l'argent pour cela, dites-vous ? Vous attendez-vous à ce que les éboueurs vous paient lorsqu'ils vous débarrassent de vos saletés ?

J'étais conscient de me faire avoir, mais ne prenais guère la peine de protester. Qu'y pouvais-je, après tout ? Chandler négociait en position de force, et rien ne modifierait jamais cela – car j'étais toujours désespérément désireux de vendre, et lui peu intéressé par l'achat. Et il eût été vain pour moi de feindre l'indifférence. L'affaire n'aurait tout simplement pas été conclue, et ne pas vendre eût somme toute été pis qu'une mauvaise affaire. Je m'aperçus que cela avait tendance à se passer mieux lorsque j'apportais de petites quantités de livres, pas plus d'une douzaine ou d'une quinzaine à la fois. Le prix moyen par volume semblait alors très légèrement plus élevé. Mais plus le nombre était limité, plus il me faudrait retourner souvent, et je savais que la fréquence de mes visites devait être réduite au minimum – car plus je traiterais avec Chandler, plus ma position s'affaiblirait. A tous les coups, c'était bien lui qui gagnerait. Les mois passaient, et le vieux libraire ne faisait pas l'effort de me parler. Il ne disait jamais bonjour, n'ébauchait jamais un sourire, il ne m'a même jamais serré la main. Il était si dépourvu d'expression que je me demandais parfois s'il se souvenait de moi d'une visite à l'autre. En ce qui le concernait, j'aurais aussi bien pu être un nouveau client chaque fois que je me présentais – une collection d'étrangers disparates, une horde aléatoire.

Avec la vente des livres, mon appartement subit de nombreuses modifications. C'était inévitable, puisque, chaque fois que j'ouvrais une nouvelle caisse, je détruisais du même coup un autre meuble. Mon lit fut démantelé, mes fauteuils diminuèrent et disparurent, mon bureau s'atrophia jusqu'à s'anéantir.

Ma vie était devenue un zéro croissant, quelque chose que je voyais véritablement : un vide palpable, bourgeonnant. Chacune de mes plongées dans le passé de mon oncle entraînait un résultat matériel, un effet dans le monde réel. J'en avais donc en permanence les conséquences devant les yeux, il n'y avait pas moyen de les esquiver. Il restait tant de caisses, tant de caisses étaient parties. D'un seul regard sur mon domaine, je savais où j'en étais. La chambre était une machine à mesurer ma condition : combien il restait de moi, combien de moi n'existait plus. J'étais à la fois le malfaiteur et le témoin, acteur en même temps que public dans un théâtre pour un homme seul. Je constatais le progrès de mon propre démembrement. Morceau par morceau, je me regardais disparaître.

Cette époque a été difficile pour tout le monde, bien entendu. Je m'en souviens comme d'un tumulte de politiciens et de foules, de scandales, de mégaphones et de violence. Au printemps soixante-huit, chaque journée paraissait vomir un nouveau cataclysme. Si ce n'était Prague, c'était Berlin ; si ce n'était Paris, c'était New York. Un demi-million de soldats se trouvaient au Viêt-nam. Le président annonçait qu'il ne se représenterait pas. Des gens étaient assassinés. Après des années de combats, la guerre avait pris de telles proportions que les moindres pensées en étaient contaminées, et je savais bien, quoi que je fasse ou ne fasse pas, que j'y avais part, comme tout le monde. Un soir où je regardais l'eau, assis sur un banc de Riverside Park, je vis sur la rive opposée exploser une citerne d'essence. Des flammes envahirent soudain le ciel et, tandis que j'observais les débris incandescents qui flottaient à travers l'Hudson et venaient atterrir à mes pieds, il m'apparut que le dedans et le dehors ne peuvent pas être séparés sans causer de grands dommages à la vérité. Plus tard, au cours du même mois, le campus de Columbia fut transformé en champ de bataille, et des centaines d'étudiants furent arrêtés, y compris de doux rêveurs comme Zimmer ou moi-même. Je n'ai pas l'intention de discuter ici de ces choses. L'histoire de cette période est bien connue de tous et y revenir ne servirait à rien. Cela ne signifie pas, néanmoins, que je les voue à l'oubli. Ma propre histoire s'enracine dans la caillasse de ce temps-là, et ne peut avoir aucun sens si ceci n'est pas entendu.

A l'époque où je commençais ma troisième année de cours (septembre 1967), le costume avait disparu depuis longtemps. Détrempés par la pluie de Chicago, le fond du pantalon avait été transpercé, le veston déchiré aux poches et à la fente, et je m'étais résigné à l'abandonner comme une cause perdue. Je l'avais pendu dans le placard en souvenir des jours heureux et m'étais acheté les vêtements les moins chers et les plus durables que je puisse trouver : bottes de travail, jeans, chemises de flanelle, et un blouson de cuir d'occasion dans un surplus de l'armée. Mes amis s'étonnaient de cette transformation, mais je ne m'en expliquais pas car, tout compte fait, leur opinion était le moindre de mes soucis. De même pour le téléphone : je ne l'avais pas fait couper dans le but de m'isoler du monde, mais simplement parce que je ne pouvais plus me le payer. Comme Zimmer me haranguait un jour à ce sujet devant la bibliothèque (protestant qu'il n'arrivait plus à me joindre), j'avais esquivé la question en m'embarquant dans un long réquisitoire à propos des fils, des voix, et de la mort des contacts humains. "Une voix transmise électriquement n'est pas réelle, affirmais-je. Nous nous sommes tous habitués à ces simulacres de nous-mêmes, mais si on veut bien y réfléchir, le téléphone est un instrument de distorsion et de fabulation. C'est la communication entre des fantômes, la sécrétion verbale d'esprits dépourvus de corps. J'ai envie de voir la personne à qui je parle. Si je ne peux pas, je préfère ne pas parler." De telles déclarations me caractérisaient de plus en plus – propos ambigus, théories saugrenues offertes en réponse à des questions tout à fait raisonnables. Puisque je ne voulais pas qu'on sût à quel point j'étais démuni, je n'avais pas le choix : seul le mensonge pouvait me sortir d'embarras. Plus ma situation se dégradait, plus mes inventions devenaient bizarres et contournées. Pourquoi j'avais cessé de fumer, pourquoi j'avais cessé de boire, pourquoi j'avais cessé de manger au restaurant – je n'étais jamais en peine de concocter quelque explication d'une rationalité absurde. A la longue on m'aurait pris pour un ermite anarchiste, un excentrique contemporain, un disciple de Ludd. Mais cela amusait mes amis et je réussissais ainsi à protéger mon secret. L'orgueil jouait un rôle, sans nul doute, dans ces mystifications, mais l'essentiel était ma volonté d'empêcher quiconque de se mettre en travers de la voie que je m'étais tracée. En parler n'aurait pu que susciter la pitié, peut-être même des offres d'aide, et toute l'opération en eût été gâchée. Au lieu de quoi je m'emmurais dans le délire de mon projet et réagissais par des pitreries à toute possibilité d'y échapper, en attendant que mon temps fût écoulé.

La dernière année fut la plus dure. J'avais cessé en novembre de payer mes notes d'électricité, et en janvier un employé de la *Consolidated Edison* était venu couper le compteur. Après cela, pendant plusieurs semaines, j'avais expérimenté toutes sortes de bougies en comparant les marques du point de vue de leur prix, de leur luminosité et de leur durée. A ma surprise, les cierges des cérémonies juives s'étaient révélés les plus intéressants. Je trouvais très belles les lumières et les ombres vacillantes, et maintenant que le réfrigérateur avait été réduit au silence (avec ses attaques intempestives de frissons), il me semblait que l'absence d'électricité, tout compte fait, était un mieux. Quoi que l'on pût dire de moi, j'avais du ressort. Je découvrais les avantages cachés que recélait chaque privation, et, aussitôt que j'avais appris à me passer de quelque commodité, je la chassais pour de bon de mes pensées. Je savais que ce processus ne pouvait durer toujours (tôt ou tard, certaines choses s'avéreraient indispensables), mais en attendant je m'émerveillais du peu de regrets que m'inspirait ce que j'avais perdu. Lentement mais sûrement, je m'apercevais que j'étais capable d'aller très loin, beaucoup plus loin que je ne l'aurais cru possible.

Une fois payée mon inscription pour le dernier semestre, il ne me restait plus que six cents dollars. Une douzaine de caisses demeuraient, ainsi que la collection d'autographes et la clarinette. Pour me tenir compagnie, j'assemblais parfois l'instrument afin de souffler dedans, remplissant l'appartement d'étranges éjaculations sonores, un charivari de gémissements et de soupirs, de rires et de ricanements plaintifs. En mars, je vendis les autographes à un amateur du nom de Milo Flax, un curieux petit homme auréolé de boucles blondes, qui avait passé une annonce dans les dernières pages du *Sporting News*. Quand Flax vit les signatures des *Cubs* rassemblées dans la boîte, il fut frappé de stupeur. Il examina les papiers avec révérence et, se tournant vers moi, les larmes aux yeux, m'annonça sans ambages que cette année soixante-huit serait celle des *Cubs*. Il avait presque raison, bien entendu, et sans leur effondrement en fin de saison, combiné avec la percée éblouissante de ces canailles de *Mets*, sa prédiction se serait certainement vérifiée. Les autographes me rapportèrent cent cinquante dollars, ce qui couvrait plus d'un mois de loyer. Les livres m'assuraient la nourriture, et je me débrouillai pour garder la tête hors de l'eau pendant avril et mai, et terminer mon travail scolaire en bûchant et rédigeant dans la fièvre, à la lumière des bougies ; après quoi je vendis ma machine à écrire vingt-six dollars, ce qui me permit de louer une coiffe et une robe afin d'assister à la contre-célébration organisée par les étudiants en contestation des cérémonies universitaires officielles.

J'avais atteint le but que je m'étais fixé, mais n'eus guère l'occasion de savourer mon triomphe. J'entamais mes derniers cent dollars, et des livres il ne restait que trois caisses. Il n'était plus question de payer mon loyer, et même si la caution devait me permettre de franchir un mois encore, il était certain qu'ensuite je serais mis à la porte. Si je recevais en juillet les premières mises en demeure, le couperet tomberait en août, ce qui signifiait que je serais à la rue en septembre. Vue du 1er juin cependant, la fin de l'été paraissait à des années-lumière. La question n'était pas tant ce que je ferais ensuite que la façon d'arriver d'abord jusque-là. Les livres rapporteraient environ cinquante dollars. Avec les quatre-vingt-seize dollars que je possédais, cela représentait cent quarante-six dollars pour les trois prochains mois. Cela semblait bien peu, mais en me contentant d'un repas par jour, en ignorant journaux, autobus, et toutes dépenses frivoles, je pensais pouvoir y arriver. C'est ainsi qu'a commencé l'été soixante-neuf. Selon toute apparence, il s'agissait de mon dernier été en ce monde.

Tout au long de l'hiver et au début du printemps, j'avais conservé mes aliments sur l'appui de la fenêtre, à l'extérieur de l'appartement. Au cours des mois les plus froids, certains avaient gelé (des blocs de beurre, des pots de fromage blanc), mais rien qui ne fût mangeable après avoir été réchauffé. Le problème majeur était de protéger mes provisions contre la suie et les crottes de pigeon, et j'avais bientôt appris à les emballer dans un sac en plastique avant de les ranger dehors. Après qu'une tempête eut emporté l'un de ces sacs, je me mis à les amarrer avec une ficelle au radiateur, dans la chambre. Je gérais ce système en expert, et comme le gaz était, heureusement, compris dans le loyer (ce qui signifiait que je n'avais pas à craindre d'être privé de mon réchaud), la question nourriture paraissait maîtrisée. Mais cela, c'était pendant la saison froide. Le temps avait changé et l'appui de fenêtre, sous un soleil qui s'attardait dans le ciel treize ou quatorze heures par jour, faisait plus de tort que de bien. Le lait tournait. Les jus devenaient aigres, le beurre s'effondrait en flaques jaunes brillantes et visqueuses. Après avoir subi plusieurs de ces désastres, comprenant qu'il me fallait éviter tous les produits sensibles à la chaleur, j'entrepris une révision de mon régime. Le 12 juin, je m'appliquai à rédiger mon nouveau programme diététique. Lait en poudre, café instantané, pain en petits emballages – telles en seraient les bases – et je mangerais tous les jours la même chose : des œufs, de mémoire d'homme l'aliment le plus nourrissant et le moins cher. De temps à autre une extravagance : une pomme ou une orange, et si le besoin en devenait trop aigu, je m'offrirais un hamburger ou un ragoût en boîte. Mes réserves ne se gâteraient pas et (du moins en principe) je ne mourrais pas de faim. Deux œufs à la coque par jour, cuits à la perfection en deux minutes et demie, deux tranches de pain, trois tasses de café, et autant d'eau que je pourrais en boire. A défaut d'être inspirant, ce plan me semblait du moins équilibré. Etant donné la rareté des choix qui me restaient, je m'appliquais à trouver ceci encourageant.

Je ne mourus pas de faim, mais il était rare que je ne me sentisse pas affamé. Je rêvais souvent de nourriture, et cet été-là mes nuits étaient pleines de visions de festins et de gloutonnerie : des assiettées de steaks et de gigot, des porcs succulents sur des plateaux volants, des gâteaux et autres desserts aux allures de châteaux, de gigantesques corbeilles de fruits. Dans la journée, mon estomac rouspétait sans cesse avec les gargouillements d'un flot de sucs inapaisés, me rappelant obstinément qu'il était vide, et je n'arrivais à l'ignorer que par une lutte constante. Moi qui n'avais jamais été bien gros, je continuai à perdre du poids tout au long de l'été. De temps en temps, je glissais une piécette dans la fente d'une balance Exacto pour voir ce qui m'arrivait. De soixante-dix kilos en juin, j'étais descendu à soixante-trois en juillet, puis en août à cinquante-six. Pour quelqu'un qui mesurait plus d'un mètre quatre-vingts, cela devenait dangereux. Les os et la peau, c'est possible, après tout, jusqu'à un certain point, mais au-delà on risque des dégâts importants.

J'essayais de me séparer de mon corps, de contourner mon dilemme en me persuadant qu'il n'existait pas. D'autres avant moi avaient suivi cette voie, et tous avaient découvert ce dont j'ai fini par m'apercevoir : l'esprit ne peut pas vaincre la matière, car sitôt qu'il se trouve sollicité exagérément, il se révèle lui aussi fait de matière. Pour m'élever au-dessus des conditions de mon existence, il me fallait me convaincre que je n'étais plus réel, avec pour résultat que toute réalité devenait pour moi incertaine. Des objets qui ne se trouvaient pas là apparaissaient soudain devant mes yeux, puis disparaissaient. Un verre de limonade glacée, par exemple. Un journal avec mon nom en gros titre. Mon vieux costume étalé sur le lit, parfaitement intact. Je vis même un jour une version antérieure de moi-même qui circulait dans la chambre en tâtonnant, avec des manières d'ivrogne, et cherchait dans les coins quelque chose d'introuvable. Ces hallucinations ne duraient qu'un instant, mais elles continuaient de résonner en moi pendant des heures. A certaines périodes, je perdais carrément ma propre trace. Une pensée me survenait, et lorsque, après l'avoir suivie jusqu'à sa conclusion, je relevais la tête, je m'apercevais que la nuit était tombée. Aucun moyen de rendre compte des heures perdues. En d'autres occasions, je me surprenais en train de mâcher des aliments imaginaires, de fumer des cigarettes imaginaires, de souffler en l'air des ronds de fumée imaginaires. Ces moments-là étaient sans doute les pires de tous, car je me rendais compte que je n'osais plus me fier à moi-même. Mon esprit avait commencé à dériver, et cela, il n'était pas en mon pouvoir de l'arrêter.

Dans l'ensemble, ces symptômes n'apparurent pas avant la mi-juillet. Avant cela, j'avais lu consciencieusement tous les derniers livres de l'oncle Victor, puis je les avais vendus à Chandler. Mais plus j'approchais de la fin, plus les livres me posaient problème. Je sentais mes yeux établir un contact avec les mots sur la page, mais aucune signification ne m'en atteignait, aucun son ne résonnait dans ma tête. Ces signes noirs me paraissaient tout à fait déroutants, un rassemblement arbitraire de lignes et de courbes qui ne divulguaient rien que leur propre silence. A la fin je ne faisais même plus semblant de comprendre ce que je lisais. Je sortais un livre du carton, l'ouvrais à la première page, et promenais mon doigt le long de la première ligne. Quand je l'avais terminée, je recommençais à la deuxième ligne, puis à la troisième, et ainsi de suite jusqu'au bas de la page. C'est ainsi que j'en vins à bout : comme un aveugle lisant du braille. Puisque je n'arrivais pas à voir les mots, je voulais au moins les toucher. Les choses allaient alors si mal pour moi que ceci me paraissait parfaitement sensé. En touchant tous les mots de ces livres, je méritais le droit de les vendre.

Le hasard voulut que j'apporte les derniers volumes à Chandler le jour même où les astronautes se sont posés sur la Lune. Je les vendis un petit peu plus de cent dollars, et comme je rentrais ensuite chez moi par Broadway je décidai d'entrer au *Quinn's Bar & Grill*, un petit bistrot de quartier au coin sud-est de la Cent huitième rue. Le temps était extrêmement chaud, et je ne voyais pas quel mal il y aurait à m'accorder une ou deux bières à dix cents. Installé au bar, sur un tabouret, près de trois ou quatre habitués, je savourais l'éclairage tamisé et la fraîcheur de l'air conditionné. Répandant sa lumière surnaturelle sur les bouteilles de whisky et de bourbon, un grand appareil de télévision était allumé, et c'est ainsi que j'eus la chance d'être témoin de l'événement. Je vis ces silhouettes capitonnées faire leurs premiers pas dans un univers sans air et rebondir comme des jouets dans le paysage, conduire un *kart* dans la poussière, planter un drapeau dans l'œil de ce qui avait été un jour la déesse de l'amour et de la folie. Diane radieuse, pensai-je, image de toutes nos ténèbres intérieures. Puis le président parla. D'une voix solennelle et impassible, il déclara qu'il s'agissait du plus grand événement depuis la création du monde. En entendant ça, les vieux, au bar, se mirent à rire et je parvins moi-même, me semble-t-il, à grimacer quelques sourires. Mais quelle que fût l'absurdité de cette remarque, une chose était incontestable : depuis le jour de son expulsion du Paradis, jamais Adam ne s'était trouvé aussi loin de chez lui.

Après cela, je passai par un bref intervalle de calme quasi parfait. Mon appartement était nu désormais,

mais loin de me déprimer, comme je m'y étais attendu, ce vide me paraissait réconfortant. Je suis bien en peine de l'expliquer, mais mes nerfs étaient redevenus plus solides, et pendant deux ou trois jours je commençai presque à me reconnaître. Si curieux que soit l'usage d'un tel mot dans ce contexte, pendant la courte période qui suivit la vente des derniers livres d'oncle Victor, j'irais même jusqu'à prétendre que j'étais *heureux*. Comme un épileptique au bord d'une crise, j'avais pénétré un univers étrange dans lequel tout paraissait lumineux, rayonnant d'une clarté nouvelle et prodigieuse. Je ne faisais pas grand-chose. J'allais et venais dans ma chambre, m'étendais sur mon matelas, consignais mes réflexions dans un carnet. C'était sans importance. La seule action de ne rien faire me paraissait considérable, et c'est sans aucun scrupule que je laissais les heures s'écouler dans l'oisiveté. De temps à autre je me plantais entre les deux fenêtres pour regarder l'enseigne du *Moon Palace*. Même cela me donnait du plaisir, et semblait toujours susciter une série de pensées intéressantes. Ces pensées me sont aujourd'hui quelque peu obscures – des essaims d'associations saugrenues, un cycle désordonné de rêveries – mais à l'époque je les trouvais terriblement signifiantes. Peut-être le mot *moon* s'était-il transformé pour moi depuis que j'avais vu des hommes se promener sur la surface de la Lune. Peut-être étais-je frappé par cette coïncidence : avoir rencontré à Boise, dans l'Idaho, un homme qui s'appelait Neil Armstrong, et puis vu s'envoler dans l'espace quelqu'un qui portait le même nom. Peut-être étais-je simplement délirant de faim, et hypnotisé par ces lettres lumineuses. Je n'ai aucune certitude, mais le fait est que les mots *Moon Palace* se mirent à hanter mon esprit avec le mystère et la fascination d'un oracle. Tout s'y mêlait à la fois : oncle Victor et la Chine, les vaisseaux spatiaux et la musique, Marco Polo et le Far West. En contemplation devant l'enseigne, je me lançais, par exemple, dans une réflexion sur l'électricité. Celle-ci évoquait la panne de courant qui avait eu lieu pendant ma première année de collège, qui me rappelait les parties de base-ball à Wrigley Field, qui me ramenaient à l'oncle Victor et aux cierges allumés sur l'appui de ma fenêtre. Chaque idée en entraînait une autre, en une spirale sans cesse croissante de connexions. La notion de voyage dans l'inconnu, un parallèle entre Colomb et les astronautes. La découverte de l'Amérique, échec dans la tentative de parvenir en Chine ; la cuisine chinoise et mon estomac vide ; la pensée, comme dans nourrir sa pensée, et la tête un palais peuplé de rêves. Je me disais : Le projet Apollo ; Apollon, dieu de la musique ; oncle Victor et les *Moon Men* en tournée au Far West. Je me disais : L'Ouest ; la guerre contre les Indiens ; la guerre au Viêt-nam, jadis appelé Indochine. Je me disais : Armes, bombes, explosions ; nuages nucléaires dans les déserts de l'Utah et du Nevada ; et puis je me demandais : Pourquoi l'Ouest américain ressemble-t-il tant au paysage de la Lune ? Cela n'avait pas de fin, et plus je m'ouvrais à ces correspondances secrètes, plus je me sentais près de comprendre quelque vérité fondamentale de l'univers. J'étais peut-être en train de devenir fou, mais je sentais néanmoins monter en moi une puissance énorme, une joie gnostique qui pénétrait les choses jusqu'au cœur. Puis, tout d'un coup, aussi soudainement que j'avais acquis ce pouvoir, je le perdis. J'avais vécu à l'intérieur de mes pensées pendant trois ou quatre jours, et en me réveillant un matin je m'aperçus que j'étais ailleurs : revenu dans un monde de fragments, dans un monde de faim et de murs blancs et nus. Je m'efforçai de retrouver l'équilibre des jours précédents, mais en vain. L'univers pesait à nouveau sur moi, et je pouvais à peine respirer.

J'entrai dans une nouvelle période de désolation. L'obstination m'avait soutenu jusque-là, mais je me sentais de moins en moins résolu et vers le 1er août j'étais sur le point de m'effondrer. Je tâchai de mon mieux d'entrer en contact avec quelques amis, avec l'intention de demander un prêt, mais sans grand résultat. Quelques marches épuisantes dans la chaleur, une poignée de pièces de monnaie gaspillées. C'était l'été, tout le monde semblait avoir quitté la ville. Même Zimmer, le seul sur qui je savais pouvoir compter, avait mystérieusement disparu. Je me rendis plusieurs fois chez lui, au coin d'Amsterdam Avenue et de la Cent vingtième rue, mais personne ne répondit à mes coups de sonnette. Je glissai des messages dans la boîte aux lettres et sous la porte, toujours sans réponse. Beaucoup plus tard, j'appris

qu'il avait déménagé. Quand je lui demandai pourquoi il ne m'avait pas communiqué sa nouvelle
adresse, il répondit que je lui avais dit passer l'été à
Chicago. J'avais oublié ce mensonge, évidemment,
mais à cette époque j'avais inventé tant de mensonges que j'en avais perdu le compte.

Ignorant que Zimmer n'y était plus, je continuais
à me rendre à son ancien appartement et à laisser des
billets sous la porte. Un dimanche matin, au début
du mois d'août, l'inévitable se produisit enfin. Je
sonnai, m'attendant si bien à ne trouver personne
qu'en poussant le bouton je me tournais déjà pour
m'en aller, quand j'entendis du mouvement à l'intérieur : le raclement d'une chaise, des pas, une
toux. Un flot de soulagement m'envahit, pour
s'anéantir aussitôt quand la porte s'ouvrit. Celui
qui aurait dû être Zimmer n'était pas lui. C'était
quelqu'un de tout à fait différent : un jeune homme
avec une barbe noire frisée et des cheveux jusqu'aux
épaules. Je supposai qu'il venait de s'éveiller, car il
n'était vêtu que d'un simple caleçon. "Que puis-je
pour vous ?" demanda-t-il en m'observant d'un air
amical bien que légèrement perplexe, et au même
instant j'entendis des rires dans la cuisine (un
mélange de voix masculines et féminines) et me
rendis compte que j'étais arrivé dans une sorte de
réunion.

"Je crois que je me suis trompé d'endroit, dis-je. Je
cherche David Zimmer.

— Oh, fit l'inconnu tout à trac, vous devez être
Fogg. Je me demandais quand vous reviendriez."

Il faisait une chaleur atroce au-dehors – torride, oppressante – et la marche m'avait épuisé. Debout devant cette porte, avec la sueur qui me coulait dans les yeux et mes muscles spongieux et hébétés, je me demandais si j'avais bien entendu. Je voulus me détourner, m'enfuir, mais me sentis soudain si faible que j'eus peur de m'évanouir. M'appuyant de la main sur le cadre de la porte pour retrouver mon équilibre, je balbutiai : "Pardon, vous voulez bien répéter ? Je ne suis pas sûr d'avoir compris.

— J'ai dit que vous deviez être Fogg, répéta l'inconnu. C'est très simple, en fait. Si vous cherchez Zimmer, vous devez être Fogg. C'est Fogg qui a glissé tous ces messages sous la porte.

— Très astucieux, remarquai-je, en poussant un petit soupir palpitant. Vous ne savez pas où est Zimmer maintenant, je suppose.

— Désolé. Je n'en ai pas la moindre idée."

A nouveau, j'entrepris de rassembler mon courage et de partir, mais au moment précis où j'allais m'en aller, je vis que l'inconnu m'observait. Son regard était bizarre et pénétrant, fixé directement sur mon visage. "Quelque chose qui ne va pas ? balbutiai-je.

— Je me demandais simplement si vous êtes un ami de Kitty.

— Kitty ? Je ne connais pas de Kitty. Je n'ai même jamais rencontré aucune Kitty.

— Vous avez le même T-shirt qu'elle. Ça m'a fait supposer que vous pouviez avoir un lien quelconque."

Je baissai les yeux et constatai que je portais un T-shirt des *Mets*. Je l'avais acheté dix cents à la farfouille un peu plus tôt dans l'année. "Je n'aime même pas les *Mets*, murmurai-je. Je suis un supporter des *Cubs*.

— C'est une coïncidence étrange, continua l'inconnu sans faire attention à ce que j'avais dit. Kitty va être ravie. Elle adore ce genre de choses."

Avant d'avoir pu esquisser une protestation, je me retrouvai saisi par le bras et conduit dans la cuisine. J'y découvris un groupe de cinq ou six personnes assises autour de la table devant un petit déjeuner dominical. La table était encombrée de nourriture : des œufs au lard, une cafetière pleine, des bagels et du fromage à tartiner, un plat de poisson fumé. Il y avait des mois que je n'avais rien vu de pareil et je ne savais comment réagir. C'était comme si je m'étais tout à coup trouvé en plein milieu d'un conte de fées. J'étais l'enfant affamé qui a été perdu dans les bois, et je venais de trouver la maison enchantée, la cabane en pain d'épice.

"Regardez tous, annonça en souriant mon hôte au torse nu. Voici le frère jumeau de Kitty."

On fit alors les présentations. Tout le monde me souriait, me saluait, et je faisais de mon mieux pour sourire à mon tour. Ils étaient pour la plupart étudiants à la Julliard School – musiciens, danseurs, chanteurs. L'hôte s'appelait Jim ou John, et il venait d'emménager la veille dans l'ancien appartement de Zimmer. Les autres étaient sortis faire la fête cette nuit-là et, au lieu de rentrer chez eux ensuite, ils avaient décidé de surprendre Jim ou John avec un petit déjeuner-pendaison de crémaillère impromptu. Ceci expliquait sa tenue légère et l'abondance de nourriture que je voyais devant moi. Je hochais poliment la tête tandis qu'on me racontait tout cela, mais je ne faisais que semblant d'écouter. En vérité je m'en moquais éperdument et dès la fin de l'histoire j'avais oublié tous leurs noms. Faute de mieux, j'examinais ma sœur jumelle, une petite Chinoise de dix-neuf ou vingt ans avec des bracelets d'argent aux deux poignets et un bandeau navajo garni de perles autour de la tête. Elle me rendit mon regard avec un sourire – un sourire qui me parut d'une chaleur exceptionnelle, plein d'humour et de complicité – et puis, incapable d'en détourner les yeux très longtemps, je ramenai mon attention vers la table. Je me rendais compte que j'étais sur le point de mal me conduire. Les odeurs des aliments avaient commencé à me torturer, et tandis que je restais là dans l'attente d'être invité à m'asseoir, je n'avais pas trop de toutes mes forces pour m'empêcher d'attraper quelque chose et de me le fourrer dans la bouche.

C'est Kitty qui enfin brisa la glace. "Maintenant que mon frère est là, dit-elle, entrant manifestement dans l'humeur du moment, la moindre des choses serait que nous l'invitions à partager notre déjeuner." Je l'aurais bien embrassée pour tant de clairvoyance. Il y eut néanmoins un instant d'embarras, car on ne trouvait plus de chaise, mais Kitty encore vint à la rescousse en me faisant signe de m'installer entre elle et son voisin de droite. Je m'y faufilai aussitôt et plantai une fesse sur chaque chaise. On posa devant moi une assiette avec les accessoires nécessaires : couteau et fourchette, verre et tasse, serviette, cuiller. Après quoi je sombrai dans une fièvre de mangeaille et d'oubli. C'était une réaction infantile, mais, dès l'instant où j'eus de la nourriture dans la bouche, tout contrôle de moi-même me devint impossible. J'engouffrais un plat après l'autre, dévorant tout ce qu'on me présentait, et à la fin c'était comme si j'avais perdu l'esprit. Comme la générosité des autres paraissait infinie, je continuai à manger jusqu'à ce que tout ce qui s'était trouvé sur la table eût disparu. Tel est en tout cas mon souvenir. Je me gavai pendant quinze à vingt minutes et, quand j'eus terminé, il ne restait qu'un petit tas d'arêtes de poisson. Rien de plus. J'ai beau fouiller dans ma mémoire, je ne trouve rien d'autre. Pas une bouchée. Pas même une croûte de pain.

C'est alors seulement que je remarquai l'intensité avec laquelle tous m'observaient. Etait-ce si affreux ? me demandai-je. Me suis-je mal tenu, donné en spectacle ? Je me tournai vers Kitty avec un faible sourire. Elle paraissait moins dégoûtée qu'ahurie. J'en fus un peu rassuré, mais je voulais me faire pardonner, quelque offense que j'eusse pu commettre envers les autres. C'était bien le moins, pensais-je : chanter pour ma pitance, leur faire oublier que je viens de nettoyer leurs assiettes. En attendant une occasion de prendre part à la conversation, j'étais de plus en plus conscient du bien-être que j'éprouvais, assis à côté de ma jumelle enfin retrouvée. D'après ce que je glanais dans les propos qui m'entouraient, je compris qu'elle était danseuse, et il est indiscutable qu'elle mettait beaucoup mieux que moi le T-shirt des *Mets* en valeur. Il n'était pas difficile d'en être impressionné, et tandis qu'elle continuait de bavarder et de rire avec les autres, je glissais sans cesse de petits coups d'œil vers elle. Elle n'était pas maquillée et ne portait pas de soutien-gorge, mais un tintement constant de bracelets et de boucles d'oreilles accompagnait ses mouvements. Elle avait de jolis seins, qu'elle arborait avec une admirable nonchalance, sans les exhiber ni faire semblant qu'ils n'existaient pas. Je la trouvais belle, mais surtout j'aimais sa façon de se tenir, de ne pas paraître, comme tant de belles filles, paralysée par sa beauté. Peut-être à cause de la liberté de ses gestes, de la qualité franche, terre à terre, que j'entendais dans sa voix. Il ne s'agissait pas d'une enfant gâtée, d'une gosse de bourgeois comme les autres, mais de quelqu'un qui connaissait la vie, qui s'était débrouillé pour apprendre seul. Le fait qu'elle semblât heureuse de la proximité de mon corps, qu'elle ne s'écartât pas de mon épaule ni de ma jambe, qu'elle laissât même son bras nu s'attarder contre le mien – tout cela me rendait un peu fou.

L'accès à la conversation me fut offert au bout de peu de temps. Quelqu'un s'étant mis à parler de l'atterrissage sur la Lune, un autre déclara que cela ne s'était pas vraiment passé. Tout ça, c'est de la blague, affirmait-il, une extravagance médiatique mise en scène par le gouvernement pour nous distraire de la guerre. "Les gens croient tout ce qu'on leur dit de croire, ajoutait-il, n'importe quelle connerie en toc filmée dans un studio hollywoodien." Il ne m'en fallait pas plus pour faire mon entrée. Prenant mon élan avec l'allégation la plus excessive que je puisse inventer, j'énonçai calmement que non seulement l'alunissage du mois précédent avait été authentique, mais qu'il était loin d'être le premier. Il y avait des centaines d'années que des gens se rendaient sur la Lune, prétendis-je, peut-être même des milliers. Des petits rires nerveux accueillirent mon intervention, mais je plongeai aussitôt dans ma meilleure veine comico-pédante, et pendant dix minutes je déversai sur mes auditeurs une histoire de folklore lunaire, complétée de références à Lucien, Godwin et d'autres. Je voulais qu'ils soient impressionnés par mes connaissances, mais je voulais aussi les faire rire. Soûlé par le repas que je venais d'achever, déterminé à prouver à Kitty que je ne ressemblais à personne qu'elle connût, je me hissai à ma forme la plus éblouissante et ma diction coupante, *staccato*, leur donna à tous le fou rire. Je me mis alors à décrire le voyage de Cyrano, et quelqu'un m'interrompit. Cyrano de Bergerac n'était pas réel, disait cette personne, c'était un personnage dans une pièce, un homme imaginaire. Je ne pouvais laisser passer cette erreur, et, dans une brève digression, je leur racontai la vie de Cyrano. J'esquissai ses jeunes années de soldat, dissertai sur sa carrière de philosophe et de poète, puis m'attardai assez longuement sur les difficultés de son existence : ses problèmes d'argent, l'angoisse d'une attaque de syphilis, ses démêlés avec l'autorité à cause de ses opinions radicales. Je leur racontai comment il avait finalement trouvé un protecteur en la personne du duc d'Arpajon et comment, juste trois ans plus tard, il avait été tué dans une rue de Paris par une pierre tombée d'un toit sur sa tête. Observant une pause dramatique, je leur permis de se pénétrer de l'humour grotesque de cette tragédie. "Il n'avait que trente-six ans, repris-je, et nul ne sait à ce jour s'il s'agissait ou non d'un accident. A-t-il été assassiné par un de ses ennemis ou n'était-ce qu'une simple malchance, un destin aveugle déversant la destruction du haut du ciel ? Hélas, pauvre Cyrano. Il ne s'agit pas d'une fiction, mes amis, mais d'une créature de chair et de sang, d'un homme réel qui a vécu dans le monde réel, et qui a écrit en 1649 un livre sur son voyage dans la Lune. Comme c'est un récit de première main, je ne vois pas pourquoi on le mettrait en doute. D'après Cyrano, la Lune est un monde comme celui-ci. Vue de ce monde, notre Terre a la même apparence que la Lune vue de chez nous. Le Paradis est situé sur la Lune, et quand Adam et Eve ont mangé le fruit de l'Arbre de la Connaissance, Dieu les a exilés sur la Terre. Dans une première tentative, Cyrano essaie de s'envoler vers la Lune en s'attachant au corps des bouteilles de rosée plus-légère-que-l'air, mais, après être arrivé à mi-distance, il redescend et atterrit au sein d'une tribu d'Indiens nus en Nouvelle-France. Là, il construit une machine qui finit par l'amener à destination, ce qui montre sans conteste que l'Amérique a toujours été l'endroit idéal pour lancer des fusées. Les gens qu'il rencontre sur la Lune mesurent dix-huit pieds de haut et marchent à quatre pattes. Ils parlent deux langues différentes, mais il n'y a de mots dans aucune. La première, employée par les gens du commun, est un code compliqué fait de gestes de pantomime et nécessitant un mouvement constant de toutes les parties du corps. La seconde, parlée par les classes supérieures, consiste en son pur, un chantonnement complexe mais inarticulé qui ressemble fort à de la musique. Pour manger, les habitants de la Lune n'avalent pas les aliments mais les hument. Leur monnaie est de la poésie – de vrais poèmes, écrits sur des morceaux de papier dont la valeur est déterminée par celle de chaque poème. Le plus grand crime est la virginité, et l'on attend des jeunes gens qu'ils manquent de respect à leurs parents. Plus on a le nez long, plus on est considéré pour la noblesse de son caractère. (On châtre les hommes au nez court, car les gens de la Lune préféreraient l'extinction de leur race à l'obligation de vivre dans une telle laideur.) Il y a des livres qui parlent et des villes qui voyagent. Quand un grand philosophe meurt, ses amis boivent son sang et mangent sa chair. Les hommes arborent, pendus à leur ceinture, des pénis en bronze, comme au XVIIe siècle en France on portait l'épée. Ainsi que l'explique un

70

homme de la Lune à Cyrano étonné, ne vaut-il pas mieux honorer l'instrument de la vie que ceux de la mort ? Cyrano passe une bonne partie du livre dans une cage. A cause de sa petitesse, les Luniens pensent qu'il doit être un perroquet sans plumes. A la fin, un géant le rejette sur la Terre avec l'Antéchrist."

Je poursuivis mon bavardage pendant plusieurs minutes encore, mais tant parler m'avait épuisé et je sentais que mon inspiration commençait à flancher. En plein milieu de mon dernier discours (sur Jules Verne et le *Gun Club* de Baltimore), elle m'abandonna tout à fait. Ma tête rétrécit puis devint immense ; je voyais des lumières bizarres et des comètes me passer devant les yeux ; mon estomac se mit à gronder, à s'agiter, la douleur me donnait des coups de poignard et je sentis soudain que j'allais être malade. Sans un mot d'avertissement, j'interrompis ma conférence, me dressai et annonçai que je devais partir. "Merci de votre gentillesse, dis-je, mais des affaires urgentes m'appellent. Vous m'êtes chers, vous êtes bons, je vous promets de penser à vous tous dans mon testament." C'était une scène de folie, la danse d'un aliéné. Renversant au passage une tasse de café, je sortis de la cuisine en trébuchant et me dirigeai tant bien que mal vers la porte. Quand j'atteignis celle-ci, Kitty se trouvait près de moi. A ce jour, je n'ai jamais compris comment elle avait fait pour arriver là avant moi.

"Tu es un drôle de frère, dit-elle. Tu as l'air d'un homme, et puis tu te transformes en loup. Après quoi le loup devient un moulin à paroles. Tout est dans

la bouche pour toi, n'est-ce pas ? D'abord la nourriture, et puis les mots – dedans et puis dehors. Mais
tu oublies le meilleur usage à faire d'une bouche.
Je suis ta sœur, après tout, et je ne te laisserai pas
partir sans m'embrasser."

Je voulus m'excuser, mais, sans m'accorder une
chance de prononcer le moindre mot, Kitty se dressa sur la pointe des pieds, posa la main sur ma
nuque, et m'embrassa – très tendrement, me sem-
bla-t-il, presque avec compassion. Je ne savais que
penser. Etais-je supposé prendre ce baiser pour un
vrai baiser, ou n'était-ce que partie du jeu ? Avant
d'avoir pu en décider, j'appuyai sans le vouloir
mon dos contre la porte, et la porte s'ouvrit. J'y vis
comme un message, une suggestion discrète que la
fin était venue et, sans un mot de plus, je continuai
donc à reculer, me retournai lorsque mes pieds fran-
chirent le seuil, et m'en fus.

Après cela, il n'y eut plus de repas gratuit. Quand
le deuxième avis d'expulsion arriva, le 13 août, je
ne possédais plus que trente-sept dollars. Il se trouve
que c'était le jour même où les astronautes sont
venus à New York pour leur grande parade des
confettis. Les services de santé ont déclaré par la
suite que trois cents tonnes de papier avaient été
jetées dans les rues durant ces festivités. C'était un
record absolu, disaient-ils, la plus grande parade
dans l'histoire universelle. Je gardai mes distances.
Ne sachant plus où me tourner, je sortais aussi peu

que possible de l'appartement, tâchant d'économiser le peu de force qui me restait. Un petit saut au coin de la rue pour m'approvisionner et puis retour, rien de plus. J'avais le cul irrité à force de me torcher avec le papier brun des sacs que je rapportais du marché, mais c'est de la chaleur que je souffrais le plus. Il faisait insupportable dans l'appartement, une torpeur d'étuve qui m'accablait nuit et jour, et j'avais beau ouvrir les fenêtres, nulle brise ne se laissait apprivoiser. J'étais constamment en nage. Le simple fait de rester assis sur place me faisait transpirer, et, si je bougeais le moins du monde, cela provoquait une inondation. Je buvais autant d'eau que je pouvais. Je prenais des bains froids, me douchais la tête sous le robinet, appliquais des serviettes mouillées sur mon visage, mon cou et mes poignets. Ce n'était qu'un maigre confort, mais au moins j'étais propre. Le savon dans la salle de bains s'était réduit à un mince copeau blanc, et je devais le garder pour me raser. Comme mon stock de lames baissait aussi, je me limitai à deux rasages par semaine, en m'arrangeant avec soin pour qu'ils tombent les jours où je sortais faire mes courses. Bien que cela n'eût sans doute guère d'importance, je trouvais consolant de penser que je réussissais à sauver les apparences.

L'essentiel était de combiner mes prochaines actions. Mais c'était là précisément ce qui m'était le plus difficile, ce que je n'arrivais plus à faire. J'avais perdu la capacité de prévoir, et j'avais beau m'appliquer à tenter d'imaginer l'avenir, je ne le voyais pas, je ne voyais rien du tout. Le seul futur qui m'appartînt jamais était le présent que j'étais en train de vivre et la lutte pour y demeurer avait peu à peu pris le pas sur tout le reste. Je n'avais plus d'idées. Les instants se déroulaient l'un après l'autre, et l'avenir m'apparaissait à tout moment comme une page blanche, vide, une page d'incertitude. Si la vie était une histoire, comme oncle Victor me l'avait souvent affirmé, et si chaque homme était l'auteur de sa propre histoire, alors j'inventais la mienne au fil du chemin. Je travaillais sans scénario, j'écrivais chaque phrase comme elle se présentait et refusais de penser à la suivante. C'était bel et bon, sans doute, mais la question n'était plus de savoir si je pouvais écrire dans l'inspiration du moment. Cela, je l'avais fait. La question était : que devrais-je faire lorsque je me trouverais à court d'encre ?

La clarinette était toujours là, rangée dans son étui à côté de mon lit. J'ai honte aujourd'hui de l'admettre, mais j'ai failli craquer et la vendre. Pire, j'ai même été jusqu'à l'apporter un jour dans un magasin de musique pour savoir combien elle valait. En constatant que je n'en tirerais même pas assez pour couvrir un mois de loyer, j'abandonnai cette idée. Mais c'est la seule chose qui m'a épargné l'indignité d'aller jusqu'au bout. Avec le temps, j'ai compris combien j'avais été près de commettre un péché impardonnable. La clarinette était mon dernier lien avec oncle Victor, et parce que c'était le dernier, parce qu'il n'y avait aucune autre trace de lui, elle portait en elle toute la force de son âme. Chaque fois que je la regardais, je sentais cette force en moi aussi. C'était un objet auquel je pouvais m'accrocher, un débris du naufrage, qui m'aidait à flotter.

Plusieurs jours après ma visite chez le marchand de musique, un désastre mineur eut presque raison de moi. Les deux œufs que je m'apprêtais à mettre à bouillir dans une casserole d'eau pour mon repas quotidien glissèrent entre mes doigts et s'écrasèrent sur le sol. C'étaient les deux derniers de mes réserves, et je ne pus m'empêcher d'y voir la mésaventure la plus cruelle, la plus terrible qui me soit jamais arrivée. Les œufs avaient atterri avec un affreux bruit mou. Je me souviens d'être resté pétrifié d'horreur tandis qu'ils se répandaient sur le sol. Leur contenu lumineux, translucide, s'infiltrait dans les fentes du plancher, et soudain il y eut de la morve partout, une flaque visqueuse avec des bulles et des bouts de coquilles. Par miracle, un jaune avait survécu à la chute, mais quand je me penchai pour le ramasser, il glissa de la cuiller et se rompit. Il me sembla qu'une étoile explosait, qu'un grand soleil venait de mourir. Le jaune s'étala sur le blanc puis commença à tourbillonner, pour se transformer en une vaste nébuleuse, débris de gaz interstellaires. C'était trop pour moi – la dernière goutte, impondérable. Quand ceci s'est passé, je me suis assis, vrai, et j'ai pleuré.

Dans une tentative de dominer mon émotion, je m'en allai au *Moon Palace* m'offrir un repas. Cela ne servit à rien. J'étais passé de l'attendrissement sur moi-même à la prodigalité, et je me haïssais d'avoir cédé à ce caprice. Pour accroître encore mon dégoût, je commençai par un potage à l'œuf : j'étais incapable de résister à la perversité d'un tel jeu sur les mots. Je poursuivis avec des beignets, une assiettée de crevettes épicées et une bouteille de bière chinoise. Mais tout bienfait qu'aurait pu m'apporter cette nourriture était annulé par le poison de mes pensées. Je faillis vomir sur le riz. Ceci n'est pas un dîner, pensais-je, c'est le dernier repas, celui qu'on sert au condamné avant de le traîner à l'échafaud. Tandis que je m'obligeais à mâcher, à avaler, je me souvins d'une phrase de Raleigh, dans sa dernière lettre à sa femme, écrite la veille de son exécution : *Mon cerveau est brisé.* Rien n'aurait pu mieux me convenir que ces mots. Je pensai à la tête tranchée de Raleigh, conservée par sa femme dans une boîte en verre. Je pensai à la tête de Cyrano, défoncée par la chute d'une pierre. Puis j'imaginai l'éclatement de ma propre tête, s'éparpillant comme les œufs tombés sur le sol de ma chambre. Je sentais mon cerveau s'écouler goutte à goutte. Je me voyais en morceaux.

Je laissai au garçon un pourboire exorbitant et retournai vers mon immeuble. En entrant dans le hall, je m'arrêtai par routine devant ma boîte aux lettres et m'aperçus qu'il y avait quelque chose dedans. A part les avis d'expulsion, c'était le premier courrier que je recevais depuis des mois. Je me figurai pendant un bref instant que quelque bienfaiteur inconnu m'avait envoyé un chèque, mais en examinant la lettre je constatai que c'était simplement une autre sorte d'avis. Je devais me rendre à la visite médicale de l'armée le 16 septembre. Etant donné mon état du moment, j'encaissai la nouvelle avec un calme relatif. Il faut dire que le lieu où le couperet tomberait me paraissait de peu d'importance. A New York ou en Indochine, pensais-je, au bout du compte cela revient au même. Si Colomb avait pu confondre l'Amérique avec Cathay, qui étais-je pour faire la fine bouche avec la géographie ? Je rentrai chez moi et glissai la lettre dans l'étui de la clarinette d'oncle Victor. En l'affaire de quelques minutes j'avais réussi à l'oublier complètement.

J'entendis quelqu'un frapper à la porte, mais décidai que cela ne valait pas la peine d'aller voir qui c'était. Je réfléchissais, et souhaitais n'être pas dérangé. Quelques heures plus tard, j'entendis frapper à nouveau. On frappait d'une façon très différente de la première fois, et je ne croyais pas qu'il pût s'agir de la même personne. Celle-ci était grossière et brutale, un poing coléreux qui secouait la porte sur ses gonds, tandis que l'autre avait été discrète, presque timide : le fait d'un seul doigt, tapant sur le bois son message léger et intime. Je tournai ces différences dans ma tête pendant plusieurs heures, en méditant sur les trésors de connaissance humaine que renfermaient des sons aussi simples. Si les deux bruits avaient été produits par la même main, pensais-je, le contraste semblerait alors indiquer une frustration terrible, et j'étais bien en peine de me figurer qui pouvait si désespérément souhaiter me voir. Ceci signifiait que ma première

interprétation était la bonne. Il y avait deux indivi-
dus. L'un était probablement une femme, l'autre
pas. Je continuai à réfléchir en ce sens jusqu'à la
tombée de la nuit. Aussitôt que je m'aperçus qu'il
faisait noir, j'allumai une bougie, puis me remis à
réfléchir jusqu'à ce que je m'endorme. Pendant
tout ce temps, cependant, il ne me vint pas à l'esprit
de me demander qui ces gens pouvaient être.
Mieux encore, je ne fis pas le moindre effort pour
comprendre pourquoi je ne désirais pas savoir.

Les coups sur la porte reprirent le lendemain
matin. Quand je fus suffisamment réveillé pour être
sûr que je ne rêvais pas, j'entendis un bruit de clefs
au-dehors, dans le vestibule – un violent gronde-
ment de tonnerre qui m'explosa dans le crâne.
J'ouvris les yeux, et à cet instant une clef fut intro-
duite dans la serrure. Le pêne tourna, la porte s'ouvrit à la volée, et Simon Fernandez, le surveillant
de l'immeuble, fit son entrée dans la chambre. Il
arborait son habituelle barbe de deux jours et portait le même pantalon kaki avec le même T-shirt
blanc que depuis le début de l'été – une tenue
défraîchie maintenant, avec des taches de suie gri-
sâtre et les dégoulinades de plusieurs douzaines de
repas. Il me regarda droit dans les yeux en faisant
semblant de ne pas me voir. Depuis Noël, quand
j'avais failli à la coutume du pourboire annuel
(encore une dépense rayée de mes livres), Fernandez était devenu hostile. Plus de bonjours, plus de
commentaires sur le temps, plus d'histoires à propos de son cousin de Ponce qui avait presque été

admis à faire partie de l'équipe des *Cleveland Indians*. Fernandez s'était vengé en faisant comme si je n'existais pas, et nous n'avions pas échangé un mot depuis des mois. Ce matin entre tous les matins, néanmoins, sa stratégie avait subi une modification inattendue. Il déambula quelques instants autour de la pièce en tapotant les murs comme pour les inspecter, en quête de dégâts, puis, comme il passait pour la deuxième ou troisième fois à côté de mon lit, il s'arrêta, se retourna, et affecta un haut-le-corps exagéré en m'apercevant enfin. "Doux Jésus, s'écria-t-il, tu es toujours là ?

— Toujours là, répondis-je. Si on peut dire.

— Faut que tu t'en ailles aujourd'hui, annonça Fernandez. L'appartement est loué pour le premier du mois, tu sais, et Willie s'amène avec les peintres demain matin. T'as pas envie que les flics viennent te tirer d'ici, hein ?

— Ne vous en faites pas. Je serai parti bien à temps."

Fernandez examina la chambre d'un air de propriétaire, puis secoua la tête, dégoûté. "Quel trou tu as ici, mon ami. Sans vouloir t'offenser, ça me fait penser à un cercueil. Une de ces caisses en sapin dans lesquelles on enterre les types.

— Mon décorateur a pris des vacances, expliquai-je. Nous avions le projet de peindre les murs en bleu œuf de rouge-gorge, mais nous n'étions pas certains que cela irait avec les carreaux de la cuisine. Nous sommes convenus d'y réfléchir encore un peu avant de nous lancer.

— Un petit malin d'étudiant. T'as un problème, ou quoi ?

— Pas de problème. Quelques ennuis financiers, c'est tout. Le marché était mauvais, ces derniers temps.

— Si t'as besoin d'argent, faut le gagner. Comme je vois les choses, tu fais que rester assis sur ton cul toute la journée. Comme un chimp au zoo, tu vois ce que je veux dire ? Tu peux pas payer ton loyer si tu ne bosses pas.

— Mais je travaille. Je me lève le matin comme tout le monde, et puis je m'applique à essayer de vivre encore toute une journée. C'est un travail à temps plein. Pas de pauses café, pas de week-ends, pas de bonus ni de congés. Je ne me plains pas, remarquez, mais le salaire est plutôt bas.

— Tu m'as l'air d'un foutu paumé. Un petit malin d'étudiant, complètement paumé.

— Il ne faut pas surestimer les études. Ça ne mérite pas tout le foin qu'on en fait.

— Si j'étais toi, j'irais voir un médecin, déclara Fernandez, faisant soudain montre de sympathie. Je veux dire, regarde-toi. C'est vraiment triste, mon vieux. Y a plus rien. Juste un tas d'os.

— J'ai suivi un régime. Il n'est pas facile d'être au mieux de sa forme avec deux œufs à la coque par jour.

— Je ne sais pas, remarqua Fernandez, qui dérivait dans ses propres pensées. Parfois c'est comme si tout le monde était devenu cinglé. Si tu veux mon avis, c'est tous ces trucs qu'on tire dans l'espace.

Tous ces machins bizarres, ces satellites, ces fusées. Si on envoie des gens dans la Lune, il faut bien que ça craque. Tu vois ce que je veux dire ? Ça fait faire aux gens de drôles de choses. On ne peut pas déconner avec le ciel et espérer que rien ne se passe."

Il déplia le numéro du *Daily News* qu'il tenait dans la main gauche et me montra la première page. C'était la preuve, l'ultime pièce à conviction. Je ne distinguai pas du premier coup, mais ensuite je vis qu'il s'agissait de la photographie aérienne d'une foule. Il y avait des dizaines de milliers de gens sur cette photographie, un gigantesque agglomérat de corps, plus de corps que je n'en avais jamais vus en un même lieu. Woodstock. Cela avait si peu de rapport avec ce qui était en train de m'arriver que je ne savais que penser. C'étaient des gens de mon âge, mais, pour ce qui concerne la connivence que je ressentais avec eux, ils auraient aussi bien pu se trouver sur une autre planète.

Fernandez s'en alla. Je restai où j'étais pendant plusieurs minutes, puis sortis de mon lit et m'habillai. Il ne me fallut pas longtemps pour me préparer. Je fourrai quelques bricoles dans un sac de toile, calai l'étui à clarinette sous mon bras, et pris la porte. C'était la fin du mois d'août 1969. Si je me souviens bien, un soleil radieux brillait ce matin-là, et une petite brise soufflait de la rivière. Je me tournai vers le sud, m'arrêtai un moment, puis fis un pas. Puis je fis encore un pas, et de cette façon je commençai à descendre la rue. Pas une fois je ne regardai en arrière.

2

A partir d'ici, l'histoire se complique. Je peux décrire les événements mais, si précisément et si complètement que je m'y efforce, ma relation ne représentera jamais qu'une partie de ce que je tente de raconter. D'autres que moi sont concernés, et à la fin ils sont impliqués autant que moi dans ce qui m'est arrivé. Je pense à Kitty Wu, à Zimmer, à des gens qu'à l'époque je ne connaissais pas encore. J'ai appris beaucoup plus tard, par exemple, que c'était Kitty qui était venue frapper à ma porte. Alarmée par mon exhibition, lors de ce déjeuner dominical, et plutôt que de continuer à se tracasser, elle avait décidé de se rendre chez moi pour s'assurer que j'allais bien. La difficulté était de trouver mon adresse. Elle l'avait cherchée dès le lendemain dans l'annuaire, mais comme je n'avais pas le téléphone, je n'y figurais pas. Son inquiétude s'en était trouvée accrue. Se souvenant que la personne que je recherchais s'appelait Zimmer, elle s'était mise à son tour en quête de lui – sachant qu'il était sans doute la seule personne à New York à pouvoir lui dire où j'habitais. Malheureusement Zimmer n'avait emménagé dans son nouvel appartement que dans la seconde moitié du mois d'août, plus de dix ou douze jours après. Presque à l'instant même où elle parvenait à se procurer son numéro aux renseignements, je laissais tomber les œufs sur le sol de ma chambre. (A force de ressasser la chronologie dans le but de repérer tous nos faits et gestes, nous avons reconstitué tout ceci à la minute près.) Elle avait aussitôt voulu téléphoner à Zimmer, dont la ligne était occupée. Quand elle avait réussi à l'atteindre, j'étais déjà installé au *Moon Palace*, en train de m'en aller en pièces devant mon repas. Elle avait aussitôt pris le métro en direction du Upper West Side. Mais le trajet avait duré plus d'une heure, et lorsqu'elle était enfin arrivée chez moi il était trop tard. J'étais perdu dans mes pensées, et je l'avais laissée frapper à la porte sans réagir. Elle m'a raconté qu'elle était restée sur le palier pendant cinq à dix minutes. Elle m'entendait parler tout seul à l'intérieur (des mots trop confus pour qu'elle puisse les comprendre) et puis, tout à coup, il semble que je me sois mis à chanter – d'une façon bizarre, un chant sans mélodie, disait-elle – mais je n'en ai aucun souvenir. Elle avait frappé de nouveau, mais de nouveau j'étais demeuré sans réaction. Ne désirant pas s'imposer, elle avait finalement renoncé.

C'est là ce que Kitty m'a raconté. Cela m'a d'abord semblé plausible, mais dès que j'ai commencé d'y réfléchir, son histoire m'a paru de moins en moins convaincante. "Je ne comprends toujours pas pourquoi tu es venue, lui ai-je dit. Nous ne nous étions

vus que cette seule fois, et je ne pouvais rien représenter pour toi, à l'époque. Pourquoi t'es-tu donné
tout ce mal à cause de quelqu'un que tu ne connaissais même pas ?"

Détournant de moi ses yeux, Kitty a regardé par
terre. "Parce que tu étais mon frère, a-t-elle répondu,
très doucement.

— Ce n'était qu'une plaisanterie. On ne se dé-
mène pas ainsi pour une plaisanterie.

— Non, sans doute", a-t-elle murmuré, avec un
léger haussement d'épaules. Je pensais qu'elle
allait poursuivre, mais plusieurs secondes se sont
écoulées sans qu'elle ajoutât rien.

"Alors ? ai-je demandé. Pourquoi ?"

Elle m'a lancé un bref regard puis s'est remise à
fixer le sol. "Parce que je croyais que tu étais en
danger, dit-elle. Je croyais que tu étais en danger, et
de ma vie je ne m'étais jamais sentie aussi triste
pour qui que ce soit."

Elle était retournée à l'appartement le lendemain,
mais j'étais déjà parti. La porte était entrouverte,
néanmoins, et comme elle la poussait pour franchir
le seuil elle était tombée sur Fernandez qui s'affai-
rait dans la chambre ; il était en train d'entasser
mes possessions dans des sacs poubelles en plastique tout en grommelant et en jurant dans sa barbe.
Tel que Kitty le décrivait, on aurait dit quelqu'un
qui s'efforce de nettoyer la chambre d'un homme
qui vient de mourir de la peste : ses mouvements
rapides trahissaient une répugnance paniquée, il
touchait à peine aux objets, comme s'il avait eu

peur d'en être infecté. Elle lui avait demandé s'il savait où j'étais parti, mais il n'avait pu lui dire grand-chose. J'étais un dingue, un connard de paumé, disait-il, et, s'il avait la moindre notion de la moindre idée, j'étais probablement en train de ramper quelque part à la recherche d'un trou où mourir. Kitty était alors partie et redescendue dans la rue, et elle avait téléphoné à Zimmer de la première cabine qu'elle avait trouvée. Le nouvel appartement de Zimmer se trouvait à Bank Street, à l'ouest du Village, mais dès qu'il avait entendu ce qu'elle avait à lui dire, il avait laissé en plan ce qu'il était en train de faire et s'était précipité pour rejoindre Kitty dans mon quartier. Et c'est ainsi que j'ai fini par être sauvé : parce que ces deux-là s'étaient mis à ma recherche. Au moment même je n'en avais pas conscience, bien sûr, mais maintenant que je sais ce que je sais, il m'est impossible d'évoquer ces jours passés sans ressentir une bouffée de nostalgie pour mes amis. Dans un sens, cela altère la réalité de mon expérience. J'avais sauté du haut d'une falaise, et puis, juste au moment où j'allais m'écraser en bas, il s'est passé un événement extraordinaire : j'ai appris que des gens m'aimaient. D'être aimé ainsi, cela fait toute la différence. Cela ne diminue pas la terreur de la chute, mais cela donne une perspective nouvelle à la signification de cette terreur. J'avais sauté de la falaise, et puis, au tout dernier moment, quelque chose s'est interposé et m'a rattrapé en plein vol. Quelque chose que je définis comme l'amour. C'est la seule force qui peut stopper un homme dans sa chute, la seule qui soit assez puissante pour nier les lois de la gravité.

Je n'avais aucune idée de ce que j'allais faire. Après avoir quitté l'appartement, ce matin-là, je me mis simplement à marcher. J'allais où mes pieds me menaient. Dans la mesure où je pensais, c'était à laisser le hasard décider des événements, à suivre la voie de l'impulsivité et de l'arbitraire. Mes premiers pas se dirigeaient vers le sud, je continuai donc vers le sud et me rendis compte, deux ou trois rues plus loin, que de toute façon il valait sans doute mieux m'éloigner de mon quartier. On peut remarquer que l'orgueil avait atténué ma volonté de détachement envers ma misère, l'orgueil et un sentiment de honte. Une part de moi-même était consternée que j'eusse accepté d'en arriver là, et je ne souhaitais pas courir le risque de rencontrer quelqu'une de mes connaissances. Le nord, cela voulait dire Morningside Heights, où les rues seraient peuplées de visages familiers. J'étais certain d'y tomber sur des gens qui, s'ils n'étaient pas des amis, me connaissaient au moins de vue : les habitués du *West End Bar*, des camarades d'études, d'anciens professeurs. Je n'avais pas le courage de supporter qu'ils me voient, qu'ils me fixent, qu'ils se retournent sur moi, le regard incrédule. Pis encore, j'étais horrifié à l'idée d'avoir à parler à l'un d'entre eux.

Je partis donc vers le sud, et, de tout mon séjour dans les rues, je ne remis pas le pied sur Upper Broadway. J'avais en poche quelque chose comme seize ou vingt dollars ; mon sac contenait un chandail, un blouson de cuir, une brosse à dents, un rasoir avec trois lames neuves, une paire de chaussettes de rechange, des slips, et un petit carnet vert à spirale où j'avais glissé un crayon. Juste au nord de Columbus Circle, moins d'une heure après que je me fus embarqué dans ce pèlerinage, un incident improbable se produisit. Arrêté devant la boutique d'un horloger, j'examinais le mécanisme d'une montre ancienne exposée dans la vitrine quand soudain, en baissant les yeux, j'aperçus à mes pieds un billet de dix dollars. Je fus si ému que je ne savais comment réagir. Mon esprit était déjà plein de confusion, et, plutôt que d'y voir un simple coup de chance, je me persuadai que ce qui venait de se passer était d'une importance profonde : un événement religieux, un véritable miracle. Je me penchai pour ramasser cet argent et quand je constatai qu'il était bien réel, je me mis à trembler de joie. Ça va marcher, me dis-je, tout finira par s'arranger. Sans autre considération, j'entrai dans un café grec et m'offris un petit déjeuner de fermier : jus de pamplemousse, corn-flakes, œufs au jambon, café, le grand jeu. J'achetai même, après ce repas, un paquet de cigarettes, et m'attardai au comptoir en buvant encore une tasse de café. J'étais saisi d'un sentiment incontrôlable de joie et de bien-être, d'un amour tout neuf pour l'univers. Tout dans ce restaurant me semblait merveilleux : les urnes à café fumantes, les tabourets tournants, les grille-pain à quatre fentes, les machines argentées qui servaient à préparer les milk-shakes, les petits pains frais empilés dans leurs récipients de verre. Je me sentais comme sur le point de renaître, de découvrir un continent nouveau. En savourant une deuxième Camel, je regardai le garçon s'affairer derrière le comptoir. Je dirigeai ensuite mon attention vers la serveuse, son air mal soigné, ses faux cheveux roux. L'un et l'autre me paraissaient indiciblement poignants. J'aurais aimé leur dire combien ils m'étaient importants, mais les mots refusaient de me sortir de la bouche. Pendant quelques minutes encore, je restai assis là, plongé dans ma propre euphorie, à m'écouter penser. Mon cerveau débordait de sentimentalisme, un vrai pandémonium d'élucubrations rhapsodiques. Puis, ma cigarette s'étant réduite à un mégot, je rassemblai mes forces et repris mon chemin.

Dans l'après-midi, la chaleur devint étouffante. Ne sachant que faire de moi-même, j'entrai dans un des cinémas à triple programme de la Quarante-deuxième rue, près de Times Square. La promesse du conditionnement d'air m'avait séduit, et j'y pénétrai aveuglément, sans même prendre la peine de lire sur l'affiche ce qu'on jouait. Pour quatre-vingt-dix-neuf cents, j'étais prêt à assister à n'importe quoi. Je m'installai à l'étage, dans la section fumeurs, et vins lentement à bout de dix ou douze autres Camel en regardant les deux premiers films, dont j'ai oublié les titres. Je me trouvais dans l'un de ces fastueux palaces de rêve construits pendant la Dépression : lustres dans le vestibule, escaliers de marbre, décors rococo sur les murs. C'était moins un cinéma qu'une châsse, un temple à la gloire de l'illusion. A cause de la température extérieure, la plus grande partie de la population clocharde de New York paraissait présente ce jour-là. Il y avait des ivrognes et des drogués, des gens avec des croûtes sur le visage, des gens qui marmonnaient pour eux-mêmes et répliquaient aux acteurs sur l'écran, des gens qui ronflaient, qui pétaient, des gens qui pissaient sous eux. Une équipe de portiers circulait dans les allées avec des lampes électriques, vérifiant si personne ne s'était endormi. Le bruit était toléré dans ce théâtre, mais il était apparemment illégal d'y perdre conscience. Chaque fois qu'un portier découvrait un dormeur, il lui dirigeait sa lampe droit dans la figure en lui ordonnant d'ouvrir les yeux. Si l'homme ne réagissait pas, le portier s'avançait jusqu'à son siège et le secouait. Les récalcitrants étaient éjectés de la salle, non sans fortes et amères protestations. Ceci se produisit une demi-douzaine de fois au cours de l'après-midi. Il ne m'est venu à l'esprit que beaucoup plus tard que les portiers étaient sans doute en quête de morts.

Je ne laissai rien de tout cela me troubler. J'étais au frais, au calme, j'étais content. Compte tenu des incertitudes qui m'attendaient au sortir de là, j'avais la situation bien en main. Ensuite la troisième partie du programme commença et j'eus soudain l'impression que le sol se dérobait au-dedans de moi. Il se trouve qu'on donnait *le Tour du monde en quatre-vingts jours*, ce même film que j'avais vu onze ans plus tôt à Chicago avec l'oncle Victor. Je pensai que j'éprouverais du plaisir à le revoir, et considérai pendant un petit moment que j'avais de la chance de m'être installé dans cette salle juste le jour où on le projetait – ce film, entre tous les films. Il me sembla que le destin veillait sur moi, que ma vie se déroulait sous la protection d'esprits bienveillants. Au bout de peu de temps, je m'aperçus néanmoins que des larmes étranges, inexplicables, me montaient aux yeux. Au moment où Philéas Fogg et Passepartout s'envolent dans le ballon à air chaud (quelque part au cours de la première demi-heure), les vannes cédèrent enfin et un flot de larmes brûlantes et salées m'inonda les joues. Mille chagrins d'enfance me revenaient en tempête, j'étais impuissant à m'en défendre. Je sentais que si l'oncle Victor avait pu me voir, il en aurait eu le cœur brisé. Je m'étais laissé aller à rien, un homme mort, dégringolant en enfer la tête la première. Dans la nacelle de leur ballon, qui flottait au-dessus de la généreuse campagne française, David Niven et Cantinflas regardaient le paysage, et moi, en bas, dans l'obscurité, en compagnie d'un ramassis d'ivrognes, je sanglotais à perdre le souffle sur ma misérable existence. Je quittai ma place et me frayai un chemin vers la sortie. Au-dehors, je fus agressé par la lumière de cette fin d'après-midi, replongé soudain dans la chaleur.

C'est tout ce que je mérite, me dis-je. J'ai créé mon néant, il me faut maintenant y vivre.

Il en fut ainsi pendant plusieurs jours encore. Au gré de sautes d'humeur qui passaient avec brusquerie d'un extrême à l'autre, je balançai tant et si bien de la joie au désespoir que ces allées et venues me délabrèrent le cerveau. Presque n'importe quoi servait de déclencheur : une confrontation inattendue avec le passé, le sourire d'un étranger, la façon dont la lumière frappait le trottoir à une heure donnée. Je m'efforçais d'atteindre à une forme d'équilibre intérieur, mais en vain : tout était instabilité, tumulte, lubies extravagantes. Engagé un moment dans une quête philosophique, avec la suprême certitude d'accéder bientôt au rang des illuminés, je m'écroulais l'instant d'après, en larmes, sous le poids de mon angoisse. Mon absorption en moi-même était si profonde que je ne voyais plus les choses telles qu'elles étaient : les objets devenaient pensées, et chaque pensée jouait son rôle dans le drame qui se développait au-dedans de moi.

Me trouver projeté dans l'inconnu était une tout autre affaire que de rester dans ma chambre à attendre que le ciel me tombe sur la tête. Une fois sorti du cinéma, il ne me fallut pas dix minutes pour comprendre enfin ce qui m'attendait. La nuit approchait, je devais sans délai me trouver un endroit où dormir. Si étonnant que cela me paraisse aujourd'hui, je n'avais pas sérieusement réfléchi à ce problème. Je supposais qu'une solution ou une autre surgirait d'elle-même, que la confiance aveugle dans la chance pure suffirait. Mais lorsque je commençai à examiner les perspectives qui s'offraient à moi, je me rendis compte qu'elles n'étaient pas gaies. Je n'allais pas m'allonger sur le trottoir comme un clochard, me disais-je, pour y passer la nuit emballé dans de vieux journaux. Ce serait m'exposer à tous les fous de la ville, les inviter à me couper la gorge. Et même si je ne subissais pas d'agression, j'étais certain de me faire arrêter pour vagabondage. D'autre part, de quelles possibilités d'abri disposais-je ? La perspective de coucher dans un asile me faisait horreur. Je ne supportais pas l'idée de me trouver dans la même pièce qu'une centaine de crève-la-faim, obligé de respirer leurs odeurs, d'écouter les grognements de vieillards en train de se foutre entre eux. Je ne voulais rien avoir à faire de ce genre d'endroits, même si l'accès en était gratuit. Il y avait le métro, bien sûr, mais je savais d'avance que je ne pourrais jamais y fermer l'œil – ni à cause des cahots, du bruit, des lumières fluorescentes, ni de la conscience qu'à tout moment un surveillant pouvait venir me balancer sa matraque sur la plante des pieds. J'errai pendant plusieurs heures, la peur au ventre, sans parvenir à une décision. Si je finis par choisir Central Park, c'est uniquement parce que j'étais trop épuisé pour trouver une autre idée. Je me trouvai, vers onze heures, en train de marcher sur la Cinquième avenue en parcourant d'une main distraite le mur de pierre qui la sépare du parc. Je regardai de l'autre côté, vis cet immense espace inhabité, et me rendis compte que rien de mieux ne se présenterait à cette heure. Au moins, le sol y serait mou, et j'accueillais avec soulagement l'idée de m'étendre sur l'herbe, de pouvoir faire mon lit en un lieu où personne ne me verrait. J'entrai dans le parc quelque part près du Metropolitan Museum, m'enfonçai vers l'intérieur pendant plusieurs minutes, puis me glissai en rampant sous un buisson. Je ne me sentais pas capable d'une recherche plus attentive. J'avais entendu toutes les histoires horribles qu'on raconte à propos de Central Park, mais à ce moment ma fatigue était plus grande que ma peur. Je me disais que si le buisson ne me dissimulait pas aux regards j'avais toujours mon couteau pour me défendre. Je roulai en boule mon blouson de cuir en guise d'oreiller puis m'agitai quelques instants en essayant de trouver une position confortable. Aussitôt que je fus immobile, j'entendis un criquet dans le buisson voisin. Peu après, une brise légère se mit à agiter les feuilles et les branches au-dessus de ma tête. Je ne savais plus que penser. Il n'y avait pas de lune cette nuit-là dans le ciel, ni la moindre étoile. Avant de m'être souvenu de saisir mon couteau dans ma poche, je dormais profondément.

Je me réveillai avec l'impression d'avoir couché dans un fourgon. Le jour venait de se lever, et j'avais le corps entier endolori, les muscles noués. Je m'extirpai tant bien que mal du buisson, jurant et gémissant à chaque mouvement, puis découvris mon environnement. J'avais passé la nuit au bord d'un terrain de *soft-ball*, dans le bosquet situé derrière une des bases. Le terrain était situé dans un creux, et à cette heure matinale un léger brouillard gris flottait au-dessus de l'herbe. Il n'y avait rigoureusement personne en vue. Quelques moineaux voletaient en pépiant aux alentours de la deuxième base, un geai criait dans la cime des arbres. C'était New York, mais cela n'avait rien à voir avec le New York que j'avais toujours connu. Cet endroit était dépourvu d'associations, il aurait pu se trouver n'importe où. Tandis que je méditais là-dessus, je réalisai tout à coup que j'avais réussi à passer la première nuit. Je n'affirmerais pas que je me réjouissais de ce succès (mon corps me faisait trop souffrir), mais j'avais conscience de m'être débarrassé d'un souci important. J'avais passé la première nuit, et, si je l'avais fait une fois, il n'y avait pas de raison d'imaginer que je ne pourrais pas recommencer.

Après cela, je couchai tous les soirs dans le parc. Il était devenu pour moi un sanctuaire, un refuge d'intériorité contre les exigences énervantes de la rue. Cela faisait plus de trois cents hectares où vagabonder et, à la différence du quadrillage massif d'immeubles et de tours qui en dominait le pourtour, le parc m'offrait la possibilité de m'isoler, de me séparer du reste du monde. Dans les rues, tout n'est que corps et commotions et, qu'on le veuille ou non, on ne peut y pénétrer sans adhérer à un protocole rigoureux. Marcher dans une foule signifie ne jamais aller plus vite que les autres, ne jamais traîner la jambe, ne jamais rien faire qui risque de déranger l'allure du flot humain. Si on se conforme aux règles de ce jeu, les gens ont tendance à vous ignorer. Un vernis particulier ternit les yeux des New-Yorkais quand ils circulent dans les rues, une forme naturelle, peut-être nécessaire, d'indifférence à autrui. Par exemple, l'apparence ne compte pas. Tenues extravagantes, coiffures bizarres, T-shirts imprimés de slogans obscènes – personne n'y fait attention. En revanche, quelque accoutrement qu'on arbore, la façon dont on se comporte est capitale. Le moindre geste étrange est immédiatement ressenti comme une menace. Parler seul à voix haute, se gratter le corps, fixer quelqu'un droit dans les yeux : de tels écarts de conduite peuvent déclencher dans l'entourage des réactions hostiles et parfois violentes. On ne peut ni trébucher ni tituber, il ne faut pas se tenir aux murs, ni chanter, car toute attitude spontanée ou involontaire provoque à coup sûr des regards durs, des remarques caustiques, et même à l'occasion une bourrade ou un coup de pied dans les tibias. Je n'en étais pas au point de subir pareils traitements, mais j'avais vu de telles choses se produire et je savais qu'un jour viendrait tôt ou tard où je ne serais plus capable de me contrôler. Par contraste, la vie dans Central Park proposait une gamme plus étendue de variables. Personne ne s'y étonnait qu'on s'étende sur l'herbe pour s'endormir en plein midi. Personne ne tiquait si l'on restait assis sous un arbre à ne rien faire, si l'on jouait de la clarinette, si l'on hurlait à tue-tête. A part les employés de bureau qui en longeaient les limites à l'heure du déjeuner, la majorité des gens qui fréquentaient le parc se conduisaient comme s'ils avaient été en vacances. Les mêmes choses qui les auraient inquiétés dans la rue n'étaient ici considérées qu'avec une indifférence amusée. Les gens se souriaient et se tenaient par la main, pliaient leurs corps en postures inhabituelles, s'embrassaient. C'était vivre et laisser vivre, et du moment qu'on n'intervenait pas directement dans l'existence des autres on était libre d'agir à sa guise.

Il est indiscutable que le parc me fit le plus grand bien. Il me donnait une possibilité d'intimité, mais surtout il me permettait d'ignorer la gravité réelle de ma situation. L'herbe et les arbres étaient démocratiques, et quand je flânais au soleil d'une fin d'après-midi, ou quand, en début de soirée, j'escaladais les rochers en quête d'un endroit où dormir, j'avais l'impression de me fondre dans l'environnement, de pouvoir passer, même devant un œil exercé, pour l'un des pique-niqueurs ou des promeneurs qui m'entouraient. Les rues n'autorisaient pas de telles illusions. Quand je marchais dans la foule, j'étais aussitôt accablé par la honte. Je me sentais tache, vagabond, raté, bouton obscène sur la peau de l'humanité. Chaque jour, je devenais un peu plus sale que le jour précédent, un peu plus dépenaillé et brouillon, un peu plus différent de tous les autres. Dans le parc, je n'avais pas à trimbaler ce fardeau de conscience de moi-même. J'y possédais un seuil, une frontière, un moyen de distinguer le dedans du dehors. Si les rues m'obligeaient à me voir tel que les autres me voyaient, le parc m'offrait une chance de retrouver ma vie intérieure, de m'appréhender sur le seul plan de ce qui se passait au-dedans de moi. Je m'apercevais qu'il est possible de survivre sans un toit sur sa tête, mais pas sans établir un équilibre entre l'intérieur et l'extérieur. C'est ce que le parc faisait pour moi. Comme foyer, ce n'était pas grand-chose, sans doute, mais, à défaut de tout autre abri, c'en était assez proche.

Des choses inattendues m'y arrivaient sans cesse, des choses dont il me paraît presque impossible de me souvenir aujourd'hui. Un jour, par exemple, une jeune femme aux cheveux d'un roux éclatant vint me glisser dans la main un billet de cinq dollars – comme ça, sans la moindre explication. Une autre fois, je fus convié par un groupe de gens à me joindre à eux pour un déjeuner sur l'herbe. Quelques jours plus tard, je passai un après-midi entier à jouer au *soft-ball*. Compte tenu de ma condition physique du moment, je m'en tirai honorablement (deux ou trois *singles*, une balle rattrapée en plongeon dans le champ gauche), et chaque fois que revenait le tour de mon équipe d'être à la batte, les autres joueurs m'offraient à manger, à boire et à fumer : des sandwiches géants et des bretzels, des boîtes de bière, des cigarettes. Ce furent des moments heureux, et ils m'ont aidé à franchir certaines périodes plus sombres, quand la chance paraissait m'avoir abandonné. Peut-être était-ce là

tout ce que je m'étais jamais appliqué à prouver :
que dès lors qu'on a jeté sa vie à tous les vents, on
découvre des choses qu'on n'avait jamais soupçon-
nées, des choses qu'on ne peut apprendre en nulle
autre circonstance. J'étais à moitié mort de faim,
mais chaque fois qu'un événement heureux survenait, je l'attribuais moins à la chance qu'à un état
d'esprit particulier. Que penser, sinon, des extraordinaires gestes de générosité dont je fus l'objet à
Central Park ? Je ne demandais jamais rien à personne, je ne bougeais pas de ma place, et pourtant
des inconnus venaient sans cesse m'apporter de
l'aide. Une force devait émaner de moi vers le
monde, pensais-je, quelque chose d'indéfinissable
qui donnait aux gens l'envie d'agir ainsi. Avec le
temps, je commençai à remarquer que les bonnes
choses n'arrivaient que lorsque j'avais renoncé à les
espérer. Si c'était vrai, l'inverse devait l'être aussi :
trop espérer les empêcherait de se produire. C'était
la conséquence logique de ma théorie, car si je
m'étais prouvé que je pouvais exercer sur autrui
une attirance, il s'ensuivait que je pouvais le repousser. En d'autres termes, on n'obtenait ce qu'on
désirait qu'en ne le désirant pas. Cela n'avait aucun
sens, mais l'inintelligibilité de cette proposition
était ce qui me plaisait. Si mes besoins ne pouvaient être comblés qu'à condition de ne pas y
penser, toute pensée consacrée à ma situation était
nécessairement improductive. Dès l'instant où
j'adoptai cette idée, je me trouvai en équilibre ins-
table sur le fil d'une conscience inconcevable. Car

comment ne pas penser à la faim quand on est toujours affamé ? Comment réduire son estomac au silence quand il proteste sans répit en réclamant satisfaction ? Il est presque impossible d'ignorer de telles demandes. J'y cédai à maintes reprises, et je savais aussitôt, automatiquement, que j'avais détruit mes chances de secours. Ce résultat était inévitable, il avait la rigueur et la précision d'une formule mathématique. Tant que je me préoccupais de mes problèmes, le monde se détournait de moi. Ce qui ne me laissait d'autre choix que de me suffire à moi-même, de chaparder, de me débrouiller tout seul. Le temps passait. Un jour, deux jours, trois ou quatre même, peut-être, et je purgeais petit à petit mon esprit de toute idée de sauvetage, je me déclarais perdu. C'était alors seulement qu'intervenaient les événements miraculeux. Ils tombaient toujours du ciel. Je ne pouvais les prévoir, et, une fois qu'ils avaient eu lieu, je ne pouvais en aucune manière compter sur leur répétition. Chaque miracle était donc toujours le dernier miracle. Et parce que c'était le dernier, j'étais chaque fois rejeté vers les commencements, obligé chaque fois de reprendre la lutte.

Je passais une partie de mes journées à chercher de la nourriture dans le parc. Cela m'aidait à réduire mes dépenses, et aussi à repousser le moment où il faudrait m'aventurer dans les rues. Avec le temps, les rues étaient devenues ma pire crainte, et j'étais prêt à quasiment n'importe quoi pour les éviter. Les week-ends, en particulier, m'étaient très profitables. Quand il faisait beau, des masses de gens

venaient au parc, et je constatai bientôt que la plupart y apportaient quelque chose à manger : toutes
sortes de repas et de casse-croûte, de quoi s'em-
piffrer à cœur joie. Il en résultait un gaspillage
inévitable, des masses gargantuesques d'aliments
abandonnés mais comestibles. Il me fallut un peu
de temps pour m'y adapter, mais, une fois acceptée
l'idée de mettre dans ma bouche quelque chose qui
avait déjà touché celle d'un autre, je trouvai autour
de moi de quoi me nourrir à satiété. Des croûtes de
pizzas, des morceaux de hot-dogs, des quignons de
sandwiches, des boîtes de limonade à moitié pleines
– les prés et les rochers en étaient parsemés, les poubelles débordaient de cette abondance. Pour surmonter mon dégoût, j'entrepris de leur donner des
noms comiques. Je les appelais restaurants cylin-
driques, repas à la fortune du pot, colis d'assistance
municipale – n'importe quoi pour éviter de les
appeler par leur nom. Un jour où je fourrageais
dans l'une d'elles, un policier s'approcha et me
demanda ce que je faisais. Pendant quelques instants, je balbutiai, pris tout à fait au dépourvu, puis
je déclarai que j'étais étudiant. Je prétendis travailler pour un projet d'études urbaines, et avoir
consacré tout l'été à l'analyse statistique et sociolo-
gique du contenu des poubelles. Pour confirmer ce
que je disais, j'extirpai de ma poche ma carte universitaire de Columbia, en espérant qu'il ne remarquerait pas qu'elle était périmée depuis juin. Il
examina un moment la photographie, regarda mon
visage, revint à la photographie pour les comparer,

puis haussa les épaules. "Tâche de ne pas trop enfoncer la tête dedans, lança-t-il. Tu risques de rester bloqué, si tu ne fais pas attention."

Je ne voudrais pas suggérer que je trouvais tout ceci plaisant. Ramasser des miettes n'avait rien de romanesque, et le peu de nouveauté que cela avait pu présenter au début s'était rapidement émoussée. Je me souvenais d'un passage dans un livre que j'avais lu un jour (*Lazarillo de Tormes*, je crois bien) dans lequel un hidalgo famélique se promène partout un cure-dent à la bouche afin de donner l'impression qu'il vient de terminer un repas copieux. Je me mis à affecter moi-même ce déguisement, et je n'oubliais jamais de rafler une poignée de cure-dents chaque fois que j'allais prendre une tasse de café dans un bistrot. Ils me permettaient de mâchouiller dans les périodes creuses entre les repas, et je pensais qu'ils conféraient à mon apparence une sorte de distinction, un air d'indépendance et de calme. Pas grand-chose, mais j'avais besoin de tout ce qui pouvait m'aider à tenir debout. J'éprouvais une difficulté particulière à m'approcher d'une poubelle quand je me sentais observé et je m'efforçais toujours d'y mettre toute la discrétion possible. Si ma faim l'emportait en général sur mon inhibition, c'est simplement que ma faim était trop grande. A plusieurs reprises, j'entendis des gens se moquer de moi, et une ou deux fois je remarquai des enfants qui me montraient du doigt, en disant à leur mère de regarder ce drôle de bonhomme qui mangeait des ordures. Ce sont là des choses qu'on n'oublie jamais, le temps n'y fait rien. Je luttais pour maîtriser ma colère, mais je me souviens d'au moins une occasion où j'ai adressé à un petit garçon un grognement si féroce qu'il a fondu en larmes. J'arrivai néanmoins tant bien que mal à accepter ces humiliations comme une part normale de la vie que je menais. Quand je me sentais moralement fort, je parvenais à les interpréter comme une initiation spirituelle, des obstacles dressés sur mon chemin pour mettre à l'épreuve ma foi en moi-même. Si j'apprenais à les surmonter, je finirais par atteindre à un degré supérieur de conscience. Quand j'étais d'humeur moins exultante, j'avais tendance à me considérer sous un angle politique, avec l'espoir de justifier mon état en le traitant comme un défi au mode de vie américain. Je prétendais représenter un instrument de sabotage, une pièce desserrée dans la machine nationale, un inadapté chargé de jouer le rôle du grain de sable dans les rouages. Nul ne pouvait me regarder sans ressentir de honte, de colère ou de pitié. J'étais la preuve vivante que le système avait échoué, que le pays béat et suralimenté de l'abondance se lézardait enfin.

De telles pensées occupaient une grande partie de mes veilles. Je gardais toujours une conscience aiguë de ce qui m'arrivait, mais sitôt que la moindre chose se produisait, mon esprit réagissait et s'enflammait d'une passion incendiaire. Mon cerveau bouillonnait de théories livresques, de voix contradictoires, de colloques intérieurs complexes. Par la suite, après mon sauvetage, Zimmer et Kitty m'ont maintes fois demandé comment je m'étais débrouillé pour ne rien faire pendant tant de jours. Ne m'étais-je pas ennuyé ? se demandaient-ils. N'était-ce pas monotone ? Ces questions étaient logiques, mais en réalité je ne me suis jamais ennuyé. J'ai été sujet, dans le parc, à toutes sortes d'humeurs et d'émotions, mais l'ennui n'en faisait pas partie. Quand je n'étais pas occupé de questions pratiques (la recherche d'un endroit où passer la nuit, le souci de mon estomac), une foule d'autres activités semblaient s'offrir à moi. Vers le milieu de la matinée, je découvrais généralement un journal dans l'une des poubelles, et pendant une heure ou deux, désireux de rester au courant de ce qui advenait dans le monde, j'en passais les pages au peigne fin. La guerre continuait, bien sûr, mais d'autres événements méritaient l'attention : Chappaquidick, les huit de Chicago*, le procès des Black Panthers, un deuxième alunissage, les *Mets*. Je suivis la dégringolade spectaculaire des *Cubs* avec un intérêt particulier, et je m'émerveillais qu'ils aient pu tomber aussi bas. Il m'était difficile de ne pas voir de correspondance entre leur plongeon du sommet et ma propre situation, mais je ne prenais pas cela personnellement. A dire vrai, je me sentais plutôt gratifié par la bonne étoile des *Mets*. Leur histoire était encore plus abominable que celle des *Cubs*, et les voir soudain, contre toute vraisemblance, surgir des profondeurs, cela semblait prouver

* En 1968, manifestation anti-Viêt-nam.*(N.d.T.)*

que tout en ce monde est possible. Cette pensée était consolante. La causalité n'était plus le démiurge caché qui régit l'univers : le bas devenait le haut, le dernier, le premier, et la fin, le commencement. Héraclite était ressuscité de dessus son fumier, et ce qu'il avait à nous montrer était la plus simple des vérités : la réalité était un yo-yo, le changement la seule constante.

Une fois que j'avais médité sur les nouvelles du jour, je passais généralement quelque temps à me balader dans le parc, à en explorer les zones où je n'étais pas encore allé. J'appréciais le paradoxe de vivre dans une nature fabriquée par l'homme. Une nature sublimée, si l'on peut dire, et qui offrait une variété de sites et de paysages que la nature concentre rarement en un lieu aussi limité. Il y avait des collines et des champs, des affleurements rocheux et des jungles de feuillage, de douces prairies et des réseaux serrés de souterrains. J'aimais aller et venir entre ces différents secteurs, car cela me permettait d'imaginer que je couvrais de grandes distances alors même que je demeurais dans les bornes de mon univers en miniature. Il y avait le zoo, bien sûr, tout au fond du parc, et le lac où des gens louaient de petits bateaux de plaisance, et le réservoir, et les terrains de jeux pour enfants. J'occupais pas mal de temps rien qu'à regarder les gens : j'étudiais leurs gestes et leur démarche, je leur inventais des biographies, j'essayais de m'abandonner complètement à ce que je voyais. Souvent, quand j'avais l'esprit particulièrement vide, je me surprenais plongé dans des jeux mornes, obsessionnels. Je comptais le nombre de personnes qui passaient à un endroit donné, par exemple, ou je cataloguais les visages en fonction des animaux auxquels ils ressemblaient – cochons ou chevaux, rongeurs ou oiseaux, escargots, marsupiaux, chats. A l'occasion, je notais quelques-unes de ces observations dans mon carnet, mais en général j'éprouvais peu le désir d'écrire, car je ne voulais m'abstraire de mon environnement en aucune façon sérieuse. Je considérais que j'avais déjà vécu par les mots une trop grande partie de ma vie, et que si je voulais trouver un sens à cette période-ci, il me fallait l'éprouver aussi pleinement que possible, fuir tout ce qui n'était pas ici et maintenant, le tangible, le vaste univers sensoriel en contact avec ma peau.

Je m'y trouvai aussi confronté à des dangers, mais rien de calamiteux en vérité, rien dont je n'aie fini par me sortir. Un matin, un vieillard s'assit à côté de moi sur un banc, me tendit la main, et se présenta sous le nom de Frank. "Vous pouvez m'appeler Bob si vous préférez, ajouta-t-il, je ne suis pas difficile. Du moment que vous ne m'appelez pas Bill, nous nous entendrons bien." Puis, presque sans reprendre son souffle, il se lança dans un récit compliqué à propos d'une affaire de jeu, et s'étendit longuement sur un pari de mille dollars qu'il avait placé en 1936 et qui concernait un cheval nommé Cigarillo, un gangster nommé Duke et un jockey nommé Tex. A sa troisième phrase, j'étais largué, mais ce n'était pas désagréable d'écouter ce conte décousu et tiré par les cheveux, et comme le personnage me semblait tout à fait inoffensif je ne songeai pas à m'en aller. Après dix minutes de ce monologue, pourtant, il se leva brusquement, empoigna l'étui à clarinette que je tenais sur mes genoux, et partit en courant sur le sentier en macadam, tel un joggueur invalide, à petits pas traînants et pathétiques, absurdes, en projetant bras et jambes dans toutes les directions. Je n'eus aucun mal à le rattraper. Je lui saisis alors brusquement un bras par-derrière, le fis tourner sur lui-même et lui arrachai l'étui des mains. Il parut étonné que j'aie pris la peine de le poursuivre. "En voilà une façon de traiter un vieillard", protesta-t-il, sans manifester le moindre remords de ce qu'il avait fait. J'avais une furieuse envie de lui boxer la figure, mais il tremblait déjà d'une telle peur que je me retins. Au moment où j'allais me détourner, il me lança un regard effrayé, méprisant, et puis envoya dans ma direction un énorme crachat. La moitié environ dégoutta sur son menton, mais le reste m'atteignit sur la chemise, à hauteur de la poitrine. Je baissai les yeux un instant pour inspecter les dégâts, et dans cette fraction de seconde il s'échappa de nouveau, en regardant par-dessus son épaule si je le suivais. Je pensais en être quitte mais, aussitôt qu'il eut mis entre nous assez de distance pour se sentir en sécurité, il s'arrêta net, se retourna, et se mit à agiter le poing vers moi, en donnant des coups dans l'air avec indignation. "Sale communiste ! criait-il. Sale agitateur communiste ! Retourne chez toi en Russie !"

Il me provoquait, pour que je le reprenne en chasse, dans l'espoir évident de faire durer notre aventure, mais je ne tombai pas dans le piège. Sans ajouter un mot, je fis demi-tour en le laissant en plan.

Un épisode sans importance, certes, mais d'autres me firent un effet plus menaçant. Un soir, une bande de gamins me pourchassa à travers Sheep's Meadow et je ne dus mon salut qu'au fait que l'un d'eux tomba et se tordit la cheville. Un autre jour, un ivrogne batailleur me menaça avec une bouteille de bière cassée. J'échappai de peu, ces deux fois-là, mais le plus terrifiant arriva vers la fin, pendant une nuit nuageuse, quand je tombai par hasard, dans un buisson, sur trois personnes en train de faire l'amour – deux hommes et une femme. On ne voyait pas grand-chose, mais j'eus l'impression qu'ils étaient nus, et le ton de leurs voix après qu'ils se furent aperçus de ma présence me fit penser qu'ils étaient aussi soûls. Une branche craqua sous mon pied gauche, et j'entendis la voix de la femme, suivie d'un bruit soudain de feuilles et de rameaux écrasés. "Jack, dit-elle, il y a un gus là." Deux voix répondirent au lieu d'une, grondant toutes deux d'hostilité, chargées d'une violence que j'avais rarement entendue. Puis une ombre se dressa et dirigea vers moi ce qui ressemblait à une arme. "Un mot, connard, proféra-t-il, et je t'en renvoie six." Je supposai qu'il parlait des balles dans son revolver. Si ma frayeur n'a pas déformé les événements, je crois avoir entendu alors un déclic, le bruit de l'armement du percuteur. Je m'enfuis avant même d'avoir compris combien j'avais peur. Je tournai les talons et courus. Si mes poumons n'avaient fini par me lâcher, j'aurais sans doute couru jusqu'au matin.

Il m'est impossible d'évaluer combien de temps j'aurais pu tenir le coup. Jusqu'aux premiers froids, j'imagine, à supposer que personne ne m'ait assassiné. A part quelques incidents inattendus, je contrôlais la situation. Je ne dépensais mon argent qu'avec une prudence extrême, jamais plus d'un dollar ou un dollar et demi par jour, et rien que cela aurait retardé quelque temps le moment fatal. Et même quand mes fonds dégringolaient à un niveau dangereux, quelque chose paraissait toujours se produire à la dernière minute : je trouvais de l'argent par terre (c'est arrivé plusieurs fois), ou un inconnu surgissait, auteur de l'un de ces miracles que j'ai déjà évoqués. Je ne me nourrissais pas bien, mais je ne crois pas avoir jamais passé un jour entier sans me mettre dans l'estomac au moins quelques menus morceaux. Il est vrai qu'à la fin j'étais d'une maigreur effroyable (à peine cinquante kilos), mais c'est au cours de mes tout derniers jours dans le parc que j'ai perdu le plus de poids. La raison en est que j'avais attrapé quelque chose – la grippe, un virus, Dieu sait quoi – et qu'à partir de ce moment je n'ai plus rien mangé du tout. J'étais trop faible, et chaque fois que je réussissais à avaler quelque chose, cela revenait aussitôt. Si mes deux amis ne m'avaient pas trouvé au moment où ils m'ont trouvé, il me paraît indiscutable que je serais mort. J'avais épuisé mes réserves, il ne me restait rien pour lutter.

Depuis le début, le temps avait été de mon côté, au point que j'avais cessé d'y penser comme à un problème. Presque chaque jour était une répétition du précédent : un beau ciel de fin d'été, un soleil dont la chaleur séchait le sol, et puis l'air retrouvait la fraîcheur des nuits pleines de criquets. Pendant les deux premières semaines, il avait à peine plu, et s'il pleuvait ce n'était jamais que de petites ondées. Peu à peu conditionné à l'idée que je serais en sécurité n'importe où, je m'étais mis à tenter le sort, à dormir plus ou moins à découvert. Une nuit où je rêvais, couché dans l'herbe, intégralement exposé aux cieux, je fus pris dans une averse. C'était l'une de ces pluies cataclysmiques où le ciel soudain se déchire en déversant des trombes d'eau, dans une prodigieuse furie sonore. Je m'éveillai trempé, le corps entier roué de coups, les gouttes rebondissaient sur moi comme volées de chevrotine. Je me mis à courir dans l'obscurité, affolé, à la recherche d'un endroit où me cacher, mais il me fallut plusieurs minutes avant de réussir à trouver un abri (sous une corniche de rochers granitiques) et à ce moment-là le lieu où je me trouvais n'avait plus guère d'importance. J'étais aussi mouillé que quelqu'un qui vient de traverser l'océan à la nage.

La pluie dura jusqu'à l'aube, avec des accalmies parfois, et parfois des explosions, des éclats monumentaux – bataillons hurlants de chats et de chiens, colère pure tombant des nuages. Ces éruptions étaient imprévisibles, et je ne voulais pas courir le risque d'être surpris par l'une d'elles. Je restai dans mon petit coin, debout, immobile, avec mes bottes pleines d'eau, mon blue-jean collant et mon blouson de cuir luisant. Mon sac avait subi l'inondation comme tout le reste, et je n'avais donc rien de sec à me mettre. Je n'avais d'autre choix que d'attendre que cela passe en grelottant dans le noir comme un chien perdu. Pendant une heure ou deux, je fis de mon mieux pour ne pas m'apitoyer sur mon sort, mais je renonçai bientôt et m'abandonnai à une débauche de cris et de jurons, en rassemblant toute mon énergie dans les imprécations les plus atroces qui me venaient à l'esprit – chapelets d'invectives putrides, insultes obscènes et contournées, exhortations emphatiques lancées à Dieu et au pays. Au bout de quelque temps, je m'étais mis dans un tel état que mes paroles étaient entrecoupées de sanglots, les hoquets se mêlaient à mes déclamations, et pourtant j'arrivais encore à produire des phrases si savantes et de si longue haleine que même un brigand turc en eût été impressionné. Ceci dura peut-être une demi-heure. Après quoi j'étais épuisé et m'endormis sur place, toujours debout. Je m'assoupis quelques minutes, puis fus réveillé par une recrudescence de la pluie. J'aurais voulu renouveler mon offensive, mais j'étais trop fatigué, j'avais la voix trop rauque pour crier encore. Je passai le reste de la nuit debout, éperdu d'attendrissement sur moi-même, à espérer que le jour se lève.

A six heures, j'entrai dans une cantine de la Quarante-huitième rue ouest et commandai un bol de soupe. De la soupe de légumes, si je me souviens bien, avec des morceaux graisseux de céleri et de carottes qui flottaient dans un bouillon jaunâtre. Elle me réchauffa jusqu'à un certain point, mais mes vêtements mouillés me collaient encore à la peau et j'étais tellement transi d'humidité que ce bienfait ne pouvait durer. Je descendis dans les toilettes et me passai la tête sous la soufflerie d'un séchoir électrique. A mon horreur, le courant d'air chaud eut pour effet de transformer mes cheveux en un fouillis ridicule, je ressemblais à une gargouille, figure grotesque jaillie du clocher d'une cathédrale gothique. Dans une tentative désespérée de réparer les dégâts, je plaçai impulsivement dans mon rasoir une lame neuve (la dernière de mon sac) et entrepris de tailler cette chevelure de gorgone. Lorsque j'en eus terminé, j'avais les cheveux si courts que je ne me reconnaissais plus. Ma maigreur s'en trouvait accentuée à un point consternant. Mes oreilles étaient décollées, ma pomme d'Adam pointait, ma tête ne paraissait pas plus grosse que celle d'un enfant. Je commence à rétrécir, me dis-je, et je m'entendis soudain parler à voix haute au visage dans le miroir. "N'aie pas peur, disait ma voix. Personne n'est autorisé à mourir plus d'une fois. La comédie sera bientôt terminée, et plus jamais tu n'auras à repasser par là."

Plus tard ce matin-là, je m'installai pendant quelques heures dans la salle de lecture de la bibliothèque publique, avec l'idée que mes habits sécheraient mieux dans cette atmosphère renfermée. Malheureusement, sitôt qu'ils commencèrent à devenir vraiment secs, ils se mirent aussi à sentir mauvais. Tous les plis, tous les recoins de mes vêtements semblaient avoir soudain décidé de raconter leurs secrets au monde. Jamais ceci ne m'était arrivé et je fus choqué de réaliser quelle affreuse odeur pouvait monter de ma personne. Le mélange de vieille sueur et d'eau de pluie devait avoir provoqué quelque bizarre réaction chimique, et, au fur et à mesure que mes vêtements séchaient, cette odeur devenait plus désagréable et plus forte A la fin je sentais même mes pieds – une puanteur horrible qui passait à travers le cuir de mes bottes pour m'envahir les narines comme un nuage de gaz délétères. Il me paraissait impossible qu'une chose pareille soit en train de m'arriver. Je continuai à feuilleter l'*Encyclopédie britannique*, avec l'espoir que personne ne remarquerait rien, mais mes prières furent sans effet. Un vieillard assis en face de moi à la même table leva les yeux de son journal et se mit à renifler, puis il jeta dans ma direction un regard dégoûté. J'eus un instant la tentation de sauter sur mes pieds et de lui reprocher sa grossièreté, mais je me rendis compte que je n'en avais pas l'énergie. Avant qu'il ait eu une chance de dire quoi que ce soit, je me levai et sortis.

Dehors, il faisait un triste temps : un jour terne et morose, de brume et de désespoir. J'avais l'impression de tomber petit à petit à court d'idées. Une faiblesse étrange s'insinuait dans mes os, et j'arrivais tout juste à ne pas trébucher. J'achetai un sandwich chez un petit traiteur dans la Cinquantième et quelques rue (pas loin du Colosseum), mais j'eus ensuite de la peine à m'y intéresser. Après en avoir pris quelques bouchées, je le remballai et le mis en réserve dans mon sac pour plus tard. J'avais mal à la gorge et j'étais en sueur. Je traversai la rue à Columbus Circle et rentrai dans le parc, où je commençai à chercher un endroit où m'étendre. Je n'avais encore jamais dormi en plein jour, et toutes mes vieilles cachettes me paraissaient soudain précaires, exposées, vaines sans la protection de la nuit. Je poursuivis mon chemin vers le nord en espérant trouver quelque chose avant de m'écrouler. La fièvre montait en moi, et un épuisement léthargique semblait s'emparer de sections de mon cerveau. Il n'y avait presque personne dans le parc. Juste au moment où j'allais m'en étonner, il commença à pleuviner. Si je n'avais eu la gorge si douloureuse, j'aurais probablement ri. Et puis, avec une violence abrupte, je me mis à vomir. Des bouts de légumes et de sandwich me jaillirent de la bouche, éclaboussèrent le sol devant moi. Agrippant mes genoux, je regardais fixement l'herbe en attendant que le spasme s'apaise. C'est ça, la solitude humaine, me dis-je. Voilà ce que cela signifie de n'avoir personne. Je n'étais plus en colère, cependant, et je pensais ces mots avec une sorte de franchise brutale, une objectivité absolue. En l'espace de deux ou trois minutes, l'épisode entier me fit l'impression de remonter à plusieurs mois. Je ne voulais pas abandonner ma recherche, et je continuai à marcher. Si quelqu'un était survenu alors, je lui aurais sans doute demandé de m'emmener dans un hôpital. Personne ne survint. Je ne sais pas combien de temps il me fallut pour y arriver, mais à un moment donné je découvris un groupe de grands rochers entourés d'arbres et de broussailles. Ils formaient une caverne naturelle, et, sans prendre le temps d'y réfléchir davantage, je rampai dans cette faille peu profonde, tirai derrière moi quelques branchages pour en bloquer l'ouverture, et m'endormis rapidement.

J'ignore combien de temps j'y suis resté. Deux ou trois jours, sans doute, peu importe à présent. Quand Zimmer et Kitty m'ont interrogé, je leur ai dit trois, mais c'est seulement parce que trois est un nombre littéraire, le nombre de jours que Jonas a passés dans l'estomac de la baleine. J'étais la plupart du temps à peine conscient et, même si je paraissais éveillé, tellement occupé des tribulations de mon corps que j'avais perdu toute notion de l'endroit où je me trouvais. Je me souviens de longues crises de vomissement, de périodes frénétiques pendant lesquelles je n'arrêtais pas de trembler, pendant lesquelles le seul bruit que j'entendais était le claquement de mes dents. La fièvre devait être très forte, et elle entraînait des rêves féroces – d'inépuisables visions mouvantes qui semblaient naître directement de ma peau brûlante. Aucune forme ne paraissait fixe. Dès qu'une image se dessinait, elle commençait à se transformer en une autre. Une fois, je m'en souviens, je vis devant moi l'enseigne du *Moon Palace*, plus éclatante qu'elle ne l'avait jamais été en réalité. Les lettres au néon roses et bleues étaient si grandes que leur éclat remplissait le ciel entier. Puis, soudain, elles avaient disparu, seuls restaient les deux *o* du mot *Moon*. Je me vis suspendu à l'un d'eux, luttant pour rester accroché, à la façon d'un acrobate qui aurait raté un tour dangereux. Puis je le contournais en rampant, comme un ver minuscule, puis je n'étais plus là du tout. Les deux *o* étaient devenus des yeux, de gigantesques yeux humains qui me regardaient avec mépris et impatience. Ils continuaient à me fixer, et au bout d'un moment je fus convaincu que c'était le regard de Dieu.

Le soleil réapparut le dernier jour. Je n'en ai guère de souvenirs, mais je dois à un moment donné m'être traîné hors de ma grotte pour m'étendre sur l'herbe. Mon cerveau était si embrouillé que j'attribuais à la chaleur du soleil la capacité de faire évaporer ma fièvre, d'aspirer littéralement la maladie de mes os. Je me rappelle m'être répété inlassablement les mots *été indien*, tant de fois qu'ils avaient fini par perdre toute signification. Au-dessus de moi, le ciel était immense, d'une clarté étincelante et sans fin. Si je continuais à le regarder, je sentais que j'allais me dissoudre dans la lumière. Ensuite, sans avoir eu conscience de m'endormir, je me mis soudain à rêver d'Indiens. Je me voyais, il y a trois cent cinquante ans, en train de suivre un groupe d'hommes à moitié nus à travers les forêts de

Manhattan. C'était un rêve étrangement palpitant, soutenu, exact dans le détail, plein de silhouettes filant comme des flèches parmi les feuilles et les branches tachetées de lumière. Une brise légère agitait les frondaisons et étouffait le bruit des pas, et je continuais à avancer en silence derrière ces hommes, d'une démarche aussi leste que la leur, me sentant à chaque instant plus près de comprendre l'esprit de la forêt. Si je me souviens tellement bien de ces images, c'est peut-être parce qu'elles correspondent à l'instant précis où Zimmer et Kitty m'ont trouvé, gisant sur l'herbe, avec ce rêve bizarre et agréable qui me tournait dans la tête. C'est Kitty que j'ai vue la première, mais je ne l'ai pas reconnue, même si je sentais qu'elle m'était familière. Elle portait son bandeau navajo, et ma première réaction a été de la prendre pour une image résiduelle, une femme ombre, un esprit surgi de l'obscurité de mon rêve. Plus tard, elle m'a raconté que je lui avais souri, et que, lorsqu'elle s'était penchée pour me regarder de plus près, je l'avais appelée Pocahantas. Je me rappelle que je la voyais mal à cause du soleil, mais j'ai le souvenir très net qu'elle avait les larmes aux yeux lorsqu'elle s'est approchée de moi, bien qu'elle n'ait jamais voulu l'admettre par la suite. Un instant plus tard, Zimmer est entré à son tour dans le tableau, et j'ai entendu sa voix. "Espèce d'imbécile", disait-il. Il y eut un petit silence, puis, craignant de me lasser par un discours trop long, il a répété : "Espèce d'imbécile. Espèce de pauvre imbécile."

3

Pendant plus d'un mois, j'habitai chez Zimmer. La fièvre s'était calmée le deuxième ou le troisième jour, mais pendant une longue période je restai sans force, à peine capable de me mettre debout sans perdre l'équilibre. Au début, Kitty venait me voir à peu près deux fois par semaine, mais elle ne disait jamais grand-chose, et s'en allait la plupart du temps au bout de vingt ou trente minutes. Si j'avais été plus attentif à ce qui se passait, j'aurais pu me poser des questions, surtout après que Zimmer m'eut raconté l'histoire de mon sauvetage. Il était un peu étrange, après tout, que quelqu'un qui pendant trois semaines avait remué ciel et terre pour me retrouver se conduise soudain avec une si grande réserve une fois que j'étais là. Mais c'était comme ça, et je ne m'étonnais pas. J'étais trop faible alors pour m'étonner de quoi que ce soit, et j'acceptais telles quelles ses allées et venues. C'étaient des événements naturels, ils avaient la même force, le même caractère inévitable que le temps qu'il faisait, le mouvement des planètes, ou la lumière qui filtrait par la fenêtre vers trois heures tous les après-midi.

Ce fut Zimmer qui s'occupa de moi durant ma convalescence. Son nouveau logement se trouvait au deuxième étage d'un vieil immeuble à l'ouest du Village. C'était une tanière douteuse, encombrée de livres et de disques : deux petites pièces sans porte de séparation, une cuisine rudimentaire, une salle de bains dépourvue de fenêtre. Je comprenais quel sacrifice cela représentait pour lui de m'y héberger, mais chaque fois que j'essayais de le remercier, Zimmer me renvoyait d'un geste en prétendant que c'était sans importance. Il me nourrissait de sa poche, me faisait coucher dans son lit, ne demandait rien en échange. En même temps, il était furieux contre moi, et ne se privait pas de me dire sans ambages combien je le dégoûtais. Non seulement je m'étais conduit comme un imbécile, mais j'avais ainsi failli me tuer. Une telle conduite était inexcusable pour quelqu'un de mon intelligence, disait-il. C'était grotesque, c'était stupide, c'était de la démence. Si j'avais des ennuis, pourquoi ne l'avais-je pas appelé à l'aide ? Ne savais-je pas qu'il aurait été prêt à faire n'importe quoi pour moi ? Je ne répondais guère à ces attaques. Je comprenais que Zimmer avait été blessé, et j'avais honte de lui avoir fait cela. Avec le temps, il me devint de plus en plus difficile de trouver un sens au désastre dont j'étais l'auteur. J'avais cru agir avec courage, mais il s'avérait que j'avais seulement fait preuve de la forme la plus abjecte de lâcheté : je m'étais complu dans mon mépris du monde en refusant de regarder la réalité en face. Je

120

n'éprouvais plus que des remords, le sentiment paralysant de ma propre stupidité. Les jours se succédaient dans l'appartement de Zimmer, et, tandis que je récupérais lentement, je me rendis compte que j'allais devoir recommencer ma vie complètement. Je voulais corriger mes erreurs, me racheter aux yeux des gens qui se souciaient encore de moi. J'étais fatigué de moi-même, fatigué de mes pensées, fatigué de ruminer sur mon destin. Par-dessus tout, je ressentais le besoin de me purifier, de me repentir de tous mes excès d'égocentrisme. Après un si total égoïsme, je résolus d'atteindre à un état d'altruisme total. Je penserais aux autres avant de penser à moi, je m'efforcerais en conscience de réparer les dégâts que j'avais provoqués, et de cette façon je commencerais peut-être à accomplir quelque chose en ce monde. C'était un programme irréalisable, bien sûr, mais je m'y appliquai avec un fanatisme quasi religieux. Je voulais devenir un saint, un saint sans dieu qui irait de par le monde accomplir de bonnes actions. Si absurde que cela me paraisse aujourd'hui, je crois que c'est exactement ce que je voulais. J'avais un besoin désespéré de certitude, et j'étais prêt à n'importe quoi pour en trouver.

Il me restait un obstacle à franchir, néanmoins. A la fin, la chance m'aida à le contourner, mais à un minuscule cheveu près. Un jour ou deux après que ma température fut redevenue normale, je sortis du lit pour me rendre à la salle de bains. C'était le soir, je crois, et Zimmer travaillait à son bureau dans l'autre pièce. Comme je m'en revenais en traînant les pieds, je remarquai sur le plancher l'étui à clarinette d'oncle Victor. Je n'y avais plus pensé depuis mon sauvetage, et je fus soudain horrifié de voir en quel mauvais état il se trouvait. Le cuir noir qui le recouvrait avait à moitié disparu, et une bonne partie de ce qui en restait était boursouflée et craquelée. L'orage à Central Park lui avait été fatal, et je me demandai si l'eau, en s'infiltrant à l'intérieur, avait aussi endommagé l'instrument. Je ramassai l'étui et le pris avec moi au lit, prêt au pire. Je déclenchai les fermoirs et soulevai le couvercle mais, sans me laisser le temps d'examiner la clarinette, une enveloppe blanche voleta vers le sol et je me rendis compte que mes ennuis ne faisaient que commencer. C'était ma convocation au service militaire. J'avais oublié non seulement la date de l'examen médical, mais jusqu'au fait que cette lettre m'avait été adressée. En cet instant, tout me revint à l'esprit. Je songeai qu'aux yeux de la loi j'étais probablement un fugitif. Si j'avais manqué l'examen, le gouvernement devait déjà avoir lancé contre moi un mandat d'arrêt – et cela signifiait un prix à payer, des conséquences que je ne pouvais pas imaginer. Je déchirai l'enveloppe et cherchai la date qui avait été tapée dans l'espace prévu sur la circulaire : le 16 septembre. Ceci ne représentait rien pour moi, car je n'avais plus notion de la date. J'avais perdu l'habitude de regarder les pendules et les calendriers, et je n'aurais même pas pu la deviner.

"Une petite question, demandai-je à Zimmer, encore penché sur son travail. Tu sais peut-être quel jour on est ?

— Mardi, répondit-il sans lever la tête.

— Je veux dire quelle date. Le mois et le jour. Tu n'as pas besoin de me donner l'année. Ça je crois bien le savoir.

— Le 15 septembre, fit-il, toujours sans se déranger.

— Le 15 septembre ? Tu en es certain ?

— Bien sûr, j'en suis certain. Sans l'ombre d'un doute."

Je me laissai retomber sur l'oreiller en fermant les yeux. "C'est extraordinaire, marmonnai-je. C'est absolument extraordinaire."

Zimmer se retourna enfin et me regarda d'un air intrigué. "Pourquoi diable est-ce extraordinaire ?

— Parce que ça signifie que je ne suis pas un criminel.

— Quoi ?

— Parce que ça signifie que je ne suis pas un criminel.

— J'ai entendu la première fois. Te répéter ne te rend pas plus clair."

Je brandis la lettre et l'agitai en l'air. "Quand tu auras vu ceci, déclarai-je, tu comprendras ce que je veux dire."

Je devais me présenter à Whitehall Street le lendemain matin. Zimmer avait passé la visite médicale en juillet (il avait été réformé pour cause d'asthme), et les deux ou trois heures suivantes s'écoulèrent en évocation de ce qui m'attendait. Pour l'essentiel, notre conversation ressemblait à celles de millions de jeunes gens dans l'Amérique de ces années-là. A la différence de la plupart d'entre eux, cependant, je n'avais rien fait pour me préparer au moment critique. Je n'avais pas de certificat médical, je ne m'étais pas bourré de drogues afin de fausser mes réflexes moteurs, je n'avais pas mis en scène une série de dépressions nerveuses dans le but de suggérer un passé psychologique troublé. J'avais toujours considéré que je n'irais pas à l'armée mais, une fois cette certitude établie, je n'avais guère réfléchi à la question. Comme en tant d'autres domaines, mon inertie l'avait emporté et j'avais avec constance chassé ce problème de mes préoccupations. Zimmer était consterné, mais même lui était obligé d'admettre qu'il était trop tard pour réagir. Ou bien je serais accepté à l'examen, ou bien je serais rejeté, et si j'étais accepté il ne me resterait qu'une alternative : quitter le pays ou aller en prison. Zimmer me raconta plusieurs histoires de gens qui étaient partis à l'étranger, au Canada, en France, en Suède, mais cela ne m'intéressait pas beaucoup. "Je n'ai pas d'argent, lui rappelai-je, et je ne suis pas d'humeur à voyager.

— Alors tu te retrouveras tout de même criminel, dit-il.

— Prisonnier, précisai-je. Prisonnier d'opinion. C'est différent."

Ma convalescence ne faisait que commencer, et quand je me levai le lendemain matin pour m'habiller (avec des vêtements de Zimmer, trop petits pour moi de plusieurs tailles), je me rendis compte que je n'étais pas en état d'aller où que ce soit. Je me sentais complètement épuisé, et la seule tentative de marcher jusqu'à l'autre côté de la chambre exigeait toute mon énergie et ma concentration. Je n'avais encore quitté mon lit que pendant une ou deux minutes à la fois, pour traîner ma faiblesse à la salle de bains et retour. Si Zimmer n'avait été là pour me soutenir, je ne suis pas certain que j'aurais réussi à gagner la porte. Littéralement, il me maintint sur mes pieds, descendant l'escalier avec moi en m'entourant de ses deux bras, puis me laissant m'appuyer sur lui tandis que nous nous dirigions en trébuchant vers le métro. Un triste spectacle, j'en ai peur. Zimmer m'accompagna jusqu'à la porte d'entrée de l'immeuble de Whitehall Street et me désigna un restaurant juste en face, où il m'assura que je le trouverais quand ce serait fini. Il me serra le bras en signe d'encouragement. "Ne t'en fais pas, dit-il. Tu feras un soldat du tonnerre, Fogg, ça saute aux yeux.

— Tu as raison, bordel, répondis-je. Le meilleur foutu soldat de toute cette foutue armée. N'importe quel idiot peut le constater." J'adressai à Zimmer une parodie de salut puis entrai dans l'immeuble en titubant, en m'accrochant aux murs pour ne pas tomber.

J'ai oublié, aujourd'hui, la plus grande partie de ce qui suivit. Quelques pièces et morceaux demeurent, mais rien dont la somme constitue un souvenir complet, rien dont je puisse parler avec conviction. Cette incapacité de revoir ce qui s'est passé prouve à quel point ma faiblesse devait être lamentable. Il me fallait toute mon énergie rien que pour rester debout, en m'efforçant de ne pas m'écrouler, et je n'étais pas aussi attentif que j'aurais dû. Je pense, en fait, avoir gardé les yeux fermés presque tout le temps, et quand je réussissais à les ouvrir c'était rarement assez longtemps pour permettre au monde de m'atteindre. Nous étions une cinquantaine, une centaine à parcourir ensemble ce processus. Je me rappelle avoir été assis devant un bureau dans une vaste salle et avoir écouté un sergent nous parler, mais je ne sais plus ce qu'il disait, je n'arrive pas à en retrouver le moindre mot. On nous donna des formulaires à remplir, puis il y eut une sorte de test écrit, mais il est possible que le test soit venu en premier et les formulaires ensuite. Je me souviens que j'ai coché les organisations auxquelles j'avais appartenu et que cela m'a pris pas mal de temps : SDS au collège, SANE et SNCC* au lycée, et puis que j'ai dû expliquer les circonstances de mon arrestation l'année précédente. J'ai terminé le dernier de la salle, et à la fin le sergent, debout derrière mon épaule, marmonnait quelque chose à propos d'oncle Hô et du drapeau américain.

Après cela, il y a un trou de plusieurs minutes, une demi-heure peut-être. Je vois des corridors, des lumières fluorescentes, des groupes de jeunes gens

* *Students for Democratic Society* ; *Sane Nuclear Policy* ; *Students Non-violent Coordinating Committee. (N.d.T.)*

en caleçon. Je me souviens de l'intense vulnérabi-
lité que je ressentais alors, mais de nombreux autres
détails ont disparu. Où nous nous étions désha-
billés, par exemple, et ce que nous nous disions
tandis que nous attendions en file. En particulier, je
n'arrive pas à évoquer la moindre image de nos
pieds. Au-dessus des genoux, nous ne portions rien
que nos caleçons, mais plus bas tout me reste mystérieux. Etions-nous autorisés à garder nos chaussures et / ou nos chaussettes, ou nous fit-on circuler
pieds nus dans ces salles ? Je ne retrouve que néant
à ce sujet, je ne peux discerner la moindre lueur.

Finalement, on me fit entrer dans une pièce. Un
docteur me tapota la poitrine et le dos, regarda dans
mes oreilles, m'empoigna les couilles et me demanda de tousser. Tout cela n'exigeait guère d'effort,
mais vint le moment où il fallut me faire une prise
de sang, et l'examen prit un tour plus mouvementé.
J'étais tellement anémique et émacié que le docteur
ne trouvait pas de veine dans mon bras. Il enfonça
son aiguille à deux ou trois endroits, me piqua, me
meurtrit la peau, mais aucun sang ne coula dans
son tube. Je devais avoir alors une mine affreuse
– tout pâle et pris de nausées, comme quelqu'un
qui va tourner de l'œil – et il renonça bientôt et me
conseilla de m'asseoir sur un banc. Sa réaction
était plutôt gentille, me semble-t-il, ou du moins
indifférente. "Si vous avez encore des vertiges, dit-
il, asseyez-vous par terre en attendant que ça passe.
Nous ne voudrions pas que vous alliez tomber et
vous heurter la tête, n'est-ce pas ?"

J'ai un souvenir net d'être resté assis sur ce banc, mais ensuite je me revois étendu sur une table dans une autre pièce. Impossible de savoir combien de temps s'était écoulé entre ces deux scènes. Je ne crois pas m'être évanoui, mais il est probable qu'en vue d'une nouvelle tentative de me prendre du sang, on avait voulu limiter les risques. Un tube de caoutchouc avait été fixé autour de mon biceps pour faire saillir la veine, et quand le médecin réussit enfin à y planter son aiguille (je ne sais plus si c'était le même médecin ou un autre) il fit une remarque à propos de ma maigreur et me demanda si j'avais pris le petit déjeuner. En un instant, qui fut sûrement pour moi le plus lucide de la journée, je me tournai vers lui pour lui donner la réponse la plus simple, la plus sincère qui me vînt à l'esprit. "Docteur, fis-je, ai-je l'air de quelqu'un qui peut se passer de petit déjeuner ?"

Il y eut d'autres choses, il dut y avoir beaucoup d'autres choses, mais je n'arrive pas à les retrouver. On nous donna un repas quelque part (dans l'immeuble ? Dans un restaurant près de l'immeuble ?), mais mon seul souvenir à ce propos est que personne ne voulait s'asseoir à côté de moi. L'après-midi, retour là-haut, dans les corridors, et on entreprit enfin de nous mesurer et de nous peser. La balance indiquait pour moi un chiffre ridiculement bas (cinquante kilos, je crois, ou peut-être cinquante-deux – dans ces eaux-là), et à partir de ce moment je fus séparé du reste du groupe. On m'envoya chez un psychiatre, un homme pansu, avec des doigts courts et écrasés, je me souviens d'avoir pensé qu'il ressemblait davantage à un lutteur qu'à un médecin. Il était hors de question de lui raconter des mensonges. J'avais entamé ma nouvelle période de sainteté potentielle et la dernière chose que je souhaitais était d'agir d'une façon que je regretterais par la suite. Le psychiatre soupira une ou deux fois au cours de notre conversation, mais il ne parut à part cela troublé ni par mes remarques ni par mon apparence. J'imagine qu'il avait une longue pratique de ces interviews, et que plus grand-chose ne pouvait le perturber. Pour ma part, j'étais plutôt étonné du vague de ses questions. Il me demanda si je me droguais, et quand je lui dis non, il leva les sourcils et me le redemanda, mais je lui fis la même réponse la seconde fois et il n'insista pas. Des questions standards suivirent : comment fonctionnaient mes intestins, si j'avais ou non des éjaculations nocturnes, si je pensais souvent au suicide. Je répondis aussi simplement que je pouvais, sans embellissements ni commentaires. Pendant que je parlais, il cochait de petites cases sur une feuille de papier, sans me regarder. Il y avait quelque chose de rassurant à discuter de sujets aussi intimes de cette manière – comme si j'avais eu affaire à un comptable ou à un garagiste. Mais lorsqu'il atteignit le bas de la page, le docteur releva les yeux et me fixa pendant quatre ou cinq secondes au moins.

"Tu es en piteux état, fiston, déclara-t-il enfin.

— Je le sais, dis-je. Je n'ai pas été très bien. Mais je crois que maintenant ça va mieux.

— Tu as envie d'en discuter ?

— Si vous voulez.

— Tu peux commencer par me parler de ton poids.

— J'ai eu la grippe. J'ai attrapé un de ces trucs à l'estomac, il y a quelques semaines, et je n'ai plus pu manger.

— Combien de poids as-tu perdu ?

— Je ne sais pas. Vingt ou vingt-cinq kilos, je crois.

— En deux semaines ?

— Non, ça a pris environ deux ans. Mais j'ai perdu la plus grande partie cet été.

— Pourquoi ça ?

— L'argent, d'un côté. Je n'en avais pas assez pour acheter à manger.

— Tu n'avais pas de travail ?

— Non.

— Tu en as cherché un ?

— Non.

— Il va falloir m'expliquer ça, fils.

— C'est une affaire assez compliquée. Je ne sais pas si vous pourrez comprendre.

— Laisse-moi juger de cela. Raconte-moi simplement ce qui s'est passé et ne te préoccupe pas de l'effet que ça fait. Nous ne sommes pas pressés."

Pour une raison quelconque, j'éprouvais un désir irrésistible de déballer toute mon histoire devant cet étranger. Rien n'aurait pu être moins approprié, mais, avant que j'aie une chance de m'arrêter, les mots avaient commencé à jaillir de ma bouche. Je sentais le mouvement de mes lèvres, mais c'était en même temps comme si j'avais écouté quelqu'un d'autre. J'entendais ma voix qui bavardait, intarissable, à propos de ma mère, à propos d'oncle Victor, à propos de Central Park et de Kitty Wu. Le docteur hochait la tête avec politesse, mais il était évident qu'il n'avait aucune idée de ce dont je parlais. Comme je continuais à décrire l'existence qui avait été la mienne au cours des deux dernières années, je me rendis compte qu'il était, en fait, de plus en plus mal à l'aise. Je m'en sentis frustré, et plus manifeste devenait son incompréhension, plus désespérée était ma tentative de lui exprimer les choses avec clarté. Il me semblait que, d'une certaine manière, mon humanité était en jeu. Peu importait qu'il fût médecin militaire ; c'était aussi un être humain, et rien ne comptait davantage que de communiquer avec lui. "Nos vies sont déterminées par de multiples contingences, déclarai-je, en essayant d'être aussi succinct que possible, et nous luttons chaque jour contre ces chocs, ces accidents, afin de conserver notre équilibre. Il y a deux ans, pour des raisons philosophiques et personnelles, j'ai décidé de renoncer à cette lutte. Ce n'était pas par envie de me tuer – n'allez pas croire ça – mais parce qu'il me semblait que si je m'abandonnais au chaos de l'univers, l'univers me révélerait peut-être en dernier ressort une harmonie secrète, une forme, un plan, qui m'aideraient à pénétrer en moi-même. La condition était d'accepter les choses telles qu'elles se présentaient, de se laisser flotter dans le courant de l'univers. Je ne prétends pas y avoir très bien réussi. En fait, j'ai échoué lamentablement. Mais l'échec n'entache pas la sincérité de la tentative. Même si j'ai failli en mourir, je crois que cela m'a rendu meilleur."

Ce fut un affreux gâchis. Mon langage devenait de plus en plus maladroit et abstrait, et je m'aperçus finalement que le docteur avait cessé d'écouter. Les yeux embrumés de confusion et de pitié mêlées, il fixait un point invisible au-dessus de ma tête. Je n'ai aucune idée du nombre de minutes que dura mon monologue, mais ce fut suffisant pour qu'il arrive à la conclusion que j'étais un cas désespéré – un authentique cas désespéré, non l'une de ces contrefaçons de fous qu'il était entraîné à reconnaître. "Ça suffit, fiston, déclara-t-il enfin, en me coupant au milieu d'une phrase. Je crois que je commence à voir le tableau." Je restai assis sur ma chaise sans parler pendant une ou deux minutes, tremblant et transpirant, tandis qu'il griffonnait une note sur un papier à en-tête officiel. Il le plia en deux et me le tendis par-dessus son bureau. "Donne ceci à l'officier responsable au bout du couloir, et dis au suivant d'entrer quand tu sors."

Je me rappelle avoir parcouru le couloir avec sa lettre à la main, en luttant contre la tentation d'y jeter un coup d'œil. Je ne pouvais me défendre de l'impression que j'étais surveillé, que l'immeuble était peuplé de gens capables de lire dans mes pensées. L'officier responsable était un homme imposant, en grand uniforme, la poitrine garnie d'une mosaïque de médailles et de décorations. Il releva la tête d'une pile de papiers sur son bureau et me fit négligemment signe d'entrer. Je lui remis la note du psychiatre. A peine y eut-il jeté un regard que son visage s'éclaira d'un large sourire. "Tant mieux, fit-il, tu viens de m'épargner quelques jours de travail." Sans autre explication, il se mit à déchirer les papiers qui se trouvaient sur son bureau et à les jeter dans la corbeille. Sa satisfaction paraissait énorme. "Je suis content que tu sois recalé. Nous allions entreprendre une enquête complète à ton sujet, mais du moment que tu n'es pas bon pour le service, nous n'avons plus à nous en faire.

— Une enquête ? demandai-je.

— Toutes ces organisations auxquelles tu as appartenu, répondit-il, presque joyeux. On ne peut pas accueillir des cocos et des agitateurs dans l'armée, n'est-ce pas ? Ça ne vaut rien pour le moral."

Ensuite, je n'ai pas de souvenir précis de la succession des événements, mais je me retrouvai bientôt assis dans une pièce avec les autres inaptes et refusés. Nous devions être une douzaine, et je crois n'avoir jamais vu plus pathétique ramassis de gens dans un même lieu. Un garçon dont le visage et le dos étaient hideusement couverts d'acné tremblotait dans un coin en parlant tout seul. Un autre avait un bras atrophié. Debout contre un mur, un autre, qui pesait au moins cent cinquante kilos, imitait avec ses lèvres des bruits de pet en riant après chaque émission comme un sale gamin de sept ans. C'était là les demeurés, les grotesques, des jeunes gens qui n'avaient nulle part leur place. J'étais presque inconscient de fatigue, à ce moment, et je ne fis la conversation avec personne. Je m'installai sur une chaise près de la porte et fermai les yeux. Quand je les rouvris, un officier me secouait par le bras en m'enjoignant de me réveiller. "Vous pouvez rentrer chez vous, dit-il, c'est terminé."

Je traversai la rue dans le soleil de fin d'après-midi. Comme il me l'avait promis, Zimmer m'attendait dans le restaurant.

Après cela je repris rapidement du poids. Je dois avoir grossi de neuf à dix kilos en une dizaine de jours, et à la fin du mois je commençais à ressembler à l'individu que j'avais un jour été. Zimmer m'alimentait avec conscience ; il garnissait le frigo de toutes sortes de nourritures, et dès que je lui parus assez ferme sur mes pieds pour m'aventurer au-dehors, il se mit à m'emmener chaque soir dans un bar des environs, un endroit obscur et calme, où il y avait peu de passage, et où nous buvions de la bière en regardant les matchs à la télé. L'herbe paraissait toujours bleue, dans cette télé, et les joueurs avaient l'air de clowns, mais nous nous sentions bien, blottis dans notre petit coin, à bavarder des heures durant de tout ce qui nous attendait. Ce fut dans nos deux vies une période de tranquillité exquise : un bref instant d'immobilité avant de reprendre notre chemin.

Ce fut au cours de ces conversations que je commençai à en savoir plus au sujet de Kitty Wu. Zimmer la trouvait extraordinaire, il était difficile de ne pas entendre l'admiration dans sa voix quand il parlait d'elle. Il alla même un jour jusqu'à déclarer que s'il n'avait déjà été amoureux de quelqu'un d'autre, il le serait devenu d'elle, éperdument. Elle approchait de la perfection plus qu'aucune fille qu'il eût jamais rencontrée, affirmait-il, et, tout bien considéré, la seule chose en elle qui l'intriguait était qu'elle pût éprouver de l'attirance pour un aussi triste spécimen que moi.

"Je ne crois pas qu'elle soit attirée par moi, dis-je. Elle a bon cœur, c'est tout. Elle m'a pris en pitié et elle a agi en conséquence – comme d'autres s'apitoient sur des chiens blessés.

— Je l'ai vue tous les jours, M. S. Tous les jours pendant près de trois semaines. Elle n'arrêtait pas de parler de toi.

— C'est absurde.

— Crois-moi, je sais ce que je dis. Cette fille est folle de toi.

— Alors pourquoi ne vient-elle pas me voir ?

— Elle est occupée. Ses cours ont commencé, à Julliard, et en plus elle a un boulot à mi-temps.

— Je ne savais pas.

— Bien sûr. Parce que tu ne sais rien. Tu passes tes journées au lit, tu pilles le frigo, tu lis mes livres. Une fois de temps en temps, tu t'essaies à la vaisselle. Comment pourrais-tu savoir quoi que ce soit ?

— Je reprends des forces. Quelques jours encore, et je serai de nouveau normal.

— Physiquement. Mais au moral, il te reste du chemin à faire.

— Qu'est-ce que ça veut dire ?

— Ça veut dire que tu dois regarder sous la surface, M. S. Tu dois te servir de ton imagination.

— Ça, j'ai toujours pensé que j'en abusais. Je m'efforce d'être plus réaliste maintenant, plus terre à terre.

— Envers toi-même, oui, mais envers les autres tu ne peux pas. Pourquoi crois-tu que Kitty a pris des distances ? Pourquoi crois-tu qu'elle ne vient plus te voir ?

— Parce qu'elle n'a pas le temps. Tu viens de me le dire.

— Ça n'explique qu'une partie.

— Tu tournes en rond, David.

— J'essaie de te montrer que c'est plus complexe que tu ne penses.

— Bon, d'accord. Quelle est l'autre partie ?

— De la pudeur.

— C'est bien le dernier mot que j'utiliserais pour décrire Kitty. Elle est sans doute la personne la plus ouverte et la plus spontanée que j'aie jamais rencontrée.

— C'est vrai. Mais, là-dessous, il y a une immense discrétion, une réelle délicatesse de sentiment.

— Elle m'a embrassé la première fois que je l'ai vue, tu le savais ? Juste au moment où je partais, elle m'a rattrapé sur le seuil, m'a jeté les bras autour du cou, et m'a planté un énorme baiser sur les lèvres. Ce n'est pas exactement ce que j'appellerais de la délicatesse ou de la discrétion.

— C'était un bon baiser ?

— En fait, c'était un baiser extraordinaire. Un des meilleurs baisers que j'aie jamais eu le bonheur de recevoir.

— Tu vois ? Ça prouve que j'ai raison.

— Ça ne prouve rien du tout. Ce n'était qu'un de ces trucs qui arrivent dans l'inspiration du moment.

— Non. Kitty savait ce qu'elle faisait. C'est quelqu'un qui se fie à ses élans, mais ces élans sont aussi une sorte de sagesse.

— Tu as l'air bien sûr de toi.

— Mets-toi à sa place. Elle tombe amoureuse de toi, elle t'embrasse sur la bouche, elle laisse tout tomber pour se lancer à ta recherche. Et qu'est-ce que tu as fait pour elle ? Rien. Même pas l'ombre d'un rien. La différence entre Kitty et les gens, c'est qu'elle est disposée à accepter ça. Imagine, Fogg. Elle te sauve la vie, et tu ne lui dois rien. Elle n'attend de toi aucune gratitude. Elle n'attend même pas ton amitié. Elle les souhaite peut-être, mais elle ne les demandera jamais. Elle respecte trop les autres pour les obliger à agir contre leurs désirs. Elle est ouverte et spontanée, mais en même temps elle préférerait mourir que de te donner l'impression qu'elle s'impose à toi. C'est là qu'intervient sa discrétion. Elle est allée assez loin, à présent elle n'a plus le choix : elle reste où elle est, et elle attend.

— Qu'est-ce que tu essaies de me dire ?

— Que ça dépend de toi, Fogg. C'est à toi d'agir."

D'après ce que Kitty avait raconté à Zimmer, son père avait été l'un des généraux du Kuo-min-tang dans la Chine prérévolutionnaire. Dans les années trente, il avait occupé la position de maire ou de gouverneur militaire de Pékin. Quoiqu'il fît partie des intimes de Chiang Kai-shek, il avait un jour sauvé la vie de Chou En-lai en lui procurant un sauf-conduit pour qu'il puisse quitter la ville où Chiang l'avait pris au piège sous prétexte d'une rencontre organisée entre le Kuo-min-tang et les communistes. Le général était néanmoins demeuré loyal envers la cause nationaliste et, après la révolution, il était parti à Taiwan avec le reste des partisans de Chiang. La maison Wu était importante : une épouse officielle, deux concubines, cinq ou six enfants, et une domesticité abondante. Kitty était née de la seconde concubine en février 1950, et, seize mois plus tard, le général Wu avait été nommé ambassadeur au Japon, et la famille s'était installée à Tokyo. Il s'agissait là, sans aucun doute, d'une habile manœuvre de Chiang : il honorait, avec ce poste important, un officier au franc-parler et au caractère difficile, et en même temps il l'éloignait de Taipei, le centre du pouvoir. A cette époque, le général Wu approchait des soixante-dix ans, et le temps de son influence paraissait révolu.

Kitty avait passé son enfance à Tokyo, fréquenté des écoles américaines (ce qui expliquait son anglais impeccable), et bénéficié de tous les avantages que pouvait offrir sa situation privilégiée : cours de danse, Noëls à l'américaine, voitures avec chauffeur. Néanmoins, c'était une enfance solitaire. Elle avait dix ans de moins que la plus proche de ses demi-sœurs, et l'un de ses frères (un banquier qui vivait en Suisse) avait une bonne trentaine d'années de plus qu'elle. Pis encore, la position de sa mère, en tant que seconde concubine, lui laissait à peine plus d'autorité dans la hiérarchie familiale qu'à une servante. L'épouse, âgée de soixante-quatre ans, et la première concubine, qui en avait cinquante-deux, étaient jalouses de la jeune et jolie mère de Kitty et faisaient tout ce qu'elles pouvaient pour affaiblir son statut dans la maison. Comme Kitty l'avait expliqué à Zimmer, leur vie ressemblait un peu à celle d'une cour impériale chinoise, avec toutes les rivalités, toutes les factions que cela implique, les machinations secrètes, les complots silencieux et les faux sourires. On n'y voyait guère le général. Quand il n'était pas occupé à ses obligations officielles, il passait le plus clair de son temps à cultiver l'affection de diverses jeunes femmes à la réputation douteuse. Tokyo était une ville riche en tentations, et les occasions de plaisirs de ce genre inépuisables. Il avait fini par prendre une maîtresse, l'avait installée dans un appartement à la mode, et dépensait des sommes extravagantes afin de la satisfaire : il lui avait payé des vêtements, des bijoux, et même une voiture de sport. A la longue, néanmoins, tout cela ne suffisait plus, et même une coûteuse et douloureuse cure de jouvence n'avait pu inverser les effets du temps. Les attentions de la maîtresse devenaient distraites, et un soir où le général arrivait chez elle à l'improviste, il l'avait trouvée dans les bras d'un homme plus jeune. Il en était résulté une bataille horrible : cris aigus, ongles tranchants, une chemise déchirée et tachée de sang. C'était la dernière folle illusion d'un vieillard. Le général était rentré chez lui, avait accroché au milieu de sa chambre la chemise en lambeaux, et y avait fixé une feuille de papier avec la date de l'incident : le 4 octobre 1959. Il l'y avait laissée jusqu'à la fin de sa vie, pour s'en pénétrer comme d'un monument à sa vanité détruite.

Puis, la mère de Kitty était morte, Zimmer ne savait pas pourquoi ni dans quelles circonstances. Le général avait alors plus de quatre-vingts ans et sa santé se dégradait, mais, dans un dernier sursaut d'intérêt pour sa plus jeune fille, il avait pris des dispositions pour qu'elle soit envoyée en pension en Amérique. Kitty avait juste quatorze ans quand elle était arrivée dans le Massachusetts pour entrer en première année à la Fielding Academy. Etant donné sa personnalité, il ne lui avait pas fallu longtemps pour s'y adapter et s'y faire une place. Elle avait dansé, joué la comédie, noué des amitiés, étudié, obtenu des notes honorables. A la fin de ses quatre ans dans cet endroit, elle savait qu'elle ne retournerait pas au Japon. Ni à Taiwan, du reste, ni ailleurs. L'Amérique était devenue son pays, et en jonglant avec le petit héritage qu'elle avait reçu après la mort de son père, elle avait réussi à payer les frais d'inscription à Julliard et à s'installer à New York. Il y avait plus d'un an maintenant qu'elle y habitait et sa seconde année de cours était en train de commencer.

"Ça a quelque chose de familier, n'est-ce pas ? observa Zimmer.

— Familier ? fis-je. C'est une des histoires les plus exotiques que j'aie jamais entendues.

— En surface seulement. Gratte un peu la couleur locale, et ça se réduit presque à l'histoire de quelqu'un que je connais. A quelques détails près, bien sûr.

— Mm, oui, je vois ce que tu veux dire. Orphelins dans la tourmente, ce genre de choses.

— Exactement."

Je fis une pause, pour réfléchir à ce que Zimmer venait de dire. "Je suppose qu'il y a quelques ressemblances, ajoutai-je enfin. Mais tu crois que ce qu'elle raconte est vrai ?

— Je n'ai aucun moyen d'en être sûr. Mais si je me fonde sur ce que j'ai vu d'elle jusqu'ici, je serais très surpris du contraire."

J'avalai une gorgée de bière en hochant la tête. Beaucoup plus tard, quand j'ai appris à mieux la connaître, j'ai su que Kitty ne mentait jamais.

Plus je restais chez Zimmer, plus je me sentais mal à l'aise. Il assumait les frais de ma guérison et, bien qu'il ne s'en plaignît jamais, je me doutais que ses finances n'étaient pas assez solides pour lui permettre de continuer ainsi longtemps. Zimmer recevait un peu d'aide de sa famille dans le New Jersey, mais pour l'essentiel il ne pouvait compter que sur lui-même. Vers le 20 de ce mois, il devait commencer à Columbia une licence de littérature comparée. L'université l'avait attiré dans ce programme à l'aide d'une bourse (la gratuité des cours et une allocation de deux mille dollars), mais même si cela représentait à l'époque une jolie somme, il y avait à peine de quoi survivre pendant un an. Pourtant, Zimmer continuait à prendre soin de moi en puisant sans mesure dans ses maigres économies. Si généreux qu'il fût, il devait avoir un autre mobile que le pur altruisme. Depuis la première année où nous avions partagé une chambre, j'avais toujours eu l'impression qu'il était d'une certaine manière intimidé par moi, débordé, si l'on peut dire, par la folle intensité de mes lubies. Maintenant que j'étais dans une mauvaise passe, il y voyait peut-être une chance de prendre l'avantage, de corriger l'équilibre interne de notre amitié. Je doute que lui-même en ait eu conscience, mais une sorte de supériorité un peu exaspérée perçait dans sa voix lorsqu'il me parlait, et il était difficile de ne pas sentir le plaisir qu'il éprouvait à me taquiner. Je le supportais, néanmoins, et ne m'en offensais pas. Mon appréciation de moi-même était alors tombée si bas que j'accueillais ses tracasseries avec un plaisir secret, comme une forme de justice, la punition largement méritée de mes péchés.

Zimmer était un petit type nerveux, avec des cheveux noirs bouclés et une allure raide, contenue. Il portait les lunettes à monture métallique que l'on voyait beaucoup à cette époque chez les étudiants, et avait entrepris de laisser pousser sa barbe, ce qui lui donnait l'air d'un jeune rabbin. De tous les élèves de Columbia que j'ai connus, il était le plus brillant et le plus consciencieux, et il avait sans aucun doute l'étoffe de devenir un fin lettré s'il s'y acharnait. Nous partagions la même passion pour des livres obscurs et oubliés (l'*Alexandra* de Lycophron, les dialogues philosophiques de Giordano Bruno, les carnets de Joseph Joubert, pour ne citer que quelques-unes de nos découvertes communes), mais alors que j'avais tendance, devant ces œuvres, à m'enthousiasmer comme un fou et à me disperser, Zimmer, minutieux et systématique, les pénétrait à une profondeur dont je m'étonnais souvent. Avec cela, loin de tirer de ses talents critiques une fierté particulière, il ne leur accordait qu'une importance secondaire. La principale préoccupation de Zimmer dans la vie était d'écrire de la poésie, et il y passait de longues heures laborieuses, à travailler chaque mot comme si le sort du monde en eût dépendu – ce qui est certainement la seule façon raisonnable de procéder. A bien des égards, les poèmes de Zimmer ressemblaient à son corps : compacts, tendus, inhibés. Ses idées s'enchevêtraient avec une telle densité qu'il était souvent difficile d'en trouver le sens. J'admirais pourtant leur étrangeté et leur langue en éclats de silex. Zimmer avait confiance en mon opinion, et j'étais toujours aussi honnête que possible lorsqu'il me la demandait ; je l'encourageais de mon mieux, mais en même temps je refusais de mâcher mes mots quand quelque chose ne me plaisait pas. Je n'avais pour ma part aucune ambition littéraire, et cela facilitait sans doute nos relations. Si je critiquais son travail, il savait que ce n'était pas à cause d'une compétition inavouée entre nous.

Il y avait deux ou trois ans qu'il était amoureux de la même fille, une certaine Anna Bloom, ou Blume, je n'ai jamais été certain de l'orthographe. Elle avait grandi en face de chez Zimmer, dans la même rue d'un faubourg du New Jersey, et s'était trouvée dans la même classe que sa sœur, c'est-à-dire qu'elle devait avoir quelques années de moins que lui. Je ne l'avais rencontrée qu'une ou deux fois, une fille menue, avec des cheveux noirs, un joli visage et une personnalité extravertie et animée, et j'avais eu le soupçon que Zimmer, avec sa nature studieuse, n'était peut-être pas tout à fait de taille. Dans le courant de l'été, elle était partie soudain rejoindre son frère aîné, William, qui travaillait comme journaliste dans un pays lointain, et depuis lors Zimmer n'avait pas reçu de ses nouvelles – pas une lettre, pas une carte postale, rien. Au fur et à mesure que passaient les semaines, ce silence le désespérait de plus en plus. Chaque journée débutait par la même descente rituelle à la boîte aux lettres, et chaque fois qu'il sortait de l'immeuble ou y rentrait, il ouvrait et refermait la boîte vide avec la même obsession. Ce pouvait être n'importe quelle heure, jusqu'à deux ou trois heures du matin, quand il n'y avait aucune chance au monde que quelque chose de nouveau soit arrivé. Mais Zimmer était incapable de résister à la tentation. Souvent, lorsque nous revenions tous deux de la *White Horse Tavern*, au coin de la rue, à moitié ivres de bière, il me fallait assister au triste spectacle de mon ami en train de chercher sa clef, et puis de tendre une main aveugle vers quelque chose qui n'était pas là, qui ne serait jamais là. C'est peut-être la raison pour laquelle il a supporté si longtemps ma présence chez lui. Faute de mieux, j'étais quelqu'un à qui parler, une distraction de ses soucis, une sorte de dérivatif comique, étrange et imprévisible.

Je n'en étais pas moins cause de la diminution de ses ressources, et plus le temps passait sans protestation de sa part, plus je me sentais mal à l'aise. J'avais l'intention de me mettre à chercher du travail dès que j'en aurais la force (un travail quelconque, peu importait lequel) et de commencer à lui rembourser ce qu'il avait dépensé pour moi. Ce n'était pas une solution au problème de trouver un autre endroit où habiter, mais du moins je persuadai Zimmer de me laisser passer les nuits sur le sol afin qu'il puisse à nouveau dormir dans son propre lit. Ses cours à Columbia commencèrent quelques jours après cet échange de chambres. Pendant la première semaine, il revint un soir avec une grosse liasse de papiers et m'annonça d'un air sombre qu'une de ses amies du département de français, qui avait été engagée pour faire une traduction rapide, venait de se rendre compte qu'elle n'en avait pas le temps. Zimmer lui avait demandé si elle serait d'accord de lui sous-traiter ce travail, et elle avait accepté. C'est ainsi qu'arriva chez nous ce manuscrit, un fastidieux rapport d'une centaine de pages sur la réorganisation structurelle du consulat de France à New York. Dès l'instant où Zimmer avait commencé à m'en parler, j'avais compris que cela représentait pour moi une chance de me rendre utile. J'avançai que mon français était aussi bon que le sien et que, puisque je n'étais pas surchargé de responsabilités pour l'instant, il n'y avait pas de raison de ne pas me laisser le soin de cette traduction. Zimmer était réticent, mais je m'y étais attendu, et je l'emportai petit à petit sur ses hésitations. Je lui expliquai que je voulais rééquilibrer nos comptes, et que ce travail serait le moyen le plus rapide et le plus pratique d'y parvenir. L'argent lui reviendrait (deux ou trois cents dollars, je ne me souviens plus de la somme exacte), et dès lors nous serions de nouveau à égalité. Ce fut ce dernier argument qui finalement le persuada. Zimmer aimait bien jouer les martyrs, mais aussitôt qu'il eut compris qu'il s'agissait de mon bien-être, il céda.

"Eh bien, dit-il, nous pourrions partager, je suppose, si ça t'importe à ce point.

— Non, répondis-je, tu n'y es toujours pas. Tout l'argent sera pour toi. Sinon ça n'aurait aucun sens. Chaque centime sera pour toi."

J'obtins ce que je voulais, et pour la première fois depuis des mois je me mis à éprouver l'impression que ma vie avait de nouveau un but. Zimmer se levait tôt pour se rendre à Columbia, et pendant le reste de la journée, je restais livré à moi-même, libre de me caler devant son bureau et d'y travailler sans interruption. Il s'agissait d'un texte abominable, truffé de jargon bureaucratique, mais plus il me donnait de peine, plus je m'acharnais à relever le défi, refusant de lâcher prise jusqu'à ce qu'un semblant de signification commence à apparaître au travers des phrases maladroites et ampoulées. La difficulté même de la tâche m'était un encouragement. Si cette traduction s'était révélée plus facile, je n'aurais pas eu le sentiment d'accomplir une pénitence adéquate pour mes fautes passées. D'une certaine manière, c'était la complète inutilité de cette entreprise qui en faisait la valeur. Je me sentais comme quelqu'un qui a été condamné aux travaux forcés. Mon lot consistait à prendre un marteau pour casser des pierres, et, une fois ces pierres cassées, à les réduire encore en cailloux plus petits. Ce labeur était dépourvu de sens. Mais, en fait, les résultats ne m'intéressaient pas. Le travail était en lui-même une fin, et je m'y plongeais avec toute la détermination d'un prisonnier modèle.

Quand il faisait beau, je sortais parfois faire un petit tour dans le quartier pour m'éclaircir les idées. On était en octobre, le plus beau mois de l'année à New York, et je prenais plaisir à étudier la lumière d'automne, à observer la clarté nouvelle dont elle semblait parée quand elle frappait en biais les immeubles de brique. L'été était fini, mais l'hiver paraissait encore loin, et je savourais cet équilibre entre chaud et froid. Où que j'aille, ces jours-là, dans les rues, il n'était question que des *Mets*. C'était l'un de ces rares moments d'unanimité où tout le monde a la même chose en tête. Les gens se promenaient avec leur transistor réglé sur le match, de larges foules se rassemblaient devant la vitrine des magasins d'appareils électroménagers pour regarder la partie sur des télévisions silencieuses, des ovations soudaines éclataient dans les bars aux coins des rues, aux fenêtres des appartements, sur d'invisibles toits en terrasse. Il y eut d'abord Atlanta en demi-finale, puis Baltimore pour les championnats. Sur huit rencontres en octobre, les *Mets* ne perdirent qu'une seule fois, et quand l'aventure fut terminée, New York leur fit une nouvelle parade des confettis qui surpassa même en extravagance celle qui avait salué les astronautes deux mois plus tôt. Plus de cinq cents tonnes de papier tombèrent ce jour-là dans les rues, un record qui n'a jamais été égalé depuis.

Je pris l'habitude de manger mon déjeuner dans Abingdon Square, un petit parc à un bloc et demi à l'est de l'appartement de Zimmer. Il y avait là un terrain de jeu rudimentaire pour les enfants, et j'appréciais le contraste entre le langage mort du rapport que je traduisais et l'énergie furieuse et déchaînée des gamins qui tourbillonnaient autour de moi en piaillant. Je m'étais aperçu que cela m'aidait à me concentrer, et il m'arriva plusieurs fois d'apporter ma traduction pour y travailler là, assis en plein milieu de ce tohu-bohu. Il se trouve que c'est au cours d'un de ces après-midi de la mi-octobre que je revis enfin Kitty Wu. J'étais en train de me débattre dans un passage ardu, et je ne la remarquai que lorsqu'elle était déjà assise sur le banc auprès de moi. C'était notre première rencontre depuis que Zimmer m'avait fait la morale dans le bar, et la surprise me laissa sans défense. J'avais passé plusieurs semaines à imaginer tout ce que je lui dirais de brillant quand je la retrouverais, mais maintenant qu'elle était là en chair et en os, je pouvais à peine balbutier un mot.

"Bonjour, monsieur l'écrivain, dit-elle. Ça fait plaisir de vous voir remis sur pied."

Elle portait cette fois des lunettes de soleil, et avait les lèvres peintes d'un rouge vif. Parce que ses yeux étaient invisibles derrière les verres sombres, j'avais toutes les peines du monde à détourner les miens de sa bouche.

"Je n'écris pas vraiment, dis-je. C'est une traduction. Un truc que je fais pour gagner un peu d'argent.

— Je sais. J'ai rencontré David, hier, et il m'a raconté."

Peu à peu, je me trouvai emporté par la conversation. Kitty avait un talent naturel pour sortir les gens d'eux-mêmes, et il était facile de lui emboîter le pas, de se sentir à l'aise en sa présence. Comme me l'avait un jour lointain expliqué oncle Victor, une conversation ressemble à un échange de balles. Un bon partenaire vous envoie la balle droit dans le gant, de sorte qu'il vous est presque impossible de la rater ; quand c'est à lui de recevoir, il rattrape tout ce qui arrive de son côté, même les coups les plus erratiques et les plus incompétents. C'est ainsi que faisait Kitty. Elle relançait sans cesse la balle

juste au creux de mon gant, et quand je la lui re-
tournais, elle ramenait tout ce qui parvenait peu ou
prou à sa portée, sautant vers les chandelles qui lui
passaient au-dessus de la tête, plongeant avec agilité de gauche à droite, se précipitant pour réussir des
prises acrobatiques. Mieux encore, son talent était
tel qu'elle me donnait toujours l'impression que
j'avais fait exprès de mal lancer, comme si mon
seul objectif avait été de rendre la partie plus amu-
sante. Elle me faisait paraître meilleur que je n'étais
et cela me donnait confiance, et m'aidait ensuite à
lui envoyer des balles moins difficiles à recevoir.
En d'autres mots, je commençai à lui parler à elle,
plutôt qu'à moi-même, et le plaisir en était plus
grand que tout ce que j'avais connu depuis longtemps.

Notre conversation se prolongeait dans la lumière
d'octobre, et je me mis à chercher le moyen de la
faire durer. J'étais trop ému et heureux pour accepter qu'elle prenne fin, et le fait que Kitty porte à
l'épaule un grand sac dont dépassaient des bouts
d'affaires de danse – une manche de maillot, le col
d'un sweat-shirt, un coin de serviette – m'inspirait
la crainte qu'elle ne fût sur le point de se lever et
de se précipiter à un autre rendez-vous. Il y avait
un soupçon de fraîcheur dans l'air, et, au bout de
vingt minutes de bavardage sur le banc, je remarquai que Kitty frissonnait très légèrement. Rassemblant mon courage, j'émis une remarque sur le froid
qui tombait, et suggérai que nous rentrions chez
Zimmer, où je pourrais nous faire du café chaud.

Miraculeusement, elle acquiesça et répondit qu'elle trouvait l'idée bonne.

Je me mis à préparer le café. Le salon était séparé de la cuisine par la chambre à coucher, et au lieu de m'attendre dans le salon Kitty s'assit sur le lit pour que nous puissions continuer à parler. Le passage à l'intérieur avait transformé le ton de notre conversation, nous étions l'un et l'autre plus calmes et plus timides, comme à la recherche de la meilleure interprétation de notre nouveau rôle. Il régnait une étrange atmosphère d'anticipation, et j'étais heureux d'avoir à m'occuper du café et de pouvoir ainsi masquer le trouble qui s'était soudain emparé de moi. Quelque chose allait se produire, mais je me sentais trop ému pour m'attarder sur cette impression, il me semblait que si je m'autorisais le moindre espoir, cette chose pourrait être détruite avant même d'avoir pris forme. Kitty devint alors très silencieuse, pendant vingt ou trente secondes elle ne dit plus rien. Je continuais à m'affairer dans la cuisine, à ouvrir et à fermer le frigo, à sortir des tasses et des cuillers, à verser du lait dans un pot, et ainsi de suite. Pendant un bref instant, je tournai le dos à Kitty et, avant que je m'en rende bien compte, elle n'était plus assise sur le lit mais debout dans la cuisine. Sans un mot, elle se glissa derrière moi, m'entoura la taille de ses bras, et posa la tête contre mon dos.

"Qui est là ?" demandai-je, feignant l'ignorance.

"C'est la Reine des Dragons, fit Kitty. Elle vient te prendre."

Je lui saisis les mains, en essayant de ne pas trembler quand je sentis la douceur de sa peau. "Je crois qu'elle me tient déjà", murmurai-je.

Il y eut un léger silence, puis Kitty resserra son étreinte autour de ma taille. "Tu m'aimes un petit peu, dis ?

— Plus qu'un petit peu. Tu le sais bien. Beaucoup plus qu'un petit peu.

— Je ne sais rien du tout. J'attends depuis trop longtemps pour savoir quoi que ce soit."

Toute la scène avait quelque chose d'imaginaire. J'étais conscient qu'elle était réelle, mais en même temps c'était mieux que la réalité, plus proche d'une projection de ce que j'attendais de la réalité que tout ce qui m'était arrivé auparavant. Mes désirs étaient forts, ils étaient même impérieux, mais ce n'est que grâce à Kitty qu'ils purent se manifester. Tout s'articula sur ses réactions, la subtilité de ses encouragements, sa science des gestes, son absence d'hésitation. Kitty n'avait pas peur d'elle-même, elle vivait avec son corps sans embarras ni arrière-pensée. Cela avait peut-être à voir avec sa profession de danseuse, mais il est plus vraisemblable que c'était le contraire. Parce qu'elle se plaisait dans son corps, elle pouvait danser.

Nous fîmes l'amour pendant plusieurs heures dans l'appartement de Zimmer où baissait la lumière de fin d'après-midi. C'était sans aucun doute l'une des choses les plus extraordinaires que j'eusse jamais vécues, et à la fin je pense que j'en ai été fondamentalement transformé. Je ne veux pas parler que du sexe ni des permutations du désir, mais d'un écroulement spectaculaire de parois intérieures, d'un tremblement de terre au cœur de ma solitude. Je m'étais si bien habitué à être seul que je n'imaginais pas qu'une telle chose fût possible. Je m'étais résigné à un certain mode de vie et puis, pour des raisons d'une obscurité totale, cette belle jeune Chinoise s'était posée devant moi, descendue comme un ange d'un autre univers. Il aurait été impossible de ne pas en tomber amoureux, impossible de n'être pas transporté par le seul fait de sa présence.

A partir de ce moment, mes journées devinrent plus chargées. Je travaillais à ma traduction le matin et l'après-midi, et m'en allais dans la soirée rejoindre Kitty, en général *uptown*, aux environs de Columbia et de Julliard. Le problème, dans la mesure où il y en avait un, était la difficulté de nous trouver seuls ensemble. Kitty habitait dans un foyer une chambre qu'elle partageait avec une camarade de cours, et dans l'appartement de Zimmer aucune porte ne séparait la chambre à coucher du salon. Même s'il y en avait eu une, il aurait été impensable que j'y ramène Kitty. Etant donné l'état de la vie sentimentale de Zimmer à cette époque, je n'aurais pas eu le cœur de lui infliger les bruits de nos amours, de l'obliger à écouter, assis dans la pièce à côté, nos gémissements et nos soupirs. De temps en temps, l'autre étudiante sortait pour la soirée, et nous profitions de son absence pour poser des jalons sur le lit étroit de Kitty. D'autres fois, des appartements vides accueillaient nos rendez-vous. C'était Kitty qui se chargeait des détails de cette organisation, par l'intermédiaire d'amis, ou d'amis de ses amis, auxquels elle demandait l'usage d'une chambre pendant quelques heures. Tout cela avait un côté frustrant, mais en même temps quelque chose d'assez palpitant, une source d'excitation qui ajoutait à notre passion un élément de danger et d'incertitude. Nous prenions ensemble des risques qui me paraissent aujourd'hui inimaginables, des risques insensés qui auraient bien pu entraîner les situations les plus embarrassantes. Un jour, par exemple, nous avons arrêté un ascenseur entre deux étages et, tandis que les habitants de l'immeuble, furieux de l'attente, criaient et tambourinaient, j'ai baissé les jeans de Kitty et sa petite culotte et, de ma langue, l'ai menée à l'orgasme. Une autre fois, pendant une soirée, nous avons baisé par terre dans la salle de bains, dont nous avions verrouillé la porte derrière nous sans nous soucier des gens qui faisaient la queue dans le couloir pour avoir leur tour aux W.-C. C'était du mysticisme érotique, une religion secrète exclusivement réservée à deux fidèles. Pendant toute cette période du début de nos relations, l'échange d'un regard suffisait à nous mettre en émoi. Dès que Kitty s'approchait de moi, je me mettais à penser au sexe. J'étais incapable d'em-pêcher mes mains de la toucher, et plus son corps me devenait familier, plus je désirais son contact. Nous sommes même allés, un soir, jusqu'à faire l'amour après l'un de ses cours de danse au beau milieu du vestiaire, après le départ de ses camarades. Elle devait participer à un spectacle le mois suivant et j'essayais d'assister aux répétitions chaque fois que je le pouvais. A part la tenir dans mes bras, je ne connaissais rien de meilleur que de regarder Kitty danser, et je suivais ses évolutions sur la scène avec une concentration quasi démente. J'adorais ça, et pourtant je n'y comprenais rien. La danse m'était totalement étrangère, elle se situait au-delà du domaine des mots, et je n'avais d'autre possibilité que de rester assis en silence, abandonné à la contemplation du mouvement pur.

J'achevai la traduction vers la fin d'octobre. Zimmer reçut l'argent de son amie quelques jours plus tard, et le soir même Kitty et moi allâmes dîner avec lui au *Moon Palace*. C'était moi qui avais choisi le restaurant, pour sa valeur symbolique plus que pour la qualité de sa table, mais le repas y fut bon néanmoins car Kitty, qui parlait mandarin avec les serveurs, put commander des plats qui n'étaient pas au menu. Zimmer était en bonne forme, intarissable au sujet de Trotski, de Mao, de la théorie de la révolution permanente, et je me souviens qu'à un moment Kitty posa la tête sur mon épaule, avec un beau sourire langoureux et que, appuyés tous deux contre les coussins de la banquette, nous laissâmes David dérouler son monologue en marquant notre approbation par des hochements de tête tandis qu'il résolvait les dilemmes de l'existence humaine. Ce fut pour moi un moment merveilleux, un moment de joie et d'équilibre extraordinaires, comme si mes amis s'étaient réunis là pour célébrer mon retour au pays des vivants. Après qu'on eut enlevé notre couvert, nous déballâmes tous trois nos papillotes et examinâmes avec une feinte solennité les horoscopes qu'elles renfermaient. C'est étrange, je me souviens du mien comme si je le tenais encore entre mes mains. On y lisait : "Le Soleil est le passé, la Terre est le présent, la Lune est le futur." Par la suite, je devais rencontrer à nouveau cette phrase énigmatique, et je ressens rétrospectivement l'impression que le hasard qui me l'avait attribuée était chargé d'une mystérieuse vérité prémonitoire. Pour des raisons que je n'examinai pas à l'époque, je glissai la languette de papier dans mon portefeuille et neuf mois plus tard, longtemps après avoir oublié son existence, je la portais toujours avec moi.

Le lendemain matin, je me mis à chercher du travail. Sans résultat ce premier jour, ni davantage le jour suivant. Je me rendis compte qu'avec les journaux je n'arriverais à rien, et décidai de me rendre à Columbia afin de tenter ma chance au bureau d'emploi des étudiants. En tant que licencié de l'université, j'avais le droit de m'adresser à ce service, et puisqu'il n'y avait rien à payer s'ils vous trouvaient un job, il me paraissait raisonnable de débuter par là. Moins de dix minutes après être entré à Dodge Hall, j'aperçus la réponse à mon problème, dactylographiée sur une fiche placée dans le coin inférieur gauche du panneau d'information. L'offre était rédigée comme suit : "Monsieur âgé en chaise roulante cherche jeune homme pour office de compagnon à domicile. Promenades quotidiennes, un peu de secrétariat. Cinquante dollars par semaine, logé et nourri." Ce dernier détail fut pour moi déterminant. J'allais non seulement commencer à gagner ma vie, mais aussi, enfin, pouvoir partir de chez Zimmer. Mieux encore, je m'en irais dans West End Avenue à la hauteur de la Quatre-vingt-quatrième rue, c'est-à-dire beaucoup plus près de Kitty. Cela semblait parfait. Quant à l'emploi lui-même, il n'y avait pas de quoi pavoiser, mais, de toute façon, je n'avais en fait nulle part où pavoiser.

Je téléphonai aussitôt pour demander une entrevue, inquiet à l'idée que quelqu'un d'autre obtienne avant moi cette situation. Deux heures plus tard, j'étais assis en face de mon éventuel employeur, et le soir même, à huit heures, il m'appelait chez Zimmer pour m'annoncer que j'étais engagé. A l'entendre, on pouvait supposer qu'il n'avait pas pris sans peine sa décision et que j'avais été choisi de préférence à plusieurs autres candidats de valeur. Tout bien considéré, cela n'aurait sans doute rien changé, mais si j'avais su alors qu'il mentait, je me serais fait une idée plus juste de ce qui m'attendait. Car la vérité, c'est qu'il n'y avait aucun autre candidat. J'étais le seul à m'être présenté pour cet emploi.

4

La première fois que j'ai eu Thomas Effing devant les yeux, j'ai eu l'impression de n'avoir jamais vu quelqu'un d'aussi fragile. Assis dans un fauteuil roulant sous des couvertures écossaises, le corps affaissé sur le côté, il évoquait un minuscule oiseau brisé. Rien que des os sous une peau fripée. Il avait quatre-vingt-six ans, mais on lui en aurait donné beaucoup plus, cent ans au moins, si c'est possible, un âge au-delà des chiffres. Il était comme muré de toutes parts, absent, d'une impénétrabilité de sphinx. Deux mains noueuses, couvertes de taches de son, agrippaient les accoudoirs du fauteuil et parfois voltigeaient un moment, mais c'était le seul signe de vie consciente. On ne pouvait pas établir avec lui de contact visuel, car Effing était aveugle, ou du moins affectait de l'être, et le jour où je suis allé chez lui pour notre première entrevue, il portait sur les yeux deux caches noirs. Quand je me rappelle aujourd'hui ce commencement, il me paraît approprié qu'il ait eu lieu un 1er novembre. Le 1er novembre, le jour des Morts, le jour où on commémore les saints et les martyrs inconnus.

La porte de l'appartement me fut ouverte par une femme. Lourde, négligée, d'âge indéterminé, elle était vêtue d'une robe d'intérieur flottante ornée de fleurs roses et vertes. Dès qu'elle se fut assurée que j'étais bien le M. Fogg qui avait demandé un rendez-vous à une heure, elle me tendit la main en annonçant qu'elle était Rita Hume, l'infirmière et la gouvernante de M. Effing depuis neuf ans. En même temps, elle m'examinait de haut en bas, m'étudiant avec la curiosité sans fard d'une femme qui rencontre pour la première fois un fiancé par correspondance. Il y avait néanmoins, dans sa manière de me regarder, quelque chose de si direct et de si aimable que je ne me sentis pas offensé. Il aurait été difficile de ne pas aimer Mme Hume, avec son large visage rebondi, ses épaules puissantes et ses deux énormes seins, des seins si gros qu'ils paraissaient en ciment. Elle trimbalait ce chargement d'une démarche généreuse, en se dandinant quelque peu, et tandis qu'elle me précédait dans le vestibule pour me conduire au salon, j'entendais siffler son souffle au passage de ses narines.

C'était l'un de ces immenses appartements du West Side avec de longs corridors, des pièces séparées par des cloisons coulissantes en chêne, et des murs aux moulures ornementées. Il y régnait un fouillis très victorien, et j'avais du mal à absorber la soudaine abondance des objets qui m'entouraient : livres, tableaux, guéridons, des tapis qui se chevauchaient, un bric-à-brac de boiseries sombres. A mi-chemin, Mme Hume s'arrêta dans le vestibule pour me prendre le bras en me murmurant à l'oreille : "Ne vous inquiétez pas s'il se conduit de façon un peu bizarre. Il s'emporte souvent, mais ça ne signifie pas grand-chose. Les dernières semaines ont été pénibles pour lui. L'homme qui s'occupait de lui depuis trente ans est mort en septembre, et il a de la peine à s'y faire."

Je sentis que j'avais en cette femme une alliée, et cela me fit l'effet d'une sorte de protection contre ce qui pouvait m'arriver d'étrange. Le salon était démesuré, ses fenêtres s'ouvraient sur l'Hudson et les *Palisades* du New Jersey, sur l'autre rive. Effing était installé au milieu de la pièce, dans son fauteuil roulant, en face d'un canapé dont le séparait une table basse. L'impression initiale que j'eus de lui fut peut-être liée au fait qu'il ne réagit pas à notre entrée dans la pièce. Mme Hume lui annonça que j'étais arrivé, "M. M. S. Fogg est là pour une entrevue", mais il ne lui répondit pas un mot, n'eut pas un frémissement. Son inertie semblait surnaturelle, et ma première réaction fut de le croire mort. Mais Mme Hume se contenta de me sourire, et de me faire signe de m'asseoir sur le canapé. Puis elle s'en alla, et je me trouvai seul avec Effing, à attendre qu'il se décide à rompre le silence.

Il fallut longtemps, mais quand enfin sa voix se fit entendre, elle emplit la pièce avec une force surprenante. Il ne paraissait pas possible que son corps émette de tels sons. Les mots sortaient de sa trachée en crépitant avec une sorte de furieuse énergie râpeuse, et c'était soudain comme si on avait allumé une radio branchée sur l'une de ces stations lointaines qu'on capte parfois au milieu de la nuit. C'était tout à fait inattendu. Une synapse fortuite d'électrons me transmettait cette voix à des milliers de kilomètres de distance, et sa clarté étonnait mes oreilles. Pendant un instant, je me suis réellement demandé si un ventriloque n'était pas caché quelque part dans la pièce.

"Emmett Fogg, disait le vieillard, en crachant les mots avec mépris. Quelle sorte de nom est-ce là ?

— M. S. Fogg, répliquai-je. M. comme Marco, S. comme Stanley.

— Ça ne vaut pas mieux. C'est même pire. Comment allez-vous arranger ça, jeune homme ?

— Je ne vais rien arranger du tout. Mon nom et moi avons vécu beaucoup de choses ensemble, et avec le temps je m'y suis attaché."

Effing ricana, une sorte de rire grognon qui paraissait écarter le sujet une fois pour toutes. Aussitôt après, il se redressa dans son fauteuil. La rapidité de transformation de son apparence fut surprenante. Il ne ressemblait plus à un demi-cadavre comateux perdu dans une rêverie crépusculaire ; tout en nerfs et en attention, il était devenu une petite masse effervescente de force ressuscitée. Comme je devais l'apprendre à la longue, c'était là le véritable Effing, si on peut user du mot véritable en parlant de lui. Une si grande part de son personnage était construite sur la duplicité et l'imposture qu'il était presque impossible de savoir quand il disait la vérité. Il adorait mystifier les gens par des expérimentations et des inspirations soudaines, et de tous ses tours, celui qu'il préférait était de faire le mort.

Il se pencha en avant sur son siège, comme pour m'indiquer que l'entrevue allait commencer pour de bon. Malgré les caches noirs sur ses yeux, son regard était dirigé droit vers moi. "Répondez-moi, monsieur Fogg, dit-il, êtes-vous un homme de vision ?

— Je croyais l'être, mais je n'en suis plus tellement certain.

— Quand vous avez un objet devant les yeux, êtes-vous capable de l'identifier ?

— La plupart du temps, oui. Mais dans certains cas c'est assez difficile.

— Par exemple ?

— Par exemple, j'ai parfois de la peine à distinguer les hommes des femmes dans la rue. Tant de gens ont maintenant les cheveux longs, un coup d'œil rapide ne renseigne pas toujours. Surtout si l'on a affaire à un homme féminin ou à une femme masculine. Les signaux peuvent être plutôt confus.

— Et quand vous êtes en train de me regarder, quels sont les mots qui vous viennent à l'esprit ?

— Je dis que je regarde un homme assis dans un fauteuil roulant.

— Un vieil homme ?

— Oui, un vieil homme.

— Un très vieil homme ?

— Oui, un très vieil homme.

— Avez-vous remarqué quelque chose de particulier à mon propos, jeune homme ?

— Les caches sur vos yeux, sans doute. Et le fait que vos jambes paraissent paralysées.

— Oui, oui, mes infirmités. Elles sautent aux yeux, n'est-ce pas ?

— D'une certaine manière, oui.

— Et qu'avez-vous conclu au sujet des caches ?

— Rien de précis. J'ai d'abord cru que vous étiez aveugle, mais ce n'est pas nécessairement évident. Si on ne voit pas, pourquoi prendre la peine de se protéger la vue ? Ça n'aurait aucun sens. Donc, j'envisage d'autres possibilités. Les caches dissimulent peut-être quelque chose de pire que la cécité. Une difformité hideuse, par exemple. Ou bien vous venez d'être opéré, et vous devez les porter pour des raisons médicales. D'autre part, il se pourrait que vous soyez partiellement aveugle et que la forte lumière vous irrite les yeux. Ou qu'il vous plaise de les arborer pour eux-mêmes, parce que vous les trouvez jolis. Il y a des quantités de réponses possibles à votre question. Pour le moment, je ne dispose pas d'assez d'informations pour dire quelle est la bonne. A vrai dire, la seule chose dont je suis sûr est que vous portez des caches noirs sur les yeux. Je peux affirmer qu'ils sont là, mais je ne sais pas pourquoi ils sont là.

— Autrement dit, vous ne considérez rien comme acquis ?

— Cela peut être dangereux. Il arrive souvent que les choses soient différentes de ce qu'on croit, et on peut s'attirer des ennuis en se faisant une opinion à la légère.

— Et mes jambes ?

— Cette question me paraît plus simple. D'après ce qu'on en voit sous la couverture, elles paraissent desséchées, atrophiées, ce qui indiquerait qu'elles n'ont plus servi depuis plusieurs années. Si tel est le cas, il est raisonnable d'en inférer que vous ne pouvez plus marcher. Peut-être n'avez-vous jamais pu marcher.

— Un vieillard qui ne voit pas et ne peut pas marcher. Que vous en semble, jeune homme ?

— Il me semble qu'un tel homme est plus dépendant des autres qu'il ne le souhaiterait."

Effing poussa un grognement, se laissa aller en arrière dans son fauteuil, puis renversa la tête vers le plafond. Dix ou quinze secondes passèrent sans qu'aucun de nous ne parlât.

"Quel genre de voix avez-vous, jeune homme ? demanda-t-il enfin.

— Je ne sais pas. Je ne la remarque pas vraiment quand je parle. Les quelques fois où je l'ai entendue sur un enregistreur, je l'ai trouvée affreuse. Mais il paraît que tout le monde a la même impression.

— Est-ce qu'elle tient la distance ?

— La distance ?

— Est-elle capable de fonctionner dans la durée ? Pouvez-vous parler pendant deux ou trois heures sans enrouement ? Pouvez-vous rester là un après-midi entier à me faire la lecture, et arriver encore à prononcer les mots ? Voilà ce que j'entends par tenir la distance.

— Je crois que j'en suis capable, oui.

— Comme vous-même l'avez observé, j'ai perdu la capacité de voir. Mes relations avec vous seront donc composées de mots, et si votre voix ne tient pas la distance, vous ne vaudrez pas un clou pour moi.

— Je comprends."

Effing se pencha de nouveau en avant, puis fit une petite pause, pour intensifier son effet. "Avez-vous peur de moi, jeune homme ?

— Non, je ne crois pas.

— Vous devriez avoir peur. Si je me décide à vous engager, vous apprendrez ce qu'est la peur, je vous le garantis. Je ne suis peut-être plus capable de voir ni de marcher, mais j'ai d'autres pouvoirs, des pouvoirs que peu d'hommes ont maîtrisés.

— Quels genres de pouvoirs ?

— Mentaux. Une force de volonté qui peut faire plier l'univers matériel, lui donner n'importe quelle forme à mon gré.

— De la télékinésie.

— Oui, si vous voulez. De la télékinésie. Vous vous souvenez de la panne d'électricité, il y a quelques années ?

— En automne 1965.

— Exact. C'est moi qui l'ai provoquée. Je venais de perdre la vue, et je me suis un jour retrouvé tout seul dans cette pièce, en train de maudire le sort qui m'était fait. Vers cinq heures, approximativement, je me suis dit : J'aimerais que le monde entier soit obligé de vivre dans la même obscurité que moi. Moins d'une heure plus tard, toutes les lumières de la ville étaient éteintes.

— Peut-être une coïncidence.

— Il n'y a pas de coïncidences. L'usage de ce mot est l'apanage des ignorants. En ce monde, tout est électricité, les objets animés comme les objets inanimés. Même les pensées produisent une charge électrique. Si elles sont assez intenses, les pensées d'un homme peuvent transformer le monde qui l'entoure. N'oubliez jamais ça, jeune homme.

— Je ne l'oublierai pas.

— Et vous, Marco Stanley Fogg, de quels pouvoirs disposez-vous ?

— Aucun, que je sache. Les pouvoirs normaux d'un homme, je suppose, mais rien de plus. Je peux manger et dormir. Je peux marcher d'un lieu à un autre. Je peux avoir mal. Parfois, même, il m'arrive de penser.

— Un esprit fort. C'est ça que vous êtes, jeune homme ?

— Pas vraiment. Je ne crois pas que je serais capable de persuader qui que ce soit de faire quoi que ce soit.

— Une victime, alors. C'est l'un ou l'autre. On mène ou on est mené.

— Nous sommes tous victimes de quelque chose, monsieur Effing. Ne fût-ce que d'être en vie.

— Etes-vous sûr d'être en vie, jeune homme ? Peut-être n'en avez-vous que l'illusion.

— Tout est possible. Il se peut que nous soyons, vous et moi, imaginaires, que nous n'existions pas en réalité. Oui, je suis prêt à accepter que c'est là une possibilité.

— Savez-vous tenir votre langue ?

— S'il le faut, je peux me taire aussi bien qu'un autre.

— Et qui serait cet autre, jeune homme ?

— N'importe. C'est une façon de parler. Je peux me taire ou ne pas me taire, cela dépend de la nature de la situation.

— Si je vous engage, Fogg, il est probable que vous me prendrez en grippe. Rappelez-vous simplement que c'est pour votre bien. Il y a un mobile caché derrière toutes mes actions, et il ne vous appartient pas de juger.

— Je m'efforcerai de m'en souvenir.

— Bien. Maintenant venez ici, que je tâte vos muscles. Je ne peux pas me faire véhiculer dans les rues par un gringalet, n'est-ce pas ? Si vos muscles ne font pas l'affaire, vous ne vaudrez pas un clou pour moi."

Je fis mes adieux à Zimmer ce soir-là, et le lendemain matin, ayant mis dans un sac mes quelques possessions, je m'en fus vers les hauts quartiers et l'appartement d'Effing. Je ne devais revoir Zimmer que treize ans plus tard. Les circonstances nous ont séparés, et quand au printemps quatre-vingt-deux je l'ai enfin croisé, par hasard (au coin de Varick Street et de West Broadway, dans le bas de Manhattan), il avait tellement changé qu'au premier abord je ne l'ai pas reconnu. Il avait grossi de dix ou quinze kilos, et, en le voyant arriver à ma rencontre avec sa femme et ses deux petits garçons, j'avais été frappé par son apparence on ne peut plus conventionnelle : la bedaine et le cheveu rare d'une maturité précoce, l'expression placide et un peu troublée d'un père de famille fatigué. Marchant en sens inverse, nous étions passés l'un près de l'autre. Puis, soudain, je l'ai entendu m'appeler par mon nom. Il n'y a rien d'extraordinaire, j'en suis sûr, à tomber sur quelqu'un qui surgit du passé, mais cette rencontre avec Zimmer a remué en moi tout un monde de choses oubliées. Découvrir ce qu'il était devenu, apprendre qu'il enseignait dans une université quelque part en Californie, qu'il avait publié une étude de quatre cents pages sur le cinéma français, qu'il n'avait pas écrit un seul poème depuis plus de dix ans – tout cela importait peu. Ce qui importait, c'était de l'avoir revu. Nous sommes restés plantés là, sur un coin de trottoir, à évoquer le bon vieux temps pendant quinze à vingt minutes, et puis il est reparti avec sa famille là où ils se rendaient. Je ne l'ai plus rencontré depuis, je n'ai plus eu de ses nouvelles, mais je soupçonne que l'idée d'écrire ce livre m'est venue pour la première fois après cette rencontre, il y a quatre ans, au moment précis où Zimmer disparaissait au bout de la rue, et où je l'ai reperdu de vue.

Lorsque j'arrivai chez Effing, Mme Hume me fit asseoir dans la cuisine devant une tasse de café. Elle m'expliqua que M. Effing faisait son petit somme du matin et ne se lèverait pas avant dix heures. En attendant, elle me mit au courant des obligations qui seraient les miennes dans la maison, des heures de repas, du temps que j'aurais à consacrer chaque jour à Effing, et ainsi de suite. C'était elle qui se chargeait des "soins du corps", comme elle disait : elle l'habillait et le lavait, le mettait au lit et l'aidait à se lever, le rasait, l'accompagnait aux toilettes, tandis que mes fonctions étaient à la fois plus complexes et assez mal définies. Je n'étais pas précisément embauché pour être son ami, mais c'était presque ça : un compagnon compréhensif, quelqu'un qui rompe la monotonie de sa solitude. "Dieu sait qu'il ne lui reste pas beaucoup de temps, disait-elle. Le moins que nous puissions faire est de nous assurer que ses derniers jours ne soient pas trop malheureux." Je répondis que je comprenais.

"Ça lui fera du bien au moral d'avoir un jeune dans la maison, poursuivit-elle. Sans parler de mon moral.

— Je suis content qu'il m'ait engagé.

— Il a apprécié votre conversation, hier. Il m'a dit que vous lui aviez bien répondu.

— Je ne savais pas quoi dire, en réalité. Il est parfois difficile à suivre.

— A qui le dites-vous ! Il y a toujours quelque chose qui mijote dans son cerveau. Il est un peu cinglé, mais je ne le qualifierais pas de sénile.

— Non, il est drôlement au fait. J'ai l'impression qu'il ne me passera rien.

— Il m'a dit que vous aviez une voix agréable. C'est un début prometteur, en tout cas.

— J'imagine mal le mot «agréable» dans sa bouche.

— Ce n'était peut-être pas le mot exact, mais c'est ce qu'il voulait dire. Il a ajouté que votre voix lui rappelait quelqu'un qu'il a connu jadis.

— J'espère que c'est quelqu'un qu'il aimait bien.

— Il ne me l'a pas précisé. Quand vous commencerez à connaître M. Thomas, vous saurez qu'il ne raconte jamais que ce qu'il veut."

Ma chambre se trouvait au bout d'un long couloir. C'était une petite pièce nue dont la seule fenêtre donnait sur la ruelle derrière l'immeuble, un espace rudimentaire pas plus grand qu'une cellule de moine. Un tel territoire m'était familier, et il ne me fallut pas longtemps pour me sentir chez moi dans ce mobilier réduit au minimum : un lit de fer à l'ancienne mode, avec des barreaux verticaux aux deux bouts, une commode et, le long d'un des murs, une bibliothèque garnie principalement de livres français et russes. Il y avait un seul tableau, un grand dessin dans un cadre laqué noir, qui représentait une scène mythologique encombrée de silhouettes humaines et d'une pléthore de détails architecturaux. J'appris plus tard qu'il s'agissait d'une reproduction en noir et blanc de l'un des panneaux d'une série peinte par Thomas Cole et intitulée *le Cours de l'empire*, une saga visionnaire sur la naissance et le déclin du Nouveau Monde. Je déballai mes vêtements et m'assurai que toutes mes possessions trouvaient aisément leur place dans le tiroir supérieur du bureau. Je ne possédais qu'un livre, une édition de poche des *Pensées* de Pascal, cadeau d'adieu de Zimmer. Je le déposai provisoirement sur l'oreiller et reculai pour examiner mon nouveau domaine. Ce n'était pas grand, mais c'était chez moi. Après tant de mois d'incertitude, il était encourageant de me trouver entre ces quatre murs, de savoir qu'il existait en ce monde un lieu que je pouvais dire mien.

Il plut sans arrêt pendant les deux premiers jours. Faute de pouvoir sortir nous promener dans l'après-midi, nous demeurâmes tout le temps au salon. Effing était moins combatif que durant notre première entrevue, et restait la plupart du temps silencieux, à écouter les livres que je lui lisais. Il m'était difficile d'apprécier la nature de son silence, de deviner s'il était destiné à me mettre à l'épreuve d'une façon que je ne comprenais pas, ou s'il correspondait simplement à son humeur. Comme si souvent au cours de la période où j'ai vécu avec lui, j'étais partagé, devant le comportement d'Effing, entre la tendance à prêter à ses actions quelque intention sinistre et celle qui consistait à ne les considérer que comme le produit d'impulsions erratiques. Les choses qu'il me disait, les lectures qu'il me choisissait, les missions bizarres dont il me chargeait, faisaient-elles partie d'un plan obscur et élaboré, ou n'en ont-elles acquis l'apparence qu'avec le recul ? J'avais parfois l'impression qu'il essayait de me communiquer un savoir mystérieux et secret, qu'il s'était institué le mentor de ma vie intérieure, mais sans m'en informer, qu'il m'obligeait à jouer à un jeu dont il ne m'indiquait pas les règles. Cet Effing-là, c'était un guide spirituel délirant, un maître excentrique qui s'efforçait de m'initier aux arcanes de l'univers. A d'autres moments, par contre, quand il se laissait emporter par les orages de son égoïsme et de son arrogance, je ne voyais plus en lui qu'un vieil homme méchant, un fou épuisé végétant à la frontière entre la démence et la mort. L'un dans l'autre, il me fit subir une quantité considérable de grossièretés, et je commençai bientôt à me méfier de lui, malgré la fascination croissante qu'il m'inspirait. Plusieurs fois, alors que j'étais sur le point d'abandonner, Kitty me persuada de rester, mais tout compte fait je crois que j'en avais envie, même lorsqu'il me paraissait impossible de tenir le coup une minute de plus. Des semaines entières s'écoulaient pendant lesquelles je supportais à peine de tourner les yeux vers lui, il me fallait rassembler tout mon courage rien que pour rester assis avec lui dans une chambre. Mais je résistai, je tins bon jusqu'à la fin.

Même quand son humeur était des plus sereines, Effing s'amusait à fomenter de petites surprises. Ce premier matin, par exemple, quand il arriva dans la pièce sur son fauteuil roulant, il arborait une paire de lunettes noires d'aveugle. Les caches qui avaient été un tel sujet de discussion pendant notre entrevue avaient disparu. Effing ne commenta pas cette substitution. Entrant dans son jeu, je supposai qu'il s'agissait de l'un de ces cas où j'étais censé tenir ma langue, et je n'en dis rien non plus. Le lendemain matin, il portait des lunettes médicales normales, avec une monture métallique et des verres d'une épaisseur incroyable. Ils agrandissaient et déformaient ses yeux, les faisaient paraître aussi gros que des œufs d'oiseau, deux sphères bleues protubérantes qui semblaient jaillir de sa tête. Je ne me rendais guère compte si ces yeux voyaient ou non. A certains moments j'étais persuadé que tout cela n'était que du bluff et qu'il avait la vue aussi claire que la mienne ; à d'autres, j'étais également convaincu de sa cécité totale. D'évidence c'était là ce qu'Effing voulait. Il émettait des signaux intentionnellement ambigus puis, ravi de la perplexité des gens, refusait obstinément de divulguer la vérité. Certains jours, il laissait ses yeux à découvert, ne portait ni caches ni lunettes. D'autres fois encore, il arrivait avec un bandeau noir autour de la tête, ce qui lui donnait l'apparence d'un prisonnier sur le point d'être abattu par un peloton d'exécution. J'étais incapable de deviner ce que signifiaient ces déguisements. Il n'y faisait jamais allusion, et je n'eus jamais le courage de l'interroger. L'important, décidai-je, était de ne pas me laisser atteindre par ses bouffonneries. Il pouvait faire ce qu'il voulait, mais, du moment que je ne tombais pas dans ses pièges, cela ne pouvait en rien m'affecter. C'est du moins ce que je me répétais. Malgré mes résolutions, il était parfois difficile de lui résister. En particulier les jours où il ne se protégeait pas les yeux, je me surprenais souvent à les regarder fixement, incapable d'en détourner les miens, sans défense contre leur pouvoir de fascination. Comme si j'avais tenté d'y découvrir une vérité, une ouverture qui m'aurait donné un accès direct dans l'obscurité de son crâne. Je n'arrivai jamais à rien, néanmoins. Au long des centaines d'heures que j'ai passées à les fixer, les yeux d'Effing ne m'ont jamais rien révélé.

Il avait choisi d'avance tous les livres, et savait exactement ce qu'il souhaitait entendre. Ces lectures ressemblaient moins à une récréation qu'à une recherche systématique, une investigation opiniâtre de certains sujets précis et limités. Cela ne me rendait pas ses motifs plus apparents, mais l'entreprise y trouvait une sorte de logique souterraine. La première série concernait la notion de voyage, voyage dans l'inconnu, en général, et la découverte de mondes nouveaux. Nous débutâmes avec ceux de saint Brendan et de sir John de Mandeville, suivis par Colomb, Cabeza de Vaca et Thomas Harriot. Nous lûmes des extraits des *Voyages en Arabie déserte*, de Doughty, parcourûmes l'ouvrage entier de John Wesley Powell à propos de ses expéditions cartographiques le long du fleuve Colorado, et lûmes pour finir un certain nombre de récits de captivité des XVIIIe et XIXe siècles, témoignages directs rédigés par des colons blancs qui avaient été enlevés par des Indiens. J'éprouvais pour tous un égal intérêt, et une fois habitué à faire usage de ma voix pendant de longues périodes d'affilée, je pense avoir acquis un style de lecture adéquat. Tout s'articulait sur la clarté de l'énonciation, qui dépendait à son tour des modulations de timbre, de pauses subtiles, et d'une attention soutenue pour les mots sur la page. Effing faisait peu de commentaires pendant que je lisais, mais je savais qu'il écoutait grâce aux bruits qui lui échappaient à l'occasion chaque fois que nous arrivions à un passage particulièrement épineux ou passionnant. Ces séances de lecture étaient sans doute les moments où je me sentais le plus en harmonie avec lui, mais j'appris bientôt à ne pas confondre sa concentration silencieuse avec de la bonne volonté. Après le troisième ou le quatrième récit de voyage, je suggérai au passage qu'il pourrait trouver amusant d'écouter des parties du voyage de Cyrano sur la Lune. Ceci ne provoqua chez lui qu'un ricanement. "Gardez vos idées pour vous, mon garçon, déclara-t-il, si je voulais votre opinion, je vous la demanderais."

Le mur du fond du salon était occupé par une bibliothèque qui s'élevait du sol jusqu'au plafond. Je ne sais combien de livres contenaient ses étagères, mais il devait y en avoir au moins cinq ou six cents, peut-être mille. Effing semblait connaître la place de chacun, et quand le moment venait d'en commencer un nouveau, il m'indiquait avec précision où le trouver. "La deuxième rangée, disait-il, le douzième ou le quinzième en partant de la gauche. Lewis et Clark. Un livre rouge, relié en toile." Il ne se trompait jamais, et je ne pouvais m'empêcher d'être impressionné devant l'évidence croissante de la puissance de sa mémoire. Je lui demandai un jour si les systèmes de mémorisation de Cicéron et de Raymond Lulle lui étaient familiers, mais il rejeta ma question d'un geste de la main. "Ces choses-là ne s'étudient pas, dit-il. C'est un talent inné, un don naturel." Il fit une pause puis reprit, d'une voix rusée, moqueuse. "Mais comment pouvez-vous être certain que je sais où ces livres sont ? Réfléchissez un instant. Je viens peut-être ici la nuit, en cachette, pour les réarranger pendant que vous dormez. Ou je les déplace par télépathie lorsque vous avez le dos tourné. N'est-ce pas le cas, jeune homme ?" Je considérai cette question comme rhétorique, et évitai de le contredire. "Souvenez-vous bien, Fogg, poursuivit-il, ne prenez jamais rien pour acquis. Surtout quand vous avez affaire à quelqu'un comme moi."

Nous passâmes ces deux premiers jours dans le salon tandis que la pluie drue de novembre frappait les fenêtres au-dehors. Il faisait très silencieux chez Effing, et à certains moments, quand je m'arrêtais de lire pour reprendre mon souffle, ce que j'entendais de plus sonore était le tic-tac de l'horloge sur la cheminée. Mme Hume faisait à l'occasion un peu de bruit dans la cuisine, et de tout en bas montait la rumeur assourdie du trafic, le chuintement des pneus qui roulaient dans les rues mouillées. Je trouvais à la fois étrange et agréable d'être assis à l'intérieur tandis que le monde allait à ses affaires, et cette impression de détachement était sans doute renforcée par les livres eux-mêmes. Tout ce qu'ils contenaient était lointain, brumeux, chargé de merveilles : un moine irlandais qui traversait l'Atlantique à la voile en l'an 500 et découvrait une île qu'il prenait pour le Paradis ; le royaume mythique du prêtre Jean ; un savant américain manchot fumant la pipe avec les Indiens Zûnis dans le Nouveau-Mexique. Les heures se succédaient et nous ne bougions ni l'un ni l'autre, Effing dans son fauteuil roulant, moi sur le canapé en face de lui, et il m'arrivait d'être si absorbé par ce que je lisais que je ne savais plus trop où je me trouvais, que j'avais le sentiment de n'être plus dans ma propre peau.

Nous prenions le déjeuner et le dîner dans la salle à manger à midi et à six heures tous les jours. Effing s'en tenait à cet horaire avec beaucoup de précision, et dès que Mme Hume passait la tête dans l'embrasure de la porte pour annoncer qu'un repas était prêt, il se désintéressait aussitôt de notre lecture. Peu importait le passage où nous étions arrivés. Même s'il ne restait qu'une ou deux pages avant la fin, Effing me coupait en pleine phrase et exigeait que je m'arrête. "A table, disait-il, nous reprendrons ceci plus tard." Ce n'était pas qu'il eût un appétit particulier (en fait, il mangeait très peu), mais son besoin d'ordonner ses journées de façon stricte et rationnelle était trop impérieux pour qu'il pût l'ignorer. A une ou deux reprises, il parut sincèrement désolé que nous dussions nous interrompre, mais jamais au point d'envisager une rupture de la règle. "Dommage, s'exclamait-il, juste quand ça devenait intéressant." La première fois, je lui proposai de continuer à lire encore un peu. "Impossible, répondit-il. On ne peut pas désorganiser l'univers pour un plaisir momentané. Nous aurons tout le temps demain."

Effing ne mangeait pas beaucoup, mais le peu qu'il mangeait était prétexte à une exhibition insensée : il bavait, grognait, renversait. Je trouvais ce spectacle répugnant, mais je n'avais pas le choix, il fallait le supporter. Si d'aventure Effing sentait que je le regardais, il s'inventait aussitôt une nouvelle panoplie de manières encore plus dégoûtantes : il laissait les aliments dégouliner de sa bouche le long de son menton, rotait, feignait la nausée ou la crise cardiaque, enlevait son dentier et le posait sur la table. Il était grand amateur de soupe, et pendant tout l'hiver nous commençâmes chaque repas avec un potage différent. Mme Hume les préparait elle-même, de merveilleuses potées aux légumes, au cresson, aux poireaux et pommes de terre, mais je me mis bientôt à craindre le moment où il faudrait m'asseoir et regarder Effing les absorber. Dire qu'il les lapait bruyamment n'est rien ; en vérité il les suçait à grand fracas, dans un tintamarre assourdissant d'aspirateur défectueux. C'était un son tellement exaspérant, tellement particulier que je me mis à l'entendre sans cesse, même en dehors des repas. Aujourd'hui encore, si je parviens à une concentration suffisante, je peux en reconstituer la plupart des caractéristiques les plus subtiles : le choc du premier instant, quand la cuiller rencontrait les lèvres d'Effing et que le calme était rompu par une

inspiration monumentale ; le vacarme aigu et pro-
longé qui suivait, un tapage insupportable qui donnait l'impression que le liquide en train de lui
descendre dans la gorge s'était transformé en une
mixture de gravier et de verre pilé ; une petite pause,
quand il déglutissait, puis la houle frissonnante d'une
expiration. A ce stade, il se léchait les babines, pouvait même grimacer de plaisir, et reprenait tout le
processus : il remplissait sa cuiller, la portait à ses
lèvres (la tête toujours penchée en avant – pour
réduire la distance entre le bol et sa bouche – mais
néanmoins d'une main tremblante, qui envoyait de
petits ruisseaux de potage retomber dans le bol en
éclaboussant tandis que la cuiller approchait de son
but), et puis on entendait une nouvelle explosion,
on avait les oreilles percées quand la succion recommençait. Grâce au ciel, il finissait rarement un bol
entier. Trois ou quatre cuillerées cacophoniques
suffisaient en général à l'épuiser, après quoi il re-
poussait son couvert et demandait avec calme à
Mme Hume quel plat principal elle avait préparé.
Je ne sais combien de fois j'ai entendu ce bruit,
mais ce que je sais, c'est que je ne l'oublierai jamais,
que je le garderai en tête pour le restant de mes jours.
   Mme Hume faisait preuve d'une patience remarquable pendant ces exhibitions. Sans jamais manifester ni inquiétude ni dégoût, elle se conduisait
comme si les manières d'Effing avaient fait partie
de l'ordre naturel des choses. Telle une personne
qui habite à proximité d'une voie de chemin de
fer ou d'un aéroport, elle s'était habituée à des

interruptions périodiques assourdissantes, et chaque fois qu'il recommençait son numéro, elle se contentait d'arrêter de parler en attendant que le tumulte s'apaise. Le rapide pour Chicago passait en trombe dans la nuit en faisant trembler les vitres et les fondations de la maison, puis disparaissait aussi vite qu'il était arrivé. De temps à autre, quand Effing était dans une forme particulièrement détestable, Mme Hume m'adressait un clin d'œil, comme pour me dire : Ne vous en faites pas ; le vieux n'a plus sa tête, nous n'y pouvons rien. Quand j'y repense aujourd'hui, je me rends compte du rôle important qu'elle jouait pour le maintien d'une certaine stabilité dans la maisonnée. Quelqu'un de moins solide aurait eu la tentation de réagir aux provocations d'Effing, et cela n'aurait fait que les aggraver car, mis au défi, le vieil homme devenait féroce. Le tempérament flegmatique de Mme Hume convenait à merveille pour neutraliser drames naissants et scènes désagréables. Son corps généreux s'assortissait d'une âme aussi généreuse, capable d'absorber beaucoup sans effet notable. Au début, j'étais gêné de la voir accepter de lui tant de grossièretés, mais je compris bientôt que c'était la seule stratégie raisonnable face à ses excentricités. Sourire, hausser les épaules, ne pas le contrarier. C'est d'elle que j'ai appris comment me comporter avec Effing, et, sans son exemple, je pense que je n'aurais pas gardé très longtemps cet emploi.

Elle arrivait toujours à table armée d'un torchon propre et d'un bavoir. Le bavoir était attaché autour du cou d'Effing dès le début du repas, et le torchon servait à lui essuyer le visage en cas d'urgence. De ce point de vue, c'était un peu comme si nous avions mangé avec un bébé. Mme Hume se chargeait avec beaucoup d'assurance du rôle de la mère attentive. Elle avait élevé ses trois enfants, m'expliqua-t-elle un jour, et ceci ne lui posait aucun problème. Outre le soin de ces questions matérielles, il y avait aussi la responsabilité de faire la conversation à Effing de manière à le garder sous contrôle verbal. Elle montrait là toute l'habileté d'une prostituée expérimentée manipulant un client difficile. Aucune demande n'était si absurde qu'elle la refusât, aucune suggestion ne la choquait, aucun commentaire n'était trop farfelu pour qu'elle le prît au sérieux. Une ou deux fois par semaine, Effing se mettait à l'accuser de comploter contre lui – d'empoisonner sa nourriture, par exemple (et il recrachait avec mépris sur son assiette des bouts de carottes et de viande à demi mâchés), ou d'intriguer pour lui voler son argent. Loin de s'en offenser, elle lui répondait avec calme que nous serions bientôt morts tous les trois, puisque nous mangions la même chose. Ou bien, s'il insistait, elle changeait de tactique, reconnaissait les faits. "C'est vrai, disait-elle. J'ai mis six cuillerées à soupe d'arsenic dans la purée de pommes de terre. L'effet devrait commencer à se manifester d'ici à un quart d'heure, et alors tous mes soucis prendront fin. Je serai une femme riche, monsieur Thomas (elle l'appelait toujours monsieur Thomas), et vous pourrirez dans votre tombe, enfin !" Un tel langage ne manquait jamais d'amuser M. Effing. "Ha, pouffait-il. Ha, ha ! Vous en avez à mes millions, femelle avide. Je m'en doutais. Ensuite ce sera fourrures et diamants, n'est-ce pas ? Mais cela ne vous profitera pas, ma grosse. Quelques vêtements que vous portiez, vous aurez toujours l'air d'une lavandière bouffie." Après quoi, sans se soucier de la contradiction, il s'enfournait de plus belle dans le gosier les aliments empoisonnés.

Effing mettait Mme Hume à rude épreuve, mais je crois qu'au fond elle lui était très attachée. A la différence de la plupart des gens qui s'occupent de personnes très âgées, elle ne le traitait pas comme un enfant demeuré ou un morceau de bois. Elle le laissait libre de parler et de se conduire comme un énergumène, mais pouvait aussi, quand la situation l'exigeait, lui opposer une grande fermeté. Elle lui avait inventé toute une série d'épithètes et de surnoms, et n'hésitait pas à s'en servir quand il la provoquait : vieil oison, canaille, choucas, fumiste, elle disposait d'une réserve inépuisable. J'ignore où elle les trouvait, ils lui volaient de la bouche en bouquets où elle réussissait toujours à combiner un ton insultant avec une affection bourrue. Il y avait neuf ans qu'elle vivait auprès d'Effing, et, compte tenu qu'elle n'était pas de ceux qui paraissent aimer la souffrance en soi, elle devait bien trouver dans cet emploi un minimum de satisfaction. Pour ma part, je trouvais accablante l'idée de ces neuf ans. Et si l'on voulait réfléchir au fait qu'elle ne prenait qu'un jour de congé par mois, cela devenait presque inconcevable. Je disposais au moins de mes nuits, passé une certaine heure je pouvais aller et venir à ma guise. J'avais Kitty, et aussi la consolation de savoir que ma situation auprès d'Effing ne représentait pas le but central de mon existence, que tôt ou tard je m'en irais ailleurs. Pour Mme Hume, rien de pareil. Elle était toujours à son poste, et n'avait d'autre occasion de sortir que, chaque après-midi, une heure ou deux pour faire le marché. On pouvait à peine parler d'une vraie vie. Elle avait ses *Reader's Digest* et ses revues *Redbook*, de temps à autre un policier en édition de poche, et une petite télévision en noir et blanc qu'elle regardait dans sa chambre après avoir couché Effing, non sans baisser le son au plus bas. Son mari était mort du cancer treize ans plus tôt, et ses trois enfants, adultes, habitaient au loin : une fille en Californie, une autre au Kansas, un fils militaire stationné en Allemagne. Elle leur écrivait à tous, et rien ne lui faisait plus plaisir que de recevoir des photographies de ses petits-enfants, qu'elle glissait dans les coins du miroir de sa table de toilette. Les jours de congé, elle rendait visite à son frère Charlie à l'hôpital des Vétérans de l'armée, dans le Bronx. Il avait été pilote de bombardier pendant la guerre, et, d'après le peu qu'elle m'en avait raconté, j'avais compris qu'il n'avait plus toute sa tête. Elle allait le voir, fidèlement, tous les mois, sans jamais oublier de lui apporter un petit sac de chocolats et une pile de magazines sportifs, et pas une fois, de tout le temps que je l'ai connue, je ne l'ai entendue se plaindre de cette obligation. Mme Hume était un roc. Tout bien considéré, personne ne m'a autant appris qu'elle.

Effing était un cas difficile, mais il serait inexact de ne le définir qu'en termes de difficulté. S'il n'avait manifesté que méchanceté et sale caractère, on aurait pu prédire ses humeurs et les rapports avec lui s'en seraient trouvés simplifiés. On aurait su à quoi s'attendre ; il aurait été possible de savoir où l'on se trouvait. Mais le vieillard était plus insaisissable que cela. Dans une large mesure, il était d'autant plus difficile qu'il ne l'était pas tout le temps, et qu'il parvenait, pour cette raison, à nous maintenir dans un état permanent de déséquilibre. Pendant des jours entiers, il ne proférait que sarcasmes amers, et, au moment précis où je me persuadais qu'il n'y avait plus en lui une once de bonté ou de sympathie humaine, il exprimait une opinion empreinte d'une compassion si bouleversante, une phrase révélatrice d'une telle compréhension et d'une si profonde connaissance d'autrui qu'il me fallait admettre que je l'avais mal jugé, qu'il n'était tout compte fait pas si mauvais que je l'avais cru. Peu à peu, je lui découvrais un autre aspect. Je n'irais pas jusqu'à parler d'un côté sentimental, mais à certains moments il s'en approchait beaucoup. Je pensai d'abord qu'il ne s'agissait que d'une comédie, d'une ruse destinée à me déstabiliser, mais cela aurait supposé qu'Effing eût calculé d'avance ces attendrissements, alors que ceux-ci paraissaient toujours se produire de manière spontanée, suscités par un détail fortuit au cours d'un événement particulier ou d'une conversation. Néanmoins, si ce bon côté d'Effing était authentique, pourquoi ne lui permettait-il pas plus souvent de se manifester ? N'était-ce qu'une aberration de sa vraie nature, ou au contraire l'essence de sa personnalité réelle ? Je n'arrivai jamais à aucune conclusion à ce sujet, sinon peut-être que ni l'une ni l'autre éventualité ne pouvait être exclue. Effing était les deux à la fois. Un monstre, mais en même temps il y avait en lui l'étoffe d'un homme bon, d'un homme que j'allais jusqu'à admirer. Cela m'empêchait de le détester d'aussi bon cœur que je l'aurais souhaité. Comme je ne pouvais le chasser de mon esprit sur la base d'un sentiment unique, je me retrouvais presque sans arrêt en train de penser à lui. Je commençais à voir en lui une âme torturée, un homme hanté par son passé, luttant pour dissimuler quelque secrète angoisse qui le dévorait du dedans.

C'est le deuxième soir, au cours du repas, que j'eus mon premier aperçu de cet autre Effing. Mme Hume me posait des questions à propos de mon enfance, et j'en vins à mentionner que ma mère avait été écrasée par un autobus à Boston. Effing, qui jusque-là n'avait prêté aucune attention à la conversation, déposa soudain sa fourchette et tourna son visage dans ma direction. D'une voix que je ne lui avais encore jamais entendue – tout imprégnée de tendresse et de chaleur –, il remarqua : "C'est une chose terrible, ça, mon garçon. Une chose vraiment terrible." Rien ne suggérait qu'il ne fût pas sincère.

"Oui, répondis-je, j'en ai été très secoué. Je n'avais que onze ans quand cela s'est produit, et ma mère a longtemps continué à me manquer. Pour être tout à fait honnête, elle me manque encore." Mme Hume hocha la tête en entendant ces mots, et je remarquai qu'une bouffée de tristesse lui faisait les yeux brillants. Après un petit silence, Effing reprit : "Les voitures sont un danger public. Si nous n'y prenons garde, elles nous menacent tous. La même chose est arrivée à mon ami russe, il y a deux mois. Il est sorti de la maison un beau matin pour acheter le journal, est descendu du trottoir pour traverser Broadway, et s'est fait renverser par une saleté de Ford jaune. Le chauffeur a continué sans ralentir, il n'a pas pris la peine de s'arrêter. Sans ce fou furieux, Pavel serait assis dans cette même chaise où vous vous trouvez maintenant, Fogg, en train de manger ces mêmes aliments que vous portez à votre bouche. Au lieu de quoi, il est couché à six pieds sous terre dans un coin oublié de Brooklyn.

— Pavel Shum, ajouta Mme Hume. Il avait commencé à travailler pour M. Thomas à Paris, vers les années trente.

— Cela explique tous les livres russes dans ma chambre, dis-je.

— Les livres russes, les livres français, les livres allemands, ajouta Effing. Pavel parlait couramment six ou sept langues. C'était un homme instruit, un véritable érudit. Quand je l'ai rencontré, en trente-deux, il lavait la vaisselle dans un restaurant et logeait dans une chambre de bonne au sixième étage, sans eau courante ni chauffage. L'un de ces Russes blancs qui sont arrivés à Paris pendant la Révolution. Ils avaient tout perdu. Je l'ai pris chez moi, je lui ai donné un endroit où habiter, et en échange il m'aidait. Ça a duré trente-sept ans, Fogg, et mon seul regret est de n'être pas mort avant lui. Cet homme était le seul vrai ami que j'aie jamais eu."

Tout à coup, les lèvres d'Effing se mirent à trembler, comme s'il était au bord des larmes. Malgré tout ce qui s'était passé avant, je ne pus me défendre d'un sentiment de compassion.

Le soleil réapparut le troisième jour. Effing fit comme d'habitude son petit somme du matin, mais quand Mme Hume le poussa hors de sa chambre à dix heures, il était équipé en vue de notre première promenade : emmitouflé dans d'épais vêtements de laine, il brandissait une canne dans la main droite. Quoi que l'on eût pu dire à son sujet, Effing ne prenait pas la vie sans passion. Il se réjouissait d'une excursion dans les rues du quartier avec tout l'enthousiasme d'un explorateur sur le point d'entreprendre un voyage dans l'Arctique. Il fallait veiller à d'innombrables préparatifs : vérifier la température et la vitesse du vent, déterminer à l'avance un itinéraire, s'assurer qu'il était convenablement couvert. Par temps froid, Effing portait toutes sortes de protections externes superfétatoires ; il s'enveloppait dans des pull-overs et des écharpes, un énorme pardessus qui lui descendait jusqu'aux chevilles, une couverture, des gants, et une toque de fourrure russe à oreillettes. Si la température était particulièrement basse (quand le thermomètre indiquait moins de zéro degré), il portait aussi un passe-montagne. Tous ces habits l'ensevelissaient de leur masse, et lui donnaient l'air encore plus frêle et plus ridicule que d'ordinaire, mais Effing ne supportait aucun inconfort physique et, comme la perspective d'attirer sur lui l'attention ne le dérangeait pas, il jouait à fond de ces extravagances vestimentaires. Le jour de notre première sortie, tandis que nous nous préparions, il me demanda si je possédais un pardessus. Je répondis que non, je n'avais que mon blouson de cuir. "Ce n'est pas suffisant, déclara-t-il. Ce n'est pas du tout suffisant. Je ne veux pas que vous vous geliez en plein milieu d'une promenade, expliqua-t-il. Il vous faut un vêtement qui assure la distance, Fogg." Mme Hume reçut l'ordre d'aller chercher le manteau qui avait un jour appartenu à Pavel Shum. Il s'agissait d'une vénérable relique, dans un tweed de couleur brunâtre parsemé de mouchetures rouges et vertes ; il était à peu près à ma taille. En dépit de mes protestations, Effing insista pour que je le garde, et je ne pouvais dès lors plus objecter grand-chose sans provoquer une dispute. C'est ainsi que j'en arrivai à hériter du pardessus de mon prédécesseur. J'éprouvais un certain malaise à me balader dans ce vêtement dont je savais que le propriétaire était mort, mais je continuai à le porter lors de toutes nos sorties jusqu'à la fin de l'hiver. Pour apaiser mes scrupules, je m'efforçais de le considérer comme une sorte d'uniforme inhérent à la fonction, mais sans grand succès. Chaque fois que je l'enfilais, je me défendais mal de l'impression d'être en train de m'introduire dans la peau d'un mort, d'être devenu le fantôme de Pavel Shum.

Il ne me fallut pas longtemps pour apprendre à manipuler le fauteuil roulant. Après quelques secousses le premier jour, dès que j'eus découvert comment incliner le siège à l'angle qui convenait pour monter sur les trottoirs et en descendre, les choses se passèrent plutôt bien. Effing était d'une extrême légèreté, et le pousser ne me fatiguait pas les bras. A d'autres égards, néanmoins, nos excursions se révélèrent difficiles pour moi. Aussitôt dehors, Effing commençait à désigner de sa canne des objets divers en me demandant de les lui décrire. Poubelles, vitrines, entrées d'immeubles : il exigeait sur tout cela des rapports précis, et si je n'arrivais pas à trouver mes mots assez vite pour le satisfaire, il explosait de colère. "Sacredieu, mon garçon, disait-il, servez-vous de vos yeux ! Je ne vois rien, et vous vous contentez de me débiter des sornettes à propos de «réverbères standards» et de «plaques d'égout parfaitement ordinaires». Il n'existe pas deux choses identiques, n'importe quel abruti sait cela. Je veux voir ce que nous regardons, sacredieu, je veux que vous me rendiez ces objets perceptibles !" C'était humiliant d'être ainsi réprimandé en pleine rue, de subir sans réaction les insultes du vieillard, de devoir encaisser cela tandis que les passants tournaient la tête pour regarder la scène. Une ou deux fois, je fus tenté de m'en aller, de le laisser en plan, mais il était incontestable qu'Effing n'avait pas entièrement tort. Je ne m'en tirais pas très bien. Je me rendis compte que je n'avais jamais acquis l'habitude de regarder les choses avec attention, et maintenant que cela m'était demandé, les résultats étaient lamentables. Jusque-là, j'avais toujours eu un penchant pour les généralisations, une tendance à remarquer les similitudes entre des objets plutôt que leurs différences. J'étais plongé maintenant dans un monde de particularités, et la tentative de les évoquer en paroles, d'en reconnaître les données sensuelles immédiates, représentait un défi auquel j'étais mal préparé. Afin d'obtenir ce qu'il désirait, Effing aurait dû engager Flaubert pour le pousser dans les rues – mais même Flaubert travaillait lentement, s'acharnait parfois pendant des heures à la mise au point d'une seule phrase. Il me fallait non seulement décrire avec précision ce que je voyais, mais aussi le faire en quelques secondes. Je détestais plus que tout l'inévitable comparaison avec Pavel Shum. Une fois, comme je m'en sortais particulièrement mal, Effing se lança dans un éloge de plusieurs minutes à propos de son ami disparu, qu'il décrivait comme un maître de la phrase poétique, un inventeur hors pair d'images appropriées et frappantes, un styliste dont les mots pouvaient comme par miracle révéler la réalité palpable des objets. "Et penser, ajoutait-il, que l'anglais n'était pas sa langue maternelle." Ce fut la seule occasion où je lui répliquai à ce sujet, mais sa remarque m'avait blessé au point que je ne pus m'en empêcher. "Si vous désirez une autre langue, dis-je, je serais heureux de vous obliger. Que penseriez-vous du latin ? A partir de maintenant, je vous parle latin, si vous voulez. Ou mieux, latin de cuisine. Vous ne devriez pas avoir de difficulté à le comprendre." C'était idiot de dire cela, et Effing eut tôt fait de me remettre à ma place. "Taisez-vous, garçon, et racontez, dit-il. Racontez-moi à quoi ressemblent les nuages. Donnez-moi tous les nuages du ciel occidental, chaque nuage aussi loin que vous pouvez voir."

Pour répondre à l'exigence d'Effing, il me fallut apprendre à garder mes distances. L'essentiel était de ne pas ressentir ses demandes comme une corvée, mais de les transformer en accomplissements que je souhaitais pour moi-même. Après tout, cette activité en elle-même n'était pas dénuée d'intérêt. Considéré sous l'angle convenable, l'effort de décrire les choses avec exactitude était précisément le genre de discipline qui pouvait m'enseigner ce que je désirais le plus apprendre : l'humilité, la patience, la rigueur. Au lieu de ne m'y appliquer que par obligation, je me mis à l'envisager comme un exercice spirituel, une méthode d'entraînement à l'art de regarder l'univers comme si je le découvrais pour la première fois. Que vois-tu ? Et si tu le vois, comment l'exprimer en paroles ? L'univers pénètre en nous par les yeux, mais nous n'y comprenons rien tant qu'il n'est pas descendu dans notre bouche. Je commençai à apprécier la distance que cela représente, à comprendre le trajet qui doit être accompli entre un lieu et l'autre. Matériellement, pas plus de quelques centimètres, mais si l'on tient compte du nombre d'accidents et de pertes qui peuvent se produire en chemin, il pourrait aussi bien s'agir d'un voyage de la Terre à la Lune. Mes premières tentatives, avec Effing, furent d'un vague lamentable, ombres fugitives sur arrière-plan brouillé. J'avais déjà vu ces objets, me disais-je, comment pourrais-je éprouver la moindre difficulté à les décrire ? Une borne à incendie, un taxi, une bouffée de vapeur surgissant d'un trottoir – ils m'étaient familiers, il me semblait les connaître par cœur. Mais c'était compter sans leur mutabilité, leur manière de se transformer selon la force et l'angle de la lumière, la façon dont leur aspect pouvait être modifié par ce qui arrivait autour d'eux : un passant, un coup de vent soudain, un reflet inattendu. Tout se mouvait en un flux constant, et si deux briques dans un mur pouvaient se ressembler très fort, à l'analyse elles ne se révéleraient jamais identiques. Mieux, une même brique n'était jamais la même, en vérité. Elle s'usait, se délabrait imperceptiblement sous les effets de l'atmosphère, du froid, de la chaleur, des orages qui l'agressaient, et à la longue, si on pouvait l'observer au-delà des siècles, elle disparaîtrait. Tout objet inanimé était en train de se désintégrer, tout être vivant de mourir. Mon cerveau se prenait de palpitations lorsque je pensais à tout cela et me représentais les mouvements furieux et désordonnés des molécules, les incessantes explosions de la matière, les collisions, le chaos en ébullition sous la surface de toutes choses. Selon l'injonction d'Effing, le premier jour : ne rien considérer comme acquis. Je passai d'une indifférence insouciante à une période d'intense anxiété. Mes descriptions devinrent fouillées à l'excès, dans un effort désespéré pour saisir toutes les nuances possibles de ce que je voyais, j'accumulais les détails avec le souci frénétique de ne rien laisser passer. Les mots déboulaient de ma bouche comme des balles de mitraillette, le staccato d'une salve soutenue. Effing était constamment obligé de me demander de ralentir et se plaignait de ne pas pouvoir suivre. Le problème résidait moins dans ma diction que dans mon approche générale. J'empilais trop de mots les uns par-dessus les autres et plutôt que de révéler leur objet, en fait ils le rendaient obscur en l'ensevelissant sous une avalanche de subtilités et d'abstractions géométriques. L'important eût été de me souvenir qu'Effing était aveugle. Je n'avais pas à l'épuiser par des catalogues interminables, mais à l'aider à voir pour lui-même. Les mots, au bout du compte, étaient indifférents. Leur tâche consistait à lui permettre d'appréhender la réalité aussi vite que possible, et pour cela je devais les faire disparaître dès le moment où je les prononçais. Il me fallut des semaines d'un labeur acharné pour apprendre à simplifier mes phrases, à séparer le superflu de l'essentiel. Je découvris que les résultats étaient d'autant meilleurs que je laissais plus d'air autour d'une chose, car cela donnait à Effing la possibilité d'accomplir par lui-même le travail décisif : la construction d'une image sur la base de quelques suggestions, et de sentir le mouvement de sa propre intelligence vers l'objet que je lui décrivais. Dégoûté de mes premières performances, je pris l'habitude de m'entraîner lorsque j'étais seul, le soir dans mon lit, par exemple, et de passer en revue ce qui se trouvait dans la chambre, pour voir si je ne pouvais m'améliorer. Plus je m'y appliquais, plus je mettais de sérieux à cette activité. Je ne la considérais plus comme esthétique, mais comme morale, et je devins moins irrité par les critiques d'Effing, car je me demandais si son impatience et son insatisfaction ne pouvaient pas m'aider finalement à atteindre un but plus élevé. J'étais un moine en quête d'illumination, et Effing mon cilice, les verges dont je me fouettais. S'il me paraît indiscutable que je faisais des progrès, cela ne signifie pas que j'aie jamais été tout à fait satisfait de mes efforts. Les mots ont plus d'exigences que cela, on rencontre trop d'échecs pour se réjouir d'un succès occasionnel. Avec le temps, Effing se montra plus tolérant envers mes descriptions, mais j'ignore si cela voulait dire qu'elles se rapprochaient en vérité de ce qu'il souhaitait. Peut-être avait-il cessé d'espérer, ou peut-être son intérêt commençait-il à faiblir. Il m'était difficile de le savoir. A la fin, il se pouvait qu'il fût simplement en train de s'habituer à moi.

Pendant l'hiver, nos sorties ne dépassèrent pas le voisinage immédiat. West End Avenue, Broadway, les rues transversales, des soixante-dix aux quatre-vingts. Un bon nombre des gens que nous croisions reconnaissaient Effing et, au contraire de ce que j'aurais imaginé, se comportaient comme s'ils étaient contents de le voir. Certains s'arrêtaient même pour lui dire bonjour. Marchands de légumes, vendeurs de journaux, personnes âgées également en promenade. Effing les repérait tous au son de leur voix, et leur parlait avec une courtoisie quelque peu distante : un aristocrate descendu de son château pour se mêler aux habitants du village. Il paraissait leur inspirer du respect, et au cours des premières semaines on évoqua beaucoup Pavel Shum, que tous semblaient avoir connu et apprécié. L'histoire de sa mort était de notoriété publique (certains avaient même été témoins de l'accident), et Effing dut accepter force poignées de main navrées et offres de condoléances, ce dont il s'acquittait avec un naturel absolu. Il avait une capacité remarquable, quand il le voulait, de se conduire avec élégance, de faire preuve d'une compréhension profonde des conventions sociales. "Voici mon nouveau compagnon, annonçait-il avec un geste dans ma direction, M. M. S. Fogg, licencié depuis peu de l'université de Columbia." Tout cela très correct, très digne, comme si j'étais un personnage distingué qui, pour l'honorer de sa présence, s'était arraché à de nombreuses autres obligations. La même métamorphose se manifestait dans la pâtisserie de la Soixante-douzième rue où nous allions parfois prendre une tasse de thé avant de rentrer chez nous.

Plus un débordement, plus un crachement, plus un bruit n'échappait de ses lèvres. Devant des regards étrangers, Effing était un parfait gentleman, un modèle impressionnant de décorum.

La conversation était malaisée, pendant ces promenades. Nous étions tournés tous les deux dans la même direction et ma tête se trouvait à une telle hauteur par rapport à celle d'Effing que ses paroles avaient tendance à se perdre avant d'arriver à mes oreilles. Il fallait que je me penche pour entendre ce qu'il disait, et, comme il n'aimait pas que nous nous arrêtions ni que nous ralentissions, il réservait ses commentaires pour les coins de rues, lorsque nous attendions de pouvoir traverser. Quand il ne me demandait pas de descriptions, Effing se limitait en général à de brèves remarques, à quelques questions. Dans quelle rue sommes-nous ? Quelle heure est-il ? Je commence à avoir froid. Certains jours, il prononçait à peine un mot du début à la fin ; abandonné au mouvement du fauteuil roulant au long des trottoirs, le visage levé vers le soleil, il gémissait tout bas, dans une transe de plaisir physique. Il adorait le contact de l'air contre sa peau, jouissait avec volupté de l'invisible lumière répandue autour de lui, et si j'arrivais à assurer à notre allure une cadence régulière, en synchronisant mon pas au rythme des roues, je sentais qu'il se laissait aller peu à peu à cette musique, alangui comme un bébé dans une poussette.

Fin mars et début avril, laissant derrière nous Upper Broadway pour nous diriger vers d'autres quartiers, nous entreprîmes de plus longues promenades. Malgré la hausse de la température, Effing continuait à s'emmitoufler dans d'épais vêtements et, même s'il faisait une douceur délicieuse, refusait d'affronter l'extérieur avant d'avoir endossé son manteau et enroulé une couverture autour de ses jambes. Il se montrait aussi frileux que s'il avait craint, faute de prendre pour les protéger des mesures drastiques, d'exposer jusqu'à ses entrailles. Mais du moment qu'il avait chaud, il accueillait avec plaisir le contact de l'air, et rien ne le mettait d'humeur joyeuse comme une bonne petite brise. Si le vent soufflait sur lui, il ne manquait jamais d'en faire toute une affaire, riant et jurant en agitant sa canne comme pour menacer les éléments. Même en hiver, Riverside Park était son lieu préféré, et il y passait des heures, assis en silence, sans jamais somnoler comme je m'y serais attendu ; il écoutait, tentait de suivre ce qui se passait autour de lui : froufrou des oiseaux et des écureuils dans les feuilles et les ramures, frémissements du vent dans les branches, bruits de circulation provenant de l'autoroute, en contrebas. Je pris l'habitude d'emporter un guide de la nature quand nous nous rendions au parc afin de pouvoir y trouver les noms des buissons et des fleurs quand il m'interrogeait à leur sujet. J'appris ainsi à identifier des douzaines de plantes, j'en examinais les feuilles et la disposition des bourgeons avec un intérêt et une curiosité que je n'avais encore jamais ressentis pour ces choses. Un jour où Effing était d'humeur particulièrement réceptive, je lui demandai pourquoi il n'habitait pas à la campagne. Cela se passait dans les premiers temps, à la fin de novembre ou au début de décembre, quand je n'avais pas encore peur de lui poser des questions. Le parc semblait lui procurer tant de plaisir qu'il était dommage, suggérai-je, qu'il ne puisse être toujours au milieu de la nature. Il attendit un bon moment avant de me répondre, si longtemps que je crus qu'il ne m'avait pas entendu. "Je l'ai déjà fait, dit-il enfin. Je l'ai fait, et maintenant c'est dans ma tête. Seul, loin de tout, j'ai vécu dans le désert pendant des mois, des mois et des mois… une vie entière. Une fois qu'on a connu ça, mon garçon, on ne l'oublie jamais. Je n'ai plus besoin d'aller nulle part. Dès que je me mets à y penser, je m'y retrouve. C'est là que je suis le plus souvent, ces jours-ci – je me retrouve là-bas, loin de tout."

A la mi-décembre, Effing cessa soudain de s'intéresser aux récits de voyages. Nous en avions lu plusieurs douzaines et progressions dans *A Canyon Voyage*, de Frederick S. Dellenbaugh (une relation de la seconde expédition de Powell le long du Colorado) quand il m'arrêta au milieu d'une phrase en déclarant : "Je crois que ça suffit, monsieur Fogg. Ça devient un peu ennuyeux, et nous n'avons pas de temps à perdre. Il y a du travail à accomplir, des affaires à ne pas négliger."

Je n'avais aucune idée des affaires auxquelles il faisait allusion, mais c'est avec plaisir que je remis le livre dans la bibliothèque et attendis ses instructions. Celles-ci s'avérèrent plutôt décevantes. "Descendez au coin de la rue, me dit-il, et achetez le *New York Times*. Mme Hume vous donnera de l'argent.

— C'est tout ?

— C'est tout. Et dépêchez-vous. Ce n'est plus le moment de traîner."

Jusqu'alors, Effing n'avait pas fait preuve du moindre intérêt pour l'actualité. Mme Hume et moi en parlions parfois au cours des repas, mais jamais il ne prenait part à ces conversations, jamais il ne les avait seulement commentées. Voici qu'il ne voulait plus rien d'autre, et pendant deux semaines je passai les matinées à lui lire avec assiduité des articles du *New York Times*. Les relations de la guerre au Viêt-nam prédominaient, mais il s'enquérait aussi d'un certain nombre d'autres sujets : débats au Congrès, incendies à Brooklyn, coups de couteau dans le Bronx, cours des valeurs, critiques de livres, résultats de base-ball, tremblements de terre. De tout ceci, rien qui parût en rapport avec le ton d'urgence sur lequel, ce premier jour, il m'avait envoyé acheter le journal. Il était manifeste qu'Effing avait une idée derrière la tête, mais j'étais bien en peine de deviner laquelle. Il s'en approchait par la bande, en décrivant lentement des cercles autour de son intention, comme un chat jouant avec une souris. Il souhaitait sans aucun doute m'abuser, mais en même temps ses stratégies étaient d'une telle transparence qu'il aurait aussi bien pu m'avertir de me tenir sur mes gardes.

Nous terminions toujours notre matinée d'actualités par un parcours minutieux des pages nécrologiques. Ces dernières paraissaient retenir l'attention d'Effing plus fermement que les autres articles, et j'étais parfois étonné de constater avec quelle intensité il écoutait la prose incolore de ces notices. Capitaines d'industrie, politiciens, danseurs de marathon, inventeurs, stars du cinéma muet : tous suscitaient chez lui une égale curiosité. Les jours passèrent, et peu à peu nous nous mîmes à consacrer aux nécrologies une partie plus importante de chaque séance. Il me faisait lire certaines des histoires deux ou trois fois, et lorsque les morts étaient rares, il me priait de lire les annonces payantes imprimées en petits caractères au bas de la page. Georges Untel, âgé de soixante-neuf ans, époux et père bien-aimé, regretté par sa famille et ses amis, sera inhumé cet après-midi à treize heures dans le cimetière de Our Lady of Sorrows. Effing ne paraissait jamais fatigué de ces mornes récitations. Finalement, après les avoir gardées pour la fin pendant presque deux semaines, il renonça complètement à faire semblant de vouloir entendre les nouvelles et me pria de commencer par la page nécrologique. Je ne fis pas de commentaires à propos de ce changement d'ordre, mais comme, une fois les notices étudiées, il ne me demandait aucune autre lecture, je compris que nous étions enfin arrivés.

"Nous savons maintenant quel est leur ton, n'est-ce pas, mon garçon ? déclara-t-il.

— Il me semble, répondis-je. Nous en avons assurément lu assez pour connaître leur allure.

— C'est déprimant, je l'admets. Mais je pensais qu'un peu de recherche s'imposait avant de nous lancer dans notre projet.

— Notre projet ?

— Mon tour arrive. N'importe quel abruti peut s'en rendre compte.

— Je ne m'attends pas à ce que vous viviez éternellement, monsieur. Mais vous avez déjà dépassé l'âge de la plupart des gens, et il n'y a pas de raison d'imaginer que vous ne continuerez pas comme cela longtemps encore.

— Peut-être. Mais si je fais erreur, ce sera la première fois de ma vie que je me serai trompé.

— C'est vous qui le dites.

— Je dis ce que je sais. Une centaine de petits signes m'en informent. Le temps commence à me manquer, et nous devons nous y mettre avant qu'il soit trop tard.

— Je ne comprends toujours pas.

— Ma notice nécrologique. Il faut que nous l'entreprenions maintenant.

— Je n'ai jamais entendu parler de quelqu'un qui rédigeait sa propre nécrologie. En principe, d'autres personnes s'en chargent pour vous – après votre mort.

— Quand ils sont informés, oui. Mais que se passe-t-il quand les fichiers sont vides ?

— Je vois ce que vous voulez dire. Vous souhaitez rassembler quelques faits.

— Exactement.

— Mais qu'est-ce qui vous fait penser qu'on
désirera la publier ?

— On l'a publiée il y a cinquante-deux ans. Je
ne vois pas pourquoi on ne saisirait pas la chance
de recommencer.

— Je ne vous suis pas.

— J'étais mort. On ne publie pas la nécrologie
des vivants, n'est-ce pas ? J'étais mort, ou du
moins on me croyait mort.

— Et vous n'avez rien dit ?

— Je n'en avais pas envie. J'étais content d'être
mort, et, une fois que les journaux l'ont annoncé,
j'ai pu le rester.

— Vous deviez être quelqu'un de très important.

— J'étais très important.

— Alors pourquoi n'ai-je jamais entendu parler
de vous ?

— J'avais un autre nom. Après ma mort, je
m'en suis débarrassé.

— Quel nom ?

— Ridicule. Julian Barber. Je l'ai toujours dé-
testé.

— Je n'ai jamais entendu parler de Julian Barber non plus.

— Il y a trop longtemps pour qu'on s'en souvienne. Ce dont je parle remonte à cinquante ans,
Fogg. 1916, 1917. J'ai glissé dans l'obscurité,
comme on dit, et n'en suis jamais revenu.

— Que faisiez-vous lorsque vous étiez Julian Barber ?

— J'étais peintre. Un grand peintre américain. Si j'avais persisté, je serais sans doute reconnu comme l'artiste le plus important de mon époque.

— En toute modestie, bien entendu.

— Je vous raconte les faits. Ma carrière a été trop courte, et je n'ai pas peint assez.

— Où se trouvent vos œuvres à présent ?

— Je n'en ai aucune idée. Tout est parti, je suppose, tout a disparu, volatilisé. Cela ne me concerne plus.

— Alors pourquoi voulez-vous rédiger cette nécrologie ?

— Parce que je vais bientôt mourir et que cela n'aura plus d'importance, alors, que le secret soit gardé. Ils l'ont loupée la première fois. Peut-être disposeront-ils d'une version exacte quand cela comptera vraiment.

— Je vois", dis-je. Je ne voyais rien du tout.

"Mes jambes jouent un grand rôle là-dedans, bien entendu, poursuivit-il. Vous vous êtes assurément posé des questions à leur sujet. Tout le monde s'en pose, ce n'est que naturel. Mes jambes. Mes jambes atrophiées, inutiles. Je ne suis pas né infirme, sachez-le, que ceci soit clair dès le départ. J'étais un garçon plein d'entrain, dans ma jeunesse, plein de ressort et de malice, je faisais le fou avec tous les autres. Cela se passait sur Long Island, dans la grande maison où nous passions l'été. Tout cela, maintenant, est couvert de caravanes et de parkings, mais à l'époque c'était le paradis, il n'y avait que des prés et la plage, un petit éden terrestre. Quand je suis parti pour Paris, en 1920, il n'était pas nécessaire de raconter la vérité à qui que ce soit. Ce qu'on pensait était sans importance, de toute façon. Du moment que j'étais convaincant, qui se souciait de la réalité ? J'ai inventé plusieurs histoires, dont chacune améliorait la précédente. Je les sortais en fonction des circonstances et de mon humeur, non sans les modifier un peu à l'occasion, embellissant un passage ici, raffinant un détail là, jouant avec elles au cours des années jusqu'à les mettre parfaitement au point. Les meilleures étaient sans doute les histoires de guerre, j'y étais devenu excellent. Je veux parler de la Grande Guerre, celle qui a arraché le cœur à toutes choses, la guerre entre les guerres. Vous auriez dû m'entendre décrire les tranchées et la boue. J'étais éloquent, inspiré. Je pouvais expliquer la peur comme personne, les canons tonnant dans la nuit, les visages stupéfiés des petits ploucs américains qui chiaient dans leurs frocs. Des shrapnels, prétendais-je, plus de six cents fragments dans mes deux jambes – c'est ainsi que c'est arrivé. Les Français gobaient tout, ils n'en avaient jamais assez. J'avais une autre histoire, à propos de l'escadrille La Fayette. J'y décrivais avec un réalisme qui donnait le frisson comment j'avais été abattu par les Boches. Celle-là était excellente, croyez-moi, ils en redemandaient toujours. Le problème était de me rappeler quelle histoire j'avais racontée en quelles circonstances. J'ai gardé bon ordre dans ma tête pendant des années, je m'assurais de ne pas donner aux gens que je revoyais une version différente de la première. Ce n'en était que plus excitant, de savoir qu'à tout moment je pouvais me faire prendre, que quelqu'un pouvait surgir tout à coup pour me traiter de menteur. Si on ment, autant le faire de façon à se mettre en danger.

— Et pendant toutes ces années, il n'y a personne à qui vous ayez raconté la vraie histoire ?

— Pas une âme.

— Pas même Pavel Shum ?

— Surtout pas Pavel Shum. Cet homme était la discrétion même. Il ne m'a jamais questionné, je ne lui ai jamais rien dit.

— Et maintenant vous êtes prêt à le faire ?

— Quand le moment sera venu, mon garçon, quand le moment sera venu. Patience.

— Mais pourquoi à moi ? Nous ne nous connaissons que depuis quelques mois.

— Parce que je n'ai pas le choix. Mon ami russe est mort, et Mme Hume n'est pas taillée pour des choses pareilles. Qui d'autre, Fogg ? Que ça me plaise ou non, vous êtes mon seul auditeur."

Je m'attendais à ce qu'il reprenne dès le lendemain matin, qu'il redémarre son récit à l'endroit où nous l'avions quitté. Si l'on considère ce qui s'était passé ce jour-là, c'eût été logique, mais j'aurais dû savoir qu'il ne fallait pas espérer de logique de la part d'Effing. Loin de faire la moindre allusion à notre conversation de la veille, il se lança aussitôt dans un discours embrouillé et confus à propos d'un homme qu'il semblait avoir connu jadis, avec de folles divagations d'un sujet à l'autre, un tourbillon de réminiscences fragmentées qui n'avaient aucun sens pour moi. Je faisais de mon mieux pour le suivre, mais c'était comme s'il était parti sans m'attendre, et quand enfin je lui emboîtai le pas il était trop tard pour le rattraper.

"Un nabot, disait-il. Le pauvre diable avait l'air d'un nabot. Trente-six kilos, quarante, à la rigueur, et dans les yeux ce regard noyé, lointain, les yeux d'un fou, à la fois malheureux et extatiques. C'était juste avant qu'on ne l'enferme, la dernière fois que je l'ai vu. Dans le New Jersey. Nom de Dieu, on se serait cru au bout du monde. Orange, East Orange, foutu nom. Edison aussi se trouvait dans une de ces villes. Mais il ne connaissait pas Ralph, n'en avait sans doute jamais entendu parler. Imbécile inculte. Au diable Edison. Au diable Edison et ses foutues ampoules. Ralph m'annonce qu'il n'a plus d'argent. A quoi peut-on s'attendre avec huit moutards dans la maison et une chose pareille en guise de femme ? J'ai fait ce que je pouvais. J'étais riche à cette époque, je n'avais pas de problèmes d'argent. Tiens, ai-je dit en mettant la main dans ma poche, prends ceci, ça ne compte pas pour moi. Je ne sais plus combien il y avait. Cent dollars, deux cents dollars. Ralph était si reconnaissant qu'il s'est mis à pleurer, comme ça, debout devant moi, il chialait comme un bébé. Pathétique. Aujourd'hui ce souvenir me donne envie de vomir. Un de nos plus grands hommes, complètement brisé, sur le point de perdre l'esprit. Il me racontait souvent ses voyages dans l'Ouest, pendant des semaines et des semaines il a erré dans le désert sans voir une âme. Trois ans, il y est resté. Wyoming, Utah, Nevada, Californie. C'était une région sauvage en ce temps-là. Pas d'ampoules électriques ni de cinéma alors, soyez certain, pas de ces maudites écraseuses d'automobiles. Il disait qu'il aimait bien les Indiens. Ils étaient gentils avec lui et lui permettaient de coucher dans leurs villages quand il passait par là. Et c'est ainsi qu'il a fini par craquer. Il s'est habillé en Indien, un costume qu'un chef lui avait donné vingt ans plus tôt, et s'est mis à se balader dans cette tenue par les rues de ce foutu New Jersey. Avec plumes sur la tête, colliers, ceintures, cheveux longs, poignard à la taille, l'attirail complet. Pauvre petit bonhomme. Et, comme si ça ne suffisait pas, il s'est mis en tête de fabriquer sa propre monnaie. Des billets de mille dollars peints à la main, avec son propre portrait – en plein milieu, comme celui de quelque père fondateur. Un jour il entre à la banque, présente l'un de ces billets au caissier et demande qu'on le lui change. Personne ne trouve ça très drôle, surtout quand il commence à faire du scandale. On ne peut pas toucher au sacro-saint dollar et espérer s'en tirer. Donc on l'empoigne, on l'expulse, malgré ses coups de pied et ses hurlements, dans son costume indien graisseux. Il ne s'est guère écoulé de temps avant qu'on décide de s'en débarrasser pour de bon. Quelque part dans l'Etat de New York, je crois. Il a vécu jusqu'à la fin dans une maison de fous, mais il a continué à peindre, croyez-le si vous pouvez, cet enfant de putain n'aurait pas pu s'en empêcher. Il peignait sur tout ce qui lui tombait sous la main. Papier, carton, boîtes à cigares, même les stores des fenêtres. Et ce qu'il y a de tordu, c'est que ses premières œuvres ont alors commencé à se vendre. Et à gros prix, ne vous y trompez pas, des sommes inouïes pour des tableaux auxquels personne n'aurait accordé un regard quelques années plus tôt. Un foutu sénateur du Montana a déboursé quatorze mille dollars pour *Moonlight* – le prix le plus élevé qu'on ait jamais payé l'œuvre d'un artiste américain vivant. Pour ce que Ralph et sa famille en ont profité… Sa femme vivait avec cinquante dollars par an dans une cahute près de Catskill – dans ce territoire que Thomas Cole avait l'habitude de peindre – et elle ne pouvait même pas s'offrir le billet d'autocar pour aller rendre visite à son mari chez les dingues. Un avorton tourmenté, je vous le concède, qui vivait dans une frénésie permanente, plaquant de la musique sur le piano pendant qu'il était en train de peindre ses tableaux. Je l'ai vu faire, un jour, il se précipitait du piano au chevalet, du chevalet au piano, je ne l'oublierai jamais. Bon Dieu, tout cela me revient, maintenant. Brosse, couteau, pierre ponce. Appliquer, aplatir, poncer. Encore et encore. Appliquer, aplatir, poncer. Il n'y a jamais rien eu de pareil. Jamais. Jamais, jamais,

jamais." Effing s'arrêta un instant pour reprendre haleine puis, comme au sortir d'une transe, tourna pour la première fois la tête vers moi. "Que pensez-vous de ça, mon garçon ?

— Ça irait mieux si je savais qui était Ralph, répondis-je poliment.

— Blakelock, chuchota Effing, avec l'air de lutter pour le contrôle de ses sentiments. Ralph Albert Blakelock.

— Je ne crois pas en avoir jamais entendu parler.

— Ne connaissez-vous rien à la peinture ? Je croyais que vous aviez de l'éducation. Que diable vous apprenait-on dans votre université de fantaisie, monsieur GrosseTête ?

— Pas grand-chose. Rien au sujet de Blakelock, en tout cas.

— Ça n'ira pas. Je ne peux pas continuer à vous parler si vous ne connaissez rien."

Il me paraissait vain de tenter de me défendre, et je demeurai muet. Un bon moment s'écoula – deux ou trois minutes, une éternité pour qui attend que quelqu'un reprenne la parole. Effing avait laissé retomber la tête sur sa poitrine, comme si, n'en pouvant plus, il avait décidé de faire un somme. Quand il la releva, j'étais tout à fait prêt à recevoir mon congé. Et je suis certain que, s'il ne s'était déjà senti dépendant de moi, il m'aurait en effet congédié.

"Allez à la cuisine, dit-il enfin, demander à Mme Hume un peu d'argent pour le métro. Ensuite mettez votre manteau et vos gants, et passez la porte. Prenez l'ascenseur jusqu'en bas, sortez, et marchez jusqu'à la station de métro la plus proche. Une fois là, entrez dans la station et achetez deux jetons. Mettez l'un des jetons dans votre poche. Glissez l'autre jeton dans le tourniquet, descendez l'escalier, et prenez le numéro 1 en direction du sud jusqu'à la Soixante-douzième rue. Descendez à la Soixante-douzième rue, traversez le quai, et attendez le *downtown express* – numéro 2 ou 3, c'est pareil. Dès qu'il arrive, aussitôt que les portes s'ouvrent, montez et trouvez-vous une place assise. L'heure de pointe est passée, vous ne devriez pas avoir de difficulté. Trouvez une place assise et ne dites pas un mot, à personne. C'est très important. De l'instant où vous partirez d'ici jusqu'à celui de votre retour, je veux que vous n'émettiez pas un son. Pas le moindre. Si quelqu'un vous adresse la parole, faites semblant d'être sourd-muet. En achetant vos jetons au guichet, montrez deux doigts pour indiquer ce qu'il vous faut. Une fois installé sur votre siège dans le *downtown express*, restez-y jusqu'à Grand Army Plaza, à Brooklyn. Ce trajet devrait vous durer entre trente et quarante minutes. Pendant ce temps, je veux que vous gardiez les yeux fermés. Pensez aussi peu que vous pouvez – à rien, si possible – et si c'est trop demander, pensez à vos yeux et à cette capacité extraordinaire que vous possédez de voir l'univers. Imaginez ce qui vous arriverait si vous ne pouviez le voir. Imaginez que vous regardez quelque chose sous les différentes lumières qui nous rendent le monde visible : lumière du soleil, de la lune, lumière électrique, bougies, néon. Choisissez quelque chose de simple, d'ordinaire. Une pierre, par exemple, ou un petit bloc de bois. Réfléchissez bien à la façon dont l'aspect de cet objet varie selon qu'il est placé sous chacune de ces lumières. Ne pensez à rien d'autre, à supposer que vous ne réussissiez pas à penser à rien. Quand le métro arrive à Grand Army Plaza, rouvrez les yeux. Sortez du train et montez l'escalier. De là je veux que vous vous rendiez au musée de Brooklyn. Il se trouve sur Eastern Parkway, pas plus de cinq minutes à pied depuis la sortie du métro. Ne demandez pas votre chemin. Même si vous vous perdez, je ne veux pas que vous parliez à quiconque. Vous finirez bien par le dénicher, cela ne devrait pas être difficile. Ce musée est un grand bâtiment de pierre, conçu par McKim, Mead et White, qui sont aussi les architectes de l'université dont vous venez d'être diplômé. Ce style devrait vous paraître familier. Soit dit en passant, Stanford White a été abattu par un nommé Henry Thaw sur le toit de Madison Square Garden. C'est arrivé en dix-neuf cent et quelques, parce que White passait plus de temps qu'il n'aurait dû dans le lit de Mme Thaw. A l'époque, ça a fait la une des journaux, mais ce n'est pas votre affaire. Contentez-vous de trouver le musée. Quand vous y serez, montez l'escalier, entrez dans le vestibule et payez votre ticket d'entrée à l'individu en uniforme assis derrière le comptoir. Je ne sais pas combien ça coûte, pas plus d'un ou deux dollars. Vous pouvez les demander à Mme Hume en même temps que l'argent du métro.

Souvenez-vous de ne pas parler en payant ce garde. Tout ceci doit se dérouler en silence. Repérez l'étage où sont exposées les collections permanentes de peinture américaine et rendez-vous dans cette galerie. Efforcez-vous de ne rien regarder de trop près. Dans la deuxième ou troisième salle, vous trouverez sur un des murs le *Clair de lune* de Blakelock, et là, arrêtez-vous. Regardez ce tableau. Regardez ce tableau pendant au moins une heure, en ignorant tout le reste de la salle. Concentrez-vous. Regardez-le à différentes distances – à trois mètres, à un mètre, à deux centimètres. Etudiez-en la composition d'ensemble, étudiez-en les détails. Ne prenez pas de notes. Voyez si vous arrivez à mémoriser tous les éléments du tableau, en apprenant avec précision l'emplacement des personnages, des objets naturels, des couleurs de chacun de tous les points de la toile. Fermez les yeux et mettez-vous à l'épreuve. Rouvrez-les. Voyez si vous commencez à avoir accès au paysage que vous avez devant vous. Voyez si vous commencez à avoir accès au cerveau de l'artiste qui a peint le paysage que vous avez devant vous. Imaginez que vous êtes Blakelock, en train de peindre vous-même ce tableau. Au bout d'une heure, prenez un peu de répit. Promenez-vous dans la galerie, si vous le désirez, et regardez les autres toiles. Puis revenez à Blakelock. Passez encore un quart d'heure en face de lui, en vous y abandonnant comme s'il n'existait plus dans le monde entier que ce tableau. Ensuite, partez. Retraversez le musée sur vos pas, sortez, marchez jusqu'au métro. Reprenez l'express jusqu'à Manhattan, changez à la Soixante-douzième rue, et revenez ici. Pendant le trajet, faites comme à l'aller : gardez les yeux fermés, ne parlez à personne. Pensez au tableau. Tâchez de le voir mentalement. Tâchez de vous en souvenir, tâchez de vous y accrocher aussi longtemps que possible. Est-ce bien compris ?

— Je pense que oui, répondis-je. Y a-t-il autre chose ?

— Rien d'autre. Mais souvenez-vous : si vous ne faites pas exactement ce que je vous ai dit, je ne vous adresserai plus jamais la parole."

Je gardai les yeux fermés dans le métro, mais il était difficile de ne penser à rien. J'essayais de concentrer mon attention sur un caillou, mais même cela s'avérait plus difficile qu'il n'y paraissait. Il y avait trop de bruit autour de moi, trop de gens bavardaient et me bousculaient. A cette époque il n'y avait pas encore de haut-parleurs dans les voitures pour annoncer les stations, et il me fallait repérer mentalement l'endroit où nous étions, en comptant les arrêts sur mes doigts : moins un, encore dix-sept ; moins deux, encore seize. La tentation était inévitable d'écouter les conversations des passagers assis près de moi. Leurs voix s'imposaient, je n'arrivais pas à les en empêcher. A chaque nouvelle voix que j'entendais, j'avais envie d'ouvrir les yeux pour voir à qui elle appartenait. Ce désir était presque irrésistible. Dès qu'on entend quelqu'un parler, on s'en imagine l'apparence. On absorbe en quelques secondes toutes sortes d'informations caractéristiques : le sexe, l'âge approximatif, la classe sociale, le lieu d'origine et jusqu'à la couleur de la peau. Quand on dispose de la vue, on a le réflexe naturel de jeter un coup d'œil pour comparer cette image mentale avec la réalité. Le plus souvent, elles correspondent assez bien, mais on peut aussi se tromper de façon étonnante : professeurs d'université qui s'expriment comme des chauffeurs de poids lourds, petites filles qui se révèlent être de vieilles femmes, Noirs qui sont, en fait, blancs. Je ne pouvais m'empêcher de songer à tout cela pendant que le métro ferraillait dans l'obscurité. Tandis que je m'obligeais à garder les yeux fermés, je commençai à avoir faim d'un aperçu du monde, et cette faim me fit réaliser que j'étais en train de réfléchir à ce que cela signifie d'être aveugle, ce qui était exactement ce qu'Effing attendait de moi. Je poursuivis cette méditation pendant plusieurs minutes. Alors, dans une soudaine panique, je me rendis compte que j'avais perdu le compte des arrêts. Si je n'avais entendu une femme demander à quelqu'un si le prochain était Grand Army Plaza, j'aurais aussi bien pu continuer le voyage jusqu'à l'autre bout de Brooklyn.

C'était un matin de semaine hivernal, et le musée était presque désert. Après avoir payé mon entrée au comptoir, je montrai cinq doigts au garçon d'ascenseur et montai en silence. La peinture américaine se trouvait au cinquième étage et, à part un garde qui somnolait dans la première salle, il n'y avait que moi dans toute cette aile. J'en fus content, comme si cela rehaussait d'une certaine manière la solennité de l'occasion. Je traversai plusieurs salles vides avant de découvrir le Blakelock, en m'efforçant, selon les instructions d'Effing, d'ignorer les autres toiles sur les murs. J'aperçus quelques éclats de couleur, enregistrai quelques noms – Church, Bierstadt, Ryder – mais luttai contre la tentation de les regarder vraiment. J'arrivai alors devant le *Clair de lune*, l'objet de ce voyage étrange et élaboré, et, dans le choc de ce premier instant, je ne pus me défendre d'une déception. Je ne sais pas à quoi je m'attendais – à quelque chose de grandiose, peut-être, à un déploiement violent et criard de virtuosité superficielle – mais assurément pas au petit tableau que j'avais sous les yeux. Il ne mesurait que soixante-dix centimètres sur quatre-vingts et paraissait au premier abord presque tout à fait dépourvu de couleur : du brun sombre, du vert sombre, une minuscule tache de rouge dans un coin. Il était sans conteste bien exécuté, mais ne possédait en rien le caractère ostensiblement dramatique par lequel j'avais imaginé qu'Effing devait se sentir attiré. Peut-être étais-je moins déçu par le tableau que par moi-même, pour avoir mal interprété Effing. Il s'agissait ici d'une œuvre de contemplation profonde, un paysage d'intériorité et de calme, et j'étais perplexe à l'idée que mon fou d'employeur y entendît quelque chose.

Je m'efforçai de chasser Effing de mes pensées, reculai d'un pas ou deux et commençai à regarder le tableau pour moi-même. Une pleine lune parfaitement ronde occupait le centre de la toile – en plein centre mathématique, me semblait-il – et la pâleur de ce disque blanc illuminait tout ce qui se trouvait au-dessus et au-dessous : le ciel, un lac, un grand arbre aux branches arachnéennes, et des montagnes basses sur l'horizon. Au premier plan, on voyait deux petites zones de terrain, séparées par un ruisseau qui coulait entre elles. Sur la rive gauche se trouvaient un tipi indien et un feu de camp ; on devinait, autour de ce feu, un certain nombre de figures assises, mais on les distinguait mal, formes humaines à peine suggérées, cinq ou six peut-être, teintées de rouge par le reflet des braises. A droite du grand arbre, à l'écart, un cavalier solitaire observait l'autre rive – dans une immobilité absolue, comme plongé dans une méditation profonde. L'arbre auquel il tournait le dos était quinze ou vingt fois plus grand que lui, et le contraste le faisait paraître minuscule, insignifiant. Lui et son cheval n'étaient que des silhouettes, des ombres noires sans épaisseur ni caractère individuel. Sur la rive opposée, c'était encore moins clair, presque noyé dans les ténèbres. Il y avait quelques petits arbres, avec les mêmes ramures arachnéennes que le grand, et puis, tout en bas, une touche de couleur à peine perceptible qui me semblait pouvoir figurer un autre personnage (couché sur le dos – peut-être endormi, mort peut-être, ou peut-être en train de contempler la nuit –) ou alors les vestiges d'un autre feu, je n'aurais pu le dire.

J'étais si absorbé par l'examen de ces obscurs détails dans la partie inférieure du tableau que, lorsque je relevai enfin les yeux pour étudier le ciel, je fus choqué de constater combien toute la partie supérieure donnait une impression de lumière. Même compte tenu de la pleine lune, le ciel paraissait trop visible. Sous le vernis craquelé qui en recouvrait la surface, la peinture brillait d'une intensité surnaturelle, et plus je dirigeais mon regard vers l'horizon, plus cette lueur s'accentuait – comme s'il eût fait jour là-bas, et que les montagnes eussent été éclairées par le soleil. Une fois que j'eus constaté ceci, je commençai à remarquer toutes sortes d'autres choses dans le tableau. Le ciel, par exemple, avait dans l'ensemble une tonalité verdâtre. Teinté par le jaune qui bordait les nuages, il tourbillonnait autour du grand arbre à coups de pinceau précipités qui lui donnaient l'aspect d'une spirale, un vortex de matière céleste au fin fond de l'espace. Comment le ciel pourrait-il être vert ? me demandai-je. C'était la même couleur que celle du lac, au-dessous, et cela ne paraissait pas possible. Sauf au plus sombre de la nuit la plus noire, le ciel et la terre sont toujours différents. Blakelock était manifestement un peintre trop habile pour ignorer cela. Mais s'il n'avait pas essayé de représenter un paysage réel, quelle avait été son intention ? Je tentai de mon mieux de me le figurer, mais le vert du ciel m'en empêchait. Un ciel de la même couleur que la terre, une nuit qui ressemble au jour, et tous les personnages réduits par la grandeur de la scène à la taille de nains – silhouettes indéchiffrables, simples idéo-grammes de vie. Je ne voulais pas me lancer trop vite dans une interprétation symbolique, mais, devant les évidences du tableau, je pensais n'avoir pas d'autre choix. En dépit de leur petitesse par rapport au décor, les Indiens ne montraient aucun signe de peur ni d'anxiété. Ils étaient installés confortable-ment dans leur environnement, en paix avec eux-mêmes et avec l'univers, et plus j'y réfléchissais, plus cette sérénité me paraissait dominer le tableau. Je me demandai si Blakelock n'avait pas peint son ciel en vert pour mettre l'accent sur cette harmonie, pour démontrer la connexion entre les cieux et la terre. Si les hommes peuvent vivre confortable-ment dans leur environnement, aurait-il suggéré, s'ils peuvent apprendre à sentir qu'ils font partie de ce qui les entoure, la vie sur terre peut alors s'em-preindre d'un sentiment de sainteté. J'étais réduit aux conjectures, bien sûr, mais j'avais l'impression que Blakelock peignait une idylle américaine, le monde habité par les Indiens avant que les Blancs n'arrivent pour le détruire. La plaque fixée au mur indiquait que cette toile avait été peinte en 1885. Si mes souvenirs étaient exacts, cela correspon-dait presque exactement au milieu de la période entre le dernier combat de Custer et le massacre de Wounded Knee – c'est-à-dire tout à la fin, quand il était trop tard pour espérer qu'aucune de ces choses survive. Peut-être, me disais-je, cette œuvre a-t-elle été conçue comme un témoignage de ce que nous avons perdu. Ce n'était pas un paysage, c'était un mémorial, une ode funèbre pour un monde disparu.

Je passai plus d'une heure en compagnie de ce tableau. Je m'en écartais, je m'en approchais, peu à peu je l'appris par cœur. Je n'étais pas certain d'avoir découvert ce qu'Effing avait prévu que je découvrirais, mais quand je quittai le musée je savais que j'avais appris quelque chose, même si j'ignorais ce que c'était. J'étais épuisé, vidé de toute énergie. Pendant le trajet de retour dans le *IRT express*, c'est à peine si j'évitai de m'endormir.

Il était juste trois heures quand j'arrivai chez Effing. D'après Mme Hume, le vieil homme se reposait. Comme il ne faisait jamais de sieste à cette heure de la journée, j'en conclus qu'il n'avait pas envie de me parler. Ça tombait bien. Moi non plus, je n'avais pas envie de lui parler. Je pris une tasse de café dans la cuisine avec Mme Hume, puis je ressortis de l'appartement, remis mon manteau et pris le bus en direction de Morningside Heights. J'avais rendez-vous avec Kitty à huit heures, et en attendant je voulais faire quelques recherches dans la bibliothèque d'art de Columbia. Je m'aperçus qu'il y avait peu de renseignements sur Blakelock : quelques articles ici et là, une paire de vieux catalogues, pas grand-chose. En rassemblant ces informations, je découvris néanmoins qu'Effing ne m'avait pas menti. J'étais surtout venu dans ce but. Il s'était un peu embrouillé dans certains détails, dans la chronologie, mais tous les faits importants étaient vrais. La vie de Blakelock avait été misérable. Il avait souffert, était devenu fou, on l'avait ignoré. Avant d'être enfermé à l'asile, il avait en effet peint des billets de banque à sa propre effigie – non pas des billets de mille dollars, comme me l'avait raconté Effing, mais d'un million de dollars, une somme qui dépasse toute imagination. D'une petitesse incroyable (moins d'un mètre cinquante, moins de quarante-cinq kilos), père de huit enfants, il avait parcouru l'Ouest dans sa jeunesse, et vécu parmi les Indiens – tout cela était vrai. J'appris avec un intérêt particulier que certaines de ses premières œuvres, dans les années 1870, avaient été peintes à Central Park. Il avait représenté les cabanes qui s'y trouvaient quand la création du parc était encore récente, et en voyant les reproductions de ces paysages ruraux dans ce qui avait un jour été New York, je ne pouvais m'empêcher de penser à la triste existence que j'y avais menée. J'appris aussi que Blakelock avait consacré les meilleures années de sa création à des scènes de clair de lune. Il existait des douzaines de tableaux similaires à celui que j'avais découvert au musée de Brooklyn : la même forêt, la même lune, le même silence. La lune était toujours pleine dans ces tableaux, et toujours pareille : un petit cercle d'une rondeur parfaite, au milieu de la toile, répandant une pâle lueur blanche. Après que j'en eus regardé cinq ou six, elles se mirent peu à peu à se séparer de leur environnement, et je n'arrivais plus à y voir des lunes. Elles devenaient trous dans la toile, ouvertures de blancheur sur un autre monde. L'œil de Blakelock, peut-être. Un cercle vide suspendu dans l'espace, contemplant des choses disparues.

Le lendemain, Effing paraissait prêt à se mettre à l'ouvrage. Sans une allusion à Blakelock ni au musée de Brooklyn, il m'envoya dans Broadway acheter un cahier et un bon stylo. "Nous y voici, avait-il déclaré, c'est le moment de vérité. Aujourd'hui, nous commençons à écrire."

Dès mon retour, je repris place sur le canapé, ouvris le cahier à la première page et attendis qu'il commence. Je supposais qu'il se mettrait en train en m'indiquant quelques faits et chiffres – sa date de naissance, le nom de ses parents, les écoles qu'il avait fréquentées – et passerait ensuite à des choses plus importantes. Mais ce ne fut pas du tout le cas. Il se mit simplement à parler, en nous plongeant tout de go au beau milieu de son histoire.

"Ralph m'en avait donné l'idée, dit-il, mais c'est Moran qui m'y a poussé. Le vieux Thomas Moran, avec sa barbe blanche et son chapeau de paille. Il habitait à l'extrême pointe de l'île, à cette époque, et peignait de petites aquarelles du détroit. Des dunes et de l'herbe, les vagues et la lumière, tout ce verbiage bucolique. Des tas de peintres vont là-bas maintenant, mais lui était le premier, c'est lui qui a lancé ça. C'est pour ça que je me suis appelé Thomas quand j'ai changé de nom. En son honneur. Effing, c'est autre chose, il m'a fallu un certain temps

222

pour y penser. Vous trouverez peut-être ça tout seul. C'était un jeu de mots.

"J'étais jeune, alors. Vingt-cinq, vingt-six ans, même pas marié. Je possédais une maison dans la Douzième rue, à New York, mais je passais plus de temps sur l'île. J'aimais bien m'y trouver, c'était là que je peignais mes tableaux et rêvais mes rêves. La propriété a disparu, maintenant, mais que voulez-vous ? Il y a longtemps de cela, et les choses évoluent, comme on dit. Le progrès. Les bungalows et les caravanes ont pris la relève, chaque crétin a sa propre voiture. Alléluia.

"La ville s'appelait Shoreham. S'appelle encore Shoreham, que je sache. Vous écrivez ? Je ne me répéterai pas, et si vous ne prenez pas note tout ceci sera perdu à jamais. Rappelez-vous, mon garçon. Si vous ne faites pas votre travail, je vous tuerai. Je vous étranglerai de mes propres mains.

"La ville s'appelait Shoreham. Le hasard a voulu que Tesla construisît là sa Wardenclyffe Tower. Il s'agit des années 1901, 1902, le *World Wireless System* : le réseau sans fil international. Vous n'en avez sans doute jamais entendu parler. Le projet bénéficiait du soutien de J. P. Morgan au plan financier, et c'est Stanford White qui en avait conçu l'architecture. Nous avons fait allusion à lui hier. Il a été tué sur le toit du Madison Square Garden, et l'entreprise a été abandonnée. Mais les vestiges en sont restés sur place pendant quinze ou seize années encore, soixante mètres de haut, ça se voyait de partout. Gigantesque. Une sorte de robot-sentinelle

223

menaçant qui surplombait les environs. Ça me faisait penser à la tour de Babel : des émissions de radio dans toutes les langues, toute la sacrée planète en train d'échanger des bavardages, juste dans la ville où j'habitais. La chose a finalement été démolie au cours de la Première Guerre mondiale. On prétendait qu'elle servait de base d'espionnage aux Allemands, et on l'a abattue. J'étais déjà parti, de toute façon, ça m'était égal. Pas que j'eusse pleuré sur elle, si j'eusse encore été là. Que tout s'écroule, voilà ce que je dis. Que tout s'écroule et disparaisse, une bonne fois pour toutes.

"La première fois que j'ai vu Tesla, c'était en 1893. Je n'étais encore qu'un môme, mais je me souviens bien de la date. L'Exposition Colomb était ouverte à Chicago, et mon père m'y a emmené en train, c'était la première fois que je m'en allais de chez moi. L'idée était de célébrer le quatre centième anniversaire de la découverte de l'Amérique par Colomb. Exposer tous les gadgets, toutes les inventions, montrer combien nos savants étaient malins. Vingt-cinq millions de personnes sont venues visiter ça, comme elles seraient allées au cirque. On y voyait la première fermeture à glissière, la première roue Ferris, toutes les merveilles de l'âge nouveau. Tesla était responsable de la section Westinghouse, qu'on appelait l'Œuf de Colomb, et je me rappelle avoir vu, en entrant dans le théâtre, ce grand type en smoking blanc, debout sur la scène, qui parlait à son auditoire avec un accent bizarre – serbe, je l'ai su plus tard – et de la voix la plus lugubre que vous entendrez jamais. Il exécutait des tours de magie au moyen de l'électricité : de petits œufs de métal qui tournaient autour de la table en pivotant sur eux-mêmes, ses doigts qui jetaient des étincelles, et tout le monde était bouche bée d'étonnement, moi compris, nous n'avions jamais rien vu de pareil. C'était l'époque de la guerre courant alternatif-courant continu entre Edison et Westinghouse, et la démonstration de Tesla avait une certaine valeur de propagande. Environ dix ans auparavant, Tesla avait découvert le courant alternatif – le champ magnétique circulaire –, et c'était un gros progrès par rapport au courant continu qu'utilisait Edison. Beaucoup plus puissant. Pour le courant continu, il fallait un générateur tous les deux ou trois kilomètres ; avec le courant alternatif, un seul générateur suffisait pour une ville entière. Quand Tesla était arrivé en Amérique, il avait essayé de vendre son idée à Edison, mais l'imbécile de Menlo Park l'avait remballé. Il craignait que son ampoule n'en devienne obsolète. Nous y revoilà, cette foutue ampoule. Tesla avait donc vendu son courant alternatif à Westinghouse, et ils étaient allés de l'avant, ils avaient commencé à construire leur usine aux chutes du Niagara, la plus grosse centrale électrique du pays. Edison était parti en guerre. Le courant alternatif est trop dangereux, affirmait-il, il risque de tuer ceux qui s'en approchent. Afin de prouver ce qu'il avançait, il envoyait ses hommes faire des démonstrations dans toutes les foires nationales ou régionales du pays. J'ai assisté à l'une d'elles quand j'étais encore tout petit, et j'en ai pissé dans ma culotte. Ils amenaient des animaux sur l'estrade pour les électrocuter. Des chiens, des cochons, même des vaches. Ils les tuaient en plein sous vos yeux. C'est ainsi qu'on a inventé la chaise électrique. Edison a mijoté ça pour montrer les dangers du courant alternatif, et puis il l'a vendue à la prison de Sing Sing, où on l'utilise encore de nos jours. Charmant, n'est-ce pas ? Si le monde n'était pas si beau, on risquerait tous de devenir cyniques.

"L'Œuf de Colomb a mis fin à cette controverse. Trop de gens ont vu Tesla, ça les a rassurés. Cet homme était cinglé, bien sûr, mais au moins il n'était pas intéressé par l'argent. Quelques années plus tard, Westinghouse a eu des ennuis financiers, et Tesla a déchiré, en geste d'amitié, le contrat qui fixait ses royalties. Des millions et des millions de dollars. Il l'a simplement déchiré, et est passé à autre chose. Il va sans dire qu'il a fini par mourir sans le sou.

"Dès le moment où je l'ai vu, j'ai commencé à lire ce que les journaux racontaient sur Tesla. Il était tout le temps question de lui, à l'époque : reportages sur ses dernières inventions, citations des déclarations extravagantes qu'il faisait à qui voulait l'entendre. C'était un sujet en or. Un fantôme sans âge, qui vivait seul au Waldorf, dans une terreur morbide des microbes, paralysé par toutes les phobies possibles, sujet à des crises d'hypersensibilité qui le rendaient presque fou. Le bourdonnement d'une mouche dans la pièce voisine lui paraissait aussi bruyant qu'une escadrille d'avions. S'il marchait sous un pont, il en sentait la pression sur son crâne, comme s'il allait être écrasé. Son laboratoire se trouvait dans le bas Manhattan, sur West Broadway, je crois, au carrefour de West Broadway et de Grand Street. Dieu sait ce qu'il n'a pas inventé dans cet endroit. Des tubes de radio, des torpilles commandées à distance, un projet d'électricité sans fil. C'est bien ça, sans fil. On plantait dans le sol une tige de métal pour sucer en direct l'énergie de l'atmosphère. Un jour, il a prétendu avoir inventé un appareil à ondes sonores qui canalisait les pulsations terrestres et les concentrait en un point minuscule. Il l'a appliqué contre le mur d'un immeuble de Broadway, et en moins de cinq minutes toute la structure s'est mise à trembler, elle se serait écroulée s'il n'avait arrêté. J'adorais lire ces histoires quand j'étais gamin, j'en avais la tête farcie. Les gens se livraient à toutes sortes de spéculations au sujet de Tesla. Il apparaissait comme un prophète des âges à venir, et nul ne pouvait lui résister. La conquête totale de la nature ! Un monde où tous les rêves étaient possibles ! L'absurdité la plus incongrue a été le fait d'un nommé Julian Hawthorne, qui se trouvait être le fils de Nathaniel Hawthorne, le grand auteur américain. Julian. C'était aussi mon prénom, si vous vous en souvenez, et je suivais donc l'œuvre du jeune Hawthorne avec un certain degré d'intérêt personnel. C'était alors un auteur à succès, un véritable barbouilleur qui écrivait aussi mal que son père écrivait bien. Un pauvre spécimen humain. Imaginez : grandir avec Melville et Emerson à domicile, et devenir ça. Il a écrit cinquante et quelques livres, des centaines d'articles dans des magazines, tous bons pour la poubelle. A un moment donné il a même abouti en prison à cause d'une quelconque fraude boursière, il avait filouté les agents du fisc, j'ai oublié les détails. De toute façon, ce Julian Hawthorne était un ami de Tesla. En 1899, 1900 peut-être, Tesla était parti à Colorado Springs pour installer un laboratoire dans les montagnes afin d'étudier les effets de la foudre en boule. Une nuit, il avait travaillé tard en oubliant de fermer son transmetteur. Des bruits étranges s'étaient élevés de l'appareil. Electricité statique, signaux radios, qui sait ? Quand Tesla avait raconté ça aux reporters le lendemain, il avait prétendu que cela prouvait l'existence d'une intelligence vivante dans l'espace, que les foutus Martiens lui avaient parlé. Croyez-le ou non, personne n'avait ri de cette affirmation. Lord Kelvin lui-même, fin soûl lors d'un banquet, avait déclaré qu'il s'agissait d'une des plus grandes découvertes scientifiques de tous les âges. Peu de temps après cet incident, Julian Hawthorne a écrit un article sur Tesla dans un des magazines nationaux. Tesla jouissait d'une intelligence tellement supérieure, avançait-il, qu'il était impossible qu'il fût humain. Né sur une autre planète – je crois qu'il s'agissait de Vénus –, il avait été envoyé sur la Terre en mission spéciale pour nous enseigner les secrets de la nature, pour révéler à l'homme les voies de Dieu. Ici aussi, on pourrait penser que les gens rirent, mais ce ne fut pas le cas du tout. La plupart prirent cela très au sérieux, et maintenant encore, soixante, soixante-dix ans plus tard, ils restent des milliers à y croire. Aujourd'hui, en Californie, Tesla est l'objet d'un culte, il est adoré en tant qu'extra-terrestre. Vous n'avez pas besoin de me croire sur parole. Je possède ici un peu de leur prose, et vous pourrez voir par vous-même. Pavel Shum m'en faisait la lecture les jours de pluie. C'est impayable. Tellement drôle qu'on en rit à se péter la panse.

"Je vous raconte tout ça pour vous donner une idée de ce qu'il représentait pour moi. Tesla, ce n'était pas n'importe qui, et quand il est arrivé à Shoreham pour y construire sa tour je n'en croyais pas ma chance. Le grand homme, en personne, venait chaque semaine dans ma petite ville. Je le regardais descendre du train, j'imaginais que je pourrais peut-être apprendre quelque chose en l'observant, que la simple proximité avec lui me contaminerait de son génie – comme s'il s'était agi d'une maladie contagieuse. Je n'avais jamais le courage de lui parler, mais ça ne faisait rien. Je trouvais exaltant de le savoir là, de savoir qu'il m'était possible de l'apercevoir quand je voulais. Un jour, nos regards se sont croisés, je m'en souviens bien, c'était très important, nos regards se sont croisés et j'ai senti le sien me passer à travers, comme si je n'avais pas existé. Ç'a été un instant incroyable. J'ai senti son regard entrer par mes yeux et ressortir par l'arrière de ma tête, en faisant grésiller le cerveau dans mon crâne jusqu'à le réduire à un petit tas de cendres. Pour la première fois de ma vie, je me suis rendu compte que je n'étais rien, absolument rien. Non, je n'en ai pas été bouleversé de la façon que vous pourriez croire. J'ai d'abord été sonné, mais, quand le choc a commencé à s'atténuer, je m'en suis senti revigoré, comme si j'avais réussi à survivre à ma propre mort. Non, ce n'est pas tout à fait ça. Je n'avais que dix-sept ans, presque encore un gamin. Quand les yeux de Tesla m'ont traversé, j'ai fait ma première expérience du goût de la mort. Ceci est plus proche de ce que je veux dire. J'ai senti dans ma bouche le goût de la mort, et à ce moment-là j'ai compris que je ne vivrais pas éternellement. Il faut longtemps pour apprendre ça, mais, une fois qu'on le découvre, le changement intérieur est complet, on ne peut plus jamais redevenir tel qu'on était. J'avais dix-sept ans, et tout à coup, sans la plus petite ombre d'un doute, j'ai compris que ma vie était mienne, qu'elle m'appartenait, à moi, et à personne d'autre.

"C'est de liberté qu'il s'agit ici, Fogg. Un sentiment de désespoir qui devient si grand, si écrasant, si catastrophique qu'on n'a plus d'autre choix que d'être libéré par lui. C'est le seul choix, à moins de se traîner pour mourir dans un coin. Tesla m'a fait don de ma mort, et j'ai su dès cet instant que je deviendrais peintre. C'était ce que je désirais, mais jusqu'alors je n'avais pas eu les couilles de l'admettre. Mon père ne vivait que pour la Bourse et les actions, sacré brasseur d'affaires, il me prenait pour une femmelette. Mais je m'y suis mis, je l'ai fait, je suis devenu artiste et alors, quelques années plus tard, le vieux est tombé mort dans son bureau de Wall Street. J'avais vingt-deux ou vingt-trois ans, et me suis retrouvé l'héritier de toute sa fortune, j'en ai hérité au centime près. Ha ! J'étais le plus riche des foutus peintres qui eussent jamais existé. Un artiste millionnaire. Représentez-vous ça, Fogg. J'avais l'âge que vous avez maintenant, et je possédais tout, nom de Dieu, tout ce que je pouvais désirer.

"J'ai revu Tesla, mais plus tard, beaucoup plus tard. Après ma disparition, après ma mort, après mon départ d'Amérique et mon retour. 1939, 1940. J'ai quitté la France avec Pavel Shum avant que les Allemands ne l'envahissent, nous avons fait nos valises et nous nous sommes tirés. Ce n'était plus un endroit pous nous, plus la place d'un Américain infirme et d'un poète russe, ça n'avait plus aucun sens de se trouver là. Nous avons d'abord envisagé l'Argentine, et puis j'ai pensé merde, revoir New York, peut-être que ça me fouetterait le sang. Ça faisait vingt ans, après tout. L'Exposition universelle venait de commencer quand nous sommes arrivés. Encore un hymne au progrès, mais qui cette fois me laissait assez froid, après ce que j'avais vu en Europe. Imposture, tout ça. Le progrès allait nous fiche en l'air, n'importe quel nigaud aurait pu vous le dire. Il faudrait que vous rencontriez un jour le frère de Mme Hume, Charlie Bacon. Il était pilote pendant la guerre. Vers la fin, il a été envoyé dans l'Utah pour s'entraîner avec cette bande qui a lancé la bombe atomique sur le Japon. Il a perdu l'esprit quand il a découvert ce qui se passait. Pauvre diable, qui le lui reprocherait ? Parlons-en, du progrès. Un piège à souris plus grand, plus efficace chaque mois. Bientôt nous serons en mesure de tuer toutes les souris d'un coup.

"Je me retrouvais à New York, et nous avons commencé, Pavel et moi, à nous balader dans la ville. Comme nous, maintenant : il poussait mon fauteuil, on s'arrêtait pour regarder des choses, mais plus longtemps, on restait partis des journées entières. C'était la première fois que Pavel venait à New York, et je lui montrais les points de vue, on se promenait de quartier en quartier, et par la même occasion j'essayais de m'y familiariser à nouveau. Un jour, pendant l'été trente-neuf, après avoir visité la bibliothèque publique au coin de la Quarante-deuxième rue et de la Cinquième avenue, nous avons fait halte pour prendre l'air à Bryant Park. C'est là que j'ai revu Tesla. Pavel était assis sur un banc à côté de moi et, à trois ou quatre mètres de nous, un vieillard donnait à manger aux pigeons. Il était debout, et les oiseaux voltigeaient autour de lui, se posaient sur sa tête et sur ses bras, des douzaines de pigeons roucoulants qui chiaient sur ses vêtements et lui mangeaient dans les mains, et le vieux leur parlait, il les appelait ses chéris, ses amours, ses anges. Dès l'instant où j'ai entendu cette voix, j'ai reconnu Tesla. Il a tourné la tête vers moi, et c'était bien lui. Un vieillard de quatre-vingts ans. Blanc comme un spectre, maigre, aussi laid que je le suis à présent.

J'ai eu envie de rire en le voyant. L'ex-génie, l'homme venu d'un autre monde, le héros de ma jeunesse. Il n'en restait qu'un vieux débris, un clochard. Vous êtes Nikola Tesla, lui ai-je dit. Juste comme ça, sans entrée en matière. Vous êtes Nikola Tesla, je vous connaissais, jadis. Il m'a souri en saluant légèrement. Je suis occupé en ce moment, a-t-il déclaré, nous pourrons peut-être converser une autre fois. Je me suis tourné vers Pavel : Donne un peu d'argent à M. Tesla, Pavel, ça pourra lui servir à acheter des graines pour les oiseaux. Pavel s'est levé, s'est approché de Tesla et lui a tendu un billet de dix dollars. Ce fut un instant d'éternité, Fogg, un instant qui n'aura jamais son égal. Ha ! Je n'oublierai jamais le regard confus de ce fils de pute. M. Demain, le prophète des temps nouveaux ! Pavel lui tendait le billet de dix dollars, et je voyais bien qu'il luttait pour l'ignorer, pour en détourner les yeux – mais il n'y arrivait pas. Il restait planté là, à le fixer comme un mendiant fou. Et puis il a pris l'argent, il l'a happé dans la main de Pavel et fourré dans sa poche. C'est très aimable à vous, m'a-t-il dit, très aimable. Les chers petits ont besoin de chaque miette qu'ils peuvent trouver. Puis il nous a tourné le dos en marmonnant quelque chose aux oiseaux. Alors Pavel m'a emmené, et ç'a été tout. Je ne l'ai jamais revu."

Effing se tut un bon moment pour savourer le souvenir de sa cruauté. Puis, d'une voix plus calme, il reprit. "Nous avançons, mon garçon, me dit-il, ne vous faites pas de souci. Contentez-vous de faire travailler votre plume, et ce sera bien. A la fin tout aura été dit, tout sera révélé. Je parlais de Long Island, n'est-ce pas ? De Thomas Moran et de la façon dont l'affaire a démarré. Vous voyez, je n'ai pas oublié. Contentez-vous d'écrire les mots. Il n'y aura de notice nécrologique que si vous écrivez les mots.

"C'est Moran qui m'a convaincu. Il était allé dans l'Ouest dans les années soixante-dix, il avait visité la région entière de haut en bas. Il ne voyageait pas seul, bien sûr, pas à la manière de Ralph, qui parcourait le désert comme quelque chevalier errant, il n'était pas, comment dire, il n'était pas à la recherche du même genre de choses. Moran avait de la classe. Il a été le peintre officiel de l'expédition Hayden, en soixante et onze, après quoi il est reparti avec Powell en soixante-treize. Nous avons lu le livre de Powell voici quelques mois, toutes les illustrations qu'il contient sont de Moran. Vous rappelez-vous celle qui représente Powell accroché au bord de la falaise, toute sa vie pendue au bout d'un seul bras ? Beau travail, il faut en convenir, le vieux savait dessiner. Moran a dû sa célébrité à ce qu'il a fait là-bas, il a été le premier à montrer aux Américains à quoi ressemblait l'Ouest. Le premier à peindre le Grand Canyon fut Moran, ce tableau se trouve à Washington, au Capitole ; le premier à peindre le Yellowstone, le premier à peindre le Grand Désert Salé, le premier à peindre la région des canyons dans l'Utah – toujours Moran. Destin manifeste ! On en a tracé des cartes, on en a rapporté des images, tout ça a été digéré dans la grande machine à profit américaine. C'étaient les dernières parcelles du continent, les espaces blancs que personne n'avait explorés. Maintenant tout était là, couché sur une belle toile, offert à tous les regards. Une pointe d'or fichée dans nos cœurs !

"Je ne peignais pas comme Moran, n'allez pas penser ça. Je faisais partie de la nouvelle génération, et je n'étais pas partisan de ces foutaises romantiques. J'avais été à Paris dans les années six et sept, et j'étais au courant de ce qui s'y passait. Les Fauves, les cubistes, j'étais dans ces vents-là dans ma jeunesse, et une fois qu'on a goûté au futur on ne peut pas revenir en arrière. Je fréquentais la bande des habitués de la galerie Stieglitz, Cinquième avenue, nous allions ensemble boire et parler d'art. Ils aimaient ce que je faisais, m'avaient repéré comme l'un des nouveaux cracks. Marin, Dove, Demuth, Man Ray, pas un que je n'aie connu. J'étais un rusé petit gaillard, à cette époque, la tête pleine de grandes idées. Tout le monde aujourd'hui parle de l'*Armory Show*, mais pour moi c'était de l'histoire ancienne quand ça s'est passé. J'étais pourtant différent de la plupart des autres. La ligne ne m'intéressait pas. L'abstraction mécanique, la toile en tant qu'univers, l'art intellectuel – j'y voyais un cul-de-sac. J'étais coloriste, et mon sujet était l'espace, le pur espace et la lumière : la force de la lumière quand elle frappe le regard. Je travaillais encore d'après nature, et c'est pourquoi j'appréciais les discussions avec quelqu'un comme Moran.

Il représentait l'arrière-garde, mais il avait été influencé par Turner, et nous avions ça en commun, ainsi qu'une passion pour les paysages, une passion pour le monde réel. Moran me parlait sans cesse de l'Ouest. A moins d'aller là-bas, tu ne peux pas comprendre ce qu'est l'espace. Ton œuvre va s'arrêter de progresser si tu ne fais pas le voyage. Encore et encore, toujours la même chose. Il recommençait chaque fois que je le voyais, et au bout de quelque temps je me suis dit pourquoi pas, ça ne me fera pas de mal d'aller voir sur place.

"C'était en 1916. J'avais trente-trois ans et j'étais marié depuis quatre ans. De tout ce que j'ai fait, ce mariage a été la pire erreur. Elle s'appelait Elizabeth Wheeler. Sa famille était riche, elle ne m'avait donc pas épousé pour mon argent, mais elle aurait aussi bien pu, si on considère nos relations. Il ne m'a pas fallu longtemps pour découvrir la vérité. Elle a pleuré comme une écolière le soir de nos noces, et à partir de là les herses sont tombées. Oh, je prenais bien la citadelle d'assaut une fois de temps en temps, mais plus par colère que pour toute autre raison. Juste pour qu'elle sache qu'elle ne s'en tirerait pas toujours. Même maintenant, je me demande ce qui m'avait pris de l'épouser. Son visage, peut-être, qui était trop joli, son corps trop rond et trop potelé, je ne sais pas. Elles se mariaient toutes vierges à cette époque-là, et j'imaginais qu'elle y prendrait goût. Mais ça ne s'est jamais amélioré, il n'y a jamais eu que larmes et batailles, crises de hurlements, dégoût. Elle me considérait comme une bête, un suppôt du diable. La peste de la garce frigide ! Elle aurait dû vivre au couvent. Je lui avais fait voir les ténèbres et la malpropreté qui font tourner le monde, et elle ne me l'a jamais pardonné. *Homo erectus*, une horreur pour elle : le mystère du corps masculin. Quand elle a vu ce qui lui arrivait, elle s'est décomposée. Je ne vais pas m'étendre là-dessus. C'est une vieille histoire, vous l'avez sûrement déjà entendue. J'ai trouvé mon plaisir ailleurs. Les occasions ne manquaient pas, je vous le garantis, ma bite n'a jamais souffert d'abandon. J'étais un jeune homme bien sapé, l'argent ne comptait pas, j'étais toujours en feu. Ha ! Si nous avions le temps d'en parler un peu ! Les envolées que j'ai connues, les aventures de mon cinquième membre. Mes deux jambes sont peut-être mortes, mais leur petit frère a continué à vivre sa vie. Même maintenant, Fogg, me croirez-vous ? Le petit bonhomme ne s'est jamais rendu.

"Ça va, ça va, je m'arrête. C'est sans importance. Je vous esquisse l'arrière-plan, j'essaie de situer la scène. Si vous avez besoin d'une explication pour ce qui s'est passé, mon mariage avec Elizabeth en est une. Je ne prétends pas qu'il soit seul en cause, mais il a joué un rôle, c'est certain. Quand je me suis trouvé dans cette situation, je n'ai pas eu de regrets à l'idée de disparaître. J'ai vu l'occasion d'être mort, et j'en ai profité.

"Ce n'était pas intentionnel. Je m'étais dit : Deux ou trois mois, et puis je reviens. Les gens que je fréquentais à New York trouvaient que j'étais fou de partir là-bas, ils n'en voyaient pas l'intérêt. Va en Europe, me répétaient-ils, il n'y a rien à apprendre en Amérique. Je leur expliquais mes raisons et, rien que d'en parler, je me sentais de plus en plus impatient. Je me suis lancé dans les préparatifs, je ne pouvais attendre de m'en aller. Assez tôt, j'avais décidé de prendre quelqu'un avec moi, un jeune homme du nom d'Edward Byrne – Teddy, comme disaient ses parents. Son père était un de mes amis, et il m'avait persuadé d'emmener le garçon. Je n'avais pas d'objection sérieuse. Je pensais qu'un peu de compagnie serait la bienvenue, et Byrne avait du caractère, j'avais à plusieurs reprises fait de la voile avec lui, et je savais qu'il avait la tête sur les épaules. Solide, doué d'une intelligence rapide, c'était un gars costaud et athlétique de dix-huit ou dix-neuf ans. Il rêvait de devenir topographe et voulait reprendre le relevé géologique des Etats-Unis et passer sa vie à parcourir les espaces infinis. Cet âge-là, Fogg. Teddy Roosevelt, la moustache en croc, tout ce fatras viril. Le père de Byrne lui a acheté un équipement complet – sextant, compas, théodolite, le grand jeu – et je me suis procuré assez de fournitures d'art pour plusieurs années. Crayons, fusains, pastels, pinceaux, rouleaux de toile, papier – j'avais l'intention de beaucoup travailler. Les discours de Moran devaient m'avoir convaincu à la longue, et j'attendais énormément de ce voyage. J'allais accomplir là-bas le meilleur de mon œuvre, et je ne voulais pas être surpris à court de matériel.

"Si glacée qu'elle se fût montrée au lit, Elizabeth a été prise d'angoisse à l'idée que je m'en aille. Plus le moment en approchait, plus elle se désolait : elle fondait en larmes, me suppliait d'y renoncer. Je n'ai pas encore compris. On aurait pu croire qu'elle serait contente d'être débarrassée de moi. Cette femme était imprévisible, elle faisait toujours le contraire de ce qu'on en attendait. La veille de mon départ, elle est allée jusqu'au sacrifice suprême. Je pense qu'elle s'était d'abord un peu enivrée – vous savez, pour se donner du courage – et puis elle est carrément venue s'offrir à moi. Les bras ouverts, les yeux fermés, bordel, une vraie martyre. Je ne l'oublierai jamais. Oh, Julian, répétait-elle, oh mon époux chéri. Comme la plupart des cinglés, elle savait sans doute déjà ce qui allait arriver, elle devait sentir que les choses allaient changer pour de bon. Je l'ai baisée, ce soir-là – c'était mon devoir, après tout – mais ça ne m'a pas empêché de la quitter le lendemain. Il se trouve que c'est la dernière fois que je l'ai vue. C'est ainsi. Je vous énonce les faits, vous pouvez les interpréter à votre guise. Cette nuit-là a eu des conséquences, il serait peu correct de ne pas le mentionner, mais il s'est écoulé beaucoup de temps avant que je les connaisse. Trente années, en fait, une vie entière dans le futur. Des conséquences. C'est ainsi que ça se passe, mon garçon. Il y a toujours des conséquences, qu'on le veuille ou non.

"Nous avons pris le train, Byrne et moi. Chicago, Denver, jusqu'à Salt Lake City. C'était un trajet interminable en ce temps-là, et quand nous sommes enfin arrivés, le voyage me semblait avoir duré un an. Nous étions en avril 1916. A Salt Lake, nous nous sommes déniché un guide mais le jour même, le croirez-vous, en fin d'après-midi, il s'est brûlé la jambe dans l'échoppe d'un maréchal-ferrant, et nous avons dû engager quelqu'un d'autre. L'homme que nous avons trouvé s'appelait Jack Scoresby. C'était un ancien soldat de la cavalerie, quarante-huit à cinquante ans, un vieux dans ces régions, mais les gens disaient qu'il connaissait bien le territoire, aussi bien que n'importe quel autre. J'étais obligé de les croire sur parole. Mes interlocuteurs étaient des inconnus, ils pouvaient me raconter n'importe quoi, ils s'en fichaient. Je n'étais qu'un blanc-bec, un riche blanc-bec venu de l'Est, et pourquoi diable se seraient-ils souciés de moi ? Voilà comment c'est arrivé, Fogg. Il n'y avait rien à faire que de plonger à l'aveuglette en espérant que tout irait bien.

"Dès le début, j'ai eu des doutes à propos de Scoresby, mais nous étions trop pressés de commencer notre expédition pour perdre davantage de temps. C'était un sale petit bonhomme ricanant, moustachu et graisseux, mais il faut reconnaître qu'il tenait un discours alléchant. Il promettait de nous emmener à des endroits où peu de gens avaient mis le pied, c'est ce qu'il disait, et de nous montrer des choses que seuls Dieu et les Peaux-Rouges avaient vues. On voyait qu'il était plein de merde, mais comment résister à l'impatience ? Nous avons étendu une carte sur une table de l'hôtel pour décider de notre itinéraire. Scoresby paraissait connaître son affaire, et faisait à tout propos étalage de sa science au moyen de commentaires et d'apartés : combien il faudrait de chevaux et d'ânes, quelle conduite adopter avec les mormons, comment affronter la rareté de l'eau dans le Sud. Il était manifeste qu'il nous considérait comme des idiots. L'idée d'aller s'extasier devant les paysages n'avait aucun sens à ses yeux, et quand je lui avais dit que j'étais peintre, il s'était à peine retenu de rire. Nous avons néanmoins conclu ce qui paraissait un marché honnête, et l'avons tous trois scellé d'une poignée de main. Je me figurais que les choses se mettraient en place quand nous nous connaîtrions mieux.

"La veille du départ, Byrne et moi avons bavardé tard dans la nuit. Il m'a montré ses instruments topographiques, et je me rappelle que j'étais dans un de ces états d'excitation où tout semble soudain s'accorder d'une façon nouvelle. Byrne m'a expliqué qu'on ne peut pas déterminer sa position exacte sur terre sans référence à quelque point du ciel. Ça avait quelque chose à voir avec la triangulation, la technique de mensuration, j'ai oublié le détail. Mais j'ai été frappé par ce nœud, je n'ai jamais cessé de l'être. On ne peut pas savoir où l'on est sur cette terre, sinon par rapport à la Lune ou à une étoile. L'astronomie vient d'abord ; les cartes du territoire en découlent. Juste le contraire de ce qu'on attendrait. Si on y pense assez longtemps, on en a l'esprit chamboulé. Ici n'existe qu'en fonction de là ; si nous ne regardons pas en haut, nous ne saurons jamais ce qui se trouve en bas. Méditez ça, mon garçon. Nous ne nous découvrons qu'en nous tournant vers ce que nous ne sommes pas. On ne peut poser les pieds sur le sol tant qu'on n'a pas touché le ciel.

"J'ai bien travaillé au début. Nous avions quitté la ville en direction de l'ouest, campé un jour ou deux près du lac, et puis continué dans le Grand Désert Salé. Cela ne ressemblait à rien de ce que j'avais vu auparavant. L'endroit le plus plat, le plus désolé de la planète, un ossuaire d'oubli. Vous voyagez jour après jour, et nom de Dieu vous ne voyez rien. Pas un arbre, pas un buisson, pas le moindre brin d'herbe. Rien que de la blancheur, un sol craquelé qui s'étend de toutes parts dans le lointain. La terre a un goût de sel, et là-bas, à la limite, l'horizon est bordé de montagnes, un immense cercle de montagnes qui vibrent dans la lumière. Entouré de ces scintillements, de tout cet éclat, on a l'impression d'approcher de l'eau, mais ce n'est qu'une illusion. C'est un monde mort, et la seule chose dont on se rapproche jamais, c'est un peu plus du même néant. Dieu sait combien de pionniers se sont plantés dans ce désert et y ont rendu l'âme, on voit leurs os blanchis pointer hors du sol. C'est ce qui a eu raison de l'expédition Donner, tout le monde sait cela. Ils se sont empêtrés dans le sel, et quand enfin ils ont atteint les montagnes de la sierra californienne, c'était l'hiver, la neige les a bloqués, et ils ont fini par se manger entre eux pour rester en

vie. Tout le monde sait cela, c'est le folklore américain, mais néanmoins un fait réel, un fait réel et
indiscutable. Roues de chariots, crânes, cartouches
vides – j'ai vu de tout là-bas, même en 1916. Un
cimetière géant, voilà ce que c'était, une page blanche,
une page de mort.

"Pendant les premières semaines, j'ai dessiné
comme une brute. N'importe quoi, je n'avais encore
jamais travaillé comme ça. Je n'avais pas imaginé
que l'échelle ferait une différence, mais c'était le
cas, il n'y avait pas d'autre moyen d'affronter la
dimension des choses. Les traces sur la page devenaient de plus en plus petites, petites au point de
disparaître. Ma main paraissait animée d'une vie
propre. Contente-toi de noter, me répétais-je,
contente-toi de noter et ne t'en fais pas, tu réfléchi-
ras plus tard. Nous avons profité d'une petite halte
à Wendover pour nous décrasser, puis sommes passés au Nevada et partis vers le sud, en longeant le
massif appelé Confusion Range. Ici encore, j'étais
assailli par des impressions auxquelles je n'étais
pas préparé. Les montagnes, la neige au sommet
des montagnes, les nuages sur la neige. Au bout
d'un moment, tout cela se fondait ensemble et je
n'arrivais plus à rien distinguer. De la blancheur, et
encore de la blancheur. Comment dessiner quelque
chose si on ne sait pas que ça existe ? Vous voyez
ce que je veux dire, n'est-ce pas ? C'était inhumain.
Le vent soufflait avec une violence telle qu'on ne
s'entendait plus penser, et puis il s'arrêtait tout
d'un coup, et l'air devenait si immobile qu'on se

demandait si on n'était pas devenu sourd. Un silence surnaturel, Fogg. La seule chose qu'on perçût encore, c'étaient les battements de son cœur, le bruit du sang circulant dans son cerveau.

"Scoresby ne nous facilitait pas la vie. Sans doute, il faisait son travail, il nous guidait, construisait les feux, chassait pour nous procurer de la viande, mais jamais il ne s'est départi de son mépris à notre égard, la mauvaise volonté qui émanait de lui imprégnait l'atmosphère. Il boudait, crachait, marmonnait dans sa barbe, nous narguait de ses humeurs maussades. Après quelque temps, Byrne se méfiait tellement de lui qu'il ne desserrait pas les dents tant que Scoresby se trouvait dans les parages. Scoresby partait à la chasse pendant que nous étions à l'ouvrage – le jeune Teddy en train d'escalader les rochers en prenant des mesures, moi perché sur l'une ou l'autre corniche avec ma peinture et mes fusains – et le soir nous préparions notre dîner à trois autour du feu de camp. Un jour, dans l'espoir d'arranger un peu la situation, j'ai proposé à Scoresby une partie de cartes. L'idée a paru lui plaire mais, comme la plupart des gens stupides, il avait trop bonne opinion de sa propre intelligence. Il s'est figuré qu'il allait me battre et gagner beaucoup d'argent. Non pas seulement me battre aux cartes, me dominer dans tous les sens, me montrer une bonne fois qui était le patron. Nous avons joué au *black jack*, et les cartes m'ont été favorables, il a perdu six ou sept manches à la suite. Sa confiance en lui ébranlée, il s'est mis alors à jouer mal, à proposer des enjeux extravagants, à essayer de me bluffer, à faire tout de travers. Je dois lui avoir pris cinquante ou soixante dollars ce soir-là, une fortune pour un pauvre type comme lui. Le voyant consterné, j'ai tenté de réparer les dégâts en annulant la dette. Quelle importance, pour moi, cet argent ? Je lui ai dit : Ne vous en faites pas, j'ai juste eu de la chance, je suis prêt à l'oublier, sans rancune, quelque chose dans ce style. C'était probablement ce que je pouvais trouver de pis. Scoresby a cru que je le prenais de haut, que je voulais l'humilier, et il a été blessé dans son orgueil, deux fois blessé. A partir de ce moment-là, nos relations ont été empoisonnées, et il n'était pas en mon pouvoir d'y porter remède. J'étais moi-même un foutu cabochard, vous l'avez sans doute remarqué. J'ai renoncé à essayer de l'apaiser. S'il désirait se conduire comme un âne, qu'il braie jusqu'à la fin des temps. Nous avions beau nous trouver dans ce pays immense, sans rien alentour, rien que de l'espace vide à des kilomètres à la ronde, c'était comme d'être enfermés dans une prison – comme de partager une cellule avec un homme qui ne vous quitte pas du regard, qui reste assis sur place à attendre que vous vous retourniez, pour pouvoir vous planter son couteau dans le dos.

"C'était ça, le problème. Le pays est trop vaste, là-bas, et après quelque temps il commence à vous dévorer. Je suis arrivé à un point où je ne pouvais plus l'encaisser. Tout ce foutu silence, tout ce vide. On s'efforce d'y trouver des repères, mais c'est trop grand, les dimensions sont trop monstrueuses et finalement, je ne sais pas comment on pourrait dire, finalement cela cesse d'être là. Il n'y a plus ni monde, ni pays, ni rien. Ça fait cet effet-là, Fogg, à la fin tout est imaginaire. Le seul lieu où vous existiez est votre propre tête.

"Nous avons poursuivi notre chemin à travers le centre de l'Etat, puis avons obliqué vers la région des canyons, au sud-est, ce qu'on appelle les Quatre Coins, où l'Utah, l'Arizona, le Colorado et le Nouveau-Mexique se rencontrent. C'était l'endroit le plus étrange de tous, un monde de rêve, rien que de la terre rouge et des rochers aux formes bizarres, des structures formidables qui surgissaient du sol telles les ruines de quelque cité perdue construite par des géants. Obélisques, minarets, palais : toutes étaient à la fois reconnaissables et étrangères, on ne pouvait s'empêcher en les regardant d'y voir des formes familières, même en sachant que ce n'était que l'effet du hasard, crachats pétrifiés des glaciers et de l'érosion, d'un million d'années de vent et d'intempéries. Pouces, orbites, pénis, champignons, personnages, chapeaux. Comme lorsqu'on s'invente des images dans les nuages. Tout le monde sait maintenant à quoi ressemblent ces régions, vous-même les avez vues des centaines de fois. Glen Canyon, la Monument Valley, la vallée des Dieux. C'est là que sont tournés tous ces films de cow-boys et d'Indiens, cet imbécile de bonhomme Marlboro y galope tous les soirs à la télévision. Mais ces images ne vous en disent rien, Fogg. Tout cela est bien trop énorme pour être peint ou dessiné ; même la photographie n'arrive pas à le rendre. Tout est déformé, c'est comme si on essayait de reproduire les distances des espaces interstellaires : plus on voit, moins le crayon y arrive. Le voir, c'est le faire disparaître.

"Nous avons erré dans ces canyons pendant plusieurs semaines. Il nous arrivait de passer la nuit dans d'antiques ruines indiennes, les villages troglodytiques des Anasazi. Ce sont ces tribus qui ont disparu voici un millier d'années, personne ne sait ce qui leur est arrivé. Ils ont laissé derrière eux leurs villes de pierre, leurs pictogrammes, leurs tessons de poterie, mais les gens eux-mêmes se sont volatilisés. C'était alors la fin juillet, ou début août, et l'hostilité de Scoresby allait croissant, ce n'était plus qu'une question de temps avant que quelque chose ne se brise, on le sentait dans l'air. La région était nue et aride, avec partout des broussailles sèches, pas un arbre à perte de vue. Il faisait une chaleur atroce, et nous étions obligés de nous rationner l'eau, ce qui nous rendait tous d'humeur massacrante. Un jour nous avons dû abattre un des ânes, imposant ainsi aux deux autres un fardeau supplémentaire. Les chevaux commençaient à montrer des signes de fatigue. Nous nous trouvions à cinq ou six jours de la ville de Bluff, et j'ai pensé qu'il nous fallait nous y rendre aussi rapidement que possible afin de nous refaire. Scoresby nous a signalé un raccourci qui pouvait réduire le trajet d'un ou deux jours, et nous sommes donc partis dans cette direction, sur un sol accidenté et avec le soleil en plein visage. La progression était ardue, plus dure que tout ce que nous avions tenté jusque-là, et au bout d'un moment l'idée s'est imposée à moi que Scoresby nous entraînait dans un piège. Nous n'étions pas, Byrne et moi, aussi bons cavaliers que lui, et n'arrivions qu'à grand-peine à surmonter les difficultés du terrain. Scoresby marchait devant, Byrne en second, et moi en dernier. Après avoir escaladé péniblement plusieurs falaises abruptes, nous avancions en longeant une crête, au sommet. C'était très étroit, parsemé de rocs et de cailloux, et la lumière rebondissait sur les pierres comme pour nous aveugler. Il ne nous était plus possible de faire demi-tour à cet endroit, mais je ne voyais pas comment nous pourrions aller beaucoup plus loin. Tout à coup, le cheval de Byrne a perdu pied. Il n'était pas à plus de trois mètres devant moi, et je me souviens de l'affreux fracas des pierres qui dégringolaient, des hennissements du cheval qui se débattait pour trouver une prise sous ses sabots. Mais le sol continuait à s'effondrer et, avant que j'aie pu réagir, Byrne a poussé un hurlement, et puis ils ont basculé, lui et son cheval, ils se sont écrasés ensemble au pied de la falaise. C'était foutrement loin, il devait bien y avoir cent mètres et, sur toute la hauteur, rien que des rochers aux arêtes vives. Sautant de mon cheval, j'ai pris la boîte à médicaments et me suis précipité en bas de la pente pour voir ce que je pouvais faire. J'ai d'abord cru que Byrne était mort, mais j'ai senti battre son pouls. A part cela, rien ne paraissait très encourageant. Il avait le visage couvert de sang, et sa jambe et son bras gauches étaient tous deux fracturés, ça se voyait au premier regard. Ensuite je l'ai fait rouler sur le dos et j'ai aperçu la plaie béante juste sous ses côtes – une vilaine blessure palpitante qui devait bien mesurer quinze ou vingt centimètres. C'était terrible, le gosse était déchiqueté. J'allais ouvrir la boîte à pansements lorsque j'ai entendu un coup de feu derrière moi. Je me suis retourné et j'ai vu Scoresby debout près du cheval tombé de Byrne, un pistolet fumant dans la main droite. Jambes cassées, rien d'autre à faire, m'a-t-il expliqué d'un ton sec. Je lui ai dit que Byrne était mal en point et avait besoin de nos soins immédiats, mais lorsque Scoresby s'est approché, il a ricané en le voyant et déclaré : Ne perdons pas notre temps avec ce type. Le seul remède pour lui, c'est une dose de ce que je viens d'administrer au cheval. Levant son pistolet, Scoresby l'a dirigé vers la tête de Byrne, mais j'ai détourné son bras. Je ne sais pas s'il avait l'intention de tirer, mais je ne pouvais pas courir ce risque. Quand je lui ai frappé le bras, Scoresby m'a jeté un regard mauvais en me conseillant de garder mes mains chez moi. C'est ce que je ferai quand vous ne menacerez plus des gens sans défense avec votre arme, ai-je répondu. Alors il s'est tourné vers moi en me visant. Je menace qui je veux, m'a-t-il dit, et soudain il s'est mis à sourire, d'un large sourire d'idiot, ravi du pouvoir qu'il avait sur moi. Sans défense, a-t-il répété. C'est exactement ce que vous êtes, monsieur le Peintre, un tas d'os sans défense. J'ai pensé alors qu'il allait me tuer. Tandis que j'attendais qu'il actionne la gâchette, je me demandais combien de temps il me faudrait pour mourir après que la balle m'eut pénétré le cœur. Je pensais : Ceci est la dernière pensée que j'aurai jamais. Ça m'a paru durer une éternité, le temps qu'il se décide, lui et moi nous regardant dans les yeux. Puis Scoresby s'est mis à rire. Il était totalement satisfait de lui-même, comme s'il venait de remporter une énorme victoire. Il a remis le revolver dans sa gaine et craché par terre. On aurait dit qu'il m'avait déjà tué, que j'étais déjà mort.

"Il est retourné auprès du cheval et a entrepris de détacher la selle et les fontes. Bien qu'encore sous le choc de l'affaire du pistolet, je me suis accroupi auprès de Byrne et mis à l'ouvrage, m'efforçant autant que possible de nettoyer et de panser ses plaies. Quelques minutes plus tard, Scoresby est revenu m'annoncer qu'il était prêt à partir. Partir ? ai-je répliqué, qu'est-ce que vous racontez ? On ne peut pas emmener le gosse, il n'est pas en état d'être déplacé. Eh bien alors, laissons-le là, a dit Scoresby. Il est foutu, de toute façon, et je n'ai pas l'intention de m'installer dans ce canyon de merde pour attendre pendant Dieu sait combien de temps qu'il arrête de respirer. Ça n'en vaut pas la peine. Faites ce que vous voulez, ai-je répondu, mais je ne quitterai pas Byrne aussi longtemps qu'il sera en vie. Scoresby a grogné. Vous parlez comme un héros dans une saleté de bouquin. Vous risquez d'être coincé ici une bonne semaine avant qu'il claque, et ça servirait à quoi ? Je suis responsable de lui, ai-je dit. C'est tout. Je suis responsable de lui, et je ne l'abandonnerai pas.

"Avant le départ de Scoresby, j'ai arraché une page à mon carnet de croquis afin d'adresser un message à ma femme. Je ne me souviens plus de ce que j'y racontais. Quelque chose de mélodramatique, j'en suis à peu près certain. C'est sans doute la dernière fois que tu auras de mes nouvelles, je crois avoir effectivement écrit cela. L'idée était que Scoresby posterait la lettre lorsqu'il serait en ville. C'est ce dont nous étions convenus, mais je soupçonnais qu'il n'avait aucune intention de tenir sa promesse. Ça l'aurait impliqué dans ma disparition, et pourquoi aurait-il accepté de courir le risque que quelqu'un l'interroge ? Il était bien préférable pour lui de s'en aller sur son cheval et de tout oublier. Il se trouve que c'est exactement ce qui s'est passé. Du moins je le suppose. Quand, longtemps après, j'ai lu les articles et les notices nécrologiques, je n'y ai trouvé aucune allusion à Scoresby – bien que j'eusse pris soin de faire figurer son nom dans la lettre.

"Il a parlé aussi d'organiser une expédition de secours si je ne réapparaissais pas au bout d'une semaine, mais je savais qu'il n'en ferait rien non plus. Je le lui ai dit en face et, loin de nier, il m'a adressé une de ses grimaces insolentes. Votre dernière chance, monsieur le Peintre, vous m'accompagnez ou non ? Trop furieux pour parler, j'ai fait non de la tête. Scoresby a soulevé son chapeau en signe d'adieu, puis s'est mis à escalader la falaise pour récupérer son cheval et s'en aller. Comme ça, sans un mot de plus. Il lui a fallu quelques minutes pour arriver en haut, et je ne l'ai pas quitté des yeux un instant. Je ne voulais pas tenter le sort. J'imaginais qu'il essaierait de me tuer avant de partir, cela me paraissait presque inévitable. Eliminer les preuves, s'assurer que je ne raconterais jamais à personne ce qu'il avait fait – abandonner ainsi un jeune garçon à la mort, loin de tout. Mais Scoresby ne s'est pas retourné. Pas par bonté, je vous l'assure. La seule explication possible est que cela ne lui semblait pas nécessaire. Il n'estimait pas avoir besoin de me tuer, car il ne me croyait pas capable de revenir par mes propres moyens.

"Scoresby était parti. Moins d'une heure après, il me semblait déjà n'avoir jamais existé. Je ne puis vous décrire l'étrangeté de cette sensation. Ce n'était pas comme si j'avais décidé de ne plus penser à lui : je n'arrivais plus à me souvenir de lui quand j'y pensais. Son apparence, le son de sa voix, je ne me rappelais plus rien. Tel est l'effet du silence, Fogg, il oblitère tout. Scoresby se trouvait effacé de ma mémoire, et chaque fois que, par la suite, j'ai tenté de l'évoquer, j'aurais aussi bien pu être en train d'essayer de revoir un personnage aperçu en rêve, de chercher quelqu'un qui n'avait jamais été là.

"Byrne a mis trois ou quatre jours à mourir. En ce qui me concernait, cette lenteur a sans doute été un bienfait. J'étais occupé et, de ce fait, je n'avais pas le temps d'avoir peur. La peur n'est arrivée que plus tard, lorsque je me suis retrouvé seul, après l'avoir enterré. Le premier jour, je dois avoir escaladé la montagne une dizaine de fois pour décharger l'âne des provisions et de l'équipement et les porter jusqu'en bas. Brisant mon chevalet, j'en ai utilisé le bois en guise d'attelles pour le bras et la jambe de Byrne. A l'aide d'une couverture et d'un trépied, j'ai construit un petit auvent qui abritait son visage du soleil. J'ai pris soin du cheval et de l'âne. Je renouvelais les pansements avec des bandes de tissu déchirées dans nos vêtements. J'entretenais le feu, préparais à manger, faisais ce qu'il y avait à faire. Le sentiment de ma culpabilité me poussait, il m'était impossible de ne pas me sentir responsable de ce qui était arrivé, mais même ce sentiment constituait un réconfort. C'était un sentiment humain, qui témoignait que j'étais encore rattaché à l'univers où vivaient les autres hommes. Une fois Byrne disparu, je n'aurais plus à me préoccuper de rien, et ce vide m'effrayait, j'en avais une peur atroce.

"Je savais qu'il n'y avait aucun espoir, je l'ai su tout de suite, mais je continuais à me bercer de l'illusion qu'il s'en tirerait. Il n'a jamais repris conscience ; de temps à autre, il marmonnait, à la façon de quelqu'un qui parle en dormant. C'était un délire de mots incompréhensibles, de sons qui ne formaient pas vraiment des mots, et chaque fois que cela se produisait j'imaginais qu'il était peut-être sur le point de revenir à lui. J'avais l'impression qu'il était séparé de moi par un léger voile, une membrane invisible qui le maintenait sur l'autre rive de ce monde. J'essayais de l'encourager grâce au son de ma voix, je lui parlais sans cesse, je lui chantais des chansons, je priais pour que quelque chose, enfin, parvienne jusqu'à lui et le réveille. Cela ne servait absolument à rien. Son état empirait toujours. Je n'arrivais pas à lui faire prendre le moindre aliment, tout au plus réussissais-je à lui humecter les lèvres avec un mouchoir trempé dans l'eau, mais ça ne suffisait pas, ça ne le nourrissait pas. Petit à petit, je voyais ses forces diminuer. Sa blessure à l'estomac avait cessé de saigner, mais elle ne cicatrisait pas bien. Elle avait pris une teinte verdâtre, du pus en suintait et envahissait les pansements. Personne, en aucune manière, n'aurait pu survivre à cela.

"Je l'ai enterré sur place, au pied de la montagne. Je vous épargne les détails. Creuser la tombe, traîner son corps jusqu'au bord, le sentir m'échapper au moment où je l'ai poussé dedans. Je devenais déjà un peu fou, je crois. C'est à peine si j'ai pu me forcer à reboucher le trou. Le couvrir, jeter de la terre sur son visage mort, c'était trop pour moi. Je l'ai fait en fermant les yeux, c'est la solution que j'ai fini par trouver, j'ai pelleté la terre là-dedans sans regarder. Après, je n'ai pas fabriqué de croix, je n'ai récité aucune prière. Dieu de merde, me disais-je, Dieu de merde, je ne te donnerai pas cette satisfaction. J'ai planté un bâton dans le sol et j'y ai attaché un bout de papier. Edward Byrne, j'avais mis, 1898–1916. Enterré par son ami, Julian Barber. Ensuite je me suis mis à hurler. Voilà comment c'est arrivé, Fogg. Vous êtes le premier à qui je raconte ceci. Je me suis mis à hurler, et puis je me suis abandonné à la folie."

5

Nous n'allâmes pas plus loin ce jour-là. Cette dernière phrase prononcée, Effing fit une pause pour respirer, et avant qu'il eût repris sa narration Mme Hume entra pour annoncer que c'était l'heure du déjeuner. Après les choses terribles qu'il m'avait racontées, je pensais qu'il aurait du mal à retrouver son sang-froid, mais il ne parut guère affecté par l'interruption. "Bien, s'écria-t-il en frappant des mains. L'heure du déjeuner. Je suis affamé." Sa capacité de passer ainsi sans transition d'une humeur à l'autre m'ahurissait. Quelques instants auparavant, il avait la voix tremblante d'émotion. Je l'avais cru sur le point de s'effondrer et là, tout d'un coup, il débordait d'enthousiasme et de bonne humeur. "Nous avançons, maintenant, mon garçon, déclarat-il tandis que je le poussais vers la salle à manger. Ceci n'était que le début, la préface, pourrait-on dire. Attendez que je sois bien en train. Vous n'avez encore rien entendu."

A partir du moment où nous fûmes à table, il n'y eut plus d'allusions à la notice nécrologique. Le repas suivit son cours normal, avec l'accompagnement habituel de bruits de bouche et de grossièretés, ni plus ni moins que n'importe quel autre jour. Comme si Effing avait déjà oublié qu'il venait de passer trois heures dans la chambre voisine à étaler ses tripes devant moi. A la fin du déjeuner, animé par les conversations d'usage, nous établîmes notre bulletin du temps quotidien en vue de l'excursion de l'après-midi. C'est ainsi que se passèrent les trois ou quatre semaines suivantes. Les matinées étaient consacrées à la notice. L'après-midi, nous sortions nous promener. Je remplis des récits d'Effing plus d'une douzaine de cahiers, à la cadence générale de vingt ou trente pages par jour. Il me fallait pour le suivre écrire à vive allure, et il arrivait que mes transcriptions soient à peine lisibles. Je lui demandai un jour si nous pouvions utiliser plutôt un enregistreur, mais Effing refusa. "Pas d'électricité, déclara-t-il, pas de machines. Je déteste le bruit que font ces trucs infernaux. Ça ronronne, ça chuinte, ça me rend malade. La seule chose que je veux entendre est la course de votre plume sur le papier." Je lui expliquai que je n'étais pas secrétaire de profession. "Je ne connais pas la sténo, dis-je, et j'ai souvent de la peine à relire ce que j'ai écrit.

— Alors dactylographiez-le quand je ne suis pas là, répondit-il. Je vais vous donner la machine à écrire de Pavel. C'est une superbe vieille mécanique, je la lui ai achetée quand nous sommes arrivés en Amérique en trente-neuf. Une Underwood. On n'en fabrique plus de pareilles, maintenant. Elle doit peser trois tonnes et demie." Le jour même, je la dénichai au fond du placard de ma chambre et l'installai sur une petite table. A partir de ce moment, je passai chaque soir plusieurs heures à transcrire les pages de notre séance du matin. C'était un travail fastidieux, mais les paroles d'Effing étaient encore fraîches dans ma mémoire et je n'en laissais guère échapper.

Après la mort de Byrne, racontait-il, il avait abandonné tout espoir. Il avait tenté sans conviction de se dépêtrer du canyon, mais s'était bientôt perdu dans un labyrinthe d'obstacles : falaises, gorges, monticules défiant l'escalade. Son cheval s'était écroulé le deuxième jour, mais, faute de bois à brûler, la chair en était presque inutilisable. La *sagebrush* ne s'enflammait pas. Elle fumait, crachotait, mais ne produisait pas de feu. Pour calmer sa faim, Effing avait découpé sur la carcasse des lamelles qu'il avait flambées au moyen d'allumettes. Ceci avait suffi pour un repas, après quoi, à court d'allumettes et peu désireux de manger cette viande crue, il avait laissé l'animal derrière lui. Arrivé à ce point, Effing était convaincu que sa vie s'achevait. Il continuait à avancer péniblement dans les rochers en tirant derrière lui le dernier âne survivant, mais à chaque pas l'idée le tourmentait qu'il dérivait peut-être de plus en plus loin de toute possibilité de salut. Son matériel de peinture était intact, et il lui restait de la nourriture et de l'eau pour deux jours encore. Cela lui était égal. Même s'il parvenait à survivre, il se rendait compte que tout était fini pour lui. La mort de Byrne lui ôtait toute alternative, il ne voyait pas comment il pourrait jamais prendre sur lui de rentrer. La honte serait trop forte : les questions, les récriminations, il aurait perdu la face. Mieux valait qu'on le croie mort, lui aussi, car au moins son honneur serait sauf, et personne ne saurait à quel point il s'était montré faible et irresponsable. C'est à ce moment que Julian Barber a été oblitéré : là, en plein désert, cerné par les rochers et la lumière ardente, il s'est supprimé, simplement. A l'époque, cette décision ne lui paraissait pas bien draconienne. Il allait mourir, c'était indiscutable, et, si d'aventure il ne mourait pas, cela reviendrait au même, de toute façon. Personne ne saurait le premier mot de ce qui lui était arrivé.

Effing m'avait dit qu'il était devenu fou, mais je ne savais trop s'il fallait prendre cette affirmation au pied de la lettre. Il m'avait raconté qu'après la mort de Byrne il avait hurlé presque sans arrêt pendant trois jours, le visage maculé du sang qui coulait de ses mains – lacérées par les rochers – mais, compte tenu des circonstances, ce comportement ne me paraissait pas anormal. J'avais pour ma part hurlé sans réserve pendant l'orage, à Central Park, alors que ma situation était loin de paraître aussi désespérée que la sienne. Quand un homme se sent parvenu au bout du rouleau, il est parfaitement naturel qu'il ait envie de crier. L'air s'accumule dans ses poumons, et il ne peut plus respirer s'il n'arrive à l'expulser, à le chasser de toutes ses forces, au moyen de ses hurlements. Sinon, son propre souffle le suffoquera, le ciel lui-même l'étouffera.

Le matin du quatrième jour, alors qu'il ne lui restait rien à manger, et moins d'une tasse d'eau dans sa gourde, Effing aperçut au sommet d'une falaise proche quelque chose qui ressemblait à une caverne. Cela ferait un bon endroit pour mourir, se dit-il. A l'abri du soleil et inaccessible aux vautours, un endroit si bien caché que personne ne le retrouverait jamais. Rassemblant son courage, il entama cette laborieuse escalade. Il lui fallut près de deux heures pour l'accomplir et, une fois en haut, à bout de force, il tenait à peine sur ses pieds. La caverne était considérablement plus grande qu'elle ne paraissait, vue d'en bas, et Effing eut la surprise de constater qu'il n'aurait pas besoin de se baisser pour y pénétrer. Il débarrassa l'ouverture des branchages et des bâtons qui l'obstruaient et entra. Contre toute attente, la grotte n'était pas vide. Elle s'étendait sur six à sept mètres à l'intérieur de la falaise et des meubles la garnissaient : une table, quatre chaises, une armoire, un vieux poêle délabré. En intention et par destination, il s'agissait d'une maison. Les objets semblaient bien entretenus et la pièce était arrangée avec soin, installée confortablement dans une sorte d'ordre domestique rudimentaire. Effing alluma la bougie qui se trouvait sur la table et l'emporta au fond de la chambre pour explorer les coins sombres où la lumière du soleil ne pénétrait pas. Contre le mur gauche, il trouva un lit, et dans ce lit, un homme. Effing supposa que cet homme dormait mais comme, s'étant raclé la gorge pour annoncer sa présence, il ne suscitait aucune réaction, il se pencha et approcha la bougie du visage de l'inconnu. C'est alors qu'il s'aperçut que celui-ci était mort. Pas simplement mort, assassiné. Là où aurait dû se trouver son œil droit, il n'y avait qu'un grand trou. L'œil gauche regardait fixement les ténèbres, et l'oreiller sous la tête était éclaboussé de sang.

Se détournant du cadavre, Effing revint vers l'armoire et découvrit qu'elle était remplie de nourriture. Des boîtes de conserve, de la viande salée, de la farine, du matériel de cuisine – entassées sur les étagères, assez de provisions pour une personne pendant un an. Se préparant aussitôt un repas, il dévora la moitié d'un pain et deux boîtes de haricots. Une fois sa faim apaisée, il entreprit de se débarrasser du corps. Il avait déjà élaboré un plan ; restait à le mettre en pratique. Le mort devait avoir été un ermite, raisonnait Effing, pour vivre ainsi tout seul dans la montagne, et dans ce cas peu de gens devaient avoir eu connaissance de sa présence. Pour autant qu'il pouvait en juger (la chair qui n'avait pas commencé à se décomposer, l'absence d'odeur écœurante, le pain qui n'était pas rassis), le meurtre devait avoir été commis peu de temps auparavant, peut-être pas plus de quelques heures – ce qui signifiait que la seule personne au courant de la mort de l'ermite était son assassin. Rien, pensait Effing, ne l'empêchait de prendre la place du solitaire. Ils étaient à peu près du même âge, mesuraient à peu près la même taille, avaient tous deux les mêmes cheveux châtains. Il ne serait pas difficile de se laisser pousser la barbe et de porter les vêtements du mort. Il allait reprendre la vie de celui-ci et la continuer à sa place, agir comme si l'âme du défunt était dorénavant la sienne. Si quelqu'un montait lui rendre visite, il n'aurait qu'à faire semblant d'être celui qu'il n'était pas – et voir s'il s'en tirait. Pour se défendre si quelque chose tournait mal, il avait une carabine, mais il supposait que de toute façon la chance lui serait favorable, puisqu'il ne paraissait guère vraisemblable qu'un ermite eût beaucoup de visiteurs.

Après avoir déshabillé l'inconnu, il traîna le cadavre hors de la caverne et l'emporta de l'autre côté de la falaise. Et là, il fit sa découverte la plus remarquable : une petite oasis à une dizaine de mètres au-dessous du niveau de la grotte, une étendue luxuriante surplombée par deux peupliers, avec une source en activité et d'innombrables buissons dont il ignorait les noms. Une minuscule poche de vie au cœur de cette aridité écrasante. En ensevelissant l'ermite dans la terre meuble près du ruisseau, il se rendit compte que tout lui devenait possible à cet endroit. Il avait des provisions et de l'eau ; il avait une maison ; il s'était trouvé une nouvelle identité, une existence nouvelle et totalement inattendue. Le renversement dépassait presque sa compréhension. A peine une heure plus tôt, il s'était senti prêt à mourir. A présent il tremblait de joie, incapable de s'empêcher de rire tandis qu'il lançait sur le visage du mort pelletée après pelletée de terre.

Les mois passèrent. Au début, Effing était trop stupéfait de sa bonne fortune pour prêter beaucoup d'attention à ce qui l'entourait. Il mangeait et dormait et, quand le soleil n'était pas trop fort, s'asseyait sur les rochers devant la grotte et regardait les lézards multicolores zigzaguer près de ses pieds. Du haut de la falaise, on avait une vue immense, qui englobait des kilomètres de territoire inconnu, mais il ne la contemplait guère, préférant confiner ses pensées dans le voisinage immédiat : ses trajets jusqu'au ruisseau avec le seau à eau, le ramassage de bois à brûler, l'intérieur de la caverne. Il avait eu son plein de paysages, et se trouvait content d'ignorer celui-ci. Puis, d'un coup, cette impression de calme l'abandonna, et il entra dans une période de solitude presque insoutenable. Envahi d'horreur au souvenir des derniers mois, il fut pendant une ou deux semaines dangereusement près de se tuer. Son cerveau débordait d'illusions et de terreurs, il imagina plusieurs fois qu'il était déjà mort, qu'il était mort à l'instant où il pénétrait dans la caverne et se trouvait dès lors prisonnier de quelque au-delà démoniaque. Un jour, dans un accès de folie, il empoigna la carabine de l'ermite et abattit son âne, pensant que celui-ci avait été métamorphosé, était devenu l'ermite, spectre en colère qui revenait le hanter avec ses braiments insidieux. L'âne savait qui il était vraiment, et il n'avait pas le choix : il fallait éliminer ce témoin de son imposture. Après cela, obsédé par l'idée de découvrir l'identité du défunt, il se mit à fouiller systématiquement l'intérieur de la caverne, à la recherche d'un journal, d'un paquet de lettres, de la page de garde d'un livre, de n'importe quoi susceptible de révéler le nom du solitaire. Mais il ne trouva rien, ne découvrit jamais la moindre particule d'information.

Au bout de deux semaines, il commença lentement à revenir à lui et à se retrouver petit à petit dans un état qui ressemblait à la paix de l'esprit. Cela ne pouvait durer toujours, se disait-il, et cette idée à elle seule le réconfortait, lui donnait le courage de continuer. A un moment ou à un autre, il arriverait au bout de ses provisions, et il serait alors obligé de partir ailleurs. Il se donnait environ un an, un peu plus s'il était attentif. Après ce délai, les gens auraient perdu tout espoir de les voir revenir, Byrne et lui. Il doutait fort que Scoresby postât jamais sa lettre mais, s'il le faisait, le résultat, pour l'essentiel, serait le même. On organiserait une expédition de secours, financée par Elizabeth et par le père de Byrne. Elle errerait dans le désert pendant quelques semaines à la recherche assidue des disparus – on aurait certes promis aussi une récompense – mais ne trouverait jamais rien. Au mieux, on découvrirait peut-être la tombe de Byrne, mais c'était peu probable. Et si ça se produisait, ça ne les rapprocherait pas de lui. Julian Barber n'existait plus, et personne ne le suivrait à la trace. Il s'agissait de tenir jusqu'à ce qu'on cesse de le rechercher. Les notices nécrologiques paraîtraient dans les journaux new-yorkais, un service funèbre aurait lieu, et ce serait fini. Après cela, il pourrait se rendre où il désirerait ; il pourrait devenir qui il voudrait.

Il était conscient de n'avoir pas intérêt à précipiter les choses. Plus il resterait caché longtemps, plus il serait en sécurité lorsqu'il se déciderait à partir. Il entreprit donc d'organiser son existence le plus rigoureusement possible, mettant tout en œuvre pour allonger la durée de son séjour : se limiter à un repas par jour, préparer une ample réserve de bois pour l'hiver, prendre soin de sa forme physique. Il s'établit des plans et des barèmes, et chaque soir, avant de se mettre au lit, rédigea des comptes méticuleux des ressources qu'il avait utilisées pendant la journée, en s'efforçant de maintenir la discipline la plus stricte. Au début, il trouva difficile de réaliser les objectifs qu'il s'était fixés et succomba souvent à la tentation de prendre une tranche de pain supplémentaire ou une seconde assiette de ragoût en boîte, mais l'effort en soi lui semblait valable, et il y trouvait un stimulant. C'était une façon de mettre à l'épreuve ses propres faiblesses, et, au fur et à mesure que le réel se rapprochait de l'idéal, il ne pouvait s'empêcher d'y voir un triomphe personnel. Il savait que ce n'était qu'un jeu, mais ce jeu nécessitait une concentration fanatique, dont l'excès même l'empêchait de se laisser glisser dans le marasme.

Après deux ou trois semaines de cette nouvelle vie disciplinée, il se mit à ressentir l'envie de peindre. Un soir où il s'était assis, le crayon à la main, pour consigner son bref compte rendu des activités de la journée, il commença tout à coup à esquisser sur la page opposée un petit dessin représentant une montagne. Avant même qu'il eût réalisé ce qu'il faisait, le croquis était terminé. Cela n'avait pas pris plus d'une demi-minute mais, dans ce geste soudain et inconscient, il avait trouvé une force qui n'avait jamais existé dans toute son œuvre. Le soir même, il déballait son matériel, et, de ce jour jusqu'à celui où les couleurs vinrent à lui manquer, il continua à peindre, quittant chaque matin la caverne dès l'aube pour passer la journée entière au-dehors. Cela dura deux mois et demi, et pendant ce laps de temps il acheva près de quarante toiles. Incontestablement, me disait-il, cette période avait été la plus heureuse de sa vie.

Son travail était régi par les exigences d'une double restriction, et chacune à sa manière se révéla positive. Il y avait d'abord le fait que personne ne verrait jamais ce qu'il peignait. Cela paraissait évident mais, loin d'être tourmenté par un sentiment de futilité, Effing éprouvait l'impression d'une libération. Il travaillait désormais pour lui-même, la menace de l'opinion d'autrui ne pesait plus sur lui, et cela seul suffit à provoquer une modification fondamentale dans sa façon d'envisager son art. Pour la première fois de sa vie, il cessa de se préoccuper des résultats, et par conséquent les termes "succès" ou "échec" perdirent soudain pour lui leur signification. Il découvrit que le vrai but de l'art n'était pas de créer de beaux objets. C'était une méthode de réflexion, un moyen d'appréhender l'univers et d'y trouver sa place, et les éventuelles qualités esthétiques que pouvait offrir une toile individuelle n'étaient que le sous-produit presque accidentel de l'effort accompli pour s'engager dans cette quête, pour pénétrer au cœur des choses. Il se débarrassa des règles qu'il avait apprises, pour traiter le paysage avec confiance, en partenaire, en égal, dans un abandon délibéré de ses intentions aux élans de la chance et de la spontanéité, au jaillissement des détails bruts. Il n'avait plus peur du vide qui l'entourait. D'une certaine manière, la tentative de le représenter sur la toile le lui avait fait intérioriser, et il pouvait maintenant en ressentir l'indifférence comme quelque chose qui lui appartenait, de même qu'il appartenait, lui, à la puissance silencieuse de ces espaces gigantesques. Les tableaux qu'il peignait étaient crus, racontait-il, remplis de couleurs violentes et étranges, de poussées inattendues d'énergie, un tourbillon de formes et de lumière. Il n'aurait pu dire s'ils étaient laids ou beaux, mais la question n'était sans doute pas là. C'étaient les siens, et ils ne ressemblaient à aucun de ceux qu'il avait vus auparavant. Cinquante ans plus tard, il affirmait se souvenir encore de chacun d'entre eux.

La seconde contrainte, plus subtile, exerçait néanmoins sur lui une influence plus forte encore : à la longue, les fournitures lui manqueraient. Il n'y avait après tout que tant de tubes de couleur et tant de toiles et, du moment qu'il continuait à travailler, il était inévitable qu'il en vienne à bout. Dès le premier instant, la fin était donc déjà visible. Alors même qu'il peignait ses tableaux, il avait l'impression de sentir le paysage disparaître sous ses yeux. Cela donna à tout ce qu'il fit, durant ces quelques mois, un caractère particulièrement poignant. Chaque fois qu'il achevait une nouvelle toile, les dimensions de son avenir rétrécissaient, le rapprochaient, inexorables, du moment où il n'y aurait plus du tout d'avenir. Après un mois et demi de travail constant, il arriva à la dernière toile. Il restait cependant plus d'une douzaine de tubes de couleur. Sans désemparer, Effing retourna les tableaux et, sur leurs dos, commença une nouvelle série. Ce fut un sursis extraordinaire, me dit-il, et pendant les trois semaines qui suivirent il eut l'impression d'une résurrection. Il travailla à ce second cycle de paysages avec une intensité encore plus grande que pour le premier, et à la fin, quand tous les dos furent couverts, il se mit à peindre sur les meubles de la caverne, à coups de pinceau frénétiques sur l'armoire, la table et les chaises de bois, et quand toutes ces surfaces furent couvertes, elles aussi, il pressa les tubes aplatis pour en extraire les dernières bribes de couleur et s'attaqua au mur sud, où il ébaucha les contours d'une peinture rupestre panoramique. Elle aurait été son chef-d'œuvre, disait Effing, mais les couleurs tarirent alors qu'elle n'était qu'à moitié terminée.

Et puis ce fut l'hiver. Il disposait encore de plusieurs carnets et d'une boîte de crayons, mais, plutôt que de remplacer la peinture par le dessin, il se replia sur lui-même pendant les froids et passa son temps à écrire. Il notait dans un cahier ses réflexions et ses observations, tentant ainsi de poursuivre avec les mots ce qu'il avait entrepris avec les images, tandis qu'il continuait dans un autre son journal de bord quotidien, où il tenait le compte exact de ce qu'il consommait : combien de nourriture il avait mangé, combien il en restait, combien de bougies il avait brûlées, combien étaient encore intactes. En janvier, il neigea tous les jours pendant une semaine, et il prit plaisir à voir cette blancheur tomber sur les roches rouges, transformer le paysage qui lui était devenu si familier. Dans l'après-midi, le soleil se montrait et la neige fondait en plaques irrégulières, créant ainsi un bel effet de diaprures, et quand le vent se levait il soufflait dans les airs les blanches particules pulvérulentes qu'il faisait tournoyer en danses brèves et tempétueuses. Effing passait des heures debout, à observer tout cela sans jamais s'en lasser. Sa vie s'était ralentie au point que les plus petits changements lui étaient maintenant perceptibles. Lorsqu'il s'était trouvé à court de couleurs, il avait connu une période d'angoisse et de dépossession, puis il s'était aperçu que l'écriture pouvait constituer un substitut très convenable à la peinture. Mais à la mi-février il avait rempli tous ses carnets, il ne lui restait pas une page où écrire. Contrairement à son attente, il n'en fut pas déprimé. Il était descendu dans la solitude à une telle profondeur qu'il n'avait plus besoin de distractions. Bien que cela lui parût presque inimaginable, le monde petit à petit lui était devenu suffisant.

Enfin, dans les derniers jours de mars, il reçut son premier visiteur. Le hasard voulut qu'Effing fût assis sur le toit de la caverne quand l'étranger fit son apparition au bas de la falaise, et il put donc suivre sa progression dans les rochers, observer presque une heure durant la petite silhouette qui grimpait vers lui. Quand l'homme arriva au sommet,

Effing l'attendait avec la carabine. Il s'était joué cette scène une centaine de fois dans le passé, mais maintenant qu'elle se passait pour de bon, il fut choqué de découvrir combien il avait peur. Il ne faudrait pas plus de trente secondes pour que la situation soit clarifiée : l'homme connaissait-il ou non l'ermite, et, s'il le connaissait, le déguisement le tromperait-il au point de lui faire croire qu'Effing était celui qu'il prétendait être ? Si d'aventure l'homme était l'assassin de l'ermite, le déguisement ne servait à rien. De même que si c'était un membre de l'expédition de secours, une dernière âme enténébrée rêvant encore de la récompense. Tout serait réglé en quelques instants, mais en attendant Effing n'avait d'autre choix que de se préparer au pire. Il se rendit compte qu'en plus de tous ses autres péchés il avait de bonnes chances d'être sur le point de commettre un meurtre.

Il fut frappé tout d'abord par la taille imposante de l'homme, et aussitôt après par la bizarrerie de son accoutrement. Ses habits paraissaient composés d'un assemblage aléatoire de pièces d'étoffe – ici un carré d'un rouge vif, là un rectangle à carreaux bleus et blancs, un morceau de laine à un endroit, un bout de jeans à un autre – et ce costume lui donnait l'aspect d'un clown étrange, échappé de quelque cirque ambulant. Au lieu d'une coiffure à larges bords, style western, il portait un chapeau melon cabossé surmonté d'une plume blanche fixée dans le ruban. Ses cheveux noirs et raides lui pendaient jusqu'aux épaules et, tandis qu'il se rapprochait, Effing vit que le côté gauche de son visage était déformé, creusé par une large cicatrice irrégulière qui s'étendait de sa joue à sa lèvre inférieure. Effing supposait qu'il s'agissait d'un Indien, mais à ce moment-là ce qu'il pouvait être n'avait guère d'importance. C'était une apparition, un bouffon de cauchemar qui venait de se matérialiser, surgi des rochers. L'homme se hissa sur le sommet en grognant d'épuisement, puis il se mit debout et sourit à Effing. Il n'était qu'à trois ou quatre mètres. Effing leva sa carabine et le mit en joue, mais l'homme montra plus de surprise que de crainte.

"Eh, Tom, fit-il, avec des intonations traînantes de simple d'esprit. Tu ne sais plus qui je suis ? Ton vieux pote, Georges. T'as pas besoin de jouer à ça avec moi."

Effing hésita un instant, puis abaissa la carabine en gardant néanmoins, par précaution, le doigt sur la détente. "Georges", murmura-t-il de manière presque inaudible, afin que sa voix ne le trahisse pas.

"Je suis resté enfermé tout l'hiver, continua le colosse, c'est pour ça que je ne suis pas venu te voir." Il continuait à approcher et ne s'arrêta que lorsqu'il fut assez près d'Effing pour échanger une poignée de main. Effing fit passer la carabine dans sa main gauche et tendit la droite. L'Indien le fixa dans les yeux pendant un moment d'un regard scrutateur, puis le danger passa soudain. "Tu as l'air en forme, Tom, dit-il. En bonne forme.

— Merci, répondit Effing. Toi aussi, tu as l'air en forme."

L'autre éclata de rire, saisi d'une sorte de ravissement balourd, et dès lors Effing sut qu'il allait s'en tirer. C'était comme s'il venait de raconter la blague la plus drôle du siècle, et, si une si petite cause pouvait avoir de tels effets, l'illusion ne serait pas difficile à maintenir. En fait, tout se déroulait avec une aisance stupéfiante. La ressemblance d'Effing avec l'ermite n'était qu'approximative, mais le pouvoir de la suggestion paraissait suffisant pour transformer l'évidence matérielle en ce qu'elle n'était pas. L'Indien était monté à la caverne pour voir Tom, l'ermite, et parce qu'il ne pouvait concevoir qu'un homme répondant au nom de Tom puisse être un autre que le Tom qu'il cherchait, il s'était hâté d'adapter la réalité à ses expectatives, attribuant toute incohérence éventuelle entre les deux Tom à une faiblesse de sa propre mémoire. Cela ne faisait pas de mal, certes, que l'homme fût un demeuré. Peut-être savait-il depuis le début qu'Effing n'était pas le vrai Tom. Il était venu à la caverne chercher quelques heures de compagnie, et puisqu'il avait trouvé ce qu'il cherchait, il n'allait pas se poser de questions sur la personne qui le lui procurait. Tout bien considéré, le fait qu'il s'agît ou non du vrai Tom lui était sans doute complètement indifférent.

Ils passèrent l'après-midi ensemble, assis dans la caverne, à fumer des cigarettes. Georges avait apporté un paquet de tabac, son cadeau habituel à l'ermite, et Effing fuma sans discontinuer dans une transe de plaisir. Il trouvait bizarre de se retrouver avec quelqu'un après tant de mois d'isolement, et éprouva pendant une bonne heure de la difficulté à prononcer le moindre mot. Il avait perdu la pratique de la parole, et sa langue ne fonctionnait plus comme auparavant. Elle lui paraissait maladroite, tel un serpent agité de soubresauts désordonnés, qui n'obéissait plus à ses ordres. Heureusement, le véritable Tom ne devait pas avoir été bien bavard, et l'Indien semblait n'attendre de lui que des réactions occasionnelles. Il était manifeste que Georges s'amusait le mieux du monde ; toutes les trois ou quatre phrases, la tête renversée en arrière il se mettait à rire. Chaque fois qu'il riait, il perdait le fil de ses pensées et redémarrait sur un sujet différent, ce qui donnait à Effing de la difficulté à suivre ce qu'il racontait. A une histoire concernant une réserve navajo succédait soudain la relation d'une bagarre avinée dans un saloon, qui à son tour cédait la place au récit passionné de l'attaque d'un train. D'après ce qu'Effing arrivait à comprendre, son compagnon était connu sous le nom de Georges la Sale Gueule. C'est ainsi en tout cas que les gens l'appelaient, mais cela ne paraissait pas déranger le colosse. Il donnait au contraire l'impression d'être plutôt content que le monde lui ait attribué un nom qui n'appartenait qu'à lui et à nul autre, comme s'il s'était agi de l'insigne d'une distinction. Effing n'avait jamais rencontré chez personne une pareille combinaison de gentillesse et d'imbécillité, et il s'appliquait à l'écouter avec attention, en hochant la tête aux bons moments. Une ou deux fois, il fut tenté de demander à Georges s'il avait entendu parler d'une expédition de recherche, mais il réussit chaque fois à refréner cette impulsion.

Au fur et à mesure que l'après-midi s'avançait, Effing arriva progressivement à mettre bout à bout quelques informations concernant le vrai Tom. Les récits décousus et informes de Georges la Sale Gueule commençaient à revenir sur eux-mêmes à une certaine fréquence, avec des points d'intersection en nombre suffisant pour acquérir la structure d'une histoire plus longue et plus unifiée. Des incidents se répétaient, des passages essentiels étaient négligés, des événements du début n'étaient rapportés qu'à la fin, mais il finissait par en ressortir assez d'informations pour qu'Effing parvienne à la conclusion que l'ermite avait été impliqué dans l'une ou l'autre activité criminelle avec une bande de hors-la-loi connus comme les frères Gresham. Il ne pouvait déterminer si l'ermite en avait été un participant actif ou s'il avait simplement permis à la bande d'utiliser la caverne en guise de refuge mais, dans un cas comme dans l'autre, cela semblait expliquer le meurtre qui avait été commis, sans parler de l'abondance des provisions qu'il avait découvertes le premier jour. Craignant de révéler son ignorance, Effing ne demanda pas de détails à Georges, mais il paraissait probable, d'après les propos de l'Indien, que les Gresham reviendraient avant longtemps, dès la fin du printemps peut-être. Georges était néanmoins trop distrait pour se rappeler où la bande se trouvait alors ; il bondissait régulièrement de sa chaise pour faire le tour de la pièce en examinant les tableaux, avec des hochements de tête admiratifs. Il ignorait que Tom sût peindre, disait-il, et il répéta cette remarque plusieurs douzaines de fois au cours de l'après-midi. Il n'avait jamais rien vu de plus beau, il n'existait rien de plus beau dans le monde entier. S'il se conduisait bien, suggéra-t-il, Tom pourrait peut-être un jour lui apprendre à en faire autant, et Effing, en le regardant dans les yeux, répondit oui, peut-être, un jour. Effing regrettait que quelqu'un ait vu les tableaux, mais en même temps il était content d'une réaction aussi enthousiaste ; il se rendait compte que c'était vraisemblablement la seule réaction que son œuvre susciterait jamais.

Après la visite de Georges la Sale Gueule, rien ne fut plus pareil pour Effing. Il y avait sept mois qu'il s'exerçait avec application à vivre seul, qu'il s'efforçait de faire de sa solitude quelque chose de substantiel, une place forte absolue délimitant les frontières de sa vie, mais maintenant que quelqu'un s'était trouvé avec lui dans la caverne, il comprenait ce que sa situation avait d'artificiel. Des gens savaient où le trouver, et puisque c'était arrivé cette fois, il n'y avait pas de raison de croire que cela n'arriverait pas de nouveau. Il devait se tenir sur ses gardes, rester constamment à l'affût d'éventuels visiteurs, se plier aux exigences de cette vigilance, qui le rongeaient au point de détruire l'harmonie de son univers. Il n'y pouvait rien. Il lui fallait passer ses journées à guetter et à attendre, se préparer à ce qui allait advenir. Au début, il pensait sans cesse que Georges allait réapparaître, mais comme les semaines s'écoulaient sans signe du colosse, il se mit à concentrer son attention sur les frères Gresham. Il eût été logique, à ce moment-là, de s'avouer battu, de rassembler ses affaires et d'abandonner la caverne pour de bon, mais quelque chose en lui répugnait à céder si facilement devant la menace. Il savait que c'était une folie de ne pas partir, un geste dépourvu de signification qui aurait pour résultat presque évident qu'il se ferait tuer, mais la caverne était devenue la seule chose pour laquelle il eût à se battre, et il ne pouvait prendre sur lui de la quitter.

L'essentiel était de ne pas leur permettre de le prendre par surprise. S'ils tombaient sur lui pendant qu'il dormait, il n'aurait pas une chance, ils le tueraient avant qu'il sorte du lit. Ils avaient déjà fait cela une fois, ce ne serait rien pour eux de recommencer. D'autre part, s'il combinait un système d'alarme afin d'être prévenu de leur approche, il n'en tirerait sans doute pas un avantage de plus de quelques secondes. Assez, peut-être, pour s'éveiller et attraper la carabine, mais si les trois frères arrivaient en même temps, il serait toujours en mauvaise posture. Il pouvait gagner quelques instants de plus en se barricadant à l'intérieur de la caverne, en bloquant l'ouverture à l'aide de pierres et de branches, mais c'était renoncer à sa seule supériorité sur ses attaquants : le fait qu'ils ne soupçonnaient pas sa présence. Dès qu'ils apercevraient la barricade, ils se rendraient compte que quelqu'un habitait la caverne et réagiraient en conséquence. Effing passait presque toutes ses journées à ressasser ces questions et à examiner les différentes stratégies qu'il pouvait adopter, en essayant d'imaginer un plan qui ne fût pas suicidaire. A la fin, cessant tout à fait de dormir dans la grotte, il installa ses couvertures et son oreiller sur une corniche à mi-hauteur, de l'autre côté de la falaise. Georges la Sale Gueule avait évoqué le goût des Gresham pour le whisky, et Effing supposait qu'il ne serait que naturel pour de tels hommes de commencer à boire dès qu'ils seraient installés dans la caverne. Le désert les aurait fatigués, et, s'ils allaient jusqu'à s'enivrer, l'alcool deviendrait son allié le plus sûr. Afin d'éliminer de son mieux toute trace évidente de sa présence dans la grotte, il rangea ses toiles et ses carnets tout au fond, dans l'obscurité, et cessa d'utiliser le poêle. Pour les peintures sur les meubles et les murs, il n'y avait rien à faire, mais si au moins le poêle n'était pas chaud quand ils arrivaient, les Gresham supposeraient peut-être que leur auteur était parti. Il n'était pas du tout certain qu'ils penseraient cela, mais Effing ne voyait pas d'autre façon de contourner cette impasse. Il souhaitait qu'ils sachent que quelqu'un était venu, car si la caverne donnait l'impression d'être restée inhabitée depuis leur dernière visite, l'été précédent, rien ne justifierait la disparition du corps de l'ermite. Les Gresham s'en étonneraient, mais, du moment qu'ils voyaient que quelqu'un d'autre avait vécu dans la grotte, ils pourraient ne pas se poser trop de questions. Tel était du moins l'espoir d'Effing. Compte tenu des myriades d'impondérables que comportait la situation, il ne s'autorisait pas beaucoup d'espoir.

Un mois s'écoula encore, un mois d'enfer, et ils arrivèrent enfin. C'était la mi-mai, il y avait un peu plus d'un an qu'il avait quitté New York avec Byrne. Chevauchant dans le crépuscule, les Gresham annoncèrent leur présence par des éclats de bruit qui résonnaient dans les rochers : des voix fortes, des rires, les bribes d'un chant enroué. Effing eut largement le temps de se préparer, mais cela n'empêcha pas son pouls de battre de façon désordonnée. Malgré les injonctions qu'il s'était adressées de garder son calme, il se rendait compte qu'il lui faudrait en finir le soir même avec cette affaire. Il ne serait pas capable de tenir plus longtemps.

Il se tapit sur l'étroite corniche derrière la caverne, attendant son heure tandis que l'obscurité tombait autour de lui. Il entendit approcher les Gresham, écouta quelques remarques éparses à propos de choses qu'il ne comprit pas, puis entendit l'un d'eux s'exclamer : "Je pense qu'on va devoir aérer, quand on aura bazardé ce vieux Tom." Les deux autres rirent, et immédiatement après les voix disparurent. Cela signifiait qu'ils étaient entrés dans la grotte. Une demi-heure plus tard, de la fumée se mit à sortir du tuyau de fer-blanc qui dépassait du toit, puis il commença à percevoir une odeur de viande en train de cuire. Pendant deux heures, rien ne se produisit. Il écoutait les chevaux se racler la gorge et frapper des sabots sur un bout de terrain en contrebas de la caverne, et petit à petit le soir bleu sombre vira au noir. Il n'y avait pas de lune, cette nuit-là, et le ciel était illuminé d'étoiles. De temps à autre, il devinait les bribes étouffées d'un rire, mais c'était tout. Puis, à intervalles réguliers, les Gresham commencèrent à sortir de la caverne l'un après l'autre pour pisser contre les rochers. Effing espérait que cela voulait dire qu'ils étaient en train de jouer aux cartes là-dedans et de s'enivrer, mais il était impossible de s'en assurer. Il décida de patienter jusqu'à ce que le dernier d'entre eux se fût vidé la vessie, et puis de leur donner encore une heure, une heure et demie. A ce moment ils seraient sans doute endormis, et personne ne l'entendrait entrer dans la grotte. En attendant, il se demandait comment il allait se servir de la carabine avec une seule main. Si les lumières étaient éteintes dans la caverne, il serait obligé de se munir d'une bougie pour situer ses objectifs, et il ne s'était jamais entraîné à tirer d'une seule main. La carabine était une Winchester à répétition, qu'il fallait réarmer après chaque coup, et il avait toujours fait cela de la main gauche. Il pouvait se fourrer la bougie dans la bouche, évidemment, mais il serait dangereux d'avoir la flamme si près des yeux, sans parler de ce qui arriverait si elle touchait sa barbe. Il devrait tenir la bougie comme un cigare, décida-t-il, calée entre l'index et le majeur de sa main gauche, avec l'espoir qu'en même temps ses trois autres doigts réussiraient à attraper le barillet. S'il appuyait la crosse de la carabine contre son estomac et non contre son épaule, il arriverait peut-être à réarmer suffisamment vite de la main droite après avoir actionné la gâchette. Là encore, impossible d'être sûr de rien. Ces calculs de dernière minute paraissaient désespérés, et, tandis qu'il restait à attendre là dans l'obscurité, il se maudissait pour sa négligence, abasourdi par la profondeur de sa stupidité.

En fait, la lumière ne fut pas un problème. Quand, se glissant hors de sa cachette, il rampa jusqu'à l'entrée de la caverne, il s'aperçut qu'une bougie brûlait encore à l'intérieur. Il s'arrêta à côté de l'ouverture et, retenant son souffle, écouta, prêt à retourner précipitamment sur sa corniche si les Gresham ne dormaient pas. Après quelques instants, il entendit ce qui ressemblait à un ronflement, mais celui-ci fut aussitôt suivi par plusieurs bruits qui semblaient provenir du voisinage de la table : un soupir, un silence, puis un petit choc, comme si on venait de poser un verre sur sa surface. Il y en avait encore au moins un d'éveillé, se dit-il, mais comment savoir s'il n'y en avait qu'un ? Il entendit alors qu'on battait un jeu de cartes, puis il y eut sept petits chocs, suivis d'une courte pause. Ensuite six chocs et une nouvelle pause. Puis cinq. Puis quatre, puis trois, puis deux, puis un. Solitaire, se dit Effing, solitaire, sans l'ombre d'un doute. L'un d'entre eux veillait, les deux autres dormaient. Ce ne pouvait être que cela, sinon le joueur aurait parlé à l'un des autres. Mais il ne parlait pas, et cela ne pouvait que signifier l'absence d'un interlocuteur.

Effing balança la carabine en position de tir et se dirigea vers l'entrée de la caverne. Il s'aperçut qu'il tenait la bougie de la main gauche sans difficulté ; sa panique avait été sans fondement. L'homme qui se trouvait devant la table releva violemment la tête quand Effing apparut, puis le regarda d'un air horrifié. "Bordel de Dieu, chuchota-t-il, tu es supposé être mort.

— Je crois que tu te trompes, rétorqua Effing.
C'est toi qui es mort, pas moi."

Il appuya sur la détente, et un instant plus tard
l'homme volait sur sa chaise, avec un hurlement au
moment où la balle lui frappait la poitrine et puis,
soudain, plus le moindre bruit. Effing réarma la
carabine et la dirigea vers le second frère, qui
essayait fébrilement de se dépêtrer de sa literie, sur
le sol. Effing le tua d'un coup, lui aussi, le frappant
en plein visage d'une balle qui lui déchira l'arrière
du crâne et projeta de l'autre côté de la pièce un
jaillissement de cervelle et d'os. Mais les choses ne
furent pas aussi simples avec le troisième frère. Celui-
ci était couché sur le lit au fond de la caverne, et,
tandis qu'Effing en finissait avec les deux premiers,
numéro trois avait attrapé son revolver et se préparait à tirer. Une balle frôla la tête d'Effing et rico-
cha derrière lui contre le poêle de fonte. Il arma sa
carabine et bondit à l'abri de la table, sur sa gauche, et ce faisant il éteignit accidentellement les
deux bougies. Une obscurité totale envahit la caverne,
au fond de laquelle l'homme se mit à balbutier, avec
des sanglots hystériques, un flot de sottises à propos de l'ermite mort, tout en tirant des coups de
revolver désespérés en direction d'Effing. Celui-ci
connaissait par cœur les contours de la caverne et,
même dans le noir, savait exactement où l'homme
se trouvait. Conscient que le troisième frère, dans sa
rage, serait dans l'impossibilité de recharger son
arme sans lumière, il compta six coups, puis se
redressa et marcha vers le lit. Il appuya sur la détente

de sa carabine, entendit l'homme hurler quand la balle pénétra dans son corps, réarma et tira une fois encore. Le silence retomba dans la caverne. Effing respira l'odeur de poudre qui flottait dans l'air et, soudain, fut pris de tremblements. Il sortit en trébuchant, tomba à genoux et vomit sur le sol.

Il dormit sur place, à l'entrée de la caverne. Quand il s'éveilla, le lendemain matin, il se mit aussitôt en devoir de se débarrasser des corps. Il fut surpris de s'apercevoir qu'il n'éprouvait aucun remords, qu'il pouvait regarder les hommes qu'il avait tués sans ressentir le moindre spasme de conscience. Un par un, il les traîna de la caverne à l'arrière de la falaise, pour les enterrer sous le peuplier à côté de l'ermite. L'après-midi commençait quand il en eut terminé avec le dernier cadavre. Epuisé par ses efforts, il rentra dans la caverne pour déjeuner, et c'est alors, au moment où il s'asseyait à table et commençait à se verser un verre du whisky des frères Gresham, qu'il aperçut les fontes rangées sous le lit. Selon ce qu'Effing m'a affirmé, c'est à cet instant précis que tout changea de nouveau pour lui, que sa vie bascula soudain dans une nouvelle direction. Il y avait en tout six grandes fontes et lorsqu'il renversa sur la table le contenu de la première il comprit que le temps de la caverne était révolu – comme ça, avec la rapidité et la force d'un livre qu'on referme. Il y avait de l'argent sur la table, et chaque fois qu'il vidait un autre sac la pile continuait à grandir. Quand enfin il en fit le compte, il trouva plus de vingt mille dollars rien qu'en espèces. Mêlés à celles-ci, il avait découvert des montres, des bracelets, des colliers, et dans le dernier sac trois liasses solidement ficelées de bons au porteur représentant encore une valeur de dix milliers de dollars en investissements tels que les mines d'argent du Colorado, la société de services de Westinghouse ou la Ford Motors. Cela représentait à l'époque une somme incroyable, disait Effing, une véritable fortune. Bien gérée, elle lui assurerait des revenus pour le restant de ses jours.

Il ne fut jamais question pour lui de rendre l'argent volé, me confia-t-il, jamais question de s'adresser aux autorités pour expliquer ce qui s'était passé. Non qu'il craignît d'être reconnu lorsqu'il raconterait son histoire, mais simplement parce qu'il voulait cet argent pour lui-même. Ce besoin était si violent qu'il ne prit pas la peine de réfléchir à ce qu'il faisait. Il s'appropria l'argent parce qu'il se trouvait là, parce qu'il avait l'impression qu'il lui appartenait déjà, d'une certaine manière, et voilà tout. La question du bien ou du mal n'intervint pas. Il avait tué trois hommes de sang-froid, et s'était dès lors placé au-delà des finesses de telles considérations. De toute façon, il doutait fort que beaucoup de gens s'attristent de la perte des frères Gresham. Ils avaient disparu, et le monde s'habituerait bientôt à leur absence. Le monde s'y habituerait, de la même façon qu'il s'était habitué à vivre sans Julian Barber.

Le lendemain, il consacra la journée entière à préparer son départ. Il remit les meubles en place, lava toutes les taches de sang qu'il put trouver, et serra ses carnets dans l'armoire. Il regrettait d'avoir à dire adieu à ses tableaux, mais il n'y avait rien d'autre à faire et il les rangea soigneusement au pied du lit, tournés contre le mur. Ceci ne lui prit pas plus de quelques heures, et il passa le reste de la matinée et tout l'après-midi, sous le soleil brûlant, à rassembler des pierres et des branchages pour obstruer l'ouverture de sa caverne. S'il pensait ne jamais revenir, il désirait néanmoins que cet endroit demeure caché. C'était son monument personnel, la tombe où il avait enseveli son passé, et il voulait savoir, chaque fois qu'il l'évoquerait dans le futur, qu'elle était toujours là, exactement telle qu'il l'avait laissée. De cette manière, la caverne continuerait à jouer pour lui le rôle d'un refuge mental, même s'il n'y mettait plus jamais les pieds.

Il dormit dehors cette nuit-là, et le lendemain matin se prépara au voyage. Il remplit les fontes, fit provision de nourriture et d'eau, et chargea le tout sur les trois chevaux laissés là par les Gresham. Puis il s'en alla, en essayant d'imaginer ce qu'il ferait ensuite.

Il nous avait fallu plus de deux semaines pour en arriver là. Noël était passé depuis longtemps, et la décennie s'était achevée une semaine plus tard. Mais Effing ne prêtait guère attention à ces points de repère. Ses pensées se concentraient sur une époque antérieure, et il fouillait dans ses souvenirs avec une attention infatigable, sans rien négliger, revenant en arrière pour compléter des détails mineurs, s'attardant sur les nuances les plus imperceptibles, dans la tentative de reconstituer son passé. Après un certain temps, je cessai de me demander s'il me racontait ou non la vérité. Ses récits avaient alors pris un caractère fantasmagorique et il semblait par moments qu'il fût moins en train de se rappeler les faits extérieurs de sa vie que d'inventer une parabole pour en expliquer les significations internes. La grotte de l'ermite, les fontes pleines d'argent, la fusillade au Far West – c'était tellement extravagant, et pourtant les excès mêmes de son histoire en étaient les éléments les plus convaincants. Il ne paraissait pas possible que quiconque puisse l'avoir inventée, et Effing racontait si bien, avec une sincérité si palpable, que je me laissais tout simplement emporter, et refusais de mettre en doute la réalité de ces événements. J'écoutais, je consignais ce qu'il disait, je ne l'interrompais pas. En dépit de l'écœurement qu'il m'inspirait parfois, je ne pouvais me défendre de le considérer comme une âme sœur. Cela commença peut-être lorsque nous arrivâmes à l'épisode de la caverne. J'avais mes propres souvenirs, après tout, de la vie dans une caverne, et quand il décrivit le sentiment de solitude qu'il avait connu alors, je fus frappé de constater qu'il décrivait d'une certaine manière ce que j'avais éprouvé. Ma propre histoire était aussi improbable que la sienne, mais je savais que si je décidais un jour de la lui raconter, il me croirait mot pour mot.

Les jours passaient, et l'atmosphère de l'appartement devenait de plus en plus claustrophobique. Dehors, il faisait un temps atroce – pluie glacée,

verglas dans les rues, vents qui vous transperçaient –
et nous fûmes obligés d'abandonner momentané-
ment nos promenades de l'après-midi. Effing se mit
à redoubler les séances nécrologiques ; il se retirait
dans sa chambre pour faire une petite sieste après
le déjeuner, puis réapparaissait, plein d'énergie, vers
deux heures et demie, trois heures, prêt à reprendre
la parole pendant plusieurs heures. Je ne sais pas
d'où lui venait la force de continuer à un tel train,
mais, à part la nécessité de s'arrêter entre les phrases
un peu plus souvent que d'habitude, la voix ne
semblait jamais lui faire défaut. Je commençais à
vivre à l'intérieur de cette voix comme à l'intérieur
d'une chambre, d'une chambre dépourvue de fenêtres,
et qui rétrécissait de jour en jour. Effing portait
maintenant presque constamment les bandeaux noirs
sur ses yeux, et je ne pouvais donc pas me faire
d'illusions sur la possibilité d'une connivence entre
nous. Il était seul dans sa tête avec son histoire,
comme j'étais seul avec les mots que déversait sa
bouche. Ces mots remplissaient chaque centimètre
cube de l'air qui m'entourait, et à la fin je n'avais
plus rien d'autre à respirer. Sans Kitty, j'aurais sans
doute été étouffé. Lorsque j'avais terminé mon travail
pour Effing, je m'arrangeais en général pour la retrouver pendant plusieurs heures, et passer la nuit
avec elle le plus souvent possible. En plus d'une occasion, je ne rentrai que le lendemain matin. Mme Hume
était au courant, mais si Effing avait la moindre idée
de mes allées et venues, il n'en manifesta jamais rien.
La seule chose qui comptait était que j'apparaisse

chaque jour à huit heures à la table du petit déjeuner, et je ne manquai jamais d'être ponctuel.

Après son départ de la caverne, Effing me raconta qu'il avait cheminé plusieurs jours durant dans le désert avant d'atteindre la ville de Bluff. A partir de là, tout lui était devenu plus facile. Il avait voyagé vers le nord en passant sans hâte de ville en ville, et était arrivé à Salt Lake City vers la fin de juin ; là, ayant rejoint le chemin de fer, il avait pris un billet pour San Francisco. C'est en Californie qu'il avait inventé son nouveau nom et s'était transformé en Thomas Effing, le premier soir, au moment de signer le registre de son hôtel. Il voulait Thomas en souvenir de Moran, et ce n'est qu'au moment de prendre la plume qu'il s'était rendu compte que Tom était aussi le nom de l'ermite, le nom qui avait secrètement été le sien pendant plus d'un an. Il avait interprété cette coïncidence comme un signe favorable, comme si son choix en eût été fortifié, en fût devenu inévitable. Quant à son patronyme, il affirmait qu'il ne serait pas nécessaire de m'en fournir la glose. Il m'avait déjà suggéré qu'Effing était un jeu de mots, et il me semblait qu'à moins de l'avoir fondamentalement mal interprété je savais d'où cela venait. En écrivant le mot *Thomas*, il s'était sans doute souvenu de l'expression *"doubting Thomas"* (Thomas l'Incrédule). Un gérondif remplaçant l'autre, cela avait donné *"fucking Thomas"* (Thomas le Salaud) que, par égard pour les convenances, il avait transformé en *f-ing*. Il était donc Thomas Effing, l'homme qui avait salopé sa vie.

Connaissant son goût pour les plaisanteries cruelles, j'imaginais combien il avait dû se sentir satisfait de celle-ci.

Je m'étais attendu, presque depuis le début, à apprendre ce qui était arrivé à ses jambes. Les rochers de l'Utah me paraissaient l'endroit rêvé pour un accident de ce genre, mais chaque jour son récit progressait sans qu'il fît allusion à ce qui l'avait rendu invalide. L'expédition en compagnie de Scoresby et de Byrne, la rencontre de Georges la Sale Gueule, la fusillade avec les Gresham : l'une après l'autre, il était sorti indemne de ces aventures. Il arrivait maintenant à San Francisco, et je commençais à douter qu'il m'en parlât jamais. Il passa plus d'une semaine à décrire ce qu'il avait fait de l'argent, les affaires financières qu'il avait conclues, les risques fantastiques qu'il avait pris en Bourse. En neuf mois, il était redevenu riche, presque aussi riche qu'auparavant : il possédait une maison à Russian Hill, avait des domestiques, toutes les femmes qu'il désirait, et ses entrées dans les cercles les plus élégants de la société. Il aurait pu s'installer définitivement dans ce type d'existence (en fait, le type même d'existence qu'il avait connu depuis l'enfance), sans un incident qui se produisit environ un an après son arrivée. Invité à un dîner d'une vingtaine de convives, il y fut soudain confronté à un personnage de son passé, un ancien collaborateur de son père, qui avait travaillé avec lui à New York pendant plus de dix ans. Alonzo Riddle était alors un vieillard, mais quand on lui présenta Effing et qu'ils se serrèrent la main, il le reconnut sans aucun doute. Dans sa stupéfaction, il alla même jusqu'à balbutier qu'Effing était la vivante image de quelqu'un qu'il avait connu. Effing affecta de prendre la coïncidence à la légère et rappela sur le ton de la plaisanterie que tout homme est censé posséder quelque part son double exact, mais Riddle était trop étonné pour se laisser distraire, et il se mit à raconter à Effing et aux autres invités l'histoire de la disparition de Julian Barber. Ce fut pour Effing un moment affreux, et il passa le reste de la soirée dans un état de panique, incapable de se libérer du regard perplexe et soupçonneux de Riddle.

Il comprit alors à quel point sa situation était précaire. Tôt ou tard, il rencontrerait inévitablement d'autres personnages surgis de son passé, et rien ne permettait d'espérer qu'il aurait autant de chance qu'avec Riddle. Le prochain serait plus sûr de lui, plus offensif dans ses accusations, et, avant qu'Effing ait le temps de s'en apercevoir, l'affaire entière risquait de lui éclater en pleine figure. Par mesure de précaution, il cessa d'un coup de recevoir du monde et d'accepter des invitations, mais il était conscient que ce n'était pas une solution durable. Les gens finiraient par remarquer qu'il se tenait à l'écart et leur curiosité en serait éveillée, ce qui susciterait des commérages, d'où ne pouvaient découler que des ennuis. On était en novembre 1918. L'armistice venait d'être signé, et Effing se rendait compte qu'en Amérique ses jours étaient comptés. Malgré cette certitude, il se découvrit incapable d'agir en conséquence. Il sombra dans l'inertie, ne parvenant ni à faire des projets ni à réfléchir aux possibilités qui s'offraient à lui. Accablé par un terrible sentiment de culpabilité devant ce qu'il avait fait de sa vie, il s'abandonnait à des fantasmes débridés, se voyait rentrer à Long Island armé de quelque mensonge colossal pour expliquer ce qui s'était passé. Il ne pouvait en être question, mais il s'accrochait à ces idées comme à un rêve rédempteur, s'obstinait à imaginer une fausse sortie après une autre, et n'arrivait pas à passer aux actes. Pendant plusieurs mois, il se coupa du monde, dormant le jour dans l'obscurité de sa chambre et s'en allant la nuit chercher l'aventure à Chinatown. Toujours à Chinatown. Il ne désirait jamais s'y rendre, mais ne trouvait jamais le courage de ne pas y aller. Contre sa volonté, il se mit à fréquenter les bordels, les fumeries d'opium et les salons de jeux cachés dans le labyrinthe de ces rues étroites. Il en espérait l'oubli, me raconta-t-il, l'ensevelissement dans une dégradation égale à la haine qu'il éprouvait pour lui-même. Ses nuits étaient envahies de miasmes : cliquetis de la roulette, fumée, Chinoises aux visages marqués par la vérole ou aux dents manquantes, pièces étouffantes, nausée. Il perdait des sommes si extravagantes qu'en août il avait dissipé dans ces débauches près d'un tiers de sa fortune. Cela aurait pu durer jusqu'à la fin, disait-il, jusqu'à ce qu'il se tue ou se retrouve sans un sou, si le destin ne l'avait rattrapé et brisé. Ce qui se produisit n'aurait pu être plus violent ni plus soudain, mais le fait est, en dépit de tout le malheur qui devait en résulter, qu'il fallait au moins un désastre pour le sauver.

Il pleuvait cette nuit-là, me raconta Effing. Il venait de passer plusieurs heures à Chinatown et rentrait chez lui à pied, tout imbibé de drogue et flageolant, à peine conscient de l'endroit où il se trouvait. Il était trois ou quatre heures du matin, et il avait commencé à grimper la forte pente qui menait vers son quartier, en s'arrêtant presque à chaque réverbère pour se reposer et reprendre haleine. Quelque part, au début du trajet, il avait perdu son parapluie, et, une fois parvenu à la dernière montée, il était trempé jusqu'aux os. A cause de la pluie qui tambourinait sur le trottoir et de la stupeur opiacée qui lui noyait le cerveau, il n'entendit pas l'inconnu arriver derrière lui. A un moment, il se traînait dans la rue, et l'instant d'après ce fut comme si un immeuble s'était écroulé sur lui. Il n'avait aucune idée de ce dont il s'agissait – un gourdin, une brique, la crosse d'un revolver –, ce pouvait être n'importe quoi. Tout ce qu'il ressentit fut la violence du coup, un formidable choc à la base du crâne, puis il tomba, il s'écroula immédiatement sur le trottoir. Il doit n'avoir été inconscient que quelques secondes, car son premier souvenir après cela était d'avoir ouvert les yeux et senti son visage éclaboussé d'eau. Il glissait sur la pente, précipité vers le bas de la rue mouillée à une vitesse qu'il ne pouvait contrôler, la tête la première, sur le ventre, agitant les bras et les jambes dans ses tentatives d'agripper quelque chose afin de freiner cette folle descente. Malgré ses efforts désespérés, il ne réussissait ni à s'arrêter, ni à se mettre debout, ni à rien d'autre qu'à tournoyer sur lui-même comme un insecte blessé. Un moment donné, il doit s'être tordu de telle façon que sa trajectoire obliqua par rapport au trottoir, et il s'aperçut soudain qu'il allait être projeté en vol plané dans la rue. Il se prépara à la secousse mais, juste au moment où il atteignait le bord, une nouvelle rotation de quatre-vingts ou quatre-vingt-dix degrés l'envoya droit sur un réverbère dont sa colonne vertébrale heurta la fonte avec toute la force de la vitesse acquise. Dans l'instant, il entendit craquer quelque chose, puis fut envahi par une douleur qui ne ressemblait à rien qu'il eût jamais éprouvé, une douleur si excessive et si violente qu'il crut que son corps avait explosé.

Il ne me donna jamais de détails médicaux précis sur son accident. Ce qui comptait, c'était le diagnostic, et les médecins ne furent pas longs à rendre un verdict unanime. Ses jambes étaient mortes et, malgré tous les traitements auxquels il pourrait recourir, il ne marcherait plus. Si étrange que cela paraisse, me dit-il, il fut presque soulagé de l'apprendre. Il avait été châtié, et d'un châtiment si terrible qu'il n'avait plus besoin de se punir. Il avait payé pour son crime, et soudain se retrouvait vide : débarrassé des remords, de l'angoisse d'être reconnu, de la peur. Si l'accident avait été de nature différente, il ne lui aurait peut-être pas fait le même effet, mais parce qu'il n'avait pas vu son agresseur, parce qu'il ne comprit jamais la raison première de cette agression, il ne put s'empêcher de l'interpréter comme une sorte de rétribution cosmique. La justice la plus pure avait été distribuée. Un coup brutal et anonyme était tombé du ciel et l'avait écrasé, arbitrairement et sans pitié. Sans lui laisser le temps de se défendre ni de plaider sa cause. Il ignorait encore l'existence d'un procès que celui-ci était déjà terminé, la sentence avait été prononcée et le juge avait disparu du tribunal.

Il lui fallut neuf mois pour se rétablir (dans la mesure où il pouvait se rétablir), puis il commença de se préparer à quitter le pays. Il vendit sa maison, fit transférer son argent sur un compte numéroté dans une banque suisse, et acheta à un sympathisant anarcho-syndicaliste un faux passeport au nom de Thomas Effing. C'était en plein l'époque des *Palmer raids**, on lynchait les *Wobblies***, Sacco et Vanzetti avaient été arrêtés, et la plupart des membres de groupes radicaux se cachaient. Le faussaire était un immigré hongrois qui officiait au fond d'une cave encombrée dans le quartier de la Mission, et Effing se souvenait d'avoir payé le document au prix fort. L'homme était au bord de la dépression nerveuse, me raconta-t-il, et comme il soupçonnait Effing d'être un agent déguisé qui l'arrêterait dès que le travail serait achevé, il le fit attendre pendant plusieurs semaines, avec des excuses saugrenues chaque fois qu'un nouveau délai se trouvait dépassé. Le prix montait aussi, mais l'argent représentait alors pour Effing le

---

* *Palmer raids* : en 1919, arrestations massives de gens de gauche, à l'instigation du procureur général Palmer. *(N.d.T.)*
** Les *Wobblies* : groupe populiste anarchiste. *(N.d.T.)*

moindre de ses soucis, et il réussit enfin à dénouer la situation en promettant à l'homme de doubler son prix le plus élevé si le passeport pouvait être prêt sans retard le lendemain à neuf heures du matin. La tentation était trop grande pour que le Hongrois ne prenne pas le risque – la somme atteignait plus de huit cents dollars – et quand Effing, le jour suivant, lui remit l'argent et ne l'arrêta pas, l'anarchiste fondit en larmes et se mit à lui baiser les mains avec une gratitude hystérique. Il était la dernière personne qu'Effing eût rencontrée en Amérique avant vingt ans, et le souvenir de cet homme brisé ne l'avait jamais quitté. Le pays entier est foutu, pensa-t-il, et il réussit à lui faire ses adieux sans regret.

En septembre 1920, il s'embarqua sur le S.S. *Descartes* à destination de la France, par le canal de Panama. Il n'avait pas de raison particulière de se rendre en France, mais pas davantage de ne pas y aller. Il avait envisagé un moment de s'installer dans quelque colonie perdue – en Amérique centrale, peut-être, ou sur une île du Pacifique – mais la perspective de passer le restant de ses jours dans une jungle, fût-ce en roitelet adulé par d'innocents indigènes, ne stimulait pas son imagination. Il ne cherchait pas un paradis, mais simplement un pays où il ne s'ennuierait pas. Il ne pouvait être question de l'Angleterre (il trouvait les Anglais méprisables), et même si les Français ne valaient guère mieux, il se souvenait avec plaisir de l'année qu'il avait passée à Paris dans sa jeunesse. L'Italie l'attirait aussi, mais le fait que le français fût la seule langue étrangère qu'il parlât un peu couramment inclina la balance vers la France. Au moins il mangerait bien et boirait de bons vins. En vérité, Paris était la ville où il courait le plus de risques de rencontrer l'un ou l'autre de ses anciens amis artistes new-yorkais, mais cette possibilité ne l'inquiétait plus. L'accident avait modifié tout cela. Julian Barber était mort. Il n'était plus peintre, il n'était plus personne. Il était devenu Thomas Effing, un invalide expatrié condamné à la chaise roulante, et si quelqu'un contestait son identité il l'enverrait au diable. Ce n'était pas plus compliqué. Il ne se souciait plus de ce que les gens pensaient, et si cela entraînait pour lui l'obligation de mentir de temps à autre, eh bien, il mentirait. De toute façon, tout cela n'était qu'une comédie et ce qu'il faisait importait peu.

Il poursuivit son récit pendant deux ou trois semaines encore, mais je n'en étais plus aussi ému. L'essentiel était dit ; il ne restait pas de secrets à révéler, ni de sombres vérités à lui arracher. Les grands moments décisifs de sa vie avaient tous eu lieu en Amérique, dans les années comprises entre le départ pour l'Utah et l'accident à San Francisco, et après l'arrivée en Europe son histoire devenait banale, une chronologie de faits et d'événements, une histoire de temps qui passe. Effing s'en rendait compte, me semblait-il, et bien qu'il n'allât jamais jusqu'à s'en exprimer ouvertement, sa façon de raconter commença à changer, à perdre la précision et le sérieux des premiers épisodes. Il s'accordait davantage de digressions, paraissait perdre plus souvent le fil de sa pensée, et se trouva même plusieurs fois en franche contradiction avec lui-même. Un jour, par exemple, il prétendait avoir passé ces années dans l'oisiveté – à lire des livres, à jouer aux échecs, à des terrasses de bistrots –, et le lendemain, faisant volte-face, il évoquait des marchés aventureux, des toiles peintes puis détruites, une librairie dont il aurait été propriétaire, une activité d'agent secret, des fonds récoltés pour l'armée républicaine espagnole. Il mentait, sans aucun doute, mais j'avais l'impression qu'il mentait plus par habitude que dans l'intention de m'en faire accroire. Vers la fin, il me parla de manière émouvante de son amitié avec Pavel Shum, m'expliqua en détail comment il avait continué, malgré son état, à avoir des relations sexuelles, et se lança dans plusieurs longues harangues à propos de sa théorie de l'univers : l'électricité de la pensée, les connexions dans la matière, la transmigration des âmes. Le dernier jour, il me raconta comment Pavel Shum et lui avaient réussi à quitter Paris avant l'entrée des Allemands, recommença le récit de sa rencontre avec Tesla à Bryant Park et puis, sans transition, s'arrêta net.

"Ça suffit, déclara-t-il, nous en resterons là.

— Mais il nous reste une heure avant le déjeuner, dis-je en jetant un coup d'œil à l'horloge sur la cheminée. Nous avons tout le temps de commencer l'épisode suivant.

— Ne me contredisez pas, mon garçon. Si je dis que nous avons fini, ça veut dire fini.

— Mais nous ne sommes qu'en 1939. Il y a encore trente années à rapporter.

— Elles sont sans importance. Vous pouvez vous en tirer en quelques phrases. «Après son départ d'Europe au début de la Deuxième Guerre mondiale, M. Effing est rentré à New York, où il a passé les trente dernières années de sa vie.» Quelque chose comme ça. Ça ne devrait pas être difficile.

— Vous ne parlez pas seulement d'aujourd'hui, alors. Vous pensez à l'histoire entière. Vous dites que nous avons atteint la fin, c'est ça ?

— Je croyais m'être exprimé avec clarté.

— Ça ne fait rien, je comprends maintenant. Je ne vois toujours pas bien pourquoi, mais je comprends.

— Nous allons manquer de temps, jeune sot, voilà pourquoi. Si nous ne commençons pas à la rédiger, cette damnée notice ne verra jamais le jour."

Je passai toutes les matinées des trois semaines suivantes dans ma chambre, à taper sur la vieille Underwood différentes versions de la vie d'Effing. Il y en avait une brève, destinée aux journaux, cinq cents mots sans saveur qui ne faisaient qu'effleurer les faits les plus saillants ; il y en avait une plus complète, intitulée *la Mystérieuse Existence de Julian Barber*, récit d'environ trois mille mots dans le genre sensationnel, qu'Effing voulait que je propose après sa mort à un magazine d'art ; et enfin, une version retravaillée de la transcription intégrale, l'histoire d'Effing racontée par lui-même. Elle faisait plus de cent pages, et c'est sur celle-là que je m'acharnai le plus, attentif à supprimer les répétitions et les tournures vulgaires, à aiguiser les phrases, m'efforçant de transformer la parole en langage écrit sans diminuer la force des mots. Entreprise ardue et délicate, je m'en aperçus, et à plusieurs reprises, afin de rester fidèle à leur sens original, je fus obligé de reconstruire certains passages presque entièrement. J'ignorais l'usage qu'Effing avait l'intention de faire de cette autobiographie (au sens strict, il ne s'agissait plus d'une notice nécrologique), mais il était manifeste qu'il tenait beaucoup à en être tout à fait satisfait, il me poussait à la tâche sans ménagement et se fâchait à grands cris quand je lui lisais une phrase qui ne lui plaisait pas. Nous nous querellions chaque après-midi d'un bout à l'autre de nos séances éditoriales, discutant avec passion des moindres détails stylistiques. C'était pour chacun de nous une expérience épuisante (deux âmes obstinées empoignées en un combat mortel), mais nous finîmes par nous mettre d'accord sur tous les points, un par un, et au début de mars nous en avions terminé.

Le lendemain, je trouvai trois livres posés sur mon lit. Tous trois étaient dus à un certain Salomon Barber, et, bien qu'Effing n'y fît pas allusion quand je le vis au petit déjeuner, je supposai que c'était lui qui les avait mis là. C'était un geste typique d'Effing – oblique, obscur, dépourvu de motif apparent – mais je le connaissais assez à cette époque pour comprendre que c'était sa façon de me demander de les lire. Compte tenu du nom de l'auteur, il paraissait raisonnable de considérer que cette demande n'avait rien de fortuit. Plusieurs mois plus tôt, le vieillard avait utilisé le mot "conséquences", et je me demandais s'il n'était pas en train de se préparer à m'en parler.

Ces livres traitaient de l'histoire américaine, et chacun avait été publié dans une édition universitaire différente : *L'Evêque Berkeley et les Indiens* (1947), *La Colonie perdue de Roanoke* (1955), et *Le Désert américain* (1963). Sur les couvertures, les notes biographiques étaient brèves, mais, en mettant bout à bout les divers renseignements, j'appris que Salomon Barber avait reçu un doctorat en histoire en 1944, avait collaboré par de nombreux articles à des revues spécialisées, et avait enseigné dans plusieurs universités du Middle West. La référence à 1944 était capitale. Si Effing avait fécondé sa femme juste avant son départ en 1916, son fils devait être né l'année suivante, ce qui signifie qu'il aurait eu vingt-sept ans en 1944 – un âge logique pour accéder au doctorat. Tout semblait concorder, mais je me gardai bien d'en conclure quoi que ce fût. Je dus attendre trois jours encore avant qu'Effing n'aborde le sujet, et c'est alors seulement que j'appris le bien-fondé de mes soupçons.

"Je suppose que vous n'avez pas regardé les livres que j'ai déposés dans votre chambre, mardi", déclarat-il, sur un ton aussi calme que celui avec lequel on demanderait un second morceau de sucre.

"Je les ai regardés, répondis-je. J'ai même été jusqu'à les lire.

— Vous m'étonnez, mon garçon. Etant donné votre âge, je commence à croire qu'il peut y avoir de l'espoir pour vous.

— Il y a de l'espoir pour tout le monde, monsieur. C'est ce qui fait tourner l'univers.

— Epargnez-moi les aphorismes, Fogg. Qu'avez-vous pensé de ces livres ?

— Je les ai trouvés admirables. Bien écrits, solidement argumentés, et pleins d'informations qui étaient tout à fait nouvelles pour moi.

— Par exemple ?

— Par exemple, je n'avais jamais entendu parler du projet de Berkeley pour l'éducation des Indiens aux Bermudes, et je ne savais rien des années qu'il a passées à Rhode Island. J'ai eu la surprise de le découvrir, mais le meilleur du livre est la façon dont Barber rattache les expériences de Berkeley à ses travaux philosophiques sur la perception. Cela m'a paru très habile et original, très profond.

— Et les autres livres ?

— C'est pareil. Je ne connaissais pas non plus grand-chose sur Roanoke. Barber présente un dossier bien construit pour la solution du mystère, me semble-t-il, et j'ai tendance à partager son opinion que les colons perdus ont survécu en joignant leurs forces à celles des Indiens Croatan. J'ai aussi apprécié l'arrière-plan concernant Raleigh et Thomas Harriot. Saviez-vous que Harriot fut le premier homme à regarder la Lune dans un télescope ? J'avais toujours pensé que c'était Galilée, mais Harriot l'a devancé de plusieurs mois.

— Oui, mon garçon, je savais cela. Vous n'avez pas besoin de me faire un cours.

— Je ne fais que répondre à vos questions. Vous m'avez demandé ce que j'ai appris, je vous réponds.

— Ne répliquez pas. C'est moi qui pose les questions, ici. Est-ce compris ?

— Compris. Posez-moi toutes les questions que vous voulez, monsieur Effing, mais vous n'avez pas besoin de tourner en rond.

— Qu'est-ce que ça veut dire ?

— Ça veut dire que nous n'avons plus besoin de perdre du temps. Vous avez mis ces livres dans ma chambre parce que vous souhaitiez me dire quelque chose, et je ne vois pas pourquoi vous ne vous décidez pas à en parler.

— Ma parole, que nous sommes intelligent, aujourd'hui !

— Ce n'est pas si difficile à deviner.

— Non, sans doute. Je vous l'ai déjà dit, en quelque sorte, n'est-ce pas ?

— Salomon Barber est votre fils."

Effing garda un long silence, comme s'il refusait encore de constater jusqu'où la conversation nous avait entraînés. Le regard fixé dans le vide, il avait ôté ses lunettes et en frottait les verres avec son mouchoir – geste inutile, absurde pour un aveugle –, puis il émit une sorte de ricanement du fond de la gorge. "Salomon, fit-il. Un nom vraiment affreux. Mais je n'y suis pour rien, bien sûr. On ne peut pas donner un nom à quelqu'un dont on ignore l'existence, n'est-ce pas ?

— Vous l'avez rencontré ?

— Je ne l'ai jamais rencontré, il ne m'a jamais rencontré. Pour autant qu'il sache, son père est mort dans l'Utah en 1916.

— Quand avez-vous entendu parler de lui pour la première fois ?

— En 1947. Le responsable en est Pavel Shum, c'est lui qui a ouvert la porte. Un jour, il est arrivé avec un exemplaire du livre sur l'évêque Berkeley. C'était un grand lecteur, ce Pavel, je dois vous l'avoir dit, et quand il s'est mis à parler de ce jeune historien du nom de Barber, j'ai naturellement tendu l'oreille. Pavel ne savait rien de mon existence antérieure, et j'ai donc dû faire semblant de m'intéresser au livre afin d'en découvrir plus sur celui qui l'avait écrit. Rien n'était certain à ce moment-là. Barber n'est pas un nom inhabituel, après tout, et je n'avais aucune raison d'imaginer la moindre relation entre ce Salomon et moi. J'en avais néanmoins une intuition, et s'il est une chose que j'ai apprise au cours de ma longue et stupide carrière d'être humain, c'est l'importance d'écouter mes intuitions. J'ai concocté une fable à l'intention de Pavel, bien que ce ne fût sans doute pas nécessaire. Il aurait fait n'importe quoi pour moi. Si je lui avais demandé d'aller au pôle Nord, il s'y serait aussitôt précipité. Il ne me fallait que quelques renseignements, mais je trouvais risqué de m'y lancer de front et je lui ai raconté que j'envisageais de créer une fondation qui attribuerait une récompense annuelle à un jeune auteur méritant. Ce Barber paraît prometteur, ai-je dit, pourquoi n'irions-nous pas voir s'il n'a pas besoin d'un peu d'argent ? Pavel était enthousiaste. En ce qui le concernait, il n'existait pas de plus grand bien à faire en ce monde que la promotion de la vie de l'esprit.

— Mais votre femme ? Avez-vous jamais découvert ce qui lui est arrivé ? Ce ne pouvait pas être bien difficile de vérifier si elle avait ou non eu un fils. Il doit y avoir des centaines de façons d'obtenir ce genre d'informations.

— Sans aucun doute. Mais je m'étais promis de ne me livrer à aucune enquête au sujet d'Elizabeth. J'étais curieux – il eût été impossible de n'être pas curieux – mais en même temps je ne désirais pas rouvrir ce sac de nœuds. Le passé était le passé, et il m'était hermétiquement fermé. Qu'elle fût vivante ou morte, remariée ou non – à quoi m'eût servi de le savoir ? Je m'obligeais à rester dans l'obscurité. Il y avait dans cette façon de voir les choses une tension puissante, et elle m'a aidé à me souvenir de mon identité, à garder présent à l'esprit le fait que j'étais désormais quelqu'un d'autre. Pas de retour en arrière – c'était là l'important. Pas de regrets, pas de pitié, pas de sentimentalisme. En refusant de m'informer d'Elizabeth, je préservais mes forces.

— Mais au sujet de votre fils, vous vouliez savoir.

— C'était différent. Si j'étais responsable de l'existence d'un individu en ce monde, j'avais le droit d'en être informé. Je voulais m'assurer des faits, rien de plus.

— Pavel a mis longtemps à vous renseigner ?

304

— Pas longtemps. Il a trouvé la trace de Salomon Barber et découvert qu'il enseignait à l'université d'un petit trou perdu dans le Middle West – dans l'Iowa, le Nebraska, je ne me souviens plus. Pavel lui a écrit à propos de son livre, une lettre de fan, pour ainsi dire. Il n'y a eu aucun problème après cela. Barber a répondu aimablement, et puis Pavel a récrit pour annoncer qu'il allait passer par l'Iowa ou le Nebraska et se demandait s'il pourrait le rencontrer. Simple coïncidence, bien entendu. Ha ! Comme s'il existait une chose pareille ! Barber a dit qu'il serait enchanté de faire sa connaissance, et c'est comme ça que c'est arrivé. Pavel a pris le train pour l'Iowa ou le Nebraska, ils ont passé une soirée ensemble, et Pavel est revenu avec tout ce que je voulais savoir.

— C'est-à-dire ?

— C'est-à-dire : que Salomon Barber était né à Shoreham, Long Island, en 1917. Que son père, un peintre, était mort dans l'Utah depuis longtemps. Que sa mère était morte depuis 1939.

— L'année de votre retour en Amérique.

— Apparemment.

— Et alors ?

— Et alors, quoi ?

— Qu'est-ce qui s'est passé ensuite ?

— Rien. J'ai dit à Pavel que j'avais changé d'avis au sujet de la fondation, et ç'a été tout.

— Et vous n'avez jamais eu envie de le voir ? C'est difficile d'imaginer que vous avez pu laisser tomber comme ça.

— J'avais mes raisons, mon garçon. Ne croyez pas que ce fût facile, mais je m'y suis tenu. Je m'y suis tenu envers et contre tout.

— Une noble attitude.

— Oui, très noble. Je suis un prince magnanime.

— Et maintenant ?

— J'ai réussi malgré tout à garder la trace de ses déplacements. Pavel a continué à correspondre avec lui, il m'a tenu au courant des faits et gestes de Barber au fil des ans. C'est pourquoi je vous raconte ceci maintenant. Je désire que vous fassiez une chose pour moi après ma mort. On pourrait en charger les hommes de loi, mais je préférerais que ce soit vous. Vous vous en tirerez mieux.

— Que projetez-vous ?

— Je vais lui léguer ma fortune. Il y aura quelque chose pour Mme Hume, bien sûr, mais le reste ira à mon fils. Ce pauvre niais a fait un tel gâchis de sa vie, ça lui viendra peut-être à point. Il est gros, sans enfants, sans femme, une épave brisée, un désastreux dirigeable ambulant. Malgré son cerveau et son talent, sa carrière n'a été qu'une suite d'échecs. Il a été viré de son premier poste à la suite de je ne sais quel scandale – il aurait sodomisé des étudiants mâles, ou quelque chose comme ça – et puis, juste quand il retrouvait son assiette, il a été victime de cette affaire McCarthy et est retombé au plus bas. Il a passé sa vie dans les coins les plus sinistres et les plus reculés qu'on puisse imaginer, à enseigner dans des collèges dont personne n'a jamais entendu parler.

— Ça a l'air pathétique.

— C'est exactement ça. Pathétique. Cent pour cent pathétique.

— Mais quel est mon rôle là-dedans ? Léguez-lui l'argent par testament, et les notaires le lui donneront. Ça paraît assez simple.

— Je veux que vous lui adressiez mon autoportrait. Pourquoi pensez-vous que nous y avons tant travaillé ? Ce n'était pas simplement pour passer le temps, mon garçon, il y avait un but. Il y a toujours un but à ce que je fais, souvenez-vous-en. Quand je serai mort, je veux que vous le lui adressiez, accompagné d'une lettre dans laquelle vous lui expliquerez dans quelles conditions il a été écrit. Est-ce clair ?

— Pas vraiment. Après avoir gardé vos distances depuis 1947, je ne vois pas pourquoi vous tenez tout à coup tellement à entrer en contact avec lui maintenant. Ça n'a pas de sens.

— Tout le monde a le droit d'être informé de son passé. Je ne peux pas grand-chose pour lui, mais je peux au moins cela.

— Même s'il préfère ne pas savoir ?

— C'est cela, même s'il préfère ne pas savoir.

— Ça ne me paraît pas juste.

— Qui parle de justice ? Ceci n'a rien à voir. Je me suis tenu à l'écart de lui tant que je vivais, mais maintenant que je suis mort, il est temps que l'histoire soit révélée.

— Vous ne m'avez pas l'air mort.

— Ça vient, je vous le garantis. Ce sera bientôt là.

— Il y a des mois que vous affirmez cela, mais vous êtes en aussi bonne santé que jamais.

— Quel jour sommes-nous aujourd'hui ?

— Le 12 mars.

— Cela signifie qu'il me reste deux mois. Je mourrai le 12 mai, dans deux mois jour pour jour.

— Vous ne pouvez pas savoir cela. C'est impossible, personne ne le pourrait.

— Mais moi, oui, Fogg. Souvenez-vous de mes paroles. Dans deux mois, jour pour jour, je serai mort."

Après cette étrange conversation, nous retrouvâmes nos habitudes antérieures. Le matin, je lui faisais la lecture, et l'après-midi nous allions nous promener. L'organisation de nos journées était la même, mais je ne les reconnaissais plus. Auparavant, Effing avait choisi les livres en fonction d'un programme, et il me semblait maintenant le faire au hasard, sans aucune cohérence. Il pouvait me prier un jour de lui lire des histoires du *Décaméron* ou des *Mille et Une Nuits*, le lendemain, *La Comédie des erreurs*, et le jour suivant se passer complètement de livres et me demander les articles de journaux concernant l'entraînement de printemps dans les camps de base-ball en Floride. Ou peut-être avait-il décidé de s'en remettre désormais à la chance, et de parcourir sans s'attarder une multitude d'œuvres afin de leur faire ses adieux, comme si c'était une manière de prendre congé du monde. Pendant trois ou quatre jours d'affilée, il me fit lire des romans pornographiques (cachés dans un petit meuble sous la bibliothèque), mais même ceux-ci ne parvinrent pas à susciter chez lui un intérêt notable. Il caqueta deux ou trois fois, amusé, mais réussit aussi à s'assoupir en plein milieu d'un des passages les plus gratinés. Je poursuivis ma lecture pendant qu'il dormait, et quand il s'éveilla, une heure plus tard, il m'expliqua qu'il s'entraînait à être mort. "Je veux mourir avec du sexe en tête, murmura-t-il. Il n'y a pas de meilleure façon de s'en aller." Je n'avais encore jamais lu de pornographie, et je trouvais ces livres à la fois absurdes et excitants. Un jour, je mémorisai quelques-uns des meilleurs paragraphes et les récitai à Kitty quand je la retrouvai le soir. Ils parurent avoir sur elle le même effet. Ils la faisaient rire, mais lui donnèrent aussi envie de se déshabiller et de se mettre au lit.

Les promenades également avaient changé. Effing ne manifestait plus beaucoup d'enthousiasme à leur égard, et au lieu de me harceler pour que je lui décrive ce que nous rencontrions en chemin, il restait silencieux, pensif et renfermé. Par la force de l'habitude, je maintenais mon commentaire continu, mais il n'y semblait guère attentif et, n'ayant plus à réagir à ses persiflages et à ses critiques, je commençai à perdre le moral, moi aussi. Pour la première fois depuis que je le connaissais, Effing paraissait absent, déconnecté de son entourage, presque serein. Je parlai avec Mme Hume de ces changements et elle me confia qu'elle se faisait du souci à ce sujet. Sur le plan physique, néanmoins, nous ne remarquions ni l'un ni l'autre de transformation majeure. Il mangeait autant ou aussi peu qu'il avait toujours mangé ; ses digestions étaient normales ; il ne se plaignait d'aucune douleur, d'aucun inconfort. Cette curieuse période de léthargie dura environ trois semaines. Alors, juste comme je me résignais à croire qu'il déclinait sérieusement, il arriva un matin à la table du petit déjeuner débordant de bonne humeur et l'air aussi satisfait qu'on peut l'être, complètement redevenu lui-même.

"C'est décidé !" annonça-t-il en frappant du poing sur la table. Le coup fut assené avec tant de force que l'argenterie tressauta en cliquetant. "Il y a des jours que je rumine ça, que ça me tourne en tête, que j'essaie de mettre au point le plan parfait. Après un long labeur mental, j'ai le plaisir de vous informer que c'est réglé. Réglé ! Bon Dieu, c'est la meilleure idée que j'aie jamais eue. C'est un chef-d'œuvre, un pur chef-d'œuvre. Etes-vous prêt à vous amuser, mon garçon ?

— Bien sûr, répondis-je, pensant qu'il valait mieux ne pas le contrarier. Je suis toujours prêt à m'amuser.

— Parfait, voilà comment il faut réagir, dit-il en se frottant les mains. Je vous le promets, mes enfants, ce sera un superbe chant du cygne, un ultime salut incomparable. Quel genre de temps fait-il là-dehors aujourd'hui ?

— Il fait clair et frais, déclara Mme Hume. A la radio, ils ont prévu que la température pourrait s'élever à douze degrés environ cet après-midi.

— Clair et frais, répéta-t-il, douze degrés. Ce ne pourrait être mieux. Et la date, Fogg, où en sommes-nous du calendrier ?

— Le 1er avril, un nouveau mois qui commence.

— Le 1er avril ! Le jour des farces et attrapes. En France on appelait ça les poissons d'avril. Eh bien, on va leur en faire renifler du poisson, n'est-ce pas, Fogg ? On va leur en donner un plein panier.

— Je vous crois ! répliquai-je. On va leur jouer le grand jeu."

Effing bavarda pendant tout le repas sur le même ton excité, en prenant à peine le temps de porter à sa bouche les cuillerées de céréales. Mme Hume parais-sait préoccupée, mais je trouvais malgré tout plutôt encourageant ce flot soudain de folle énergie. Où que cela nous fasse aboutir, ce ne pouvait être que préfé-rable aux semaines moroses que nous venions de pas-ser. Effing n'était pas fait pour un rôle de vieillard maussade, et je préférais le voir tué par son propre enthousiasme que survivant dans un silence déprimé.

Après le petit déjeuner, il nous pria d'aller cher-cher ses affaires et de le préparer à sortir. Une fois empaqueté dans l'équipement habituel – la couver-ture, l'écharpe, le manteau, le chapeau, les gants –, il me demanda d'ouvrir le placard et d'y prendre une petite mallette en tissu écossais qui s'y trouvait enfouie sous un tas de chaussures et de bottes de caoutchouc. "Qu'en pensez-vous, Fogg ? fit-il. Croyez-vous que c'est assez grand ?

— Tout dépend de ce que vous avez l'intention d'y mettre.

— Nous y mettrons l'argent. Vingt mille dollars en espèces."

Sans me laisser le temps de réagir, Mme Hume intervint. "Vous ne ferez rien de pareil, monsieur Thomas, déclara-t-elle. Je ne le permettrai pas. Un aveugle qui se promène dans les rues avec vingt mille dollars en espèces. Il ne faut pas penser un instant de plus à une sottise pareille.

— Taisez-vous, garce, coupa Effing. Taisez-vous ou je vous écrase. C'est mon argent, et j'en ferai ce que je veux. Je suis sous la protection de mon fidèle garde du corps et il ne m'arrivera rien. Et même s'il m'arrivait quelque chose, ça ne vous regarde pas. Vous m'entendez, grosse vache ? Plus un mot, sinon, à vos bagages !

— Elle ne fait que son travail, dis-je, tentant de défendre Mme Hume contre cet assaut furieux. Il n'y a pas de raison de vous énerver comme ça.

— Même chose pour vous, freluquet, s'écria-t-il. Ecoutez ce qu'on vous dit, ou dites adieu à votre emploi. Un, deux, trois, et vous êtes fini. Essayez donc, si vous ne me croyez pas.

— Que la peste vous étouffe, fit Mme Hume, vous n'êtes qu'un vieil imbécile, Thomas Effing. Je vous souhaite de le perdre, cet argent, jusqu'au dernier dollar. Je souhaite qu'il s'envole de votre sacoche et que vous ne le revoyiez jamais.

— Ha ! pouffa Effing. Ha, ha, ha ! Et que croyez-vous que j'aie l'intention d'en faire, ganache ? Le dépenser ? Vous croyez que Thomas Effing s'abaisserait à de telles banalités ? J'ai de grands projets en ce qui concerne cet argent, des projets magnifiques, comme personne encore n'en a jamais rêvé.

— Sornettes, dit Mme Hume. En ce qui me concerne, vous pouvez aller dépenser un million de dollars. Ça m'est bien égal. Je m'en lave les mains – de vous et de toutes vos manigances.

— Allons, allons, fit Effing, déployant soudain une sorte de charme onctueux. Pas la peine de bouder, mon petit canard. Il lui prit la main et lui baisa le bras plusieurs fois de haut en bas, avec toutes les apparences de la sincérité. Fogg prendra soin de moi. Ce gamin est costaud, il ne nous arrivera rien. Faites-moi confiance, j'ai combiné l'opération dans le moindre détail.

— Vous ne m'embobinerez pas, répliqua-t-elle, agacée, en retirant sa main. Vous mijotez une bêtise, j'en suis sûre. Rappelez-vous simplement que je vous aurai prévenu. Il ne faudra pas venir vous excuser en pleurnichant. Trop tard. Quand on est sot c'est pour toujours. C'est ce que me disait ma mère, et elle avait raison.

— Je vous expliquerais maintenant si je pouvais, répondit Effing, mais nous n'avons pas le temps. Et d'ailleurs, si Fogg ne m'emmène pas bientôt hors d'ici, je vais cuire sous toutes ces couvertures.

— Alors, allez-vous-en, dit Mme Hume. Si vous croyez que je m'en soucie."

Effing grimaça un sourire, puis il se dressa et se retourna vers moi. "Etes-vous prêt, mon garçon ? aboya-t-il sur le ton d'un capitaine de navire.

— Prêt quand vous voulez, répondis-je.

— Bon. Alors, allons-y."

Notre première étape fut la Manhattan Chase Bank, à Broadway, où Effing retira les vingt mille dollars. A cause de l'importance de la somme, il fallut près d'une heure pour mener à bien cette transaction. Un cadre de la banque dut donner son accord, après quoi les caissiers eurent encore besoin d'un peu de temps pour rassembler la quantité voulue de billets de cinquante dollars, les seules coupures qu'Effing voulût bien accepter. Il était un vieux client de cette banque, "un client de marque", comme il le rappela plusieurs fois au directeur, et celui-ci, soupçonnant la possibilité d'une scène déplaisante, mit tout son zèle à le satisfaire. Effing continuait à cacher son jeu. Il refusait mon aide, et quand il sortit son livret de sa poche il prit garde de me le dissimuler, comme s'il craignait que je ne sache quelle somme il avait encore à son compte. Je ne m'offensais plus depuis longtemps de ce type de comportement de sa part, mais le fait est que je n'éprouvais pas le moindre intérêt pour ce montant. Quand l'argent fut enfin prêt, un caissier le compta deux fois, puis Effing me fit recommencer encore une fois pour la forme. Je n'avais jamais vu autant d'argent en même temps, mais lorsque j'eus fini de compter, la magie s'en était épuisée et les billets se trouvaient réduits à leur véritable nature : quatre cents morceaux de papier vert. Effing sourit avec satisfaction quand je lui annonçai que tout y était, puis il me dit de serrer les liasses dans la sacoche, qui se révéla bien assez grande pour contenir le magot. Je tirai la fermeture Eclair, plaçai soigneusement le sac sur les genoux du vieillard, et fis rouler son fauteuil vers la sortie. Il chahuta jusqu'à la porte, en brandissant sa canne et en poussant des mugissements comme si demain n'existait pas.

Une fois dehors, il voulut que je le conduise sur l'un des refuges situés au milieu de Broadway. L'endroit était bruyant, encombré de part et d'autre par le trafic des voitures et des camions, mais Effing paraissait indifférent à cette agitation. Il me demanda s'il y avait quelqu'un sur le banc, et comme je lui répondais que non, il m'enjoignit de m'asseoir. Il portait ses lunettes noires, ce jour-là, et avec ses deux bras qui entouraient le sac et le serraient contre son cœur, il avait l'air encore moins humain que d'habitude, on aurait dit une sorte d'oiseau-mouche géant tout juste tombé de l'espace.

"Je voudrais revoir mon plan avec vous avant de commencer, dit-il. On ne pouvait pas parler à la banque, et à l'appartement je craignais que cette mêle-tout n'écoute aux portes. Vous devez vous poser des tas de questions, et comme vous serez mon armée dans cette campagne, il est temps que je vous affranchisse.

— Je me disais bien que vous y viendriez tôt ou tard.

— Nous y voilà, jeune homme. Mon temps est presque écoulé, c'est pourquoi j'ai passé ces derniers mois à m'occuper de mes affaires. J'ai rédigé mon testament, j'ai écrit ma notice nécrologique, j'ai mis les choses en ordre. Une seule chose me tracassait encore – une dette exceptionnelle, si vous voulez – et maintenant que j'y ai réfléchi pendant quelques semaines, j'ai fini par en trouver la solution. Il y a cinquante-deux ans, souvenez-vous, j'ai trouvé un paquet d'argent. J'ai pris cet argent et je m'en suis servi pour faire encore plus d'argent, celui dont j'ai vécu depuis. Maintenant qu'arrive ma fin, je n'ai plus besoin de ce paquet d'argent. Alors que dois-je en faire ? La seule attitude sensée, c'est de le restituer.

— Le restituer ? Mais le restituer à qui ? Les Gresham sont morts, et d'ailleurs ce n'était pas à eux. Ils l'avaient volé à des gens dont vous ne saviez rien, à des inconnus anonymes. De toute façon, même si vous réussissiez à découvrir qui ils étaient, ils sont sans doute tous morts aujourd'hui.

— Précisément. Les gens sont tous morts, et il serait impossible de retrouver la trace de leurs héritiers, n'est-ce pas ?

— C'est ce que je viens de dire.

— Vous avez dit aussi que ces gens étaient des inconnus anonymes. Réfléchissez-y un instant. S'il est une chose dont cette ville abandonnée de Dieu regorge, c'est d'inconnus anonymes. Les rues en sont pleines. Où qu'on se tourne, on rencontre un inconnu anonyme. Ils sont des millions tout autour de nous.

— Vous n'êtes pas sérieux.

— Bien sûr que je suis sérieux. Je suis toujours sérieux. Vous devriez le savoir maintenant.

— Vous voulez dire que nous allons nous balader dans les rues en offrant des billets de cinquante dollars à n'importe qui ? Ça va provoquer une émeute. Les gens vont devenir fous, ils vont nous démolir.

— Pas si nous nous y prenons correctement. C'est une question de plan, et nous en avons un bon. Faites-moi confiance, Fogg. Ce sera ce que j'aurai accompli de plus grand dans ma vie, le couronnement de mon existence."

Son plan était très simple. Plutôt que de descendre dans la rue en plein jour pour distribuer l'argent à tous les passants (ce qui ne pouvait qu'attirer une foule nombreuse et indisciplinée), nous effectuerions une série d'attaques rapides de guérilla dans un certain nombre de zones choisies avec soin. L'opération entière serait répartie sur une période de dix jours ; pour une sortie donnée, il n'y aurait jamais plus de quarante bénéficiaires, ce qui réduirait sérieusement les risques de mésaventures. Je porterais l'argent dans ma poche, et si quelqu'un tentait de nous voler il en tirerait au plus deux mille dollars. Pendant ce temps, le reste attendrait dans la sacoche, à la maison, à l'abri du danger. Parcourant la ville en long et en large, nous ne nous rendrions jamais deux jours de suite dans des quartiers voisins. *Uptown* un jour, *downtown* le lendemain. L'East Side le lundi, le West Side le mardi. Nous ne demeurerions jamais nulle part assez longtemps pour que les gens réalisent ce que nous serions en train de faire. Quant à notre propre quartier, nous l'éviterions jusqu'à la fin. Cela donnerait à notre entreprise l'allure d'un événement unique au monde, et toute l'affaire serait terminée avant que quiconque puisse réagir.

Je compris tout de suite qu'il n'y avait rien à faire pour l'arrêter. Il avait pris sa décision, et plutôt que d'essayer de le dissuader, je fis de mon mieux pour rendre son plan aussi sûr que possible. C'était un bon plan, lui dis-je, mais tout dépendrait de l'heure que nous choisirions pour ces sorties. L'après-midi, par exemple, ne conviendrait guère. Il y aurait trop de monde dans les rues, et il était essentiel de donner l'argent à chaque récipiendaire sans que personne d'autre ne puisse remarquer ce qui se passait. De cette façon, on provoquerait le moins possible de désordre.

"Hmm, fit Effing, qui suivait mes paroles avec une grande concentration. Quel moment proposez-vous, alors, mon garçon ?

— Le soir. Quand la journée de travail est achevée, mais pas assez tard pour que nous risquions d'aboutir dans des rues désertes. Disons entre sept heures et demie et dix heures.

— Autrement dit, après notre dîner. Ce qu'on pourrait appeler une excursion digestive.

— Exactement.

— Considérez que c'est fait, Fogg. Nous irons errer au crépuscule, comme une paire de Robin des Bois en maraude, prêts à faire profiter de notre munificence les chanceux qui croiseront notre chemin.

— Vous devriez aussi songer au transport. La ville est grande, et certains des endroits où nous nous rendrons sont à des kilomètres d'ici. Si nous faisons tout à pied, nous rentrerons terriblement tard, ces soirs-là. Si jamais nous étions obligés de nous sauver en vitesse, nous pourrions avoir des ennuis.

— Vous parlez comme une mauviette, Fogg. Il ne nous arrivera rien. Si vous avez les jambes fatiguées, nous hélerons un taxi. Si vous vous sentez capable de marcher, nous marcherons.

— Je ne pensais pas à moi. Je voulais être certain que vous savez ce que vous faites. Avez-vous envisagé de louer une voiture ? Nous pourrions ainsi rentrer d'un instant à l'autre. Nous n'aurions qu'à monter dedans et le chauffeur nous emmènerait.

— Un chauffeur ! Quelle idée absurde. Ça gâcherait tout.

— Je ne vois pas pourquoi. L'idée est de donner l'argent, mais ça ne suppose pas que vous deviez traîner à travers toute la ville dans la fraîcheur du printemps. Ce serait idiot de tomber malade juste parce que vous essayez d'être généreux.

— Je veux pouvoir vagabonder, sentir les situations au moment où elles se présentent. Dans une voiture, ce n'est pas possible. Il faut être dehors, dans la rue, respirer le même air que tous les autres.

— Ce n'était qu'une suggestion.

— Eh bien, gardez vos suggestions pour vous. Je n'ai peur de rien, Fogg, je suis trop vieux, et moins vous vous tracasserez pour moi, mieux cela vaudra. Si vous êtes avec moi, parfait. Mais du moment que vous êtes avec moi, il faut vous taire. Nous ferons ceci à ma façon, contre vents et marées."

Pendant les huit premiers jours, tout se passa sans heurt. Nous étions convenus qu'il devait y avoir une hiérarchie du mérite, et cela me donnait les mains libres pour agir selon mon jugement. L'idée n'était pas d'offrir l'argent à n'importe quel passant éventuel, mais de chercher en conscience les gens qui en paraissaient les plus dignes, de choisir pour cibles ceux qui semblaient en proie à la plus grande nécessité. Les pauvres avaient automatiquement droit à plus de considération que les riches, les handicapés devaient être préférés aux bien portants, les fous passer avant les sains d'esprit. Nous avions établi ces règles dès le départ, et, compte tenu de la nature des rues de New York, il n'était guère difficile de s'y tenir.

Il y eut des gens qui fondaient en larmes quand je leur donnais l'argent ; d'autres qui éclataient de rire ; d'autres encore qui ne disaient rien du tout. Les réactions étaient imprévisibles, et j'appris bientôt que je ne devais m'attendre à voir personne se conduire comme j'aurais imaginé qu'il le ferait. Il y avait les soupçonneux, qui nous prêtaient des intentions louches – un homme alla même jusqu'à déchirer son billet, et plusieurs autres nous accusèrent d'être des faux-monnayeurs ; il y avait les avides, qui pensaient que cinquante dollars ne suffisaient pas ; il y avait les sans-amis, qui s'attachaient et ne voulaient plus nous quitter ; il y avait les bons vivants, qui voulaient nous offrir un verre, les tristes qui voulaient nous raconter leur vie, les artistes qui dansaient et chantaient en signe de gratitude. A ma surprise, aucun d'entre eux n'essaya de nous voler. Ce n'était sans doute que l'effet de la chance, mais il faut dire aussi que nous nous déplacions avec rapidité et ne nous attardions jamais longtemps au même endroit. La plupart du temps, je distribuais l'argent dans la rue, mais nous accomplîmes plusieurs raids dans des bars et des cafés minables – *Barney Stones*, *Bickfords*, *Chock Full o' Nuts* – où je plaquais une coupure de cinquante dollars devant chaque personne assise au comptoir. J'effeuillais la liasse de billets aussi vite que je pouvais, en criant : "Un petit rayon de soleil", et avant que les clients ahuris réalisent ce qui leur arrivait, j'étais revenu précipitamment dans la rue. Je donnai de l'argent à des clochardes et à des prostituées, à des ivrognes et à des vagabonds, à des hippies et à des enfants en cavale, à des mendiants et à des infirmes – à toute cette faune misérable qui encombre les boulevards après le crépuscule. Il y avait quarante cadeaux à attribuer chaque soir, et il ne nous fallut jamais plus d'une heure et demie pour en venir à bout.

Le neuvième soir, il pleuvait, et nous parvînmes, Mme Hume et moi, à persuader Effing de ne pas sortir. Il pleuvait encore le lendemain, mais nous ne réussîmes plus à le retenir. Ça lui était égal de risquer une pneumonie, déclara-t-il, il avait une tâche à accomplir et, par Dieu, il l'accomplirait. Et si j'y allais seul ? suggérai-je. Je lui ferais en rentrant un rapport complet, et ce serait presque comme s'il y était allé lui-même. Non, c'était impossible, il fallait qu'il s'y trouve en personne. Et d'ailleurs, comment pourrait-il être certain que je n'empocherais pas l'argent ? Rien ne m'empêcherait de me promener un moment puis d'inventer n'importe quelle histoire à lui raconter au retour. Il n'aurait aucun moyen de savoir si je disais vrai.

"Si c'est ça que vous pensez, fis-je, soudain furieux, hors de moi, vous pouvez prendre votre argent et vous le fourrer où je pense. Je m'en vais."

Pour la première fois depuis six mois que je le connaissais, Effing s'effondra véritablement et se répandit en excuses. Ce fut un instant dramatique, et tandis qu'il manifestait ses regrets et sa contrition, j'en arrivai presque à éprouver pour lui une certaine sympathie. Il tremblait, la salive lui venait aux lèvres, son corps entier paraissait sur le point de se désintégrer. Il savait que j'étais sérieux, et la menace de mon départ était plus qu'il n'en pouvait supporter. Il me demanda pardon, m'assura que j'étais un bon garçon, le meilleur qu'il eût jamais connu, et qu'aussi longtemps qu'il vivrait il n'aurait plus jamais pour moi une parole désagréable. "Je vous dédommagerai, affirma-t-il, je vous promets de vous dédommager." Puis, fourrageant désespérément dans le sac, il en sortit une poignée de billets de cinquante dollars qu'il brandit en l'air. "Tenez, dit-il, c'est pour vous, Fogg. Je veux que vous acceptiez un petit extra. Dieu sait que vous le méritez.

— Vous n'avez pas besoin de m'acheter, monsieur Effing. Je reçois déjà un salaire adéquat.

— Non, je vous en prie, je voudrais que vous acceptiez. Considérez que c'est un bonus. Une récompense pour services extraordinaires.

— Remettez l'argent dans le sac, monsieur Effing. C'est bon comme ça. Je préfère le donner à des gens qui en ont un réel besoin.

— Mais vous restez ?

— Oui, je reste. J'accepte vos excuses. Seulement, ne recommencez jamais un truc pareil."

Pour des raisons évidentes, nous ne sortîmes pas ce jour-là. Le lendemain soir, il faisait beau, et à huit heures nous descendîmes à Times Square, où nous terminâmes notre besogne dans le temps record de vingt-cinq à trente minutes. Comme il était encore tôt et que nous étions plus près de chez nous que d'habitude, Effing insista pour que nous rentrions à pied. En lui-même, ce détail est insignifiant, et je ne prendrais pas la peine de le mentionner s'il ne nous était arrivé en chemin quelque chose de curieux. Juste au sud de Columbus Circle, j'aperçus un jeune Noir à peu près de mon âge qui marchait parallèlement à nous de l'autre côté de la rue. A première vue, il n'avait rien d'extraordinaire. Il portait des vêtements convenables et rien dans son attitude ne suggérait l'ivresse ni la folie. Mais il arborait, en cette nuit de printemps sans un nuage, un parapluie ouvert au-dessus de sa tête. Cela semblait déjà assez incongru, mais je remarquai aussi que le parapluie était démoli : le tissu protecteur avait été arraché de l'armature, et avec ces baleines nues étalées, inutiles, dans le vide, il avait l'air de transporter

une immense et invraisemblable fleur d'acier. Je ne
pus m'empêcher de rire à ce spectacle. Quand je le
lui décrivis, Effing rit à son tour. Son rire, plus
bruyant que le mien, attira l'attention de l'homme,
sur le trottoir d'en face. Avec un large sourire, il
nous fit signe de le rejoindre sous son parapluie.
"Pourquoi voudriez-vous rester sous la pluie ?
demanda-t-il joyeusement. Venez par ici vous
mettre au sec." Son offre avait quelque chose de si
fantasque et de si spontané qu'il eût été grossier de
la repousser. Nous traversâmes la rue et remontâmes Broadway pendant une trentaine de blocs à
l'abri du parapluie cassé. Le naturel avec lequel Effing
était entré dans l'esprit de la farce faisait plaisir à
voir. Il jouait le jeu sans poser de question, comprenant par intuition qu'une fantaisie de ce genre
ne pouvait durer que si nous faisions tous semblant
d'y croire. Comédien-né, notre hôte, qui s'appelait
Orlando, contournait agilement sur la pointe des
pieds des flaques imaginaires et nous protégeait
des gouttes en inclinant le parapluie selon différents angles, en maintenant tout au long du chemin
un monologue en feu nourri d'associations comiques et de jeux de mots. C'était l'imagination sous
sa forme la plus pure : l'art de donner vie à ce qui
n'existe pas, de persuader les autres d'accepter un
monde qui n'est pas vraiment là. Survenant ainsi,
ce soir-là, cela semblait d'une certaine façon en
harmonie avec l'intention qui sous-tendait ce que
nous venions d'aller faire, Effing et moi, dans la
Quarante-deuxième rue. Un souffle de folie avait

saisi la ville. Des billets de cinquante dollars se promenaient dans les poches d'inconnus, il pleuvait et pourtant ne pleuvait pas, et, de l'ondée qui se déversait à travers notre parapluie cassé, pas une goutte ne nous atteignait.

Nous fîmes nos adieux à Orlando au coin de Broadway et de la Quatre-vingt-quatrième rue, après avoir échangé tous trois force poignées de main et nous être promis une amitié éternelle. En guise de conclusion à notre promenade, Orlando étendit une paume afin de sentir quel temps il faisait, réfléchit un moment, puis déclara que la pluie s'était arrêtée. Sans plus de cérémonie, il ferma le parapluie et me l'offrit en souvenir. "Tiens, vieux, dit-il, je pense que tu en auras besoin. On ne sait jamais quand il va se remettre à pleuvoir, et je ne voudrais pas que vous soyez mouillés, vous deux. C'est comme ça, le temps : il change sans cesse. Si on n'est pas prêt à tout, on n'est prêt à rien.

— C'est comme l'argent à la banque, remarqua Effing.

— Tu l'as dit, Tom, fit Orlando. Colle-le sous ton matelas et garde-le-toi pour un jour de pluie."

Poing levé, il nous fit le salut du *black power*, puis s'en alla d'une démarche nonchalante et disparut dans la foule avant le carrefour suivant.

C'était un curieux petit épisode, mais à New York de telles occurrences sont plus fréquentes qu'on ne le pense, spécialement si on y est ouvert. Ce qui fit pour moi le caractère inhabituel de celle-ci, ce n'est pas tant sa gaieté légère que l'influence mystérieuse qu'elle parut exercer sur les événements ultérieurs. Il semblait presque que notre rencontre avec Orlando eût été une prémonition de choses à venir, un présage du destin d'Effing. Un nouveau système d'images nous avait été imposé, par lequel nous étions désormais subjugués. Je pense en particulier aux orages et aux parapluies, mais encore davantage au changement – comment tout peut changer à tout moment, de façon soudaine et définitive.

Le lendemain soir devait être le dernier. Effing passa la journée dans un état d'agitation encore plus grande que d'habitude, refusant sa sieste, refusant qu'on lui fasse la lecture, refusant toutes les distractions que je tentais de lui inventer. En début d'après-midi, nous passâmes un moment dans le parc, mais le temps était brumeux et menaçant, et j'obtins de lui que nous rentrions à la maison plus tôt que prévu. Vers le soir, un brouillard dense s'était installé sur la ville. L'univers était devenu gris, et les lumières des immeubles brillaient à travers l'humidité comme si elles avaient été entourées de bandages. Ces conditions étaient rien moins qu'encourageantes, mais comme il n'y avait pas véritablement de pluie, tenter de détourner Effing de notre ultime expédition paraissait vain. J'imaginai que je pourrais expédier notre entreprise en vitesse et puis ramener promptement le vieil homme chez lui, en me dépêchant suffisamment pour éviter qu'il ne lui arrive rien de grave. Mme Hume était réticente, mais elle céda lorsque je lui promis qu'Effing emporterait un parapluie. Effing accepta volontiers cette condition, et, à huit heures, lorsque je lui fis passer la porte d'entrée, il me semblait avoir la situation bien en main.

Ce que j'ignorais, cependant, c'est qu'Effing avait remplacé son parapluie par celui dont Orlando nous avait fait cadeau la veille. Quand je m'en aperçus, nous nous trouvions déjà à cinq ou six rues de chez nous. En ricanant sous cape avec une sorte de joie infantile, Effing sortit de sous sa couverture le parapluie cassé et l'ouvrit. Comme le manche en était identique à celui du parapluie laissé à la maison, je supposai qu'il s'agissait d'une erreur, mais quand je l'informai de ce qu'il avait fait, il me répliqua avec violence de m'occuper de mes affaires.

"Ne faites pas l'imbécile, dit-il. J'ai pris celui-ci exprès. C'est un parapluie magique, n'importe quel idiot peut le constater. Dès qu'on l'a ouvert, on devient invincible."

J'allais répondre, mais me ravisai. En fait, il ne pleuvait pas, et je n'avais pas envie de m'embarquer dans une hypothétique discussion avec Effing. Je voulais accomplir ma tâche et, en l'absence de pluie, il n'y avait aucune raison pour qu'il ne tienne pas cet objet ridicule au-dessus de sa tête. Poursuivant notre chemin, je parcourus encore quelques blocs en distribuant des billets de cinquante dollars à tous les candidats possibles, et quand il ne me resta que la moitié de la liasse, je traversai la rue et repris la direction de la maison. C'est alors qu'il commença à pleuvoir – aussi inévitablement que si Effing avait, par sa seule volonté, provoqué l'arrivée

des gouttes. D'abord insignifiantes, presque indifférenciées du brouillard qui nous entourait, elles
avaient pris dès le carrefour suivant une importance
qu'on ne pouvait négliger. Je poussai Effing sous
une porte cochère, avec l'idée de rester là pour attendre que le pire se passe, mais aussitôt arrêté le vieil
homme se mit à réclamer.

"Que faites-vous ? demanda-t-il. On n'a pas le
temps de faire la pause. Il y a encore de l'argent à
distribuer. Du nerf, mon garçon. Allez, allez, avançons. C'est un ordre !

— Vous ne l'avez peut-être pas remarqué, dis-je,
mais il se trouve qu'il pleut. Et je ne veux pas parler
d'une simple averse de printemps. Ça tombe dru.
Les gouttes sont grosses comme des cailloux, la
pluie rebondit sur le trottoir à près d'un mètre de haut.

— La pluie ? fit-il. Quelle pluie ? Je ne sens pas de
pluie." Et, se lançant en avant avec une pression soudaine sur les roues de son fauteuil, Effing m'échappa
et s'avança sur le trottoir. Il empoigna de nouveau
le parapluie cassé et l'éleva des deux mains au-
dessus de sa tête en criant sous l'orage. "Pas la moindre pluie !" tempêtait-il, tandis que l'averse s'abattait
sur lui de tous côtés, détrempait ses vêtements, lui cri-
blait le visage. "Il pleut peut-être sur vous, mon garçon, mais pas sur moi ! Je suis parfaitement sec ! J'ai
mon fidèle parapluie, et tout est pour le mieux dans le
meilleur des mondes. Ha, ha ! Pincez-moi, je rêve, je
ne sens rien du tout !"

Je compris alors qu'Effing voulait mourir. Il avait
combiné cette petite comédie afin de se rendre malade,

et il y faisait preuve d'une témérité et d'une joie dont j'étais stupéfait. Agitant le parapluie en tous sens, il encourageait les éléments en riant, et, en dépit de la révolte qu'il m'inspirait à ce moment, je ne pouvais m'empêcher d'admirer son audace. Il ressemblait à un Lear nain ressuscité dans le corps de Gloucester. Cette nuit devait être sa dernière, et il voulait effectuer sa sortie avec frénésie, attirer la mort sur lui-même en un geste ultime et glorieux. Mon premier mouvement fut de l'arracher au trottoir, de le tirer vers un abri, mais en le regardant mieux je me rendis compte qu'il était trop tard. Il était déjà trempé jusqu'aux os et, pour quelqu'un d'aussi fragile qu'Effing, cela signifiait sans aucun doute que le mal était fait. Il allait prendre froid, attraper une pneumonie, et mourir peu de temps après. Tout cela m'apparaissait avec une telle certitude que je cessai soudain de lutter. C'était un cadavre que je contemplais, me disais-je, et il importait peu que j'agisse ou non. Depuis, il ne s'est pas écoulé un jour où je ne regrette la décision que j'ai prise ce soir-là, mais au moment même elle paraissait raisonnable, comme s'il eût été mal, moralement, de contrecarrer Effing. S'il était déjà mort, de quel droit lui aurais-je gâché son plaisir ? Cet homme était déterminé à se détruire coûte que coûte, et, parce qu'il m'avait aspiré dans le tourbillon de sa folie, je ne levai pas le petit doigt pour l'en empêcher. Complice complaisant de son suicide, je me contentai de le laisser faire.

Quittant l'abri de la porte, j'empoignai le fauteuil d'Effing en grimaçant à cause de la pluie qui me battait les yeux. "Vous devez avoir raison, dis-je. Il me semble que cette averse ne m'atteint pas non plus." Tandis que je parlais, un éclair serpenta dans le ciel, suivi d'un énorme coup de tonnerre. L'orage se déversait sur nous sans pitié, soumettant nos corps sans défense à un tir soutenu de balles liquides. Au coup de vent suivant, les lunettes d'Effing lui furent soufflées du visage, mais il ne fit qu'en rire, ravi de la violence de la tempête.

"C'est remarquable, n'est-ce pas ? me cria-t-il au travers du bruit. Ça a l'odeur de la pluie. Ça fait le bruit de la pluie. Ça a même le goût de la pluie. Et pourtant nous sommes tout à fait secs. C'est l'esprit qui domine la matière, Fogg. Nous avons enfin réussi ! Nous avons percé le secret de l'univers !"

Il semblait que j'eusse franchi quelque mystérieuse frontière au fond de moi-même, pour me faufiler par une trappe qui menait aux chambres les plus secrètes du cœur d'Effing. Il ne s'agissait pas seulement d'avoir cédé à sa lubie grotesque, j'avais accompli le geste ultime qui validait sa liberté, et en ce sens j'avais finalement fait mes preuves vis-à-vis de lui. Le vieil homme allait mourir, mais tant qu'il vivrait, il m'aimerait.

Nous naviguâmes ainsi par-delà sept ou huit carrefours encore, et pendant tout le trajet Effing poussait des hurlements extatiques. "C'est un miracle, clamait-il. C'est un sacré foutu miracle ! Les sous tombent du ciel, attrapez-les tant qu'il y en a ! Argent gratuit ! Argent pour tout le monde !"

Personne ne l'entendait, bien sûr, puisque les rues étaient complètement vides. Nous étions les seuls fous à ne pas nous être précipités à l'abri, et pour me débarrasser des derniers billets j'accomplissais de brèves incursions dans les bars et les cafés au long du chemin. Je rangeais Effing près de la porte tandis que je pénétrais dans ces établissements, et en distribuant l'argent je l'entendais rire comme un fou. Mes oreilles en bourdonnaient : accompagnement musical dément pour le finale de notre arlequinade. L'aventure échappait désormais à tout contrôle. Nous nous étions transformés en catastrophe naturelle, un typhon qui avalait sur son passage les victimes innocentes. "De l'argent, criais-je, en riant et en pleurant à la fois. Des billets de cinquante dollars pour tout le monde !" J'étais tellement imbibé d'eau que de mes chaussures giclaient des flaques, je jaillissais comme une larme à taille humaine, j'éclaboussais tout le monde. Heureusement, nous arrivions à la fin. Si cela avait duré encore, il est probable que nous aurions été arrêtés pour conduite dangereuse.

Notre dernière visite fut pour un café *Child*, un trou sordide et enfumé sous la lumière crue de tubes fluorescents. Douze ou quinze clients s'y trouvaient, affalés sur le comptoir, et chacun paraissait plus abandonné et plus misérable que son voisin. Il ne restait dans ma poche que cinq ou six billets, et soudain je ne sus plus comment faire face à la situation. Je n'étais plus capable de réfléchir, de décider. Faute de mieux, je roulai les billets en liasse dans mon poing et les lançai à travers la pièce. "Pour qui veut !" criai-je. Après quoi je sortis en courant et replongeai avec Effing dans la tempête.

Après cette soirée, il ne ressortit jamais de chez lui. La toux commença tôt le lendemain, et dès la fin de la semaine le ronflement glaireux avait progressé de ses bronches à ses poumons. Nous appelâmes le médecin, qui confirma le diagnostic de pneumonie. Il aurait souhaité envoyer aussitôt Effing à l'hôpital, mais le vieillard refusa et protesta qu'il avait le droit de mourir dans son lit, et que si quelqu'un posait ne fût-ce qu'une main sur lui dans l'intention de l'emmener il se tuerait. "Je me trancherai la gorge avec un rasoir, affirma-t-il, et puis vous n'aurez qu'à vivre avec ça sur la conscience." Le médecin avait déjà eu affaire à Effing, et il était assez intelligent pour s'être muni d'une liste de services de soins privés. Mme Hume et moi prîmes les arrangements nécessaires, et nous passâmes la semaine suivante jusqu'au cou dans les problèmes pratiques : hommes de loi, comptes en banque, procurations, etc. Il fallait donner d'interminables coups de téléphone, signer des papiers innombrables, mais je doute que rien de tout cela vaille d'être mentionné ici. L'important, c'est que je finis par faire la paix avec Mme Hume. Après mon retour à l'appartement avec Effing le soir de l'orage, elle avait été si fâchée qu'elle ne m'avait pas adressé la parole pendant deux jours entiers. Elle me considérait comme responsable de sa maladie et, parce que j'étais au fond du même avis, je n'essayais pas de me défendre. J'étais malheureux de cette brouille. Mais, alors même que je commençais à penser que notre rupture était définitive, la situation se renversa soudain. Je n'ai aucun moyen de savoir comment cela se passa, mais j'imagine qu'elle doit en avoir parlé à Effing qui, à son tour, doit l'avoir persuadée de ne pas m'en vouloir. La première fois que je la revis, elle me prit dans ses bras et me demanda pardon, en refoulant des larmes d'émotion. "Le moment est venu pour lui, déclara-t-elle d'un ton solennel. Il est prêt, maintenant, à s'en aller d'un instant à l'autre, et nous ne pouvons rien pour le retenir."

Les infirmières se relayaient toutes les huit heures, c'étaient elles qui administraient les médicaments, changeaient le bassin et surveillaient le goutte-à-goutte fixé au bras d'Effing. A quelques exceptions près, je les trouvais brusques et indifférentes et il va sans dire, je suppose, qu'Effing souhaitait avoir aussi peu que possible affaire à elles. Ceci resta vrai jusqu'au tout dernier jour, quand il fut devenu trop faible pour encore les remarquer. Sauf lorsqu'elles avaient à s'acquitter d'une tâche spécifique, il ne les tolérait pas dans sa chambre, ce qui signifiait qu'on les trouvait en général assises sur le canapé du salon, en train de feuilleter des magazines et de fumer des cigarettes avec une moue de dédain silencieux. Une ou deux d'entre elles nous abandonnèrent, et il fallut en renvoyer une ou deux autres. Pourtant, à part cette rigueur vis-à-vis des infirmières,

Effing faisait preuve d'une remarquable douceur et il semblait que, dès l'instant où il s'était alité, sa personnalité s'était transformée, purgée de son venin par l'approche de la mort. Je ne pense pas qu'il ait beaucoup souffert, et bien qu'il y eût de bons et de mauvais jours (à un moment donné, en fait, on aurait pu le croire complètement rétabli, mais une rechute se manifesta soixante-douze heures plus tard), l'évolution de son mal se traduisait par une diminution progressive, une lente et inéluctable perte d'énergie qui se prolongea jusqu'à ce qu'enfin son cœur cessât de battre.

Je passais mes journées entières auprès de lui dans sa chambre, assis à côté de son lit, parce qu'il désirait ma présence. Depuis l'orage, nos relations s'étaient modifiées au point qu'il me témoignait autant de prédilection que si j'avais été sa chair et son sang. Il me tenait la main, affirmait que je lui faisais du bien, murmurait qu'il était si heureux que je sois là. Je me méfiai d'abord de ces débordements sentimentaux mais, les signes de cette affection nouvelle ne cessant de s'accumuler, je n'eus d'autre choix que d'en admettre l'authenticité. Au début, quand il avait encore la force de soutenir une conversation, il me questionnait au sujet de ma vie et je lui racontais des histoires où il était question de ma mère et de l'oncle Victor, de mes années d'université, de la période désastreuse qui s'était achevée par mon effondrement et de la façon dont Kitty Wu était venue à mon secours. Effing se disait préoccupé de ce que je deviendrais lorsqu'il aurait claqué (c'est son mot), mais je m'efforçais de le rassurer et de le persuader que j'étais capable de me débrouiller.

"Tu es un rêveur, mon petit, me dit-il. Ton esprit est dans la lune et, à en juger sur les apparences, il ne sera jamais ailleurs. Tu n'as aucune ambition, l'argent ne t'intéresse pas, et tu es trop philosophe pour avoir du goût pour l'art. Que vais-je faire de toi ? Tu as besoin de quelqu'un qui s'occupe de toi, qui veille à ce que tu aies le ventre plein et un peu d'argent en poche. Moi parti, tu vas te retrouver au point où tu en étais.

— J'ai des projets, affirmai-je, espérant par ce mensonge le détourner de ce sujet. L'hiver dernier, j'ai envoyé une demande d'inscription à l'école de bibliothécaires de Columbia, et ils m'ont accepté. Je pensais vous en avoir parlé. Les cours commencent à l'automne.

— Et comment paieras-tu ces cours ?

— On m'a accordé une bourse générale, plus une allocation pour les dépenses courantes. C'est une offre intéressante, une chance formidable. Le programme dure deux ans, et ensuite j'aurai toujours un gagne-pain.

— Je te vois mal en bibliothécaire, Fogg.

— Un peu étrange, je l'admets, mais je pense que ça pourrait me convenir. Les bibliothèques ne sont pas le monde réel, après tout. Ce sont des lieux à part, des sanctuaires de la pensée pure. Comme ça je pourrai continuer à vivre dans la lune pour le restant de mes jours."

Je savais qu'Effing ne me croyait pas, mais il entra dans mon jeu par désir d'harmonie, afin de ne pas troubler le calme qui s'était établi entre nous. Cette attitude est caractéristique de ce qu'il était devenu au cours de ces dernières semaines. Il se sentait fier de lui, je crois, fier d'être capable de mourir de cette façon, comme si la tendresse qu'il avait commencé à me témoigner prouvait qu'il était encore capable d'accomplir tout ce qu'il voulait. En dépit de l'amenuisement de ses forces, il se croyait toujours maître de sa destinée, et cette illusion persista jusqu'à la fin : l'idée qu'il avait lui-même, par la puissance de son esprit, ordonné sa propre mort, et que tout se déroulait comme prévu. Il avait annoncé que le jour fatal serait le 12 mai, et la seule chose qui paraissait désormais lui importer était de tenir parole. Il s'était rendu bras ouverts à la mort, mais en même temps il la rejetait et luttait de toute son ultime énergie pour la contenir, pour retarder le dernier moment afin qu'il advienne dans les conditions qu'il avait énoncées. Même lorsqu'il fut devenu presque incapable de parler, quand le moindre gargouillement émis du fond de la gorge lui demandait un effort énorme, la première chose qu'il voulait savoir chaque matin dès mon entrée dans sa chambre était la date. Comme il avait perdu la notion du temps, il répétait cette question à plusieurs reprises dans le courant de la journée. Le 3 ou le 4 mai, il se mit soudain à décliner de façon spectaculaire ; il paraissait peu vraisemblable qu'il pût tenir jusqu'au 12. Je commençai à tricher avec les dates afin de le rassurer en lui faisant croire qu'il était toujours dans les temps : je sautais un jour chaque fois qu'il m'interrogeait, et un après-midi particulièrement pénible j'en vins à parcourir trois jours en l'espace de quelques heures. Nous sommes le 7, lui affirmai-je ; nous sommes le 8 ; le 9, et il était déjà si loin qu'il ne remarqua rien d'anormal. Quand, plus tard dans la semaine, son état se stabilisa, j'avais de l'avance sur le calendrier et je n'eus d'autre possibilité que de continuer à lui annoncer que nous étions le 9. Cela me semblait le moins que je pusse faire pour lui – lui donner la satisfaction de penser qu'il avait remporté cette épreuve de volonté. Quoi qu'il advienne, je m'assurerais que sa vie s'achève le 12.

Il disait que le son de ma voix l'apaisait, et même lorsqu'il fut devenu trop faible pour me répondre, il souhaitait que je continue à lui parler. Ce que je racontais importait peu, pourvu qu'il pût entendre ma voix et savoir que j'étais là. Je discourais de mon mieux, dérivant selon mes humeurs d'un sujet à un autre. Il n'était pas toujours facile d'entretenir un tel monologue, et chaque fois que je me trouvais à court d'inspiration, j'avais recours à un certain nombre de procédés pour me relancer : résumé de l'intrigue de romans ou de films, récitation par cœur de poèmes – Effing aimait tout particulièrement sir Thomas Wyatt et Fulke Greville – ou rappel des nouvelles lues dans le journal du matin. C'est étrange, j'ai gardé le souvenir de certaines de ces histoires, et si je les évoque maintenant (l'extension de la guerre au Cambodge, les tueries à l'université de Kent State) je me retrouve assis dans cette chambre auprès d'Effing, en train de le regarder, couché dans son lit. Je revois sa bouche béante et édentée ; j'entends haleter ses poumons encombrés ; je vois ses yeux, aveugles et larmoyants, dirigés fixement vers le plafond, ses mains décharnées agrippées à la couverture, l'accablante pâleur de sa peau ridée. L'association est inéluctable. Par un réflexe obscur et involontaire, je situe ces événements dans les contours du visage d'Effing, et je ne peux y penser sans le revoir devant moi.

A certains moments, je me contentais de décrire la pièce où nous nous trouvions. Appliquant les méthodes que j'avais mises au point au cours de nos promenades, je choisissais un objet et commençais à en parler. Le dessin du couvre-lit, le bureau dans un coin, le plan encadré des rues de Paris qui était accroché au mur à côté de la fenêtre. Dans la mesure où Effing arrivait à suivre ce que je disais, ces inventaires paraissaient lui procurer un plaisir profond. Tant de choses lui échappaient alors que la proximité matérielle immédiate des objets lui faisait l'effet d'une sorte de paradis, domaine inaccessible de miracles ordinaires : le tactile, le visuel, le champ des perceptions dont toute vie est entourée. En les traduisant en mots, je permettais à Effing de les connaître à nouveau, comme si le seul fait d'occuper sa place dans le monde des objets avait représenté le bien suprême. D'une certaine manière, je travaillai plus dur pour lui dans cette chambre que je n'avais jamais travaillé ; je me concentrais sur les moindres détails, sur les matières – les laines et les cotons, l'argent et l'étain, le grain des bois et les volutes des plâtres –, je fouillais chaque crevasse, j'énumérais chaque couleur, chaque forme, j'explorais les géométries microscopiques de tout ce que j'apercevais. Plus Effing s'affaiblissait, plus je m'appliquais avec acharnement, redoublant d'efforts pour franchir la distance qui ne cessait de grandir entre nous. A la fin, j'étais parvenu à un tel degré de minutie qu'il me fallait des heures pour accomplir le tour de la chambre. J'avançais par fractions de centimètre, sans permettre à rien de m'échapper, pas même aux grains de poussière suspendus dans l'air. Je sondai les limites de cet espace jusqu'à ce qu'il devînt inépuisable, une profusion d'univers contenus les uns dans les autres. A un moment donné, je me rendis compte que j'étais probablement en train de parler dans le vide, mais je persévérai néanmoins, hypnotisé par l'idée que ma voix était la seule chose qui pût maintenir Effing en vie. Cela ne servait à rien, bien sûr. Il s'en allait, et tout au long des deux dernières journées que je passai avec lui, je doute qu'il ait entendu un mot de ce que je lui disais.

Je n'étais pas présent quand il mourut. Le 11, après que je fus resté auprès de lui jusqu'à huit heures, Mme Hume vint me remplacer en insistant pour que je m'accorde le reste de la soirée. "Nous ne pouvons rien pour lui maintenant, me dit-elle. Vous êtes là-dedans avec lui depuis ce matin, et il est temps que vous preniez un peu l'air. Au moins, s'il passe la nuit, vous serez frais demain.

— Je ne pense pas qu'il y ait un demain, fis-je.

— Peut-être. Mais c'est ce que nous pensions hier, et il est toujours là."

J'emmenai Kitty dîner au *Moon Palace*, et ensuite nous vîmes un des films affichés au double programme du Thalia (il me semble que c'était *Cendres et diamant*, mais je peux me tromper). En temps normal, j'aurais alors ramené Kitty chez elle, mais je me sentais mal à l'aise au sujet d'Effing et nous redescendîmes West End Avenue dès la fin du film pour rentrer à l'appartement demander des nouvelles à Mme Hume. Il était près d'une heure du matin lorsque nous y parvînmes. Rita était en larmes quand elle ouvrit la porte, et je n'eus pas besoin, pour comprendre ce qui était arrivé, qu'elle me dise quoi que ce fût. Il se trouve qu'Effing était mort moins d'une heure avant notre arrivée. L'infirmière, à qui je demandais l'heure exacte, me répondit que cela s'était passé à 24 h 02, deux minutes après minuit. En fin de compte, Effing avait donc réussi à atteindre le 12. Cela semblait tellement énorme que je ne savais comment réagir. Un tintement bizarre résonnait dans ma tête, et j'eus soudain l'impression que les circuits de mon cerveau s'emmêlaient. Présumant que j'étais sur le point de me mettre à pleurer, je me retirai dans un coin de la pièce et cachai mon visage dans mes mains. Je restai immobile, dans l'attente des larmes, mais rien ne vint. Quelques instants s'écoulèrent encore, puis un spasme monta de ma gorge avec un bruit étrange. Il me fallut quelques secondes pour me rendre compte que je riais.

D'après les instructions laissées par Effing, son corps devait être incinéré. Il ne voulait ni service funèbre, ni enterrement, et il avait spécifié qu'aucun représentant d'aucune religion ne pouvait être présent lorsque nous disposerions de ses restes. La cérémonie serait extrêmement simple : Mme Hume et moi devions prendre le ferry pour Staten Island et, dès que nous aurions passé la moitié du trajet (avec la statue de la Liberté visible à notre droite), éparpiller ses cendres au-dessus des eaux du port de New York.

Pensant qu'il fallait donner à Salomon Barber l'occasion d'être présent, j'essayai de le joindre à Northfield, dans le Minnesota, mais après avoir appelé plusieurs fois chez lui, où personne ne répondait, je m'adressai au département d'histoire du Magnus College, où l'on m'apprit que le professeur Barber était en vacances pour tout le semestre de printemps. La secrétaire paraissait peu disposée à me donner de plus amples renseignements, mais, lorsque je lui eus expliqué la raison de mon appel, elle s'adoucit un peu et ajouta que le professeur était parti pour l'Angleterre en voyage d'études. Comment pourrais-je entrer en contact avec lui là-bas ? demandai-je. Ce sera difficile, répondit-elle, car il n'a pas laissé d'adresse. Mais son courrier, insistai-je, on doit bien le lui faire suivre quelque part ? Non, fit-elle, en réalité ce n'est pas le cas. Il nous a priés de le lui garder pour son retour. Et quand rentrera-t-il ? Pas avant le mois d'août, répondit-elle, en s'excusant de ne pouvoir me venir en aide, et quelque chose dans le ton de sa voix me fit penser qu'elle disait vrai. Plus tard, le même jour, je m'installai à ma table pour écrire à Barber une longue lettre dans laquelle je lui décrivais de mon mieux la situation. C'était une lettre compliquée à rédiger, et j'y travaillai pendant deux ou trois heures. Lorsqu'elle fut terminée, je la tapai à la machine, l'emballai avec la transcription révisée de l'autobiographie d'Effing, et expédiai le tout. Pour autant que je sache, ma responsabilité en cette affaire s'arrêtait là. J'avais exécuté ce dont Effing m'avait chargé, et à partir de ce moment la suite serait entre les mains des hommes de loi, qui prendraient contact avec Barber en temps utile.

Deux jours plus tard, Mme Hume et moi allâmes chercher les cendres au dépôt mortuaire. On les avait mises dans une urne de métal gris pas plus grosse qu'une miche de pain, et j'avais de la peine à imaginer qu'Effing s'y trouvait effectivement contenu. Une si grande part de lui s'était envolée en fumée, il paraissait bizarre de penser qu'il en restât quelque chose. Mme Hume, dont le sens des réalités était sans aucun doute plus vif que le mien, semblait avoir peur de l'urne et la tint à bras tendu jusqu'à la maison, comme si elle avait renfermé des matières empoisonnées ou radioactives. Nous tombâmes d'accord pour accomplir dès le lendemain, qu'il pleuve ou qu'il fasse soleil, notre voyage en ferry. C'était justement son jour de visite à l'hôpital des Vétérans, et, plutôt que de renoncer à voir son frère, Mme Hume décida qu'il viendrait avec nous. Tandis qu'elle m'en informait, il lui vint à l'esprit que Kitty aussi devrait nous accompagner. Cela ne me paraissait pas nécessaire, mais quand je transmis le message à Kitty elle me répondit qu'elle en avait envie. L'événement était important, me dit-elle, et elle aimait trop Mme Hume pour lui refuser le soutien moral de sa présence. C'est ainsi que nous fûmes quatre au lieu de deux. Je ne pense pas que New York ait jamais vu bande de croque-morts plus incongrue.

Mme Hume partit tôt le lendemain matin chercher son frère. Pendant son absence, Kitty arriva à l'appartement, vêtue d'une minuscule mini-jupe bleue, la splendeur de ses longues jambes cuivrées mise en valeur par les hauts talons qu'elle portait pour l'occasion. Je lui expliquai que le frère de Mme Hume avait, prétendait-on, la cervelle un peu dérangée mais que, ne l'ayant jamais rencontré, je n'étais pas très sûr de ce que cela voulait dire. Nous découvrîmes en Charlie Bacon un homme de forte taille, d'une cinquantaine d'années, avec un visage rond, des cheveux roux qui se raréfiaient et des yeux attentifs et inquiets. Il arriva, en compagnie de sa sœur, dans un état quelque peu agité et exubérant (c'était la première fois qu'il quittait l'hôpital depuis plus d'un an), et ne fit rien d'autre, pendant quelques minutes, que nous sourire et nous serrer la main. Il portait un blouson bleu d'où la fermeture Eclair était remontée jusqu'au cou, un pantalon kaki fraîchement repassé et des souliers noirs luisants avec des chaussettes blanches. Dans la poche de sa veste se trouvait un petit transistor d'où sortait le fil d'un écouteur. Il gardait constamment celui-ci dans l'oreille et glissait la main dans sa poche toutes les deux ou trois minutes pour jouer avec les boutons de sa radio. Chaque fois, il fermait les yeux et se concentrait, comme s'il avait été en train d'écouter des messages venus d'une autre galaxie. Quand je lui demandai quelle station il préférait, il me répondit qu'elles se ressemblaient toutes. "Je n'écoute pas la radio pour mon plaisir, ajouta-t-il. C'est mon boulot. Si je le fais bien, je peux dire ce qui arrive aux gros pétards, sous la ville.

— Les gros pétards ?

— Les bombes H. Il y en a une douzaine, stockées dans des tunnels souterrains, et on les déplace sans cesse pour que les Russes ne sachent pas où elles sont. Il doit y avoir une centaine de sites différents – tout au fond, au-dessous de la ville, plus bas que le métro.

— Quel rapport avec la radio ?

— Elle diffuse des informations codées. Chaque fois qu'il y a une émission en direct, ça veut dire qu'on déplace les pétards. Les matchs de base-ball sont les meilleurs indicateurs. Si les *Mets* gagnent par 5 à 2, ça signifie qu'on range les pétards en position 52. S'ils perdent 6-1, ça représente la position 16. C'est très simple, en fait, une fois qu'on a le coup.

— Et les *Yankees* ?

— Quelle que soit l'équipe qui joue à New York, ce sont les scores qui comptent. Ils ne sont jamais en ville le même jour. Si les *Mets* jouent à New York, les *Yankees* sont sur les routes, et vice versa.

— Mais à quoi ça nous sert de savoir où se trouvent les bombes ?

— A nous mettre à l'abri. Je ne sais pas ce que vous en pensez, mais l'idée d'exploser ne me dit rien qui vaille. Il faut que quelqu'un se tienne au courant de ce qui se passe, et si personne d'autre ne s'en charge, je serai ce quelqu'un, je suppose."

Pendant cette conversation entre son frère et moi, Mme Hume changeait de robe. Dès qu'elle fut prête, nous quittâmes tous l'appartement et prîmes un taxi pour la station des ferries. La journée était belle, avec un ciel bleu clair et un vent léger qui bruissait dans l'air. Assis sur le siège arrière avec l'urne sur mes genoux, je me souviens que j'écoutais Charlie parler d'Effing tandis que le taxi progressait sur le West Side Highway. Ils s'étaient apparemment rencontrés plusieurs fois mais, après avoir évoqué leur unique point commun (l'Utah), Charlie s'embarqua dans une relation longue et chaotique des séjours que lui-même y avait faits. Pendant la guerre, il avait subi son entraînement de bombardier à Wendover, loin de tout au milieu du désert, à détruire de petites cités de sel. Il avait ensuite accompli trente ou quarante missions en survolant l'Allemagne et puis, à la fin des hostilités, on l'avait renvoyé dans l'Utah et affecté au programme de la bombe A. "Nous n'étions pas supposés savoir de quoi il s'agissait, racontait-il, mais je l'ai découvert. S'il y a une information à découvrir, faites confiance à Charlie Bacon. Ça a commencé par Little Boy, celle qu'ils ont lancée sur Hiroshima, avec le colonel Tibbetts.

Il était prévu que je serais du vol suivant, trois jours plus tard, celui qui est allé à Nagasaki. Mais pas question de m'obliger à faire ça. La destruction à si grande échelle, c'est l'affaire de Dieu. Les hommes n'ont pas le droit de s'en mêler. Je les ai bien eus, j'ai simulé la folie. Je suis parti, un après-midi, j'ai commencé à marcher dans le désert, en pleine chaleur. Ça m'était égal si on m'abattait. C'était déjà assez moche en Allemagne, je n'allais pas les laisser me transformer en agent de destruction. Non, monsieur, plutôt devenir fou que d'avoir ça sur la conscience. A mon idée, ils ne l'auraient pas fait si ces Japs avaient été blancs. Les Jaunes, ils s'en foutent. Sans vouloir vous offenser, ajouta-t-il soudain, en se tournant vers Kitty, en ce qui les concerne les Jaunes ne valent pas plus que des chiens. Que pensez-vous que nous sommes en train de fiche, là-bas, en Asie du Sud-Est ? La même chose, on tue des Jaunes partout où on en trouve. Comme si on recommençait le massacre des Indiens. Maintenant, au lieu des bombes A, on a des bombes H. Les généraux sont encore en train de fabriquer des armes au fin fond de l'Utah, là où personne ne peut les voir. Vous vous rappelez ces moutons morts l'an dernier ? Six mille moutons. On avait injecté dans l'atmosphère un nouveau gaz empoisonné, et tout est mort à des kilomètres à la ronde. Non, monsieur, pas question que je me mette ce sang sur les mains. Les Jaunes, les Blancs, quelle différence ? Nous sommes tous pareils, n'est-ce pas ? Non, monsieur, pas question d'obliger Charlie Bacon à exécuter votre sale travail. Je préfère être fou, plutôt que de faire l'imbécile avec ces pétards."

Son monologue fut interrompu par notre arrivée et Charlie se retira pour le restant de la journée dans les arcanes de son transistor. Il apprécia cependant la sortie en bateau et, malgré moi, je m'aperçus que j'étais moi aussi de bonne humeur. Notre mission comportait un côté étrange qui annulait en quelque sorte toute possibilité de broyer du noir, et même Mme Hume réussit à terminer l'expédition sans verser une larme. Je me rappelle surtout combien Kitty était belle, avec sa robe minuscule, le vent qui soufflait dans ses longs cheveux noirs, et son exquise petite main dans la mienne. Il n'y avait guère de monde sur le bateau à cette heure-là et, près de nous sur le pont, les mouettes étaient plus nombreuses que les passagers. Lorsque nous arrivâmes en vue de la statue de la Liberté, j'ouvris l'urne et secouai son contenu dans le vent. C'était un mélange de blanc, de gris et de noir, qui disparut en l'affaire de quelques secondes. Charlie se tenait à ma droite et Kitty à ma gauche, son bras gauche enlaçant Mme Hume. Nous suivîmes des yeux la fuite brève et éperdue des cendres jusqu'à ce que plus rien n'en fût visible, et ensuite Charlie se tourna vers sa sœur en disant : "C'est ça que je voudrais que tu fasses pour moi, Rita. Quand je serai mort, je voudrais que tu me fasses brûler et que tu me jettes au vent. C'est un spectacle merveilleux, cette danse dans toutes les directions à la fois, c'est le spectacle le plus merveilleux du monde."

Dès que le ferry eut abordé à Staten Island, nous nous rembarquâmes sur le bateau suivant pour revenir en ville. Mme Hume nous avait préparé un repas copieux et, moins d'une heure après notre retour à l'appartement, nous nous mettions à table et commencions à manger. Tout était terminé. Mon sac était prêt et dès la fin de ce repas je sortirais pour la dernière fois de la maison d'Effing. Mme Hume avait l'intention d'y rester jusqu'à ce que les questions d'héritage soient réglées, et si tout allait bien, disait-elle (en faisant allusion au legs qu'elle était censée recevoir), elle irait s'installer avec Charlie en Floride pour commencer une vie nouvelle. Pour la cinquantième fois, sans doute, elle m'affirma que j'étais le bienvenu si je voulais continuer à habiter l'appartement aussi longtemps qu'il me plairait, et pour la cinquantième fois je lui répondis que je disposais d'un logement chez un ami de Kitty. Elle désirait connaître mes projets. Qu'allais-je devenir ? Au point où nous en étions, je n'avais pas besoin de lui mentir. "Je ne suis pas certain, répondis-je. Il faut que j'y réfléchisse. Mais il se présentera bien quelque chose avant trop longtemps."

Nos adieux furent l'occasion d'embrassades passionnées et de larmes. Nous nous promîmes de rester en contact, mais bien sûr nous n'en fîmes rien, et je la voyais alors pour la dernière fois.

"Vous êtes un jeune homme très bien, me dit-elle, sur le seuil, et je n'oublierai jamais votre gentillesse envers M. Thomas. La moitié du temps, il n'en méritait pas tant.

— Tout le monde mérite qu'on soit gentil, répondis-je, n'importe qui, quel qu'il soit."

Kitty et moi avions déjà franchi la porte et parcouru la moitié du corridor quand Mme Hume arriva en courant après nous. "J'ai failli oublier, dit-elle, j'avais quelque chose à vous donner." Nous revînmes dans l'appartement, où Mme Hume ouvrit le placard et attrapa sur l'étagère supérieure un sac brun de supermarché tout chiffonné. "M. Thomas m'a donné ceci pour vous, le mois dernier, déclara-t-elle. Il voulait que je vous le garde jusqu'à votre départ."

Je m'apprêtais à fourrer le sac sous mon bras et à ressortir, mais Kitty m'arrêta. "N'es-tu pas curieux de savoir ce qu'il y a dedans ? demanda-t-elle.

— Je pensais attendre que nous soyons dehors, répondis-je. Si jamais c'était une bombe."

Mme Hume rit. "Ça ne me paraîtrait pas si étonnant de la part de ce vieux busard.

— Exactement. Une dernière blague, au-delà de la tombe.

— Eh bien, si tu n'ouvres pas le sac, je vais le faire, déclara Kitty. Il y a peut-être quelque chose de bien, là-dedans.

— Vous voyez quelle optimiste fis-je remarquer à Mme Hume. Elle est toujours pleine d'espoir.

— Qu'elle l'ouvre, fit Charlie, intervenant dans la conversation avec animation. Je parie qu'il y a un cadeau précieux à l'intérieur.

— Bon, dis-je, en tendant le sac à Kitty. Puisque vous votez tous contre moi, à toi l'honneur."

Avec une délicatesse inimitable, Kitty écarta les bords froissés du sac et jeta un coup d'œil par l'ouverture. Quand elle releva la tête vers nous, elle s'immobilisa un instant, émue, puis un large sourire de triomphe illumina son visage. Sans un mot, elle retourna le sac et en laissa tomber le contenu sur le sol. De l'argent apparut en voletant, une pluie interminable de vieux billets chiffonnés. Nous contemplions en silence les coupures de dix, de vingt et de cinquante dollars qui atterrissaient à nos pieds. En tout, cela représentait plus de sept mille dollars.

6

Une période extraordinaire suivit ces événements. Pendant huit ou neuf mois, j'ai vécu d'une façon qui ne m'avait encore jamais été possible et, de bout en bout, je crois m'être trouvé plus près du paradis humain qu'à aucun autre moment des années que j'ai passées sur cette planète. Pas seulement à cause de l'argent (bien qu'il ne faille pas sous-estimer l'argent), mais à cause de la manière dont tout s'était soudain inversé. La mort d'Effing m'avait libéré de ma sujétion envers lui mais, en même temps, Effing m'avait délivré de ma sujétion à l'univers et, parce que j'étais jeune, parce que je connaissais si mal la vie, j'étais incapable de concevoir que cette période de bonheur pût un jour s'achever. Après avoir été perdu dans le désert, tout à coup, j'avais trouvé mon pays de Canaan, ma Terre promise. Au moment même, je ne pouvais qu'exulter, tomber à genoux, plein de reconnaissance, et baiser le sol qui me portait. Il était encore trop tôt pour imaginer que rien de tout cela puisse être détruit, trop tôt pour me représenter l'exil qui m'attendait.

L'année scolaire de Kitty s'acheva une semaine environ après que j'eus reçu l'argent, et vers la mi-juin nous avions trouvé un endroit où habiter. Pour moins de trois cents dollars par mois, nous nous installâmes ensemble dans un grand *loft* poussiéreux sur East Broadway, non loin de Chatham Square et du pont de Manhattan. C'était en plein cœur de Chinatown, et Kitty, qui s'était chargée de tout arranger, avait tiré parti de ses origines chinoises dans ses marchandages avec le propriétaire, dont elle avait obtenu un bail de cinq ans, avec des réductions partielles du loyer pour toutes les améliorations de structure que nous étions susceptibles d'apporter. Nous étions en 1970 et, mis à part quelques peintres et sculpteurs qui avaient transformé des *lofts* en ateliers, l'idée d'habiter d'anciens locaux commerciaux commençait à peine à se répandre à New York. Kitty avait besoin d'espace pour danser (il y avait plus de deux cents mètres carrés), et pour ma part je trouvais séduisante la perspective de loger dans un ancien entrepôt, avec des tuyauteries apparentes et des plafonds rouillés.

Nous achetâmes un fourneau et un frigo d'occasion dans le lower East Side, puis nous nous offrîmes l'installation sommaire d'une douche et d'un chauffe-eau dans la salle de bains. Après avoir passé les rues au peigne fin pour dénicher de vieux meubles – une table, une bibliothèque, trois ou quatre sièges, un bureau vert tout de guingois – nous fîmes l'acquisition d'un matelas mousse et d'une batterie de cuisine. Notre mobilier n'encombrait guère l'immensité de cet espace mais, ayant en commun une aversion pour le fouillis, nous nous trouvions satisfaits du minimalisme rudimentaire de notre décor et n'y ajoutâmes plus rien. Plutôt que de consacrer au *loft* des sommes excessives – en fait, j'avais déjà dépensé près de deux mille dollars – je décidai de partir en expédition afin de nous acheter à tous deux des habits neufs. Je trouvai en moins d'une heure ce dont j'avais besoin, et puis nous passâmes le reste de la journée, de boutique en boutique, à chercher la robe idéale pour Kitty. Ce n'est qu'en revenant à Chinatown que nous la trouvâmes enfin : un *chipao* de soie indigo lustrée, garni de broderies rouges et noires. C'était une tenue de rêve pour la Reine des Dragons, fendue sur un côté et merveilleusement ajustée autour des hanches et des seins. A cause du prix exorbitant, je me souviens d'avoir dû tordre le bras à Kitty pour qu'elle me laisse l'acheter, mais ce fut en ce qui me concernait de l'argent bien dépensé, jamais je ne me lassai de la lui voir porter. Dès que la robe avait séjourné un peu longtemps dans le placard, j'inventais une raison d'aller dîner dans un restaurant convenable, rien que pour le plaisir de regarder Kitty l'enfiler. Kitty devinait toujours mes mauvaises pensées, et lorsqu'elle eut compris la profondeur de ma passion pour cette robe, elle prit même l'habitude de la porter dans la maison, certains soirs où nous restions chez nous – la faisant glisser doucement sur son corps nu en prélude à la séduction.

Chinatown était pour moi comme un pays étranger et, chaque fois que je sortais dans la rue, je me sentais complètement désorienté et confus. C'était l'Amérique, mais je n'entendais rien à ce que les gens disaient, je ne comprenais pas la signification de ce que je voyais. Même lorsque je commençai à connaître certains commerçants du quartier, nos contacts ne consistaient guère qu'en sourires polis et en gesticulations, langage par signes dépourvu de tout vrai contenu. Je n'avais pas accès au-delà des surfaces muettes des choses, et par moments cette exclusion me donnait l'impression de vivre dans un monde irréel, de circuler au milieu de foules spectrales où chacun portait un masque. Au contraire de ce que j'aurais imaginé, ce statut d'étranger ne me gênait pas. C'était une expérience curieusement stimulante qui, à la longue, paraissait embellir la nouveauté de tout ce qui m'arrivait. Il ne me semblait pas avoir déménagé d'un quartier de la ville à un autre, mais avoir accompli, pour parvenir où j'étais, un voyage autour de la moitié du globe, et il tombait sous le sens que rien ne pouvait plus me paraître familier, moi-même inclus.

Lorsque nous fûmes installés dans le *loft*, Kitty se trouva un emploi pour le reste de l'été. Je tentai de l'en dissuader, car j'aurais préféré lui donner de l'argent et lui épargner la peine d'aller travailler, mais elle refusa. Elle voulait que nous soyons à égalité, me dit-elle, et n'aimait pas l'idée que je la prenne en charge. L'important était de faire durer ma fortune, de la dépenser le plus lentement possible. Kitty était sans aucun doute plus sage que moi en cette matière, et je me rendis à sa logique supérieure. Elle s'inscrivit dans une agence de secrétariat temporaire et, à peine quelques jours plus tard, elle était embauchée par un magazine commercial dans l'immeuble McGraw-Hill, sur la Sixième avenue. Nous avons trop souvent plaisanté à propos de l'intitulé de ce magazine pour que je ne m'en souvienne pas, et maintenant encore je ne peux l'évoquer sans sourire : *Les Plastiques modernes : revue de l'engagement plastique total*. Kitty travaillait là tous les jours de neuf à cinq et, dans la chaleur de l'été, avec des millions d'autres habitués, faisait la navette en métro. Ça ne devait pas être facile pour elle, mais il n'était pas dans son caractère de se plaindre de ce genre de choses. Elle faisait ses exercices de danse le soir, chez nous, pendant deux ou trois heures, et puis le lendemain matin, tôt levée et en forme, elle repartait faire son temps de bureau. En son absence, je m'occupais du ménage et des courses, et m'assurais toujours qu'un repas l'attende à son retour. C'était là ma première expérience de la vie domestique et je m'y adaptai tout naturellement, sans réticence. Nous ne parlions ni l'un ni l'autre de l'avenir, mais à un certain point, deux ou trois mois environ après que nous eûmes commencé à vivre ensemble, je pense que le soupçon nous était venu à tous deux que nous nous dirigions vers le mariage.

J'avais envoyé au *Times* la notice nécrologique d'Effing, mais je n'en reçus jamais de réponse, pas même un mot de refus. Peut-être ma lettre s'était-elle perdue, peut-être pensaient-ils qu'elle leur avait été adressée par un farceur. La version plus longue, que je m'étais fait un devoir de soumettre, selon le désir d'Effing, à l'*Art World Monthly*, fut rejetée, et il me semble que leur prudence n'était pas injustifiée. Comme me l'expliquait l'auteur de la lettre, personne à la rédaction n'avait entendu parler de Julian Barber et, à moins que je ne puisse leur procurer des ektas de son œuvre, la publication de l'article leur paraissait trop risquée. "Je ne sais pas non plus qui vous êtes, monsieur Fogg, poursuivait-il, et j'ai l'impression qu'il s'agit d'un canular élaboré de toutes pièces. Ceci ne signifie pas que votre histoire n'est pas attachante, mais vous auriez à mon avis plus de chances de la publier si vous renonciez à ce jeu et la proposiez quelque part en tant que fiction."

J'avais le sentiment que je devais à Effing au moins quelques efforts. Le lendemain du jour où j'avais reçu cette lettre de l'*Art World Monthly*, je me rendis à la bibliothèque et fis faire une photocopie de la notice nécrologique de Julian Barber datée de 1917, que j'adressai alors au rédacteur avec un mot d'accompagnement. "Barber était jeune et indiscutablement peu connu comme peintre à l'époque de sa disparition, écrivais-je, mais il a existé. Cette notice parue dans le *New York Sun* vous convaincra, je suppose, que l'article que je vous ai envoyé a été rédigé de bonne foi." La même semaine, le courrier m'apporta des excuses, mais ce n'était qu'une préface à un nouveau refus. "Je suis prêt à admettre qu'un peintre américain nommé Julian Barber a existé, écrivait le rédacteur, mais cela ne prouve pas que Thomas Effing et Julian Barber étaient le même homme. Et même s'ils l'étaient, il nous est impossible, sans aucune reproduction de l'œuvre de Barber, de juger de la qualité de sa peinture. Etant donné son obscurité, il serait logique de supposer qu'il ne s'agit pas d'un talent majeur. Dans ce cas, il n'y aurait aucune raison de lui consacrer de l'espace dans notre magazine. Dans ma lettre précédente je disais que vous aviez là le matériau d'un bon roman. Je retire ces mots maintenant. Ce que vous avez, c'est un cas de psychologie anormale. Cela peut être intéressant en soi, mais cela n'a rien à voir avec l'art."

Après cela, j'abandonnai. J'aurais pu sans doute, si j'avais voulu, dénicher quelque part une reproduction de l'un des tableaux de Barber, mais en réalité je préférais ne pas savoir à quoi ressemblait sa peinture. Après tant de mois à l'écoute d'Effing, je m'étais peu à peu figuré son œuvre, et je me rendais compte à présent de ma réticence à laisser quoi que ce fût troubler les beaux fantômes que j'avais créés. Publier l'article aurait entraîné la destruction de ces images, et il me semblait que cela n'en valait pas la peine. Si grand artiste qu'eût été Julian Barber, ses œuvres ne pourraient jamais se comparer à celles que Thomas Effing m'avait déjà données. Je me les étais rêvées d'après ses paroles, et telles elles existaient, parfaites, infinies, plus exactes dans leur représentation du réel que la réalité même. Aussi longtemps que je n'ouvrais pas les yeux, je pouvais continuer à les imaginer.

Mes jours s'écoulaient dans une splendide indolence. A part les simples tâches domestiques, je n'avais aucune responsabilité digne de ce nom. Sept mille dollars, à l'époque, c'était une somme considérable, et rien dans l'immédiat ne m'obligeait à faire des projets. Je m'étais remis à fumer, je lisais des livres, je me promenais dans les rues du bas Manhattan, je tenais un journal. De ces gribouillages naissaient de petits textes, bouffées de prose que je lisais à Kitty dès qu'ils étaient achevés. Depuis notre première rencontre, où je l'avais impressionnée par ma harangue sur Cyrano, elle était convaincue que je deviendrais écrivain, et maintenant que je m'installais tous les jours le stylo à la main, sa prophétie paraissait s'accomplir. De tous les auteurs que j'avais lus, Montaigne m'inspirait le plus. Comme lui, je tentais d'utiliser mes propres expériences pour structurer ce que j'écrivais, et même quand le matériau m'entraînait dans des territoires plutôt extravagants ou abstraits, j'avais moins l'impression de parler de ces sujets précis que de rédiger une version souterraine de l'histoire de ma vie. Je ne me souviens pas de tous les textes auxquels j'ai travaillé, mais plusieurs me reviennent en mémoire si je fais un effort suffisant : une méditation sur l'argent, par exemple, et une sur les vêtements ; un essai sur les orphelins, et un autre, plus long, sur le suicide, qui consistait surtout en une discussion du cas de Jacques Rigaud, un dadaïste français de second plan qui, à dix-neuf ans, a déclaré qu'il se donnait encore dix ans à vivre, et puis, une fois atteints ses vingt-neuf ans, a tenu parole et s'est tué d'une balle au jour convenu. Je me rappelle aussi avoir fait des recherches sur Tesla dans le cadre d'une tentative d'opposition de l'univers des machines au monde naturel. Un jour où je fouinais chez un bouquiniste de la Quatrième avenue, je tombai sur un exemplaire de l'autobiographie de Tesla, *Mes inventions*, qu'il avait publiée à l'origine dans un magazine du nom de *l'Ingénieur électricien*. Je rapportai chez nous ce petit volume et en commençai la lecture. Au bout de quelques pages, je rencontrai la même phrase que j'avais trouvée dans ma papillote, au *Moon Palace*, près d'un an auparavant : "Le Soleil est le passé, la Terre est le présent, la Lune est le futur." J'avais toujours gardé ce bout de papier dans mon portefeuille, et je fus frappé de découvrir que Tesla était l'auteur de ces mots, ce même Tesla qui avait tant compté pour Effing. La correspondance entre ces événements me paraissait chargée de signification, mais j'avais du mal à en saisir le sens. C'était comme si j'avais deviné un appel de mon destin et que, dès l'instant où j'essayais de l'entendre, je m'apercevais qu'il s'exprimait dans un langage inintelligible. Un ouvrier dans une fabrique de bonbons chinoise avait-il été lecteur de Tesla ? Cela paraissait peu probable, et pourtant, même si c'était le cas, pourquoi était-ce moi qui, à notre table, avais choisi la papillote contenant précisément ce message ? Je ne pouvais m'empêcher de me sentir troublé par ce qui était arrivé. C'était un nœud d'impénétrabilité, qui ne semblait pouvoir se résoudre sans l'aide de quelque théorie saugrenue : conspirations étranges de la matière, signes précurseurs, prémonitions, une vision de l'univers dans le genre de celle de Charlie Bacon. J'abandonnai mon essai sur Tesla et entrepris d'explorer la question des coïncidences, mais je n'allai pas loin. C'était un sujet trop difficile pour moi, et à la fin je le mis de côté en me disant que j'y reviendrais plus tard. Le destin fit que je n'y revins jamais.

Kitty reprit ses cours à Julliard à la mi-septembre, et dans les derniers jours de cette première semaine, enfin, je reçus des nouvelles de Salomon Barber. Près de quatre mois s'étaient écoulés depuis la mort d'Effing, et je n'en attendais plus. De toute façon, ce n'était pas essentiel, et compte tenu du nombre de réactions différentes qui m'auraient paru justifiées de la part d'un homme dans sa situation – choc, rancune, bonheur, consternation – je ne pouvais vraiment pas lui en vouloir de n'avoir pas fait signe. Avoir vécu cinquante ans avec la conviction que son père est mort, et puis apprendre, au même instant, que pendant tout ce temps il était bien vivant, et qu'il vient de mourir pour de bon – je ne me serais pas risqué à deviner comment quelqu'un pouvait encaisser un séisme d'une telle intensité. Mais la lettre de Barber arriva par la poste : une lettre aimable, pleine d'excuses et de remerciements émus pour toute l'aide que j'avais apportée à son père pendant les derniers mois de sa vie. Il serait heureux d'avoir l'occasion de parler avec moi, disait-il, et si ce n'était pas trop demander, il pensait qu'il pourrait peut-être venir à New York un week-end, cet automne. Son ton était si plein de tact, d'une telle politesse qu'il ne me vint pas à l'esprit de refuser. Dès que j'eus fini la lecture de sa lettre, je lui écrivis à mon tour que je le rencontrerais volontiers au moment qu'il choisirait.

Il prit l'avion pour New York peu après – un vendredi après-midi du début d'octobre, juste quand le temps commençait à changer. Aussitôt installé dans son hôtel, le *Warwick*, au centre de la ville, il m'appela pour m'informer de son arrivée, et nous convînmes de nous retrouver dans le hall aussi vite que je pourrais m'y rendre. Quand je lui demandai à quoi je le reconnaîtrais, il rit doucement dans le téléphone. "Je serai le type le plus gros dans la pièce, répondit-il, vous ne risquez pas de me manquer. Mais au cas où il y aurait quelqu'un d'autre de ma taille, je serai le chauve, celui qui n'a pas un cheveu sur la tête."

Gros, je le découvris bientôt, c'était peu dire. Le fils d'Effing était énorme, une masse monumentale, un pandémonium de chair sur chair accumulée. Je n'avais jamais vu personne avec de pareilles dimensions, et quand je le repérai, assis sur un canapé dans le hall de l'hôtel, j'hésitai un instant à l'aborder. C'était l'un de ces hommes monstrueux que l'on croise parfois dans une foule : si fort que l'on tente d'en détourner les yeux, on ne peut s'empêcher de les fixer, bouche bée. Il était d'une obésité titanesque, d'une rondeur si protubérante, si exorbitée qu'on ne pouvait le regarder sans se sentir rétrécir. Comme si sa tridimensionnalité avait été plus prononcée que celle des autres. Non seulement il occupait davantage d'espace qu'eux, mais il semblait en déborder, sourdre au travers de ses propres contours pour habiter des territoires où il ne se trouvait pas. Assis au repos, avec son crâne chauve de béhémoth surgissant des plis de son cou, son apparence avait quelque chose de mythique, et j'en ressentis une impression à la fois obscène et tragique. Il n'était pas possible qu'un être aussi fluet et aussi menu qu'Effing ait engendré un tel fils : il s'agissait d'un accident génétique – une semence infidèle qui s'était emballée et épanouie sans mesure. Pendant une ou deux secondes, je parvins presque à me convaincre que j'étais en proie à une hallucination, puis nos yeux se croisèrent et un sourire illumina son visage. Il portait un costume de tweed vert et des chaussures "Hush Puppy" fauves. Dans sa main gauche, un panatella à demi consumé paraissait à peine plus grand qu'une épingle.

"Salomon Barber ? demandai-je.

— Lui-même, répondit-il. Et vous devez être monsieur Fogg. Je suis heureux de vous rencontrer, monsieur."

Il avait une voix ample et résonnante, un peu rauque à cause de la fumée de cigare dans ses poumons. Je serrai l'énorme main qu'il me tendait et m'assis à côté de lui sur le canapé. Nous restâmes silencieux, l'un et l'autre, pendant plusieurs instants. Le sourire disparut lentement du visage de Barber, et une expression troublée, distante, envahit ses traits. Il m'étudiait avec intensité, mais paraissait en même temps perdu dans ses pensées, comme si une idée importante venait de le frapper. Puis, inexplicablement, il ferma les yeux et respira un grand coup.

"J'ai connu jadis quelqu'un du nom de Fogg, dit-il enfin. Il y a longtemps.

— Ce n'est pas un nom des plus communs, remarquai-je. Mais nous sommes plusieurs.

— C'était à l'université, dans les années quarante. Je venais de commencer à enseigner.

— Vous souvenez-vous comment il s'appelait, quel était son prénom ?

— Je m'en souviens, oui, mais il ne s'agit pas d'un homme, c'était une jeune femme. Emily Fogg. Elle était en première année dans ma classe d'histoire américaine.

— Savez-vous d'où elle venait ?

— Chicago. Je crois qu'elle venait de Chicago.

— Ma mère s'appelait Emily, et elle venait de Chicago. Se pourrait-il qu'il y ait eu dans le même collège deux Emily Fogg originaires de la même ville ?

— C'est possible, mais peu probable à mon avis. La ressemblance est trop forte. Je l'ai reconnue dès l'instant où vous êtes entré dans la pièce.

— Une coïncidence après l'autre, fis-je. L'univers en paraît plein.

— Oui, c'est assez stupéfiant, parfois, murmura Barber", qui dérivait à nouveau dans ses pensées. Au prix d'un effort visible, il se ressaisit après quelques secondes et poursuivit : "J'espère que ma question ne vous offensera pas, dit-il, mais comment se fait-il que vous vous trouviez porter le nom de jeune fille de votre mère ?

— Mon père est mort avant ma naissance, et ma mère a repris le nom de Fogg.

— Je regrette. Je ne voulais pas être indiscret.

— Ce n'est rien. Je n'ai jamais connu mon père, et ma mère est morte depuis des années.

— Oui, j'en ai entendu parler peu de temps après. Un accident de la circulation, je crois ? Une terrible tragédie. Ç'a dû être affreux pour vous.

— Elle a été renversée par un autobus à Boston. Je n'étais qu'un petit garçon à l'époque.

— Une terrible tragédie, répéta Barber, fermant à nouveau les yeux. Elle était belle et intelligente, votre mère. Je me souviens bien d'elle."

Dix mois plus tard, du lit où il était en train de mourir de son dos brisé dans un hôpital de Chicago, Barber m'a raconté qu'il avait commencé à soup-çonner la vérité dès cette première conversation dans le hall de l'hôtel. La seule raison pour laquelle il s'était tu alors était la crainte de m'effrayer. Il ne savait encore rien de moi, et il lui était impossible de présumer la façon dont je réagirais à une nouvelle aussi soudaine, à un tel cataclysme. Il lui suffisait d'imaginer la scène pour comprendre l'importance de tenir sa langue. Un inconnu de cent soixante kilos m'invite à son hôtel, me serre la main, et puis, au lieu d'aborder les sujets dont nous devions nous entretenir, m'annonce en me regardant dans les yeux qu'il est ce père dont j'ai toujours été privé. Si grande qu'en fût la tentation, cela ne passerait pas. Selon toute probabilité, je le prendrais pour un fou et refuserais de lui adresser encore la parole. Comme nous aurions largement le temps d'apprendre à nous connaître, il ne voulait pas détruire ses chances en provoquant une scène au mauvais moment. Comme tant d'autres choses dans l'histoire que je tente de raconter, il s'avéra que c'était une erreur. Au contraire de ce que Barber s'était imaginé, il ne restait guère de temps. Pour résoudre ce problème il comptait sur l'avenir, mais cet avenir n'advint jamais. Il en paya le prix, bien que ce ne fût certes pas sa faute, et je payai avec lui, moi aussi. En dépit des résultats, je ne vois pas comment il aurait pu agir d'une autre manière. Personne ne pouvait savoir ce qui allait arriver ; personne n'aurait pu deviner les jours sombres et terribles qui nous attendaient.

Maintenant encore, je ne peux penser à Barber sans être submergé par la pitié. Si je n'avais jamais su qui était mon père, j'étais certain du moins qu'il avait un jour existé. Il faut bien qu'un enfant vienne de quelque part, après tout, et l'on appelle père, vaille qui vaille, l'homme qui a engendré cet enfant. Barber, lui, ne savait rien. Il avait couché avec ma mère une seule fois (par une nuit humide et privée d'étoiles, au printemps 1946), et le lendemain elle était partie, disparue de sa vie pour toujours. Il ignorait qu'elle s'était trouvée enceinte, qu'elle avait eu un fils, il ignorait tout de ce qu'il avait accompli. Etant donné le désastre qui en avait résulté, il n'aurait été que juste, me semble-t-il, qu'il reçoive quelque chose pour sa peine, ne fût-ce que la connaissance de ce qu'il avait fait. La femme de ménage était arrivée tôt ce matin-là, sans frapper, et à cause du cri qu'elle n'avait pu retenir dans sa gorge, la population entière de la pension s'était trouvée dans la chambre avant qu'ils aient eu une chance d'enfiler leurs vêtements. S'il n'y avait eu que la femme de ménage, ils auraient pu inventer une histoire, trouver même, peut-être, une échappatoire, mais dans ces circonstances ils avaient contre eux trop de témoins. Une petite étudiante de dix-neuf ans au lit avec son professeur d'histoire. Il y avait des règlements là-dessus, et seul un nigaud pouvait avoir la maladresse de se faire prendre, surtout dans un endroit comme Oldburn, Ohio. Il avait été renvoyé, Emily était retournée à Chicago, c'était la fin. Sa carrière ne s'était jamais remise de cet accident, mais ce qu'il y avait eu de pis, c'était le tourment d'avoir perdu Emily. Il en avait souffert pendant toute sa vie, et pas un mois ne s'était écoulé (il me l'a raconté à l'hôpital) sans qu'il revive dans sa cruauté l'instant où elle l'avait repoussé, l'expression d'horreur absolue qu'elle avait eue lorsqu'il lui avait demandé de l'épouser. "Vous m'avez brisée, avait-elle dit, je préférerais mourir plutôt que de jamais vous permettre de me revoir." Et en fait, il ne l'avait jamais revue. Lorsqu'il avait enfin réussi à retrouver sa trace, treize ans plus tard, elle était déjà dans sa tombe.

Pour autant que je sache, ma mère n'a jamais raconté à personne ce qui était arrivé. Ses parents étaient morts tous les deux, Victor parcourait le pays avec l'orchestre de Cleveland, rien ne l'obligeait donc à évoquer le scandale. Selon toute apparence, elle n'était qu'un cas de plus d'échec universitaire, et pour une jeune femme, en 1946, cela ne pouvait être considéré comme très alarmant. Le mystère, c'est que même après avoir appris qu'elle était enceinte, elle a refusé de divulguer le nom du père. J'ai interrogé mon oncle plusieurs fois à ce sujet pendant nos années de vie commune, mais il n'en savait pas plus que moi. "C'était le secret d'Emily, disait-il. Je l'ai questionnée là-dessus plus souvent que je n'aime m'en souvenir, et jamais elle ne m'a donné un soupçon de réponse." Pour donner naissance à un enfant illégitime, à cette époque-là, il fallait du courage et de l'obstination, mais il semble que ma mère n'ait jamais hésité. Avec tout le reste, je lui en dois de la reconnaissance. Une femme moins volontaire m'aurait fait adopter ou même, pis, se serait fait avorter. Ce n'est pas une idée très agréable, mais si ma mère n'avait pas été ce qu'elle était, je ne serais peut-être pas venu au monde. Si elle avait agi de façon raisonnable, je serais mort avant ma naissance, fœtus vieux de trois mois gisant au fond d'une poubelle dans quelque arrière-cour.

En dépit de son chagrin, Barber n'était pas réellement surpris que ma mère l'ait repoussé et, les années passant, il avait du mal à lui en vouloir. Ce qui l'étonnait, c'est d'abord qu'elle ait éprouvé pour lui de l'attirance. Il avait déjà vingt-neuf ans au printemps 1946, et Emily était en fait la première femme qui eût couché avec lui sans qu'il la paie. Et encore de telles transactions n'avaient-elles été que rares et espacées. Le risque était trop grand, simplement, et après avoir découvert que le plaisir peut être tué par l'humiliation, il n'avait plus guère osé essayer. Barber ne se faisait pas d'illusions sur sa personne. Il comprenait ce que voyaient les gens qui le regardaient, et trouvait qu'ils avaient raison de ressentir ce qu'ils ressentaient. Emily avait représenté son unique chance, et il l'avait perdue. Si dur que cela fût à accepter, il ne pouvait s'empêcher de penser que c'était tout ce qu'il méritait.

Son corps était un donjon et il avait été condamné à y passer le restant de ses jours, prisonnier oublié, privé du recours à l'appel, de l'espoir d'une réduction de peine ou de la possibilité d'une exécution miséricordieusement rapide. Il avait atteint à quinze ans sa taille adulte, entre un mètre quatre-vingt-sept et un mètre quatre-vingt-dix environ, et à partir de là son poids n'avait cessé d'augmenter. Tout au long de son adolescence, il avait lutté pour le maintenir au-dessous de cent kilos, mais ses virées nocturnes ne lui valaient rien, et les régimes paraissaient sans effet. Il avait évité les miroirs et passé seul le plus de temps possible. Le monde était une course d'obstacles, balisé de regards fixes et d'index pointés, et lui-même un monstre de foire ambulant, enfant-ballon qui passait en se dandinant entre deux haies cruelles, rigolardes, et devant qui les gens s'arrêtaient net sur leurs pas. Les livres étaient bientôt devenus son refuge, un lieu où il pouvait se tenir dissimulé – non seulement aux yeux des autres mais aussi à ses propres pensées. Car Barber n'a jamais eu le moindre doute quant à celui à qui incombait la responsabilité de son apparence. Lorsqu'il s'enfonçait dans les mots qui se trouvaient devant lui sur une page, il arrivait à oublier son corps et cela, plus que toute autre chose, l'aidait à mettre une sourdine à ses récriminations contre lui-même. Les livres lui offraient la possibilité de flotter, de suspendre son être dans sa conscience, et aussi longtemps qu'il leur portait une attention complète, il pouvait s'abuser, imaginer qu'il avait été libéré, que les cordes qui le tenaient attaché à son ancrage grotesque avaient été rompues.

Il avait terminé premier de sa classe ses études secondaires, accumulant distinctions et résultats d'examens qui avaient étonné tout le monde dans la petite ville de Shoreham, à Long Island. En juin de cette année-là, il avait prononcé un discours d'adieu, convaincu quoique décousu, en faveur du mouvement pacifiste, de la République espagnole, et d'un deuxième mandat pour Roosevelt. C'était en 1936, et le public, dans le gymnase torride, l'avait applaudi chaleureusement, même s'il ne partageait pas ses vues politiques. Puis, comme vingt-neuf ans plus tard son fils insoupçonné, il partit pour New York et quatre ans de Columbia College. A la fin de cette période, il s'était fixé un poids limite de cent trente kilos. Il avait ensuite obtenu une licence d'histoire, accompagnée d'un rejet de l'armée quand il avait cherché à s'engager. "On ne prend pas les gros", avait déclaré le sergent avec un rictus de mépris. Rejoignant les rangs du *"home front"*, Barber était donc resté à l'arrière avec les paraplégiques et les mentalement déficients, les trop jeunes et les trop vieux. Il avait passé ces années entouré de femmes, dans le département d'histoire de Columbia, masse anormale de chair mâle ruminant entre les rayons de la bibliothèque. Mais nul ne contestait qu'il n'excellât dans son domaine. Sa thèse sur l'évêque Berkeley et les Indiens avait reçu en 1944 l'American Studies Award, et après cela des postes lui avaient été proposés dans différentes universités de l'Est. Pour des motifs qui lui étaient toujours demeurés insondables, il avait opté pour l'Ohio.

La première année s'était assez bien passée. Il était un professeur populaire, participait en tant que baryton à la chorale de la faculté, et avait rédigé les trois premiers chapitres d'un livre sur des récits de captivité chez les Indiens. La guerre en Europe s'était enfin achevée ce printemps-là, et quand les deux bombes avaient été lancées sur le Japon en août, il avait tenté de se consoler avec l'idée que cela ne se produirait plus jamais. Contre toute attente, l'année suivante avait débuté brillamment. Il avait réussi à abaisser son poids à cent trente-six kilos et, pour la première fois de sa vie, il commençait à envisager l'avenir avec un certain optimisme. Le semestre de printemps avait amené Emily Fogg dans sa classe de première année d'histoire, et cette jeune fille pleine de charme et d'effervescence, à sa surprise, s'était entichée de lui. C'était trop beau pour être vrai, et bien qu'il s'enjoignît de rester prudent, il lui paraissait peu à peu évident que tout était soudain devenu possible, même ce dont il n'aurait jamais osé rêver. Ensuite il y avait eu la chambre, l'irruption de la femme de ménage, le désastre. A elle seule, la rapidité de tout cela l'avait paralysé, il en avait été trop stupéfait pour réagir. Lorsqu'il avait été convoqué dans le bureau du président, ce jour-là, l'idée de protester contre son renvoi ne l'avait même pas effleuré. Il était remonté dans sa chambre, avait fait ses bagages, et était parti sans dire au revoir à personne.

Le train de nuit l'avait emmené à Cleveland, où il s'était installé à l'YMCA. Il avait d'abord eu l'intention de se jeter par la fenêtre mais, après avoir attendu le moment favorable pendant trois jours, il s'était rendu compte qu'il n'en avait pas le courage. Après cela, il s'était résolu à céder, à abandonner la lutte une fois pour toutes. S'il n'avait pas le courage de mourir, s'était-il dit, au moins vivrait-il en homme libre. Il y était déterminé. Il ne se déroberait plus devant lui-même ; il ne permettrait plus à autrui de décider qui il était. Pendant quatre mois, il avait mangé à en perdre conscience : il se bourrait de beignets et de choux à la crème, de pommes de terre gorgées de beurre et de rôtis baignant dans la sauce, de crêpes, de poulets rôtis, de généreuses bolées de soupe aux fruits de mer. Quand sa fureur s'était apaisée, il avait pris près de vingt nouveaux kilos – mais les chiffres ne lui importaient plus. Il avait cessé de les regarder, et ils avaient donc cessé d'exister

Plus son corps grossissait, plus il s'y enfouissait. Le but de Barber était de s'isoler du monde, de se rendre invisible dans la masse de sa propre chair. Ces mois passés à Cleveland, il les avait consacrés à s'apprendre l'indifférence quant à l'opinion des inconnus, à s'immuniser contre la douleur d'être vu. Chaque matin, il se mettait à l'épreuve en parcourant Euclid Avenue à l'heure de pointe, et les samedis et dimanches il se faisait un principe de flâner l'après-midi entier dans Weye Park où, exposé aux regards du plus grand nombre possible, il feignait de ne pas entendre les remarques des badauds et les forçait, de toute sa volonté, à détourner les yeux de lui. Il était seul, séparé du monde : monade bulbeuse, ovoïde, cheminant péniblement à travers le désordre de sa conscience. Mais l'effort n'avait pas été vain, il ne craignait plus son isolement. En s'immergeant dans le chaos dont il était habité, il était enfin devenu Salomon Barber, un personnage, quelqu'un, un univers en soi dont il était le créateur.

Le couronnement a été atteint, plusieurs années plus tard, quand Barber a commencé à perdre ses cheveux. Cela ressemblait d'abord à un mauvais calembour – un chauve nommé Barbier – mais comme perruques et moumoutes étaient hors de question, il n'avait pas le choix : il fallait vivre avec. Sur sa tête, le beau jardin s'est peu à peu flétri. Là où avaient poussé des fourrés de boucles acajou, ne restait qu'un crâne livide, une étendue déserte de peau nue. Ce changement d'apparence ne lui plaisait pas, mais le plus déconcertant était encore qu'il échappât à son contrôle de façon aussi radicale. Il en était réduit à une relation passive avec lui-même, et c'était précisément là ce qu'il ne pouvait plus tolérer. C'est pourquoi un beau jour, alors que le processus était à moitié accompli (il avait encore des cheveux des deux côtés, mais plus rien sur le dessus), il avait calmement pris son rasoir et achevé ce qui restait. Le résultat de cette expérience avait été beaucoup plus impressionnant qu'il ne s'y attendait. Barber avait découvert qu'il possédait un fameux caillou de crâne, un crâne mythologique, et tandis qu'il se regardait, planté devant le miroir, il lui avait semblé juste que le vaste globe de son corps fût désormais assorti d'une lune. A partir de ce jour-là, il avait traité cette sphère avec un soin scrupuleux, l'enduisant chaque matin d'huiles et d'onguents afin d'y maintenir le brillant et la douceur convenables, lui offrant des massages électriques, s'assurant qu'elle était toujours bien protégée des éléments. Il s'était mis à porter des chapeaux, toutes sortes de chapeaux, qui petit à petit étaient devenus l'insigne de son excentricité, la marque ultime de son identité. Non plus seulement Salomon Barber l'obèse, mais l'Homme aux chapeaux. Il fallait un culot certain, mais il avait appris alors à s'amuser à cultiver sa bizarrerie, et accumulé en chemin un attirail bigarré qui accentuait encore son talent à intriguer les gens. Il portait des melons et des fez, des casquettes de base-ball et des feutres mous, des casques coloniaux et des chapeaux de cow-boy, tout ce qui attirait sa fantaisie, sans égard pour le style ni pour les convenances. En 1957, sa collection avait pris de telles proportions qu'il lui est arrivé de passer vingt-trois jours sans porter deux fois le même couvre-chef.

Après la crucifixion de l'Ohio (comme il devait l'appeler plus tard), Barber avait trouvé du travail dans une série de petits collèges obscurs de l'Ouest et du Middle West. Ce qu'il avait d'abord envisagé comme un exil temporaire allait durer plus de vingt ans, et à la fin la carte de ses blessures était circonscrite par des points situés dans tous les coins du pays profond : Indiana et Texas, Nebraska et Oklahoma, Dakota du Sud et Kansas, Idaho et Minnesota. Il ne demeurait jamais nulle part plus de deux ou trois ans, et bien que tous ces établissements eussent tendance à se ressembler, ses continuels déplacements lui avaient évité l'ennui. Barber avait une grande capacité de travail, et dans le calme poussiéreux de ces retraites il ne faisait guère que travailler : il produisait avec régularité des articles et des livres, assistait à des conférences ou en donnait, et consacrait de si longues heures à ses étudiants et à ses cours qu'il ne manquait jamais d'émerger sur le campus comme le professeur le plus aimé. Bien que sa compétence en tant que savant fût incontestée, les grandes universités avaient continué à ne pas vouloir de lui même lorsque la flétrissure de l'Ohio avait commencé à tomber dans l'oubli. Effing avait fait allusion à McCarthy, mais la seule intrusion de Barber dans la politique de gauche avait consisté à faire route commune avec le Mouvement de la paix, à Columbia, dans les années trente. S'il ne se trouvait pas à proprement parler sur les listes noires, il était commode néanmoins pour ses détracteurs d'entourer son nom d'insinuations rosâtres, comme s'ils y voyaient en fin de compte un meilleur prétexte pour le rejeter. Nul ne l'aurait exprimé en clair, mais on avait le sentiment que Barber, tout simplement, ferait tache. Il était trop énorme, trop tapageur, trop complètement impénitent. Imaginez un Titan de cent soixante kilos se trimbalant dans les jardins de Yale coiffé d'un chapeau comme une barrique. Cela ne se pouvait pas. Cet homme n'avait aucune honte, aucun sens du décorum. Sa seule présence dérangerait l'ordre des choses, et pourquoi rechercher la difficulté alors qu'on avait le choix entre un si grand nombre de candidats ?

Cela valait peut-être mieux. En demeurant à la périphérie, Barber pouvait rester celui qu'il voulait être. Les petits collèges étaient contents de l'avoir, et parce qu'il n'était pas seulement le professeur le plus gros qu'on eût jamais vu mais aussi l'Homme aux chapeaux, il échappait aux mesquineries et aux intrigues qui empoisonnent la vie en province. Tout ce qui le concernait paraissait si outré, si extravagant, si manifestement en dehors des normes que personne n'osait le juger. Il arrivait à la fin de l'été, tout poussiéreux après plusieurs jours passés sur les routes, traînant une remorque derrière sa vieille voiture à l'échappement poussif. Si des étudiants passaient par là, il les embauchait aussitôt pour décharger ses affaires, leur payait ce travail d'un salaire exorbitant, puis les invitait à déjeuner. Le ton était ainsi posé. Ils voyaient son impressionnante collection de livres, ses innombrables couvre-chefs, et la table spéciale qui avait été fabriquée pour lui à Topeka – le bureau de saint Thomas d'Aquin, disait-il, dont la surface avait été creusée d'un large demi-cercle pour faire de la place à son ventre. Il était difficile de n'être pas fasciné, à le voir se mouvoir, le souffle court et sifflant, déplacer lentement son immense masse d'un endroit à un autre, et fumer sans arrêt ces longs cigares qui laissaient des cendres partout sur ses vêtements. Les étudiants riaient de lui derrière son dos, mais ils lui étaient très attachés et, pour ces fils et filles de fermiers, de boutiquiers et de pasteurs, il représentait ce qu'ils connaîtraient jamais de plus proche de la véritable intelligence. Il ne manquait jamais de petites élèves dont le cœur battait pour lui (prouvant que l'esprit peut en effet l'emporter sur le corps), mais Barber avait retenu la leçon et ne retomba jamais dans ce piège. Il adorait en secret se trouver entouré de jeunes filles au regard langoureux, mais il faisait semblant de ne pas les comprendre, et jouait son rôle de lettré bourru, d'eunuque jovial qui a étouffé le désir à force de manger. C'était douloureux et solitaire, mais cette attitude lui procurait une certaine protection, et si ça ne marchait pas toujours, il avait du moins appris l'importance de garder les stores baissés et la porte fermée. Durant toutes ces années d'errance, personne n'eut jamais rien à lui reprocher. Il ahurissait les gens par ses singularités, et avant que ses collègues eussent le temps de se lasser de lui il était déjà sur le départ, en train de faire ses adieux avant de disparaître dans le crépuscule.

D'après ce que Barber m'a raconté, sa route a croisé une fois celle de l'oncle Victor, mais si je réfléchis aux détails de leurs deux vies, je pense qu'ils pourraient s'être rencontrés en trois occasions. La première, c'est à New York, en 1939, à l'Exposition universelle. C'est un fait, je le sais, qu'ils l'ont visitée tous les deux et, même si c'est peu probable, il n'est certes pas impossible qu'ils s'y soient trouvés le même jour. J'aime à me les figurer, arrêtés ensemble devant un stand – la Voiture de l'avenir, par exemple, ou la Cuisine de demain –, et puis se bousculant par mégarde et soulevant leur chapeau en un geste d'excuse simultané, deux jeunes gens à la fleur de l'âge, l'un gros et l'autre maigre, duo de comédie fantôme qui joue pour moi cette saynète dans la salle de projection de mon crâne. Effing aussi s'est rendu à l'Exposition, bien entendu, peu après son retour d'Europe, et il m'est arrivé de lui donner une place dans cette scène imaginaire, assis sur un fauteuil roulant à l'ancienne mode, en osier, avec lequel Pavel Shum lui fait parcourir la foire. Barber et oncle Victor sont peut-être l'un à côté de l'autre au moment où passe Effing. Et, à cet instant précis, Effing est peut-être en train d'injurier son ami russe avec une mauvaise humeur bruyante, et Barber et oncle Victor, choqués par un tel étalage public de grossièreté, échangent en hochant la tête un sourire navré. Sans se douter, bien sûr, que cet homme est le père de l'un et le futur grand-père du neveu de l'autre. De telles scènes offrent des possibilités sans limites, mais je m'efforce en général de les faire aussi modestes que je peux – des interactions brèves et silencieuses : un sourire, un chapeau soulevé, un murmure d'excuse. Elles me paraissent ainsi plus suggestives, comme si, en ne m'aventurant pas trop, en me concentrant sur de petits détails éphémères, je pouvais m'amener à croire qu'elles ont eu lieu en vérité.

La deuxième rencontre se serait produite à Cleveland, en 1946. Pour celle-ci plus encore que pour la première, je ne dispose que de conjectures, mais je garde le souvenir très net d'avoir remarqué, au cours d'une promenade avec mon oncle dans Lincoln Park, à Chicago, un homme d'une grosseur gigantesque qui mangeait un sandwich sur la pelouse. Cet homme avait rappelé à Victor un autre gros qu'il avait un jour vu à Cleveland ("à l'époque où je faisais encore partie de l'orchestre"), et bien que je n'en aie aucune preuve précise j'aime à penser que l'homme qui avait fait si forte impression sur lui était Barber. Les dates, à tout le moins, correspondent tout à fait, puisque Victor a joué à Cleveland de quarante-cinq à quarante-huit, et que Barber s'est installé à l'YMCA au printemps quarante-six. Selon ce que racontait Victor, il mangeait de la tarte au fromage un soir au *Lansky's Delicatessen*, une grande salle bruyante située trois blocs à l'ouest de Severence Hall. L'orchestre venait de jouer en concert un programme Beethoven, et il était entré là avec trois autres membres de la section des bois pour un petit repas tardif. Du siège qu'il occupait au fond du restaurant, rien ne faisait écran entre lui et un obèse assis seul à une table le long de la cloison latérale. Incapable de détourner les yeux de cette énorme figure solitaire, mon oncle l'avait regardé avec consternation faire un sort à deux bols de bouillon aux quenelles de matsa, une platée de chou farci, un supplément de blinis, trois portions de salade de chou cru, une corbeille de pain et six ou sept "pickles" pêchés dans un tonnelet de saumure. Victor avait été tellement horrifié par cette démonstration de gloutonnerie qu'il devait garder en mémoire, jusqu'à la fin de ses jours, cette figure du malheur humain pur et nu. "Quiconque mange comme cela tente de se suicider, m'avait-il dit. C'était pareil que de voir quelqu'un se laisser mourir de faim."

Leurs routes se sont croisées une dernière fois en 1959, au cours de la période où mon oncle et moi vivions à Saint Paul, dans le Minnesota. Barber était alors en poste au Macalester College, et un soir, chez lui, comme il parcourait les petites annonces de voitures d'occasion dans les dernières pages du *Pioneer Press*, il était tombé par hasard sur une offre de leçons de clarinette provenant d'un certain Victor Fogg, "ancien membre de l'orchestre de Cleveland". Le nom avait fendu sa mémoire, telle une lance, et l'image d'Emily s'était imposée à lui, plus vivace, plus flagrante que toutes celles qu'il avait revues depuis des années. Il la retrouvait soudain au-dedans de lui, ramenée à la vie par l'apparition de son nom, et il n'avait plus réussi, de toute cette semaine, à la chasser de ses pensées : il se demandait ce qu'elle était devenue, imaginait les différentes existences qu'elle pouvait avoir menées, la voyait avec une clarté dont il était presque choqué. Le professeur de musique n'avait sans doute aucun lien de parenté avec elle, mais il lui semblait qu'il ne risquait rien à tenter de s'en assurer. Sa première réaction avait été de téléphoner à Victor, mais, après avoir ressassé ce qu'il voulait dire, il avait changé d'avis. Il craignait d'avoir l'air d'un fou en essayant de raconter son histoire, de bégayer des incohérences, d'ennuyer cet inconnu à l'autre bout de la ligne. Il avait donc opté plutôt pour une lettre dont il avait ébauché sept ou huit versions avant de se sentir satisfait, puis il l'avait mise à la poste dans un élan d'angoisse, regrettant son geste dès l'instant où l'enveloppe avait disparu dans la fente. La réponse était arrivée dix jours après, griffonnage laconique jeté en travers d'une feuille de papier jaune. "Monsieur, avait-il lu, Emily Fogg était ma sœur, en effet, mais j'ai le triste devoir de vous informer qu'elle est morte il y a huit mois à la suite d'un accident de la circulation. Regrets infinis. Salutations sincères, Victor Fogg."

Tout bien considéré, ce message ne lui apprenait rien qu'il ne sût déjà. Victor n'avait révélé qu'un seul fait, un fait dont Barber avait pris conscience depuis longtemps : qu'il ne reverrait jamais Emily. La mort n'y changeait rien Elle ne faisait que confirmer ce qui était déjà une certitude, renouveler cette perte avec laquelle il vivait depuis des années. La lecture de la lettre n'en avait pas été moins pénible, mais une fois ses pleurs calmés il s'était aperçu qu'il avait soif de plus d'informations. Que lui était-il arrivé ? Où était-elle allée, qu'avait-elle fait ? Avait-elle été mariée ? Avait-elle laissé des enfants ? Est-ce que quelqu'un l'avait aimée ? Barber voulait des faits. Il voulait remplir les blancs, construire une vie à Emily, quelque chose de tangible à trimbaler avec lui : une série d'images, en quelque sorte, un album de photos qu'il pourrait ouvrir à volonté dans sa tête pour le contempler. Le lendemain, il adressait à Victor une nouvelle lettre. Après avoir exprimé du fond du cœur ses condoléances et son chagrin dans un premier paragraphe, il poursuivait en suggérant, avec une délicatesse extrême, combien il serait important pour lui de connaître la réponse à quelques-unes de ces questions. Il avait attendu patiemment, mais deux semaines s'étaient écoulées sans un mot. A la fin, pensant que sa lettre pouvait s'être perdue, il avait téléphoné chez Victor. La sonnerie avait retenti trois ou quatre fois, puis une opératrice l'avait interrompue pour l'informer que ce numéro n'était plus en service. Barber avait été intrigué, mais ne s'était pas laissé décourager (cet homme était peut-être pauvre, après tout, trop fauché pour payer sa note de téléphone), et il s'était donc hissé dans sa Dodge 51 pour se rendre à l'immeuble où habitait Victor, 1025 Linwood Avenue. Comme il n'arrivait pas à trouver le nom de Fogg parmi les sonnettes de l'entrée, il avait appuyé sur celle du concierge. Au bout de quelques instants, un petit homme vêtu d'un sweater vert et jaune s'était approché de la porte en traînant les savates et lui avait annoncé que M. Fogg avait déménagé. "Lui et le petit garçon, avait-il dit, ils sont partis tout à coup il y a une dizaine de jours." Barber avait été déçu, il ne s'attendait pas à ce coup. Mais il ne lui était pas venu une seconde à l'esprit de se demander qui pouvait être ce petit garçon. Et même s'il y avait songé, cela n'aurait fait aucune différence. Il l'aurait pris pour le fils du clarinettiste, sans chercher plus loin.

Des années plus tard, quand Barber m'a parlé de la lettre qu'il avait reçue d'oncle Victor, j'ai enfin compris pourquoi mon oncle et moi avions quitté Saint Paul avec une telle précipitation en 1959. La scène prenait tout son sens : les bagages bouclés dans l'agitation, tard dans la soirée, le trajet en voiture sans arrêt jusqu'à Chicago, les deux semaines pendant lesquelles nous avions habité l'hôtel et je n'avais pas repris l'école. Victor ne pouvait pas savoir la vérité, à propos de Barber, mais il n'en avait pas moins peur de ce que pouvait être cette vérité. Il existait un père, quelque part, et pourquoi prendre des risques avec cet homme qui semblait si désireux d'apprendre des choses sur Emily ? Si on en venait au pire, qui pouvait affirmer qu'il n'exigerait pas la garde de l'enfant ? Il avait été assez simple d'éviter de parler de moi en répondant à sa première lettre, mais la seconde était arrivée, avec toutes ces questions, et Victor s'était rendu compte qu'il était coincé. L'ignorer ne serait revenu qu'à reporter le problème à plus tard, car si l'inconnu était aussi curieux qu'il y paraissait, il viendrait tôt ou tard à notre recherche. Et qu'arriverait-il, alors ? Victor ne voyait d'autre solution que de s'éclipser, de m'emporter au milieu de la nuit pour disparaître dans un nuage de fumée.

Cette histoire est l'une des dernières que Barber m'ait racontées, et elle m'a brisé le cœur. Je comprenais la réaction de Victor et, devant l'attachement dont elle témoignait à mon endroit, je me trouvais emporté par un tourbillon de sentiments – le regret déchirant de mon oncle, le deuil de sa mort éprouvé à nouveau. Mais en même temps, la frustration, l'amertume en évoquant les années perdues. Car si Victor avait répondu à la seconde lettre de Barber au lieu de s'enfuir, j'aurais pu découvrir mon père dès 1959. On ne peut reprocher à personne ce qui s'est passé, mais ce n'en est pas moins difficile à accepter. C'est un enchaînement de connexions manquantes ou mal synchronisées, de tâtonnements dans l'obscurité. Nous nous trouvions toujours au bon endroit au mauvais moment, nous nous manquions toujours à peine, toujours à quelques millimètres de comprendre la situation dans son ensemble. Cette histoire se résume ainsi, je pense. Une série d'occasions ratées. Tous les morceaux se trouvaient là depuis le début, mais personne n'a su les rassembler.

Rien de tout cela ne fut révélé au cours de notre première rencontre, bien entendu. Du moment que Barber avait décidé de ne pas évoquer ses soupçons, il ne nous restait d'autre sujet de conversation que son père, dont nous parlâmes abondamment au cours des quelques jours qu'il passa en ville. Le premier soir, il m'invita à dîner chez Gallagher, dans la Cinquante-deuxième rue ; le deuxième soir, avec Kitty, dans un restaurant de Chinatown ; et le troisième jour, le dimanche, je le rejoignis à son hôtel pour le petit déjeuner, avant qu'il reprenne l'avion pour le Minnesota. L'esprit et le charme de Barber faisaient vite oublier sa malheureuse apparence, et plus je passais de temps avec lui, plus je me sentais à l'aise. Presque dès le début, nous bavardâmes sans contrainte, et nous racontâmes nos histoires réciproques en échangeant idées et plaisanteries, et parce qu'il n'était pas homme à craindre la vérité je pus lui parler de son père sans m'imposer de censure, et évoquer pour lui dans sa totalité la période que j'avais passée auprès d'Effing, le pire avec le meilleur.

Barber, pour sa part, n'avait jamais su grand-chose. On lui avait raconté que son père était mort dans l'Ouest quelques mois avant sa naissance, et cela paraissait assez plausible, puisque les murs de la maison étaient couverts de tableaux et que tout le monde avait toujours répété que son père était un peintre, un spécialiste des paysages qui avait beaucoup voyagé pour son art. La dernière fois, il était parti dans les déserts de l'Utah, disait-on, une région perdue s'il en fut, et c'est là-bas qu'il était mort. Mais les circonstances de cette mort ne lui avaient jamais été expliquées. Quand il avait sept ans, une tante lui avait raconté que son père était tombé d'une falaise. Trois ans plus tard, un oncle prétendait qu'il avait été capturé par des Indiens, et moins de six mois après, Molly Sharp annonçait que c'était l'œuvre du diable. Molly Sharp était la cuisinière qui lui préparait de si délicieux desserts après l'école – une Irlandaise rubiconde, haute en couleur, avec de larges espaces entre les dents – et pour autant qu'il sût elle ne mentait jamais. Quelle qu'en fût la cause, la mort de son père était toujours avancée comme la raison pour laquelle sa mère gardait la chambre. C'est ainsi que la famille faisait allusion à l'état de santé de sa mère, bien qu'elle sortît par-fois de sa chambre, en particulier dans la chaleur des nuits d'été, quand elle errait dans les couloirs de la maison, ou même descendait sur la plage s'asseoir au bord de l'eau pour écouter les petites vagues qui arrivaient du détroit.

Il ne voyait pas souvent sa mère, et même dans ses bons jours elle avait du mal à se souvenir de son nom. Elle s'adressait à lui en l'appelant Teddy, ou Malcolm, ou Rob – en le regardant toujours droit dans les yeux et avec une conviction totale – ou en usant d'épithètes étranges auxquelles il ne trouvait aucun sens : Bally-Ball, Pooh-Bah ou M. Jinks. Il n'essayait jamais de la corriger, car les heures qu'il passait en la compagnie de sa mère étaient trop rares pour être gâchées, et il savait d'expérience que la moindre chicane pouvait bouleverser son humeur. Les autres membres de la maisonnée l'appelaient Solly. Ce surnom ne lui déplaisait pas, car d'une certaine manière son vrai nom grâce à cela restait intact, comme un secret connu de lui seul : Salomon, le sage roi des Hébreux, un homme si précis dans ses jugements qu'il pouvait menacer de couper un bébé en deux. Plus tard, on avait abandonné le diminutif et il était devenu Sol. Les poètes élisabéthains lui avaient appris qu'il s'agissait là d'un mot ancien pour désigner le soleil, et il avait découvert peu après que c'était aussi le mot français pour la surface de la terre. L'idée de pouvoir être à la fois le soleil et la terre l'intriguait, et il l'avait interprétée pendant plusieurs années comme la capacité de contenir à lui seul toutes les contradictions de l'univers.

Sa mère vivait au troisième étage avec une série de domestiques et de dames de compagnie, et de longues périodes s'écoulaient parfois sans qu'elle descendît. C'était un royaume distinct, là-haut, avec la cuisine qui avait été installée à un bout du couloir et la grande chambre aux neuf côtés. C'était là que son père avait l'habitude de peindre, disait-on, et les fenêtres étaient disposées de telle façon qu'en regardant au travers on ne voyait que de l'eau. Il avait découvert que si on demeurait assez longtemps debout devant ces fenêtres, le visage appuyé contre la vitre, on arrivait à ressentir l'impression de flotter dans le ciel. Il n'était pas souvent autorisé à y monter, mais de sa chambre à l'étage inférieur il lui arrivait d'entendre sa mère aller et venir pendant la nuit (le craquement du parquet sous le tapis), et de temps à autre il distinguait des voix : la rumeur d'une conversation, un rire, des bribes de chansons, un accès de gémissements ou de pleurs. Ses visites au troisième étage étaient régies par les infirmières, et chacune imposait des règles différentes. Miss Forrest lui réservait une heure chaque jeudi ; miss Caxton examinait les ongles de ses mains avant de le laisser entrer ; miss Flower recommandait des promenades énergiques sur la plage ; miss Buxley servait du chocolat chaud ; et miss Gunderson parlait à voix si basse qu'il ne comprenait pas ce qu'elle disait. Un jour, Barber avait passé l'après-midi entier à jouer avec sa mère à se déguiser, et une autre fois ils avaient fait naviguer un petit voilier sur le bassin jusqu'à la nuit tombée. Ces visites étaient celles dont il gardait le souvenir le plus net, et il s'était rendu compte des années après qu'elles devaient avoir été ses moments les plus heureux auprès d'elle. Aussi loin qu'il pouvait remonter dans sa mémoire, elle lui avait toujours paru vieille, avec ses cheveux gris et son visage sans maquillage, ses yeux d'un bleu délavé et sa bouche triste, les taches brunes au dos de ses mains. Ses gestes étaient agités d'un tremblement léger mais constant, ce qui lui donnait sans doute l'air encore plus fragile qu'elle ne l'était – une femme aux nerfs éparpillés, sans cesse sur le point de s'effondrer. Néanmoins, il ne la considérait pas comme folle (*malheureuse* était le mot qui lui venait d'habitude à l'esprit), et même lorsqu'elle se conduisait d'une façon qui alarmait tous les autres, lui pensait souvent qu'il ne s'agissait que d'un jeu. Au cours des années, il y avait eu plusieurs crises (un accès de hurlements, quand l'une des infirmières avait été renvoyée, une tentative de suicide, une période de plusieurs mois pendant lesquels elle avait refusé de porter le moindre vêtement), et à un moment donné elle avait été envoyée en Suisse pour ce que l'on appelait un long repos. Longtemps après, il avait découvert que la Suisse n'était qu'une façon polie de désigner un asile psychiatrique à Hartford, dans le Connecticut.

Son enfance avait été lugubre, mais non dépourvue de plaisirs, et beaucoup moins solitaire qu'on ne pourrait le penser. Les parents de sa mère avaient habité la maison la plupart du temps, et, en dépit de sa tendance à s'enflammer pour des théories fumeuses – comme celles du docteur Fletcher ou de Symes, ou les livres de Charles Fort –, sa grand-mère était très gentille avec lui, de même que son grand-père, qui lui racontait des histoires de la guerre de Sécession et lui apprenait à récolter des fleurs sauvages. Plus tard, son oncle Binkey et sa tante Clara étaient aussi venus s'installer, et ils avaient vécu tous ensemble pendant plusieurs années dans une sorte d'harmonie bougonne. Le krach de 1929 ne les avait pas ruinés, mais à partir de ce moment il avait fallu se résoudre à certaines économies. La Pierce Arrow était partie de même que le chauffeur, le bail pour l'appartement de New York n'avait pas été renouvelé, et on n'avait pas envoyé Barber en pension, comme tout le monde l'avait prévu. En 1931, quelques pièces de la collection de son père avaient été vendues – les dessins de Delacroix, le Samuel F. Morse, et le petit Turner qui se trouvaient dans le salon du rez-de-chaussée. Il restait encore beaucoup de choses. Barber aimait particulièrement les deux Blakelock de la salle à manger (un clair de lune sur le mur est et au sud une vue de camp indien), et il voyait, où qu'il se tournât, quantité de tableaux de son père : scènes marines à Long Island, images des côtes du Maine, études de l'Hudson, et une salle entière de paysages rapportés d'une excursion dans les monts Catskill – des fermes en ruine, des montagnes d'un autre monde, d'immenses champs de lumière. Barber avait passé des centaines d'heures à contempler ces toiles, et au cours de sa troisième année de lycée il avait organisé une exposition à l'hôtel de ville et consacré à l'œuvre de son père un essai qui avait été distribué gratuitement à tous les assistants le jour du vernissage.

L'année suivante, il avait passé ses soirées à composer un roman basé sur la disparition de son père. Barber avait alors dix-sept ans et se débattait dans les affres tumultueuses de l'adolescence ; il s'était mis en tête qu'il était un artiste, un futur génie qui sauverait son âme en déversant ses angoisses sur le papier. Dès son retour dans le Minnesota, il devait m'adresser un exemplaire du manuscrit – non, comme il s'en excuserait dans la lettre accompagnant l'envoi, pour faire valoir ses talents juvéniles (le livre avait été refusé par vingt et une maisons d'édition), mais pour me donner une idée de la façon dont son imagination avait été affectée par l'absence de son père. Le livre, intitulé *le Sang de Képler*, était rédigé dans le style à sensation des romans populaires des années trente. Un peu western, un peu science-fiction, le récit cahotait d'une invraisemblance à l'autre, brassait son chemin avec l'élan implacable d'un rêve. C'était très mauvais, dans l'ensemble, mais malgré tout je me sentis captivé, et quand j'atteignis la fin, je me rendis compte que je me faisais une meilleure idée de la personnalité de Barber, que je comprenais un peu ce qui l'avait formée.

L'époque où se déroulait l'histoire avait été reculée d'une quarantaine d'années et l'événement initial se passait vers 1870, mais à part cela le roman suivait presque mot pour mot les quelques informations que Barber avait pu récolter à propos de son père. Un artiste de trente-cinq ans, nommé John Képler, fait ses adieux à sa femme et à son jeune fils et s'en va de sa maison de Long Island, pour une expédition de six mois à travers l'Utah et l'Arizona, avec la perspective, selon les mots du jeune auteur (dix-sept ans), "de découvrir un pays de merveilles, un monde de beauté sauvage et de couleurs féroces, un territoire aux proportions si monumentales que même la plus petite pierre y porte la marque de l'infini". Tout se passe bien pendant quelques mois, puis survient un accident similaire au sort présumé de Julian Barber : Képler tombe du haut d'une falaise, se casse de nombreux os et sombre dans l'inconscience. En revenant à lui le lendemain matin, il s'aperçoit qu'il ne peut plus bouger, et comme ses provisions sont hors d'atteinte il se résigne à mourir de faim dans le désert. Mais le troisième jour, alors qu'il est sur le point de rendre l'âme, Képler est secouru par un groupe d'Indiens – et ceci fait écho à une autre des histoires que Barber avait entendues quand il était petit. Les Indiens transportent le mourant vers leur campement, situé dans une combe parsemée de rochers et de toute part entourée de falaises, et en ce lieu riche des parfums du yucca et du genévrier leurs soins le ramènent à la vie. Trente ou quarante personnes composent cette communauté, en nombre à peu près égal d'hommes, de femmes et d'enfants, qui circulent nus ou à peine vêtus dans la chaleur torride du plein été. Presque sans échanger un mot entre eux ni avec lui, ils veillent sur lui tandis que ses forces se reconstituent petit à petit, portant de l'eau à ses lèvres et lui offrant des aliments à l'aspect étrange qu'il n'a encore jamais goûtés. Quand il commence à recouvrer ses esprits, Képler remarque que ces gens ne ressemblent aux Indiens d'aucune des tribus locales – les Ute et les Navajos, les Paiute et les Shoschone. Ils lui paraissaient plus primitifs, plus isolés, d'un naturel plus doux. Après un examen plus attentif, il constate que les traits de plusieurs d'entre eux n'ont rien d'indien. Les uns ont les yeux bleus, d'autres ont des reflets roux dans les cheveux, et certains des hommes ont même le torse velu. Au lieu d'accepter l'évidence, Képler commence à s'imaginer qu'il est encore aux portes de la mort et que sa guérison n'est qu'une illusion due au délire, au coma et à la souffrance. Mais cela ne dure guère. Peu à peu, son état continue de s'améliorer et il est forcé de reconnaître qu'il est vivant et que tout ce qui l'entoure est réel.

"Ils se nommaient les Humains, écrit Barber, le Peuple, Ceux qui sont venus de Loin. Il y a long-temps, d'après les légendes qu'ils lui racontaient, leurs ancêtres avaient vécu sur la Lune. Mais une grande sécheresse avait privé le pays d'eau, et tous les Humains étaient morts sauf Pog et Ooma, le père et la mère originels. Pendant vingt-neuf jours et vingt-neuf nuits, Pog et Ooma avaient marché dans le désert, et quand ils étaient arrivés à la Mon-tagne des Miracles, ils avaient grimpé au sommet et s'étaient accrochés à un nuage. Le nuage-esprit les avait transportés dans l'espace pendant sept ans, et au bout de ce temps les avait posés sur la Terre, où ils avaient découvert la Forêt des Choses Pre-mières et entrepris de recommencer le monde. Pog et Ooma avaient procréé plus de deux cents enfants, et pendant de nombreuses années les Humains avaient vécu heureux ; ils se construisaient des maisons dans les arbres, cultivaient du maïs, chassaient le cerf enchanté et ramassaient des poissons dans l'eau. Les Autres habitaient aussi dans la Forêt des Choses Premières, et comme ils partageaient volon-tiers leurs secrets, les Humains avaient appris la Vaste Connaissance des plantes et des animaux, ce qui les avait aidés à se sentir chez eux sur la Terre. En échange de leur complaisance, les Humains à leur tour offraient aux Autres des cadeaux, et l'harmonie avait régné pendant des générations entre les deux peuples. Mais alors, de l'autre bout du monde, les Hommes Sauvages étaient arrivés un matin dans le pays, dans leurs grands voiliers de bois. Ces Visages Barbus avaient d'abord paru amicaux, puis ils avaient envahi la Forêt des Choses Premières et s'étaient mis à abattre des arbres. Quand les Humains et les Autres les avaient priés d'arrêter, les Hommes Sauvages avaient saisi leurs bâtons-à-foudre-et-à-tonnerre et les avaient tués. Les Humains avaient compris qu'ils ne pouvaient s'opposer à la puissance de telles armes, mais les Autres avaient décidé de résister et de se battre. Ce fut le temps des Adieux Terribles. Certains des Humains avaient rejoint les rangs des Autres, et quelques-uns des Autres s'étaient joints aux Humains, puis les chemins des deux familles s'étaient séparés. Abandonnant leurs maisons, les Humains étaient partis dans les Ténèbres et s'étaient enfoncés dans la Forêt des Choses Premières jusqu'à se sentir hors d'atteinte des Hommes Sauvages. Ceci devait se répéter plusieurs fois au cours des années, car, aussitôt qu'ils avaient établi un campement dans un nouveau coin de la Forêt et commençaient à s'y sentir bien, les Hommes Sauvages suivaient. Les Visages Barbus commençaient toujours par se montrer amicaux, mais ils se mettaient invariablement à abattre des arbres et à tuer des Humains, en invoquant à grands cris leur dieu, leur livre, et leur force indomptable. Les Humains avaient donc continué à errer et à se déplacer vers l'ouest, tentant toujours de garder leurs distances avec la progression des Hommes Sauvages. Ils étaient enfin arrivés à la lisière de la Forêt des Choses Premières et avaient découvert le Monde Plat, avec ses hivers interminables et ses étés brefs mais infernaux. De là, ils avaient poursuivi jusqu'au Pays dans le Ciel, et quand leur temps y avait été écoulé, ils étaient descendus dans la Contrée de l'Eau Rare, un lieu si aride et si désolé que les Hommes Sauvages avaient refusé d'y habiter. Quand on apercevait des Hommes Sauvages, ce n'était que parce qu'ils étaient en chemin vers un autre endroit, et ceux qui parfois restaient et se construisaient des maisons étaient si peu nombreux et si dispersés que les Humains pouvaient sans peine les éviter. C'était ici que les Humains habitaient depuis le début du Temps Nouveau, et il y avait si longtemps que cela durait que plus personne ne se souvenait de ce qui y avait existé avant."

Au début, leur langage est incompréhensible pour Képler, mais au bout de quelques semaines il en a acquis une maîtrise suffisante pour se débrouiller au cours d'une conversation simple. Il commence par les noms, le ceci et le cela du monde qui l'entoure, et son discours n'est pas plus subtil que celui d'un enfant. *Crenepos* veut dire femme. *Mantoac*, ce sont les dieux. *Okeepenauk* désigne une racine comestible, et *tapisco* signifie pierre. Il y a tant à assimiler à la fois qu'il est incapable de détecter dans ce langage la moindre cohérence structurale. Les pronoms ne paraissent pas exister en tant qu'entités distinctes, par exemple, mais font partie d'un système complexe de suffixes verbaux variables selon l'âge et le sexe du locuteur. Certains mots d'usage courant possèdent deux significations diamétralement opposées – le haut et le bas, midi et minuit, l'enfance et la vieillesse – et dans de nombreux cas le sens des paroles est modifié par l'expression du visage. Au bout de deux ou trois mois, la langue de Képler devient plus apte à prononcer les sons étranges de ces vocables, et il commence à distinguer dans la fondrière des syllabes indifférenciées des unités verbales plus petites, plus définies, tandis que son oreille s'affine, apprend à s'ajuster avec plus de subtilité aux nuances et aux intonations. Il s'aperçoit, non sans étonnement, qu'il lui semble entendre des traces d'anglais dans le parler des Humains – pas précisément de l'anglais tel qu'il le connaît, mais des bribes, des vestiges de mots anglais, une sorte d'anglais métamorphosé qui s'est glissé Dieu sait comment dans les fissures de cet autre langage. Une expression comme *Land of Little Water* (le Pays de l'Eau Rare), par exemple, devient un seul mot, Lan-o-li-wa. *Wild Men* (Hommes Sauvages) devient Wi-me, et *Flat World* (le Monde Plat), quelque chose qui ressemble à *flow*. Képler a d'abord tendance à écarter ces parallèles comme de simples coïncidences. Les sonorités débordent d'une langue à une autre, après tout, et il craint de se laisser emporter par son imagination. D'un autre côté, il semble que près d'un mot sur sept ou huit dans le langage des Humains corresponde à ce schéma, et quand Képler finit par mettre sa théorie à l'épreuve en inventant des locutions et en les essayant sur les Humains (des locutions qu'on ne lui a pas enseignées, mais qu'il a fabriquées selon la méthode – décortiquer et décomposer – qui lui avait permis de reconstituer les autres), il découvre que les Humains les reconnaissent comme leurs. Encouragé par ce succès, Képler commence à avancer quelques idées concernant les origines de cette tribu étrange. Nonobstant la légende d'après laquelle elle viendrait de la Lune, il pense que ces gens doivent être le produit d'un très ancien mélange de sang anglais et indien. "Perdu dans les forêts immenses du Nouveau Monde, écrit Barber, qui développe le fil des réflexions de Képler, menacé peut-être d'extinction, un groupe de colons primitifs pourrait très bien avoir demandé asile à une tribu indienne afin d'assurer sa survie face aux forces hostiles de la nature. Ces Indiens, songeait Képler, pourraient être les "Autres" dont faisaient état les légendes qu'on lui avait racontées. Dans ce cas, un certain nombre d'entre eux, après s'être séparés de l'ensemble, étaient peut-être partis vers l'ouest, pour s'établir enfin dans l'Utah. Poussant d'un pas encore son hypothèse, il considérait que l'histoire de leurs origines avait sans doute été composée *après* leur arrivée dans l'Utah, comme un moyen de retirer un réconfort moral de la décision de s'installer dans un lieu d'une telle aridité. Car nulle part au monde, se disait Képler, la Terre plus qu'ici ne ressemble à la Lune.

Ce n'est qu'après avoir appris à parler couramment leur langage que Képler comprend pourquoi les Humains l'ont sauvé. Ils lui expliquent que leur nombre diminue, et que s'ils ne peuvent inverser le processus, la nation entière disparaîtra dans le néant. Pensée Silencieuse, leur sage et leur chef, qui a quitté la tribu l'hiver précédent pour vivre seul dans le désert en priant pour leur salut, a été averti en rêve qu'un homme mort les délivrerait. Ils trouveraient son corps quelque part dans les falaises qui entourent le campement, et s'ils lui appliquaient les remèdes convenables il reviendrait à la vie. Tout cela s'était produit exactement selon les prédictions de Pensée Silencieuse. Képler a été découvert et ressuscité, et il dépend de lui maintenant qu'il soit le père de la nouvelle génération. Il est le Géniteur Sauvage tombé de la Lune, le Procréateur d'Ames Humaines, l'Homme-Esprit qui arrachera le Peuple à l'oubli.

A partir d'ici, l'écriture de Barber devient trébuchante. Sans le moindre sursaut de conscience, Képler se transforme en indigène et décide de rester chez les Humains, abandonnant pour toujours la perspective de retrouver sa femme et son fils. Délaissant le ton précis et intellectuel des trente premières pages, Barber se laisse aller à une série de longs passages fleuris de fantaisies lascives, avidité masturbatoire échevelée d'un adolescent. Les femmes ressemblent moins aux Indiennes d'Amérique du Nord qu'à des objets sexuels polynésiens, de belles vierges aux seins nus qui s'offrent à Képler en riant,

dans un abandon joyeux. C'est un pur fantasme :
une société d'avant la chute, innocente, peuplée de
nobles sauvages qui vivent en harmonie complète
entre eux et avec l'univers. Il ne faut pas longtemps
à Képler pour décréter que leur mode de vie est de
loin supérieur au sien. Heureux de partager le sort
des Humains, il secoue les rets de la civilisation du
XIXᵉ siècle et s'engage dans l'âge de la pierre.

Le premier chapitre s'achève avec la naissance
du premier enfant humain de Képler, et quinze ans
se sont écoulés quand s'ouvre le suivant. Nous
nous retrouvons à Long Island, témoins, à travers
le regard de John Képler Jr., âgé maintenant de dix-
huit ans, des funérailles de l'épouse américaine de
Képler. Résolu à élucider le mystère de la disparition
de son père, le jeune homme se met en route dès le
lendemain matin, selon le vrai mode épique, décidé à
consacrer à cette quête le restant de sa vie. Il arrive
dans l'Utah et voyage dans le désert pendant une
année et demie à la recherche d'indices. Grâce à
une chance miraculeuse (guère plausible, telle que
Barber la présente), il finit par atteindre par hasard
le campement des Humains dans les rochers. Il n'a
jamais envisagé la possibilité que son père vive
encore, mais holà, quand on le présente au chef et
sauveur barbu de cette petite tribu, qui compte maintenant près de cent âmes, il reconnaît en cet homme
les traits de John Képler. Stupéfait, il balbutie qu'il
est son fils américain, perdu depuis si longtemps,
mais Képler, calme et impassible, fait semblant de
ne pas le comprendre. "Je suis un homme-esprit

venu de la Lune, dit-il, et ces gens sont ma seule famille. Nous serons heureux de vous offrir à manger et un logement pour la nuit, mais il faut que vous partiez demain matin et que vous poursuiviez votre route." Ecrasé par ce rejet, le fils est envahi d'un désir de vengeance, et au milieu de la nuit il se glisse hors du lit, rampe jusqu'à Képler endormi et lui plonge un couteau dans le cœur. Avant que l'alarme puisse être donnée, il s'enfuit dans l'obscurité et disparaît.

Le crime n'a eu qu'un témoin, un garçon de douze ans nommé Jocomin (Yeux Sauvages), le fils préféré de Képler parmi les Humains. Jocomin poursuit le meurtrier pendant trois jours et trois nuits, mais il ne le trouve pas. Le matin du quatrième jour, il grimpe au sommet d'une mesa afin d'observer le paysage environnant et là, quelques minutes après avoir abandonné tout espoir, il rencontre Pensée Silencieuse en personne, le vieil homme-médecine qui avait quitté la tribu des années auparavant pour vivre en ermite dans le désert. Pensée Silencieuse adopte Jocomin et l'initie peu à peu aux mystères de son art, afin qu'il acquière, grâce à un entraînement de plusieurs années longues et pénibles, les pouvoirs magiques des Douze Métamorphoses. Jocomin est un élève doué et plein de bonne volonté. Non seulement il apprend à guérir les malades et à communiquer avec les dieux mais, après sept ans d'effort continu, il finit par pénétrer le secret de la Première Métamorphose et arriver, par la maîtrise de son corps et de son esprit, à se transformer en lézard. Les autres métamorphoses suivent à un rythme rapide : il devient une hirondelle, un faucon, un vautour ; il devient une pierre et un cactus ; il devient une taupe, un lapin et une sauterelle ; il devient un papillon et un serpent ; et enfin, conquérant l'ultime et la plus ardue des métamorphoses, il se mue en coyote. A ce moment, neuf ans ont passé depuis que Jocomin est venu vivre avec Pensée Silencieuse. Le vieil homme a enseigné tout ce qu'il savait à son fils adoptif, et il annonce à Jocomin que le moment est venu pour lui de mourir. Sans un mot de plus, il se drape dans ses vêtements de cérémonie et jeûne pendant trois jours, après quoi son esprit quitte son corps et s'envole vers la Lune, le lieu où séjournent après la mort les âmes des Humains.

Jocomin retourne au campement, dont il devient le chef. Les années passent. Les temps sont durs pour les Humains, et tandis que les épidémies succèdent aux périodes de sécheresse, et la discorde aux épidémies, Jocomin fait un rêve au cours duquel il est averti que la tribu ne retrouvera pas le bonheur tant que la mort de son père ne sera pas vengée. Dès le lendemain, après avoir pris conseil des anciens, Jocomin quitte les Humains et part vers l'est, s'enfonçant dans le monde des Hommes Sauvages à la recherche de John Képler Jr. Il prend le nom de Jack Moon et traverse le pays en travaillant pour payer son voyage, et il finit par arriver à New York, où il est embauché par une entreprise de construction spécialisée dans les gratte-ciel. Il fait partie de l'équipe la plus haute sur le chantier du Woolworth Building, une merveille architecturale qui restera pendant près de vingt ans la structure la plus élevée du monde. Jack Moon est un ouvrier magnifique, intrépide même à des altitudes terrifiantes, et il a bientôt gagné l'estime de ses camarades. En dehors du travail, néanmoins, il ne se lie pas, ne se fait pas d'amis. Il consacre tout son temps libre à la recherche de son demi-frère, et l'accomplissement de cette tâche lui prend près de deux ans. John Képler Jr. est devenu un homme d'affaires prospère. Avec sa femme et son fils âgé de six ans, il habite un hôtel particulier sur Pierrepont Avenue, à Brooklyn Heights, et on le conduit tous les matins à son bureau dans une longue voiture noire. Jack Moon épie la maison pendant plusieurs semaines, avec d'abord l'intention pure et simple de tuer Képler, puis il décide qu'il pourrait raffiner sa vengeance en enlevant le petit garçon pour le ramener avec lui au pays des Humains. Il réalise ceci sans être repéré, dérobant en plein jour le gamin à sa gouvernante, et c'est ainsi que se termine le quatrième chapitre du roman de Barber.

A son retour dans l'Utah avec l'enfant (qui entre-temps s'est pris pour lui d'une profonde affection), Jocomin s'aperçoit que tout a changé. Les Humains ont disparu, leurs maisons vides sont dépourvues du moindre signe de vie. Pendant six mois, il les recherche par monts et par vaux, mais en vain. Finalement, reconnaissant qu'il a été trahi par son rêve, il accepte comme une réalité la mort de tous les siens. Le cœur rempli de tristesse, il décide de rester là et de s'occuper du garçon comme de son propre fils, sans perdre toutefois l'espoir d'une régénération miraculeuse. Il donne à l'enfant le nom de Numa (New Man : Homme Nouveau) et s'efforce de ne pas perdre courage. Sept années s'écoulent. Il transmet à son fils adoptif les secrets appris de Pensée Silencieuse et puis, après trois ans encore de travail assidu, il réussit à accomplir la Treizième Métamorphose. Jocomin se transforme en femme, une femme jeune et fertile qui séduit l'adolescent de seize ans. Des jumeaux naissent neuf mois plus tard, un garçon et une fille, et à partir de ces deux enfants les Humains repeupleront le pays.

L'action revient alors à New York, où nous trouvons Képler Jr. qui cherche désespérément son fils perdu. Il suit sans succès une piste après l'autre et puis, par pur hasard – tout arrive par hasard dans le livre de Barber –, il est mis sur la trace de Jack Moon, et commence peu à peu à rassembler les morceaux du puzzle et à comprendre que son fils lui a été enlevé à cause de ce que lui-même a fait à son père. Il n'a d'autre possibilité que de repartir pour l'Utah. Képler a quarante ans, maintenant, et les fatigues d'une expédition dans le désert lui pèsent, pourtant il poursuit son voyage avec obstination, horrifié de retourner à l'endroit où il a tué son père vingt ans auparavant, mais sachant qu'il n'a pas le choix, que cet endroit est celui où il retrouvera son fils. Une pleine lune théâtrale pose au milieu du ciel pour la scène finale. Arrivé à portée du campement des Humains, Képler bivouaque dans les falaises pour la nuit, une carabine entre les mains tandis qu'il guette des signes d'activité. Sur une crête rocheuse voisine, à moins de vingt mètres, il aperçoit soudain un coyote dont la silhouette se détache sur la lune. Inquiet de tout dans ce territoire étranger et aride, Képler dirige instinctivement sa carabine vers l'animal et presse la détente. Le coyote est tué sur le coup, et Képler ne peut s'empêcher de se féliciter de son adresse. Ce qu'il ne réalise pas, bien entendu, c'est qu'il vient d'assassiner son propre fils. Avant d'avoir eu le temps de se lever pour se diriger vers l'animal abattu, il est assailli par trois autres coyotes surgis de l'obscurité. Incapable de parer leur attaque, il est mis en pièces en l'espace de quelques minutes.

Ainsi finit *le Sang de Képler*, l'unique incursion de Barber dans le domaine de la fiction. Compte tenu de son âge à l'époque où il l'a écrit, il serait injuste de critiquer son effort avec trop de sévérité. En dépit de tous ses défauts et de ses excès, ce livre m'est précieux en tant que document psychologique, et il démontre, mieux que toute autre preuve, la façon dont Barber a extériorisé les drames intimes de ses premières années. Il refuse d'accepter le fait que son père soit mort (d'où le sauvetage de Képler par les Humains) ; mais s'il n'est pas mort, rien ne l'excuse de n'être pas revenu auprès de sa famille (d'où le couteau que Képler Jr. enfonce dans le cœur de son propre père). L'idée de ce meurtre est cependant trop horrible pour ne pas inspirer de répulsion. Quiconque est capable d'une telle idée doit être puni, et c'est bien ce qui arrive à Képler Jr., dont le sort est plus affreux que celui de tous les autres personnages du livre. L'histoire entière est une danse complexe de culpabilité et de désir. Le désir se transforme en culpabilité, et puis, parce que cette culpabilité est intolérable, elle se mue en désir d'expiation, de soumission à une forme de justice cruelle et inexorable. Ce n'est pas par hasard, à mon avis, que Barber s'est spécialisé par la suite dans l'exploration de plusieurs des voies qui apparaissent dans *le Sang de Képler*. Les colons perdus de Roanoke, les récits d'hommes blancs qui ont vécu chez les Indiens, la mythologie de l'Ouest américain – tels sont les sujets que Barber a traités en tant qu'historien, et si scrupuleuse, si professionnelle qu'ait été sa manière de les aborder, il y avait toujours à l'arrière-plan de sa recherche un motif personnel, la conviction secrète que d'une certaine manière il fouillait les mystères de sa propre vie.

Au printemps 1939, Barber avait eu une dernière occasion d'en apprendre un peu plus au sujet de son père, mais cela n'avait rien donné. Il était alors en première année à Columbia, et vers la mi-mai, juste une semaine après son hypothétique rencontre avec oncle Victor à l'Exposition universelle, sa tante Clara l'avait appelé pour l'informer que sa mère venait de mourir dans son sommeil. Il avait pris le train de l'aube pour Long Island, puis affronté les diverses épreuves accompagnant l'enterrement : les discussions avec les pompes funèbres, la lecture du testament, les conversations tortueuses avec les avocats et les comptables. Secoué malgré lui de sanglots intermittents, il avait payé les factures de la maison de retraite où elle avait vécu les six derniers mois, signé des papiers et des formulaires. Après les funérailles, il était revenu loger dans la grande maison, conscient du fait que cette nuit était sans doute la dernière qu'il y passerait jamais. Il n'y restait plus alors que la tante Clara, et elle n'était pas en état de veiller pour bavarder avec lui. Une dernière fois ce jour-là, il avait repris avec patience le rituel consistant à l'assurer qu'elle était la bienvenue, qu'elle pouvait continuer à habiter la maison aussi longtemps qu'elle le désirerait. Une fois de plus, elle l'avait remercié de sa gentillesse en se dressant sur la pointe des pieds pour lui donner un baiser sur la joue, puis était retournée à la bouteille de sherry qu'elle gardait dissimulée dans sa chambre. Les domestiques avaient été sept à l'époque de la naissance de Barber, on n'en comptait plus qu'une – une femme noire, boiteuse, qui s'appelait Hattie Newcombe, cuisinait pour tante Clara et faisait de temps à autre un peu de ménage –, et depuis plusieurs années la maison paraissait s'effondrer autour de ses habitants. Après la mort du grand-père, en 1934, le jardin avait été abandonné, et ce qui avait un jour été une abondance décorative de fleurs et de pelouses était devenu un maquis terne de mauvaises herbes à hauteur d'homme. A l'intérieur, presque tous les plafonds étaient tendus de toiles d'araignée, on ne pouvait toucher les fauteuils sans provoquer l'émission de nuages de poussière ; les souris couraient comme des folles à travers les étages et Clara, toujours un peu ivre, avec son perpétuel sourire, ne remarquait rien. Cela durait depuis si longtemps que Barber avait cessé de s'en attrister. Il savait qu'il n'aurait jamais le courage de vivre dans cette maison, et une fois Clara morte de la même mort alcoolique que son mari, Binkey, peu lui importait que le toit s'écroule ou non.

Le lendemain matin, il avait trouvé tante Clara assise dans le salon du rez-de-chaussée. Il était encore trop tôt pour le premier verre de sherry (en règle générale, la bouteille n'était débouchée qu'après le repas de midi), et Barber s'était rendu compte que s'il désirait lui parler un jour il fallait que ce soit à ce moment-là. Quand il était entré dans la pièce, elle était assise dans un coin près d'une table de jeu, sa petite tête de moineau penchée sur une patience, et elle fredonnait pour elle-même une chanson vague, dépourvue de mélodie. "L'homme au trapèze volant", s'était-il dit en approchant, puis, passant derrière elle, il avait posé la main sur son épaule. Sous le châle de laine, le corps était tout en os.

"Le trois rouge sur le quatre noir," avait-il suggéré, en désignant les cartes sur la table.

Avec un claquement de langue pour sa propre stupidité, elle avait superposé les deux piles, puis retourné la carte qui venait d'être libérée. C'était un roi rouge. "Merci, Sol, avait-elle dit. Je me concentre mal, aujourd'hui. Je ne vois pas les coups que je devrais jouer, et puis je finis par tricher sans nécessité." Elle avait émis un petit rire étouffé, puis repris son chantonnement.

Barber s'était installé dans le fauteuil qui lui faisait face en cherchant comment il pourrait l'aborder. Il ne pensait pas qu'elle eût grand-chose à lui raconter, mais il n'avait personne d'autre à qui parler. Il était resté là pendant plusieurs minutes, se contentant d'observer son visage, d'examiner le réseau compliqué de ses rides, la poudre blanche qui formait des plaques sur ses joues, le rouge à lèvres grotesque. Il la trouvait pathétique, poignante. Cela n'avait pas dû être facile d'épouser un membre de cette famille, pensait-il, de partager pendant toutes ces années la vie du frère de sa mère, de ne pas avoir d'enfant. Binkey était un coureur de jupons, un gentil imbécile, qui avait épousé Clara dans les années 1880, moins d'une semaine après l'avoir vue sur la scène du théâtre Galileo de Providence, où elle était l'assistante du maestro Rudolfo dans son numéro de magie. Barber avait toujours aimé écouter les histoires abracadabrantes qu'elle racontait sur ses souvenirs du vaudeville, et il trouvait bizarre le fait qu'ils soient tous deux maintenant les derniers représentants de la famille. Le dernier Barber et la dernière Wheeler. Une fille de rien, comme sa grand-mère l'avait toujours désignée, petite putain pas bien maligne, qui avait perdu sa beauté depuis plus de trente ans, et messire Rotondité lui-même, l'enfant prodige né d'une folle et d'un fantôme, et qui ne cessait de s'épanouir. Jamais il n'avait éprouvé pour tante Clara plus de tendresse qu'à ce moment-là.

"Je repars à New York ce soir, avait-il dit.

— Ne t'en fais pas pour moi, avait-elle répondu sans quitter ses cartes des yeux. Je serai très bien ici toute seule. J'ai l'habitude, tu sais.

— Je repars ce soir, avait-il répété, et puis je ne remettrai jamais les pieds dans cette maison."

Tante Clara avait placé un six rouge sur un sept noir, parcouru la table du regard en quête d'un endroit où se débarrasser d'une reine noire, poussé un soupir de déception, puis relevé la tête vers Barber. "Oh, Sol, avait-elle dit, tu n'as pas besoin d'être si dramatique.

— Je ne suis pas dramatique. Simplement, c'est sans doute la dernière fois que nous nous voyons."

Tante Clara ne comprenait toujours pas. "Je sais que c'est triste de perdre sa mère, avait-elle dit. Mais tu ne dois pas prendre ça au tragique. C'est plutôt heureux qu'Elizabeth soit partie. Sa vie était un tourment, et maintenant elle est enfin en paix." Tante Clara s'était tue un instant, cherchant comment s'exprimer. "Tu ne dois pas te mettre des idées sottes dans la tête.

— Il ne s'agit pas de ma tête, tante Clara, mais de la maison. Je crois que je ne supporterais plus d'y venir.

— Mais c'est ta maison, maintenant. Elle t'appartient. Tout ce qui s'y trouve t'appartient.

— Ça ne veut pas dire que je dois la garder. Je peux m'en débarrasser si je veux.

— Mais, Solly... tu as dit hier que tu ne vendrais pas la maison. Tu as promis.

— Je ne la vendrai pas. Mais rien ne m'empêche de la donner, n'est-ce pas ?

— Ça revient au même. Elle appartiendrait à quelqu'un d'autre, et on me remballerait je ne sais où, je n'aurais plus qu'à mourir dans une chambre pleine de vieilles femmes.

— Pas si je te la donne, à toi. Alors tu pourrais rester.

— Cesse de dire des bêtises. Tu vas me faire attraper une crise cardiaque en parlant comme ça.

— Ce n'est pas compliqué de transférer l'acte. Je peux appeler le notaire aujourd'hui pour qu'il s'en occupe.

— Mais, Solly…

— Je prendrai sans doute certains des tableaux, mais tout le reste peut demeurer ici, avec toi.

— Ce n'est pas bien. Je ne sais pas pourquoi, mais ce n'est pas bien, tu ne devrais pas parler ainsi.

— Il faut juste que tu fasses une chose pour moi, avait-il poursuivi, en ignorant sa remarque. Je voudrais que tu fasses un testament en règle, et que dans ce testament tu lègues la maison à Hattie Newcombe.

— *Notre* Hattie Newcombe ?

— Oui, *notre* Hattie Newcombe.

— Mais Sol, crois-tu que ce soit bien convenable ? Je veux dire que Hattie… Hattie, tu sais, Hattie est…

— Est quoi, tante Clara ?

— Une femme de couleur. Hattie est une femme de couleur.

— Si Hattie est d'accord, je ne vois pas quel problème ça peut te poser.

— Mais que vont dire les gens ? Une femme de couleur, à Cliff House. Tu sais aussi bien que moi que dans cette ville les seuls Noirs sont des domestiques.

— N'empêche que Hattie est ta meilleure amie. Pour autant que je sache, elle est ta seule amie. Et pourquoi nous soucierions-nous de ce que disent les gens ? Rien n'est plus important en ce monde que d'être bons pour nos amis."

En comprenant que son neveu était sérieux, tante Clara avait été prise de fou rire. Tout un système mental avait été soudain démoli par ces paroles, et elle était ravie à l'idée qu'une telle chose fût possible. "Mon seul regret, c'est de devoir mourir avant qu'elle devienne propriétaire, avait-elle dit. J'aimerais pouvoir vivre et voir ça de mes yeux.

— Si le paradis est ce qu'on raconte, je suis certain que tu le verras.

— Sur ma vie, je ne comprendrai jamais pourquoi tu fais ça.

— Tu n'as pas besoin de comprendre. J'ai mes raisons, et tu n'as pas à t'en préoccuper. Je voudrais simplement bavarder d'abord avec toi de deux ou trois choses, et puis nous pourrons considérer que l'affaire est réglée.

— De quoi veux-tu parler ?

— Des choses anciennes. A propos du passé.

— Le théâtre Galileo ?

— Non, pas aujourd'hui. Je pensais à d'autres choses.

— Oh." Tante Clara, confuse, avait fait une pause momentanée. "C'est juste que tu as toujours aimé quand je te racontais des histoires de Rudolfo.

Comment il me mettait dans un cercueil pour me scier en deux. C'était un bon numéro, le meilleur du spectacle. Tu te rappelles ?

— Bien sûr, je me rappelle. Mais ce n'est pas cela que je voudrais évoquer aujourd'hui.

— Comme tu veux. Le passé, il y en a beaucoup, après tout, surtout quand on arrive à mon âge.

— Je pensais à mon père.

— Ah, ton père. Oui, ça aussi, c'était il y a longtemps. Il y a bien longtemps. Pas tant que certaines choses, mais tout de même.

— Je sais que Binkey et toi ne vous êtes installés dans la maison qu'après sa disparition, mais je me demandais si tu te souvenais de l'expédition qui était partie à sa recherche.

— Ton grand-père avait tout arrangé, avec M. Je-ne-sais-plus-son-nom.

— M. Byrne ?

— C'est ça, M. Byrne, le père du garçon. Ils ont cherché pendant près de six mois, mais ils n'ont jamais rien trouvé. Binkey aussi y est allé pendant quelque temps, tu sais. Il est revenu avec toutes sortes de drôles d'histoires. C'est lui qui pensait qu'ils avaient été tués par des Indiens.

— Mais c'était une simple supposition, n'est-ce pas ?

— Binkey était très fort pour inventer des fables. Il n'y avait jamais une once de vérité dans rien de ce qu'il disait.

— Et ma mère, est-ce qu'elle est partie là-bas, elle aussi ?

— Ta mère ? Oh non, Elizabeth est restée ici tout le temps. Elle n'était vraiment pas… comment dirais-je… pas en état de voyager.

— Parce qu'elle était enceinte ?

— Eh bien, en partie, sans doute.

— Et l'autre partie ?

— Son état mental. Elle n'était pas bien solide, à l'époque.

— Elle était déjà folle ?

— Elizabeth a toujours été ce qu'on pourrait appeler bizarre. En un instant, elle passait de la bouderie au rire et au chant. Même il y a des années, dans les premiers temps où je l'ai connue. *Très nerveuse*, c'est comme ça qu'on disait alors.

— Quand est-ce devenu pire ?

— Quand ton père n'est pas revenu.

— Ça s'est produit progressivement, ou elle a basculé tout d'un coup ?

— Tout d'un coup, Sol. Ç'a été terrible à voir.

— Tu l'as vu ?

— De mes propres yeux. Tout. Je ne l'oublierai jamais.

— Quand est-ce arrivé ?

— La nuit où tu… Je veux dire, une nuit… Je ne me rappelle plus laquelle. Une nuit en hiver.

— Quelle nuit était-ce, tante Clara ?

— Il neigeait. Il faisait froid dehors, et il y avait une forte tempête. Je m'en souviens parce que le docteur a eu de la peine à arriver.

— C'était une nuit de janvier, n'est-ce pas ?

— Peut-être. Il neige souvent en janvier. Mais je ne sais plus quel mois c'était.

— C'était le 11 janvier, n'est-ce pas ? La nuit où je suis né.

— Oh Sol, tu devrais arrêter de m'interroger là-dessus. Ça s'est passé il y a si longtemps, ça n'a plus d'importance.

— Pour moi, si, tante Clara. Et tu es la seule à pouvoir me le raconter. Tu comprends ? Tu es la seule, tante Clara.

— Tu n'as pas besoin de crier. Je t'entends parfaitement, Salomon. Pas la peine de me bousculer ni de dire des gros mots.

— Je ne te bouscule pas. J'essaie simplement de te poser une question.

— Tu connais déjà la réponse. Elle m'a échappé il y a un instant, et maintenant je le regrette.

— Tu ne dois pas le regretter. L'important, c'est de dire la vérité. Il n'y a rien de plus important.

— C'est que ça paraît si… si… je ne veux pas que tu penses que j'invente. J'étais près d'elle dans sa chambre, cette nuit-là, vois-tu. Molly Sharp et moi, nous y étions toutes les deux, on attendait l'arrivée du docteur, et Elizabeth criait et se débattait si fort qu'il me semblait que la maison allait s'écrouler.

— Que criait-elle ?

— Des choses affreuses. Ça me rend malade d'y penser.

— Raconte-moi, tante Clara.

— Elle criait tout le temps : «Il essaie de me tuer. Il essaie de me tuer. Ne le laissons pas sortir.»

— Elle parlait de moi ?

— Oui, du bébé. Ne me demande pas comment elle savait qu'il s'agissait d'un garçon, mais c'est comme ça. Le moment approchait, et toujours pas de docteur. Molly et moi, nous tentions de la faire s'étendre sur son lit, de la cajoler pour qu'elle se mette en bonne position, mais elle refusait de coopérer. «Ecarte les jambes, on lui disait, ça fera moins mal.» Mais Elizabeth ne voulait pas. Dieu sait où elle trouvait tant d'énergie. Elle nous échappait pour courir vers la porte, et répétait sans cesse ces hurlements terribles : «Il essaie de me tuer. Ne le laissons pas sortir.» Finalement, nous l'avons installée de force sur le lit, je devrais plutôt dire Molly, avec un petit peu d'aide de ma part – cette Molly Sharp était un bœuf – mais une fois là, elle a refusé d'ouvrir les jambes. «Je ne le laisserai pas sortir, criait-elle. Je l'étoufferai d'abord là-dedans. Enfant monstre, enfant monstre. Je ne le laisserai pas sortir avant de l'avoir tué.» Nous avons voulu l'obliger à écarter les jambes, mais Elizabeth se dérobait, elle ruait et se débattait, tant et si bien que Molly s'est mise à la gifler – vlan, vlan, vlan, aussi fort qu'elle pouvait – ce qui a mis Elizabeth dans une telle colère qu'après ça elle n'a plus été capable que de hurler, comme un bébé, le visage tout rouge, avec des cris perçants à réveiller les morts.

— Bon Dieu.

— De toute ma vie, je n'ai jamais rien vu de pire. C'est pour ça que je ne voulais pas t'en parler.

— Enfin, je suis tout de même sorti, n'est-ce pas ?

— Tu étais le bébé le plus gros et le plus costaud qu'on ait jamais vu. Plus de cinq kilos, a dit le docteur. Un géant. Je suis persuadée que si tu n'avais pas été si grand, Sol, tu n'y serais jamais arrivé. Souviens-toi toujours de cela. C'est grâce à ta taille que tu es venu au monde.

— Et ma mère ?

— Le docteur a fini par nous rejoindre – le docteur Bowles, celui qui est mort il y a six ou sept ans dans un accident d'auto – et il a fait une piqûre à Elizabeth, pour qu'elle dorme. Elle ne s'est réveillée que le lendemain, et entre-temps elle avait tout oublié. Je ne veux pas dire simplement la nuit précédente, mais tout – toute sa vie, tout ce qui s'était passé au cours des vingt dernières années. Quand Molly et moi t'avons apporté dans sa chambre pour qu'elle voie son fils, elle a cru que tu étais son petit frère. C'était si étrange, Sol. Elle était redevenue une petite fille, et elle ne savait plus qui elle était."

Barber s'apprêtait à lui poser encore une question, mais à cet instant précis l'horloge du vestibule s'était mise à sonner. Aussitôt attentive, tante Clara avait incliné la tête sur le côté en écoutant le carillon et en comptant les heures sur ses doigts. Quand l'horloge s'était tue, elle avait compté douze coups, et son visage avait pris une expression avide, presque implorante. "On dirait qu'il est midi, avait-elle annoncé. Il ne serait pas poli de faire attendre Hattie.

— Déjà l'heure du déjeuner ?

— J'en ai peur, avait-elle répondu en se levant

de son fauteuil. Il est temps de nous fortifier en prenant quelque nourriture.

— Vas-y déjà, tante Clara. Je te rejoins dans une minute."

En regardant tante Clara sortir de la pièce, Barber avait réalisé que la conversation était soudain terminée. Pis, il comprenait que jamais elle ne reprendrait. Il avait étalé tout son jeu en une partie, et il ne lui restait plus de maison pour acheter la vieille dame, plus aucun truc pour la persuader de parler.

Il avait ramassé les cartes éparpillées sur la table, mélangé le paquet, et entamé une partie de solitaire. "Solly Tear", s'était-il dit, en jouant de son nom*. Il avait décidé de persévérer jusqu'à ce qu'il gagne – et était resté assis là pendant plus d'une heure. Ensuite, le déjeuner était fini, mais cela paraissait sans importance. Pour une fois dans sa vie, il n'avait pas faim.

Quand Barber me raconta cette histoire, nous nous trouvions dans le café de l'hôtel, en train de prendre le petit déjeuner. C'était le dimanche matin et il ne nous restait guère de temps. Nous bûmes ensemble une dernière tasse de café et c'est dans l'ascenseur, comme nous remontions pour prendre ses bagages, qu'il m'en livra la fin. Sa tante Clara était morte en 1943, me dit-il. Elle avait bien fait don de Cliff House à Hattie Newcombe, qui avait habité la

* *Tear* veut dire larme, ou déchirement. *(N.d.T.)*

maison dans sa splendeur en ruine jusqu'à la fin de la décennie, régnant sur une armée d'enfants et de petits-enfants qui en occupaient les vastes appartements. Après sa mort, en 1951, son gendre Fred Robinson avait vendu la propriété à la société Cavalcante Development, et le vieil hôtel avait bientôt été abattu. Dix-huit mois plus tard, le terrain avait été divisé en vingt lots de deux mille mètres carrés, et sur chaque lot se dressait une villa flambant neuve, chacune identique aux dix-neuf autres.

"Si vous aviez prévu cela, demandai-je, l'auriez-vous néanmoins donnée ?

— Absolument, répondit-il en approchant une allumette de son cigare éteint et en soufflant de la fumée. Je n'ai jamais eu aucun regret. On n'a pas souvent l'occasion de se conduire de façon aussi extravagante, et je suis content de n'avoir pas laissé échapper celle-là. Tout bien considéré, donner cette maison à Hattie Newcombe est sans doute la chose la plus intelligente que j'aie jamais faite."

Nous attendions, debout devant l'hôtel, que le portier nous appelle un taxi. Quand le moment arriva de nous dire au revoir, Barber paraissait, de façon inexplicable, au bord des larmes. Je supposai qu'il manifestait une réaction tardive à la situation, que ce week-end avait tout compte fait été très dur pour lui – mais je n'avais bien entendu aucune idée de ce qu'il éprouvait, je ne pouvais même pas commencer à en imaginer le premier mot. Lui se séparait de son fils, tandis que moi, je voyais simplement partir un nouvel ami, un homme dont j'avais fait la connaissance deux jours avant. Le taxi était arrêté devant lui, avec le cliquetis frénétique de son compteur, tandis que le portier posait son sac dans le coffre. Barber ébaucha un geste, comme s'il allait m'embrasser, mais au dernier instant il se ravisa, me prit par les épaules avec maladresse et me les tint serrées.

"Vous êtes le premier à qui je raconte tout cela, me dit-il. Merci de m'avoir si bien écouté. J'ai l'impression… comment dire… j'ai l'impression qu'il y a un lien entre nous maintenant.

— Ce week-end a été mémorable, répliquai-je.

— Oui, c'est ça. Un week-end mémorable. Un week-end entre les week-ends."

Barber introduisit alors son énorme masse dans le taxi, me fit du siège arrière un signe, pouce en l'air, et disparut dans le flot des voitures. A ce moment-là, je pensais ne jamais le revoir. Nous avions parlé de notre affaire, exploré ce que nous pouvions avoir à explorer, et il me semblait que tout était dit. Même lorsque le manuscrit du *Sang de Képler* arriva par la poste, la semaine suivante, cela me parut moins une continuation de ce que nous avions entamé qu'une conclusion, une dernière enjolivure pour saluer notre rencontre. Barber m'avait promis de l'envoyer, et je ne vis là qu'une simple politesse. Je lui écrivis dès le lendemain pour le remercier, et répéter encore combien j'avais été heureux de faire sa connaissance, et puis je perdis contact avec lui pour de bon, selon toute apparence.

A Chinatown, c'était toujours le paradis. Kitty dansait et étudiait, et moi je continuais à écrire et à me promener. Columbus Day arriva, puis Thanksgiving, puis Noël et le Nouvel An. Puis, un beau matin de la mi-janvier, le téléphone sonna, et à l'autre bout de la ligne se trouvait Barber. Je lui demandai d'où il appelait, et quand il répondit New York, je perçus dans le ton de sa voix l'excitation et le bonheur.

"Si vous avez des loisirs, dis-je, ça me ferait plaisir de vous revoir.

— Oui, je l'espère de tout cœur. Mais vous n'avez pas besoin de déranger votre emploi du temps pour moi. J'ai l'intention de passer quelque temps ici.

— Votre collège doit vous avoir accordé une bonne période de repos entre deux semestres.

— En réalité, je suis de nouveau en congé. Je ne reprends qu'en septembre, et d'ici là j'ai pensé que je tâterais de la vie à New York. J'ai sous-loué un appartement dans la Dixième rue, entre la Cinquième et la Sixième avenue.

— C'est un joli quartier. Je m'y suis souvent promené.

— Intime et charmant, comme disent les annonces de l'agence immobilière. Je suis arrivé hier soir, et je suis très content. Il faudra que Kitty et vous me rendiez visite.

— Nous serons ravis. Dites un jour, nous viendrons.

— Epatant. Je vous rappellerai plus tard dans la semaine, dès que je serai installé. J'ai un projet dont je veux vous parler, préparez-vous à faire travailler vos méninges.

— Je ne suis pas certain que vous y trouverez grand-chose, mais en tout cas vous êtes le bienvenu."

Trois ou quatre jours plus tard, Kitty et moi allâmes dîner chez Barber, et après cela nous commençâmes à le voir souvent. C'est lui qui avait pris l'initiative de notre amitié, et s'il possédait une raison cachée de nous faire la cour, nous ne la devinions ni l'un ni l'autre. Il nous invitait au restaurant, au cinéma, au concert, nous emmenait en balade à la campagne le dimanche, et c'était un homme si débordant de bonne humeur et d'affection que nous ne pouvions lui résister. Coiffé, où qu'il aille, d'un de ses chapeaux extravagants, plaisantant à tout propos, impavide à l'égard des remous qu'il suscitait dans les lieux publics, Barber nous avait pris sous son aile comme s'il voulait nous adopter, Kitty et moi. Puisque nous étions tous deux orphelins, l'arrangement paraissait bénéfique pour tout le monde.

Le premier soir, il nous raconta que la succession d'Effing avait été réglée. Il avait hérité d'une somme considérable, et pour la première fois de sa vie ne dépendait plus de son travail. Si tout se passait comme il l'espérait, il n'aurait pas besoin de recommencer à enseigner avant deux ou trois ans. "C'est l'occasion pour moi de me montrer à la hauteur, nous dit-il, et je compte bien en profiter.

— Avec la fortune d'Effing, remarquai-je, j'aurais pensé que vous pourriez vous retirer pour de bon.

— Eh non. Il y a eu les droits de succession, des droits de propriété, les honoraires des hommes de loi, des frais dont je n'avais jamais entendu parler. Un gros morceau y est passé. Et puis, d'abord, il y avait beaucoup moins que nous ne l'avions imaginé.

— Vous voulez dire qu'il n'y avait pas de millions ?

— Pas vraiment. Plutôt des milliers. Quand tout a été terminé, Mme Hume et moi en sommes sortis avec quelque chose comme quarante-six mille dollars chacun.

— J'aurais dû m'en douter, fis-je. A l'entendre, il était l'homme le plus riche de New York.

— Oui, je pense en effet qu'il avait tendance à exagérer. Mais loin de moi l'idée de lui en vouloir. J'ai hérité quarante-six mille dollars de quelqu'un que je n'ai jamais rencontré. C'est plus d'argent que je n'en ai possédé dans toute ma vie. C'est une aubaine fantastique, une chance inimaginable."

Barber nous expliqua qu'il travaillait depuis trois ans à un livre sur Thomas Harriot. D'ordinaire, il aurait prévu d'y consacrer encore deux ans, mais maintenant qu'il n'avait plus d'autres obligations, il pensait pouvoir le terminer vers le milieu de l'été, à six ou sept mois de là. Il en vint alors au projet auquel il avait fait allusion lorsqu'il m'avait téléphoné. Il avait cette idée en tête depuis quelques semaines, nous dit-il, et il souhaitait mon avis avant de se mettre à y réfléchir sérieusement. Ce serait pour plus tard, une chose à entreprendre après avoir achevé le livre sur Harriot, mais, s'il s'y décidait, des préparatifs considérables seraient nécessaires. "Je pense que ça peut se réduire à une seule question, et je n'attends pas de vous que vous me fournissiez une réponse inconditionnelle, ajouta-t-il. Mais étant donné les circonstances, votre opinion est la seule à laquelle je puisse me fier."

Nous avions alors fini de dîner et, je m'en souviens, encore attablés tous les trois, nous buvions du cognac en fumant des cigares cubains que Barber avait rapportés en fraude lors d'un récent voyage au Canada. Nous étions un peu ivres et, dans l'humeur du moment, même Kitty avait accepté l'un des énormes Churchill que Barber avait offerts à la ronde. Cela m'amusait de la voir souffler la fumée, très calme, assise là, dans son *chipao*, mais le spectacle qu'offrait Barber, qui s'était habillé pour l'occasion et portait une veste de smoking bordeaux et un fez, était tout aussi drôle.

"Si je suis le seul, remarquai-je, ça doit avoir quelque chose à voir avec votre père.

— Oui, c'est ça, c'est tout à fait ça." Pour ponctuer sa réponse, Barber renversa la tête en arrière et envoya dans les airs un rond de fumée parfait. Kitty et moi le regardâmes avec admiration, suivant le O des yeux tandis qu'il flottait auprès de nous en tremblant et en perdant lentement sa forme. Après un instant de silence, Barber baissa la voix d'une octave entière pour annoncer : "Je pense à la caverne.

— Ah, la caverne, répétai-je. L'énigme de la caverne dans le désert.

— Je ne peux pas m'en empêcher. C'est comme ces vieilles chansons qui vous trottent en tête.

— Une vieille chanson. Une vieille histoire. Pas moyen de s'en débarrasser. Mais qu'est-ce qui nous dit que la caverne a jamais existé ?

— C'est ce que je voulais vous demander. C'est vous qui avez entendu l'histoire. Qu'en pensez-vous, M. S. ? Est-ce qu'il disait la vérité, oui ou non ?"

Sans me laisser le temps de rassembler mes esprits pour répondre, Kitty se pencha en avant, appuyée sur ses coudes, tourna la tête vers moi, à sa gauche, puis regarda Barber, à sa droite, puis résuma en une phrase le problème dans toute sa complexité. "Bien sûr qu'il disait la vérité, affirma-t-elle. Les faits n'étaient peut-être pas toujours exacts, mais il disait la vérité.

— Une réponse profonde, commenta Barber. Nul doute que ce ne soit la seule valable.

— J'en ai peur, ajoutai-je. Même s'il n'y a pas eu de caverne en réalité, il y a eu l'expérience d'une caverne. Tout dépend du point jusqu'où vous voulez le prendre au mot.

— Dans ce cas, poursuivit Barber, laissez-moi reformuler ma question. Etant donné qu'on ne peut pas avoir de certitude, dans quelle mesure croyez-vous que ça vaille la peine de prendre le risque ?

— Quel genre de risque ? demandai-je.

— Le risque de perdre son temps, dit Kitty.

— Je ne comprends toujours pas.

— Il veut retrouver la caverne, m'expliqua-t-elle. Ce n'est pas vrai, Sol ? Vous voulez partir là-bas et essayer de la trouver.

— Vous êtes très fine, ma chère, fit Barber. C'est exactement ce que j'ai en tête, et la tentation est très forte. S'il y a une possibilité que la caverne existe, je suis prêt à faire n'importe quoi pour la retrouver.

— Il y a une possibilité, dis-je. Ce n'est peut-être pas une forte possibilité, mais je ne vois pas pourquoi ça devrait vous freiner.

— Il ne peut pas faire ça seul, remarqua Kitty. Ce serait trop dangereux.

— Vrai, approuvai-je. Il ne faut jamais escalader seul les montagnes.

— En particulier pas les gros, ajouta Barber. Mais ce sont là des détails à examiner plus tard. L'important, c'est que vous pensiez que je dois le faire. N'est-ce pas ?

— Nous pourrions y aller tous ensemble, dit Kitty. M. S. et moi serions vos éclaireurs.

— Bien sûr", dis-je. Je me voyais soudain, vêtu d'un habit de peau de daim, en train de parcourir l'horizon du regard, sur mon cheval palomino. "Nous dénicherons cette fichue caverne, dussions-nous ne plus rien faire d'autre."

Pour être parfaitement honnête, je n'ai jamais cru à tout ceci. J'y voyais l'une de ces élucubrations nées de l'ivresse d'une soirée et que l'on oublie dès le lendemain matin, et même si nous continuions à parler de "l'expédition" à chacune de nos rencontres, je considérais qu'il ne s'agissait guère que d'une plaisanterie. Il était amusant d'étudier des cartes et des photographies, de discuter d'itinéraires et de conditions climatiques, mais il y avait quelque distance entre jouer avec ce projet et le prendre au sérieux. L'Utah était si loin, nos chances d'organiser un tel voyage paraissaient tellement minces que même si l'intention de Barber était réelle, je me représentais mal comment on pourrait la mettre en pratique. Mon scepticisme fut renforcé, un dimanche après-midi de février, par la vue de Barber en promenade dans les bois du comté de Berkshire. Il était si encombré par son excès de poids, d'une telle maladresse sur ses pieds, si gêné par sa difficulté à respirer qu'il ne pouvait avancer pendant plus de dix minutes sans être obligé de s'arrêter pour reprendre haleine. Le visage rougi par l'effort, il se laissait tomber sur la souche la plus proche et y restait assis aussi longtemps qu'il avait marché, avec son énorme torse agité de halètements désespérés et la sueur qui coulait de son béret écossais comme si son crâne avait été un bloc de glace en train de fondre. Si les douces collines du Massachusetts le mettaient dans un tel état, je me demandais comment il pourrait s'en tirer dans les canyons de l'Utah. Non, l'expédition n'était qu'une farce, un curieux petit exercice de mythomanie. Aussi longtemps qu'elle demeurait dans le domaine de la conversation, il n'y avait pas à s'en inquiéter. Mais nous comprenions tous deux, Kitty et moi, que si Barber faisait mine de s'apprêter au départ, notre devoir serait de le persuader d'y renoncer.

Si l'on considère la résistance que j'opposai dès l'origine à ce projet, il y a de l'ironie dans le fait que c'est moi, pour finir, qui suis parti à la recherche de la grotte. Huit mois seulement s'étaient écoulés depuis notre première discussion à ce sujet, mais tant de choses s'étaient passées entre-temps, tant de choses avaient été écrasées et détruites que mon sentiment initial n'avait plus d'importance. J'y suis allé parce que je n'avais pas le choix. Ce n'était pas que j'en eusse envie ; c'était simplement que les circonstances m'ôtaient toute possibilité de ne pas y aller.

A la fin de mars, Kitty s'aperçut qu'elle était enceinte, et au début de juin je l'avais perdue. Notre vie explosa en quelques semaines, et quand je compris enfin que les dégâts étaient irréparables, il me sembla qu'on m'avait arraché le cœur. Kitty et moi avions vécu jusque-là dans une harmonie sur-naturelle, et plus cela durait, moins il paraissait probable que quelque chose puisse nous séparer. Si nos relations avaient été plus combatives, si nous avions passé notre temps à nous disputer et à nous envoyer des assiettes à la tête, nous aurions peut-être été mieux préparés à affronter la crise. Mais cette découverte tomba comme un boulet de canon dans notre petite mare, et avant que nous ayons pu nous préparer au choc notre bateau avait coulé et nous barbotions pour tâcher de nous en tirer.

Ce ne fut jamais faute de nous aimer. Même quand nos batailles atteignirent des sommets d'intensité et de larmes, nous ne revînmes jamais là-dessus, nous ne reniâmes jamais les faits, jamais nous ne prétendîmes que nos sentiments avaient changé. Simplement, nous ne parlions plus le même langage. L'amour, pour Kitty, c'était nous deux, et rien d'autre. Un enfant n'y avait aucune part, et par conséquent, quelque décision que nous prenions, celle-ci ne devait dépendre que de ce que nous souhaitions pour nous-mêmes. Bien que ce fût elle qui était enceinte, le bébé n'était pour elle qu'une abstraction, une hypothétique instance de vie future, plutôt qu'une vie déjà réelle. Tant qu'il n'était pas né, il n'existait pas. A mes yeux, cependant, le bébé avait commencé à vivre dès l'instant où Kitty m'avait dit qu'elle le portait en elle. Même s'il n'était pas plus gros que le pouce, c'était un individu, une réalité incontestable. Il me semblait que, si nous nous résolvions à provoquer un avortement, ce serait pareil que de commettre un meurtre.

La raison était du côté de Kitty. Je le savais, et pourtant cela n'y changeait rien. Je m'enfermais dans une irrationalité obstinée, de plus en plus choqué par ma propre véhémence, mais incapable d'y mettre un frein. Kitty affirmait qu'elle était trop jeune pour devenir mère, et tout en reconnaissant que ce propos était légitime, je n'acceptai jamais de m'incliner. Nos propres mères n'étaient pas plus âgées que toi, répliquais-je, m'entêtant à relier deux situations qui n'avaient rien à voir l'une avec l'autre, et nous nous trouvions alors tout à coup au point crucial du problème. C'était bien pour nos mères, disait Kitty, mais elle, comment pourrait-elle continuer à danser s'il lui fallait s'occuper d'un bébé ? A quoi je répondais, affectant avec suffisance de savoir de quoi je parlais, que je m'en occuperais, moi. Impossible, disait-elle, on ne peut pas priver un nouveau-né de sa mère. Mettre au monde un enfant, c'est une responsabilité énorme, il ne faut pas la prendre à la légère. Un jour, ajoutait-elle, elle aimerait beaucoup que nous en ayons, mais il n'était pas encore temps, elle n'était pas prête. Mais le moment est venu, affirmais-je. Que tu le veuilles ou non, nous avons déjà fait un bébé, et maintenant il faut assumer la réalité. Quand nous en étions là, exaspérée par l'étroitesse d'esprit de mes arguments, Kitty ne manquait jamais de fondre en larmes.

Je détestais la voir pleurer ainsi, pourtant même cela ne me faisait pas céder. Je la regardais en me disant de laisser tomber, de l'entourer de mes bras en acceptant ce qu'elle voulait, et plus je m'efforçais d'adoucir mes sentiments, plus je devenais inflexible. J'avais envie d'être père, et, maintenant que cette perspective se trouvait à ma portée, je ne pouvais supporter l'idée d'y renoncer. Le bébé représentait pour moi la chance de compenser la solitude de mon enfance, de faire partie d'une famille, d'appartenir à quelque chose de plus grand que moi seul, et parce que je n'avais encore jamais eu conscience de ce désir, il m'envahissait, me débordait par grandes bouffées inarticulées et désespérées. Si ma mère à moi s'était conduite avec bon sens, criais-je à Kitty, je ne serais jamais né. Et puis, sans lui laisser le temps de répondre : Si tu tues notre bébé, tu me tueras en même temps que lui.

Le temps était contre nous. Nous ne disposions que de quelques semaines pour nous décider, et chaque jour la tension augmentait. Il n'existait plus pour nous d'autre sujet d'intérêt, nous en parlions sans cesse, ressassions en pleine nuit nos arguments, et regardions notre bonheur se dissoudre dans un océan de mots, d'accusations de trahison, d'épuisement. Pendant tout le temps que cela dura, nous ne bougeâmes ni l'un ni l'autre de nos positions. C'était Kitty qui était enceinte, et il me revenait donc de la convaincre, et non le contraire. Quand j'admis enfin que c'était sans espoir, je lui dis d'y aller, de faire ce qu'elle avait à faire. Je ne désirais pas la tourmenter davantage. Presque dans le même souffle, j'ajoutai que je paierais le coût de l'opération.

Les lois étaient différentes à cette époque, et la seule possibilité pour une femme d'obtenir un avortement légal était qu'un médecin certifie que la maternité risquait de mettre sa vie en danger. Dans l'Etat de New York, les interprétations de la loi étaient assez larges pour inclure le "danger mental" (ce qui voulait dire que la femme pourrait tenter de se tuer si le bébé naissait), et l'avis d'un psychiatre était donc valable. Comme Kitty était en parfaite santé, et que je ne voulais pas pour elle d'un avortement illégal – j'en avais une peur immense – elle ne put que rechercher un psychiatre disposé à lui rendre service. Elle finit par en trouver un, mais sa complaisance n'était pas bon marché. Avec en plus la note de l'hôpital Saint-Luc pour l'opération elle-même, j'en arrivai à dépenser plusieurs milliers de dollars afin de détruire mon propre enfant. J'étais à nouveau presque sans le sou, et quand je fus assis auprès du lit de Kitty à l'hôpital, en voyant l'expression vidée et torturée de son visage, je ne pus m'empêcher de penser que j'avais tout perdu, que j'avais été amputé de ma vie entière.

Le lendemain matin, nous rentrâmes ensemble à Chinatown, mais rien ne fut plus jamais comme avant. Nous avions l'un et l'autre réussi à nous convaincre que nous pouvions oublier ce qui était arrivé, mais lorsque nous voulûmes reprendre le cours de notre ancienne vie nous découvrîmes qu'elle n'existait plus. Après ces malheureuses semaines de discussions et de querelles, nous étions tous deux tombés dans le silence, comme si nous avions maintenant peur de nous regarder. L'avortement s'était révélé plus pénible que Kitty ne l'avait prévu, et malgré sa conviction d'avoir fait ce qu'il fallait, elle ne parvenait pas à se débarrasser de l'idée que c'était mal. Déprimée, meurtrie par ce qu'elle venait de subir, elle traînait dans le *loft* sa morosité comme un deuil. Je comprenais que j'aurais dû la consoler, mais je n'arrivais pas à trouver la force de surmonter mon propre chagrin. Je me contentais de la regarder souffrir, et à un moment donné je me rendis compte que j'y prenais plaisir, que je souhaitais qu'elle paie pour ce qu'elle avait fait. Ce moment fut le pire de tous, je crois, et quand je vis enfin la laideur et la cruauté qui se trouvaient en moi, je me retournai avec horreur contre moi-même. Je ne pouvais pas continuer ainsi. Je ne pouvais plus supporter d'être ce que j'étais. Quand je regardais Kitty, je ne voyais plus que ma méprisable faiblesse, le reflet monstrueux de ce que j'étais devenu.

Je lui expliquai que j'avais besoin de m'en aller quelque temps pour tâcher d'y voir clair, mais ce n'était que faute du courage de lui avouer la vérité. Kitty comprit, néanmoins. Elle n'avait pas besoin de me l'entendre dire pour savoir ce qui se passait et, le lendemain matin, quand elle me vit faire mes bagages et m'apprêter à partir, elle me supplia de rester auprès d'elle, elle alla jusqu'à se mettre à genoux pour me prier de ne pas m'en aller. Elle avait le visage déformé et inondé de larmes, mais à ce moment je n'étais plus qu'un bloc de bois et rien n'aurait pu me retenir. Je posai sur la table mes derniers mille dollars en disant à Kitty de s'en servir en mon absence. Puis je passai la porte. En arrivant en bas, dans la rue, je sanglotais déjà.

7

Barber m'hébergea dans son appartement jusqu'à la fin de ce printemps. Il refusa de me laisser payer ma part du loyer mais, comme mes fonds étaient retombés presque à zéro, je me trouvai bientôt un emploi. Je dormais sur le canapé du salon, me levais chaque matin à six heures et demie, et passais mes journées à monter et à descendre des meubles dans des cages d'escalier, pour un ami qui dirigeait une petite entreprise de déménagement. Je détestais ce travail, mais il était suffisamment épuisant pour mettre une sourdine à mes pensées, du moins au début. Plus tard, quand mon corps commença à s'habituer à la routine, je découvris que je ne pouvais m'endormir sans m'être d'abord assommé de boisson. Barber et moi restions à bavarder jusqu'aux environs de minuit, puis je demeurais seul au salon, confronté au choix entre fixer le plafond jusqu'à l'aube ou m'enivrer. Il me fallait en général toute une bouteille de vin avant de parvenir à fermer les yeux.

Barber n'aurait pu me traiter mieux, il n'aurait pu faire preuve de plus d'attention et de sympathie, mais je me trouvais dans un état si lamentable que je remarquais à peine sa présence. Kitty était pour moi la seule personne réelle, et son absence était si tangible, d'une insistance si accablante, que je ne pouvais penser à rien d'autre. Chaque nuit débutait avec la même douleur dans mon corps, le même besoin étouffant, lancinant, de me retrouver en contact avec elle, et avant d'avoir pu discerner ce qui m'arrivait, je ressentais les mêmes assauts sous la surface de ma peau, comme si les tissus qui me tenaient ensemble avaient été sur le point d'éclater. C'était l'état de manque dans sa forme la plus soudaine, la plus absolue. Le corps de Kitty faisait partie de mon corps, et sans elle à mon côté il me semblait n'être plus moi-même. Il me semblait avoir été mutilé.

A la suite de la douleur, des images défilaient dans ma tête. Je voyais les mains de Kitty tendues à me toucher, je voyais son dos nu et ses épaules, la courbe de ses fesses, son ventre lisse qui se ramassait quand elle s'asseyait sur le bord du lit pour enfiler ses collants. Il m'était impossible de chasser ces images, et l'une ne s'était pas sitôt présentée qu'elle en engendrait une autre, faisant revivre les plus intimes, les plus petits détails de notre vie commune. Je ne pouvais sans souffrance me rappeler notre bonheur, et pourtant, en dépit du mal qu'elle me faisait, je persistais à rechercher cette souffrance. Chaque soir, je pensais téléphoner à Kitty, et chaque soir je luttais contre cette tentation en appelant à la rescousse toutes les bribes de mon dégoût de moi-même afin de m'empêcher de céder. Après deux semaines d'une telle torture, je me sentais comme dévoré par les flammes.

Barber se désolait. Il se doutait qu'une chose terrible nous était arrivée, mais ni Kitty ni moi ne voulions lui expliquer ce dont il s'agissait. Au début, prenant sur lui de s'entremettre, il parlait avec l'un de nous puis se rendait chez l'autre pour faire état de la conversation, mais toutes ses allées et venues n'aboutirent jamais à rien. Chaque fois qu'il essayait d'arracher notre secret à l'un de nous, nous lui donnions tous deux la même réponse : Je ne peux rien te dire, va demander à l'autre. Barber ne douta jamais de l'amour que nous éprouvions encore l'un pour l'autre, et notre refus de toute action le laissait ahuri et frustré. Kitty souhaite que tu reviennes, me disait-il, mais elle pense que tu ne le feras pas. Je ne peux pas retourner, répondais-je. Je n'ai pas de plus cher désir, mais c'est impossible. Dans une stratégie du dernier recours, Barber alla jusqu'à nous inviter à dîner tous les deux en même temps (sans nous avertir que l'autre y serait aussi) mais son plan échoua car Kitty m'aperçut au moment où j'entrais dans le restaurant. Si elle avait tourné le coin deux secondes plus tard, cela aurait peut-être marché, mais elle put éviter le piège et, au lieu de nous rejoindre, elle fit demi-tour et rentra chez elle. Comme Barber lui demandait des explications, le lendemain, elle déclara qu'elle ne croyait pas aux machinations. "C'est à M. S. de faire le premier pas, dit-elle. J'ai fait une chose qui lui a brisé le cœur, et je pourrais comprendre qu'il ne veuille plus jamais me revoir. Il sait que je ne l'ai pas fait exprès, mais cela ne signifie pas qu'il doive me pardonner."

Après cela, Barber n'insista plus. Il cessa de porter des messages entre nous, et laissa la situation suivre son triste cours. Cette dernière déclaration de Kitty était caractéristique du courage et de la générosité que je lui ai toujours connus, et pendant des mois, même des années après, je n'ai jamais pu sans honte me souvenir de ces mots. Si quelqu'un avait souffert, c'était bien elle, et pourtant elle assumait la responsabilité de ce qui était arrivé. Si j'avais possédé ne fût-ce qu'une infime particule de sa bonté, je me serais aussitôt précipité chez elle, prosterné devant elle en la suppliant de me pardonner. Mais je ne fis rien. Les jours passaient, et je ne trouvais toujours pas en moi la force d'agir. Comme un animal blessé, je me pelotonnais dans ma peine en refusant de bouger. J'étais toujours là, sans doute, mais on ne pouvait plus me considérer comme présent.

S'il avait échoué dans son rôle de Cupidon, Barber continuait à faire tout ce qu'il pouvait pour me venir en aide. Il essayait de ranimer mon intérêt pour l'écriture, me parlait de livres, m'entraînait au cinéma, au restaurant, dans des bars, à des conférences ou à des concerts. Cela ne servait pas à grand-chose, mais je n'étais pas inconscient au point de ne pas apprécier ses efforts. Devant tant de dévouement, il était inévitable que je commence à me demander pourquoi il se dépensait à ce point pour moi. Penché sur sa machine à écrire pendant des six ou sept heures d'affilée, il menait tambour battant son livre sur Thomas Harriot, mais il paraissait toujours prêt à tout laisser tomber dès l'instant où je rentrais à l'appartement, comme s'il avait trouvé ma compagnie plus intéressante que son propre travail. J'en étais intrigué, car j'avais conscience d'être alors une compagnie particulièrement pénible, et je ne voyais pas quel plaisir on pouvait en retirer. A défaut d'autres idées, je me mis en tête qu'il était sans doute homosexuel, et trop excité par ma présence pour se concentrer sur autre chose. C'était une supposition logique, mais sans fondement – un coup de plus dans les ténèbres. Il ne me faisait aucune avance, et je voyais bien, à la façon dont il regardait les femmes dans la rue, que tous ses désirs convergeaient vers l'autre sexe. Quelle était la réponse, alors ? Peut-être la solitude, pensai-je, la solitude pure et simple. J'étais son unique ami à New York et, aussi longtemps qu'il ne rencontrait pas quelqu'un d'autre, il était prêt à m'accepter tel que j'étais.

Un soir de la fin juin, nous sortîmes ensemble pour prendre quelques bières à la *White Horse Tavern*. Il faisait une chaleur poisseuse, et quand nous fûmes installés à une table dans l'arrière-salle (la même que celle où Zimmer et moi étions venus souvent à l'automne soixante-neuf), Barber eut bientôt le visage dégoulinant de sueur. Tout en s'épongeant avec un immense mouchoir à carreaux, il avala son deuxième verre en une ou deux gorgées, puis frappa soudain du poing sur la table. "Il fait sacrément chaud, dans cette foutue ville, déclara-t-il. On s'en va pendant vingt-cinq ans, et on oublie ce que sont les étés.

— Attends juillet et août, dis-je. Tu n'as encore rien vu.

— J'en ai vu assez. Si je reste encore un peu, il faudra que je me balade vêtu de serviettes éponges. On dirait un bain turc.

— Tu pourrais t'offrir des vacances. Des tas de gens s'en vont pendant la saison chaude. La montagne, la plage, tu peux aller où tu veux.

— Il n'y a qu'un endroit qui m'intéresse. Je crois que tu sais lequel.

— Mais ton livre ? Je pensais que tu voulais le finir d'abord.

— C'était vrai. Mais j'ai changé d'avis.

— Ça ne peut pas être seulement à cause de la chaleur.

— Non, j'ai besoin de m'en aller un peu. Toi aussi, d'ailleurs.

— Moi, ça va, Sol, ça va tout à fait.

— Un changement de décor te ferait du bien. Plus rien ne te retient ici, et plus tu restes, plus tu vas mal. Je ne suis pas aveugle, tu sais.

— Je m'en remettrai. Ça va s'arranger, bientôt.

— Je ne parierais pas là-dessus. Tu es en panne, M. S., tu te ronges. Le seul remède, c'est de t'en aller.

— Je ne peux pas abandonner mon travail.

— Pourquoi pas ?

— D'abord, j'ai besoin de l'argent. Ensuite, Stan compte sur moi. Ce ne serait pas chic de le laisser tomber comme ça.

— Donne-lui un préavis de quelques semaines. Il trouvera quelqu'un d'autre.

— Tout simplement ?

— Oui, tout simplement. Je sais que tu es un jeune homme assez costaud, mais je ne te vois pas bien dans la peau d'un déménageur pour le restant de tes jours.

— Je n'envisage pas d'en faire une carrière. C'est ce qu'on appellerait une situation temporaire.

— Eh bien, je t'offre une autre situation temporaire. Tu peux être mon assistant, mon éclaireur, mon bras droit. Le marché inclut le logement et les repas, les frais payés, et tout l'argent de poche dont tu penserais avoir besoin. Si ces conditions ne te satisfont pas, je suis prêt à négocier. Qu'en dis-tu ?

— C'est l'été. Si tu trouves New York pénible, le désert sera pire encore. Nous allons rôtir si nous y allons maintenant.

— Ce n'est pas le Sahara. Nous achèterons une voiture climatisée et nous voyagerons dans le confort.

— Et où irons-nous ? Nous n'en avons pas la moindre idée, nous ne savons même pas où commencer.

— Bien sûr que si. Je ne prétends pas que nous trouverons ce que nous cherchons, mais nous pouvons situer le territoire. Le sud-est de l'Utah, en partant de la ville de Bluff. Nous ne risquons rien à essayer."

La discussion se poursuivit pendant plusieurs heures et, peu à peu, Barber eut raison de ma résistance.

A chaque argument que je lui avançais, il répliquait par un contre-argument ; à chacune de mes propositions négatives, il en opposait deux ou trois positives. Je ne sais pas comment il s'y prit, mais à la fin il avait réussi à me rendre presque heureux d'avoir cédé. Peut-être étais-je séduit par le caractère foncièrement désespéré de l'entreprise. Si j'avais cru que nous ayons la moindre chance de repérer la grotte, je crois que je ne serais pas parti, mais à cette époque l'idée d'une quête inutile, d'un voyage dès le départ promis à l'échec cadrait bien avec ma façon d'envisager les choses. Nous chercherions, et nous ne trouverions pas. Seule compterait la tentative, il ne nous resterait à la fin que la futilité de nos ambitions. C'était là une métaphore avec laquelle je pouvais vivre, le saut dans le vide dont j'avais toujours rêvé. J'échangeai une poignée de main avec Barber, en lui disant de compter sur moi.

Pendant deux semaines, nous peaufinâmes notre projet. Au lieu de couper tout droit, nous décidâmes de commencer par un détour sentimental, en nous arrêtant d'abord à Chicago puis en nous dirigeant vers le nord et le Minnesota, avant de nous lancer sur la route de l'Utah. Cela représenterait un détour d'un millier et demi de kilomètres, mais nous ne considérions ni l'un ni l'autre que ce fût un problème. Nous n'étions pas pressés d'arriver, et quand j'expliquai à Barber que je souhaitais rendre visite au cimetière où ma mère et mon oncle étaient enterrés il ne souleva aucune objection. Du moment que nous allions à Chicago, ajouta-t-il, pourquoi ne pas nous écarter encore un peu de notre route afin de monter à Northfield pour quelques jours ? Il lui restait là-bas quelques affaires à régler, et il pourrait en profiter pour me montrer, dans le grenier de sa maison, la collection des tableaux et des dessins de son père. Je ne pris pas la peine de lui signaler que je les avais évités, jusque-là. Dans l'esprit de l'expédition où nous étions sur le point de nous embarquer, je disais oui à tout.

Trois jours plus tard, Barber acheta à un homme de Queens une voiture climatisée. C'était une Pontiac Bonneville rouge de 1965, dont le compteur n'indiquait que soixante-douze mille kilomètres. Il s'était épris de son aspect rutilant et de sa rapidité, et ne marchanda guère. "Qu'en penses-tu ? me répétait-il tandis que nous l'inspections. C'est pas de la bagnole, ça ?" Il fallait remplacer le pot d'échappement et les pneus, le carburateur avait besoin d'un réglage, et l'arrière était cabossé, mais la décision de Barber était prise et je ne voyais pas l'intérêt d'essayer de l'en dissuader. Malgré tous ses défauts, cette voiture était une belle petite mécanique, comme il disait, et je pensai qu'elle ferait l'affaire aussi bien que n'importe quelle autre. Nous la sortîmes pour un tour d'essai, et tandis que nous parcourions en tous sens les rues de Flushing, Barber me fit un cours enthousiaste sur la rébellion de Pontiac contre lord Amherst. N'oublions pas, dit-il, que cette voiture porte le nom d'un grand chef indien. Cela ajoutera une dimension à notre voyage. En roulant dedans vers l'ouest, nous rendrons hommage aux morts et à la mémoire des vaillants guerriers qui se sont dressés pour défendre le pays que nous leur avons volé.

Nous achetâmes des chaussures de randonnée, des lunettes de soleil, des sacs à dos, des cantines, des jumelles, des sacs de couchage et une tente. Après avoir consacré encore une semaine et demie à l'entreprise de déménagement de mon ami Stan, je pus me retirer avec bonne conscience après que l'un de ses cousins, arrivé en ville pour l'été, eut accepté de prendre ma place. Barber et moi sortîmes faire un dernier dîner à New York (des sandwiches au corned-beef au *Stage Deli*) et remontâmes à l'appartement vers neuf heures, avec l'intention de nous coucher à une heure raisonnable, afin de partir tôt le lendemain matin. C'était le début de juillet 1971. J'avais vingt-quatre ans, et l'impression que ma vie avait abouti à un cul-de-sac. Couché sur le canapé dans l'obscurité, j'entendis Barber traverser la cuisine sur la pointe des pieds pour téléphoner à Kitty. Je ne distinguais pas tout ce qu'il disait, mais il me sembla qu'il lui parlait de notre voyage. "Rien n'est certain, chuchota-t-il, mais ça pourrait lui faire du bien. A notre retour, il sera peut-être prêt à te revoir." Il ne m'était pas difficile de deviner de qui il s'agissait. Lorsque Barber fut rentré dans sa chambre, je rallumai la lumière et débouchai une nouvelle bouteille de vin, mais l'alcool paraissait avoir perdu sur moi tout pouvoir. Quand Barber arriva à six heures du matin pour m'éveiller, je ne devais pas avoir dormi plus de vingt ou trente minutes.

A sept heures moins le quart nous étions sur la route. Barber conduisait, et je buvais du café noir dans un thermos, assis à la place du mort. Pendant les deux premières heures, je ne fus qu'à moitié conscient, mais une fois que nous atteignîmes les vastes paysages de Pennsylvanie j'émergeai lentement de ma torpeur. A partir de là et jusqu'à notre arrivée à Chicago, nous bavardâmes sans interruption, en prenant le volant chacun à notre tour, à travers l'ouest de la Pennsylvanie, l'Ohio et l'Indiana. Si la majeure partie de ce que nous avons dit m'échappe aujourd'hui, c'est sans doute parce que nous ne cessions de passer d'un sujet à un autre, au rythme même où le paysage disparaissait sans cesse derrière nous. Nous avons parlé un moment de voitures, je m'en souviens, et de la façon dont elles avaient transformé l'Amérique ; nous avons parlé d'Effing ; nous avons parlé de la tour de Tesla, à Long Island. J'entends encore Barber se racler la gorge, tandis que nous quittions l'Ohio pour entrer dans l'Indiana, en se préparant à m'adresser un long discours sur l'esprit de Tecumseh, mais, malgré tous mes efforts, je n'arrive pas à m'en remémorer la moindre phrase. Plus tard, tandis que le soleil commençait à baisser, nous consacrâmes plus d'une heure à l'énumération de nos préférences dans tous les domaines que nous pouvions imaginer : nos romans favoris, nos mets favoris, nos joueurs de base-ball favoris. Nous devons avoir aligné plus de cent catégories, tout un index de goûts personnels. Je citais Roberto Clemente, Barber répliquait Al Kaline. Je disais *Don Quichotte*, il répondait *Tom Jones*. Nous préférions tous deux Schubert à Schumann, mais Barber avait un faible pour Brahms, et moi pas. D'autre part, il trouvait Couperin ennuyeux, alors que je n'aurais jamais pu me lasser des *Barricades mystérieuses*. Il disait Tolstoï, je disais Dostoïevski. Il disait *Bleak House*, je disais *Our Mutual Friend*. De tous les fruits connus de l'homme, nous tombâmes d'accord que le citron avait le meilleur parfum.

Nous passâmes la nuit dans un motel aux environs de Chicago. Le lendemain, après avoir pris le petit déjeuner, nous circulâmes au hasard jusqu'à ce que nous découvrions un fleuriste, auquel j'achetai deux bouquets identiques pour ma mère et pour l'oncle Victor. Dans la voiture, Barber était étrangement en retrait, mais je pensai que c'était à cause de la grande fatigue de la veille et ne m'y attardai pas. Nous eûmes un peu de peine à trouver le cimetière de Westlawn (quelques erreurs de direction, un grand détour qui nous entraîna dans le mauvais sens), et quand nous passâmes enfin les grilles il était près de onze heures. Il nous fallut encore vingt minutes pour localiser les tombes, et lorsque nous sortîmes de la voiture dans la chaleur torride de l'été, je me souviens que nous n'échangeâmes pas un mot. Une équipe de quatre hommes finissait de creuser une tombe pour quelqu'un à plusieurs lots de distance de ceux de ma mère et de mon oncle, et nous restâmes une minute ou deux debout à côté de la voiture, en regardant les fossoyeurs charger leurs bêches à l'arrière de leur pick-up vert et s'en aller. Leur présence était une intrusion, et nous comprenions tous deux, par un accord tacite, qu'il nous fallait attendre qu'ils aient disparu, que nous ne pouvions faire ce pour quoi nous étions venus que si nous étions seuls.

Après cela, tout se passa très vite. Nous traversâmes l'allée, et en apercevant les noms de ma mère et de mon oncle sur les petites stèles de pierre je me surpris soudain à refouler des larmes. Je ne m'étais pas attendu à une réaction aussi violente, mais lorsque je réalisai qu'ils gisaient effectivement là, tous les deux, sous mes pieds, je fus pris d'un tremblement incoercible. Plusieurs minutes s'écoulèrent, je crois, mais ce n'est qu'une supposition. Je ne revois guère qu'un brouillard, quelques gestes isolés dans le flou du souvenir. Je me rappelle avoir déposé un caillou sur chaque stèle, et de temps à autre je parviens à m'entrevoir un instant, à quatre pattes, en train d'arracher avec frénésie les mauvaises herbes qui poussaient dans le gazon couvrant les tombes. Quant à Barber, j'ai beau le chercher, je n'arrive pas à le situer dans le tableau. Ceci me suggère que j'étais trop ému pour faire attention à lui, que pendant l'intervalle de ces quelques minutes j'avais oublié sa présence. L'histoire avait commencé sans moi, pour ainsi dire, et quand j'y entrai à mon tour, l'action était déjà engagée, elle échappait à tout contrôle.

Je ne sais trop comment, je me retrouvai auprès de Barber. Nous étions debout tous les deux l'un à côté de l'autre devant la tombe de ma mère, et quand je tournai la tête vers lui je m'aperçus que ses joues ruisselaient de larmes. Il sanglotait, et en entendant les sons étouffés et pathétiques qu'il émettait, je me rendis compte qu'il y avait un moment que cela durait. Je crois avoir dit quelque chose, alors. Que se passe-t-il, ou pourquoi pleures-tu, je ne me souviens pas des mots exacts. De toute façon, Barber ne m'entendait pas. Il contemplait la tombe de ma mère en pleurant, sous l'immensité bleue du ciel, comme s'il avait été le dernier survivant dans l'univers.

"Emily, finit-il par balbutier. Ma petite Emily chérie… Regarde-toi, maintenant… Si seulement tu n'étais pas partie… Si seulement tu m'avais laissé t'aimer… Ma douce petite Emily chérie… C'est un tel gâchis, un si atroce gâchis…"

Les mots lui échappaient en un spasme haletant, un débordement de chagrin qui se brisait en éclats au contact de l'air. Je l'écoutais comme si la terre s'était adressée à moi, comme j'aurais écouté les morts dans leurs tombes. Barber avait aimé ma mère. A partir de ce simple fait incontestable, tout le reste s'était mis en mouvement, vacillait, s'écroulait – le monde entier commençait à se réorganiser devant mes yeux. Il ne l'avait pas dit en clair, mais soudain je savais. Je savais qui il était, je savais soudain tout.

Au premier moment, ma seule réaction fut la colère, un sursaut infernal de nausée et de dégoût. "Qu'est-ce que tu racontes ?" lui demandai-je, et

comme il ne me regardait toujours pas, je le bous-
culai des deux mains, je secouai son énorme bras
droit en le frappant avec fureur. "Qu'est-ce que tu
racontes ? répétai-je. Dis quelque chose, espèce de
gros plein de soupe, dis quelque chose ou je te
casse la figure."

Alors Barber se tourna vers moi, mais il ne réussit qu'à secouer la tête d'avant en arrière, comme
s'il tentait de m'expliquer l'inutilité de toute parole.
"Seigneur Dieu, Marco, quel besoin avais-tu de
m'amener ici ? fit-il enfin. Ne pouvais-tu pas te
douter que ceci arriverait ?

— Me douter ! criai-je. Comment diable aurais-
je pu me douter ? Tu n'as jamais rien dit, tu n'es
qu'un menteur. Tu t'es foutu de moi, et maintenant
tu voudrais que je te plaigne. Et moi, là-dedans ? Et
moi, gros hippopotame dégueulasse ?"

Comme un fou, je donnais libre cours à ma rage
en hurlant à pleins poumons dans la chaleur de l'été.
Après quelques instants, Barber se mit à reculer en
titubant, hors de portée de mes assauts, comme s'il
ne pouvait en supporter davantage. Il pleurait toujours, et marchait le visage enfoui dans les mains.
Aveugle à tout ce qui l'entourait, il s'élança entre les
rangées de tombes avec des sanglots sonores,
tandis que je continuais à l'invectiver. Le soleil était
tout en haut du ciel, et le cimetière entier paraissait
vibrer dans une luminosité étrange, pulsée, comme si
son éclat était devenu trop violent pour être réel. Je
vis Barber faire quelques pas encore et puis, au
moment où il arrivait près de la tombe qui avait été

creusée le matin, commencer à perdre l'équilibre. Il avait sans doute trébuché sur un caillou ou une irrégularité du sol, et il perdit pied tout à coup. Ce fut très rapide. Ses bras s'écartèrent des deux côtés, comme des ailes, avec des battements désespérés, mais il n'eut pas le temps de se redresser. Un instant, il était là, et l'instant suivant il tombait en arrière dans la fosse. Avant même d'avoir pu me mettre à courir vers lui, j'entendis son corps atterrir au fond avec un bruit sourd.

Il fallut une grue pour le sortir de là. Au premier regard que je jetai dans le trou, je ne pus m'assurer s'il était mort ou vivant, et faute de prises le long des côtés, il me semblait trop hasardeux de tenter de le rejoindre. Il gisait sur le dos, les yeux fermés, dans une immobilité complète. Je craignais de tomber sur lui si je me risquais à descendre, et me précipitai donc dans la voiture pour aller demander au concierge d'appeler du secours par téléphone. Une équipe d'urgence arriva dix minutes après sur la scène, mais se trouva bientôt confrontée au problème qui m'avait paralysé. Après un peu de flottement, nous réussîmes, en nous tenant tous par les mains, à aider un des secouristes à atteindre le fond. Il annonça que Barber était vivant, mais à part cela les nouvelles n'étaient pas bonnes. Commotion, nous dit-il, peut-être même fracture du crâne. Puis, après un bref silence, il ajouta : "Il est possible que son dos soit brisé. Faudra faire gaffe en le sortant d'ici."

Il était six heures du soir quand Barber fut enfin voituré dans la salle des urgences de l'hôpital du comté de Cook. Il était toujours inconscient, et ne manifesta avant quatre jours aucun signe de retour à la vie. Les médecins lui opérèrent le dos, l'installèrent sous traction, et me dirent de serrer les pouces. Pendant les premières quarante-huit heures, je ne quittai pas l'hôpital, mais, quand il devint évident que nous étions là pour longtemps, j'utilisai la carte American Express de Barber pour prendre une chambre dans un motel voisin, l'*Eden Rock*, un endroit minable, sinistre, avec des murs verts tachés et un lit plein de bosses, où je n'allais que pour dormir. Lorsque Barber fut sorti du coma, je passai à l'hôpital dix-huit ou dix-neuf heures par jour, et ce fut là tout mon univers au cours des deux mois qui suivirent. Jusqu'au moment de sa mort, je ne fis rien que rester auprès de lui.

Durant le premier mois, les choses ne paraissaient pas du tout devoir se terminer aussi mal. Gainé dans un immense moule de plâtre suspendu par des poulies, Barber flottait dans l'espace comme s'il avait défié les lois de la physique. Il était immobilisé au point de ne pouvoir tourner la tête, ni manger sans qu'on lui enfonce des tubes dans la gorge ; néanmoins il faisait des progrès et semblait se rétablir. Le plus important pour lui, me confia-t-il, était la satisfaction que la vérité fût enfin révélée. S'il lui fallait en échange rester dans le plâtre pendant quelques mois, il trouvait que ça valait la peine."Mes os peuvent bien être cassés, me dit-il un après-midi, mais mon cœur va mieux, lui, enfin."

C'est au long de cette période qu'il me raconta son histoire. Comme il ne pouvait rien faire d'autre que parler, il finit par dresser pour moi un compte rendu exhaustif et méticuleux de sa vie entière. J'entendis tous les détails de son idylle avec ma mère, la déprimante saga de son séjour à l'YMCA de Cleveland, la relation des voyages qui s'étaient succédé au cœur de l'Amérique. Il va sans dire, je suppose, que mon éclat de colère à son égard dans le cimetière s'était dissipé depuis longtemps mais, bien que ses révélations n'eussent guère laissé de place au doute, quelque chose en moi hésitait à le reconnaître pour mon père. Oui, il était certain que Barber avait couché avec ma mère une nuit de 1946 ; et, oui, il était certain aussi que j'étais né neuf mois après ; mais comment pouvais-je être sûr que Barber était le seul homme qu'elle ait connu ? Si peu probable que ce fût, il était possible néanmoins qu'elle ait fréquenté deux hommes en même temps. Dans ce cas, l'autre était peut-être celui qui l'avait rendue enceinte. Telle était ma seule défense contre une conviction totale, et j'éprouvais de la réticence à y renoncer. Tant qu'une once de scepticisme restait possible, je n'étais pas obligé d'admettre qu'il s'était passé quelque chose. Cette attitude paraît inattendue, mais avec du recul, maintenant, elle ne me semble pas dépourvue d'un certain sens. Après vingt-quatre années vécues dans une interrogation sans réponse, j'avais peu à peu adopté cette énigme comme le fait central de mon identité. Mes origines étaient un mystère, et je ne saurais jamais d'où je venais. C'était ce qui me définissait, et je m'étais habitué à ma propre obscurité, je m'y accrochais comme à une source de connaissance et de respect de moi-même, je m'y fiais comme à une nécessité ontologique. Si fort que j'eusse pu rêver de connaître mon père, je n'avais jamais cru que ce fût possible. Maintenant que je l'avais retrouvé, la rupture interne était si violente que ma première réaction était de refuser l'évidence. La cause de ce refus n'était pas Barber, mais la situation même. Il était mon meilleur ami, et je l'aimais. S'il existait au monde un homme que j'aurais choisi pour père, c'était lui. Et pourtant je ne pouvais pas. Mon organisme entier avait reçu un choc, et je ne savais comment l'encaisser.

Les semaines se succédaient, et il me devint impossible à la longue de refuser de voir les faits. Immobilisé par son carcan rigide de plâtre blanc, Barber ne pouvait rien absorber de solide, et il se mit bientôt à perdre du poids. Sur cet homme habitué à se gorger de milliers de calories par jour, ce changement abrupt de régime fut suivi d'effets immédiats et spectaculaires. Il faut beaucoup d'assiduité pour entretenir un si monumental excès de graisse, et dès que l'on réduit sa consommation les kilos diminuent vite. Au début, Barber s'en plaignait, et il lui arriva même plusieurs fois de pleurer de faim, mais au bout de quelque temps il se mit à considérer cette diète forcée comme un bienfait déguisé.

"C'est l'occasion d'accomplir ce que je n'ai encore jamais réussi, me dit-il. Rends-toi compte, M. S. Si je continue comme ça, j'aurai perdu pas loin de cinquante kilos quand je sortirai d'ici. Peut-être même plus. Je serai un autre homme. Je n'aurai plus jamais besoin de me ressembler."

Sur les côtés de son crâne, les cheveux repoussaient (un mélange de gris et d'acajou) et le contraste entre ces couleurs et celle de ses yeux (un bleu sombre, aux reflets gris acier) donnait l'impression de mettre sa tête en valeur avec une clarté, une netteté nouvelles, comme si elle avait été en train d'émerger progressivement de l'atmosphère indifférenciée qui l'entourait. Au bout de dix ou douze jours d'hôpital, sa peau était devenue d'une blancheur mortelle, mais cette pâleur s'accompagnait d'un amincissement de ses joues, et, au fur et à mesure que la bouffissure des cellules graisseuses et de la chair enflée continuait à disparaître, un deuxième Barber apparaissait, un Barber secret, enfoui depuis des années au fond de ce corps. La transformation était stupéfiante et, une fois bien engagée, entraîna quantité d'effets secondaires. Au début je ne remarquai rien mais un matin, trois semaines environ après son arrivée à l'hôpital, j'aperçus en le regardant quelque chose de familier. Ce ne fut qu'un éclair momentané, dissipé avant même que j'aie pu identifier ce qui m'était apparu. Deux jours plus tard, quelque chose de similaire se produisit, qui dura juste assez cette fois pour que je me rende compte que la zone de reconnaissance était localisée aux environs des yeux, peut-être même dans les yeux. Je me demandai si je n'avais pas remarqué un air de famille avec Effing, si l'expression du regard que Barber venait de me lancer ne m'avait pas rappelé son père. Quoi qu'il en fût, ce bref instant était troublant et, pendant tout le reste de la journée, je me sentis incapable de le chasser de mes pensées. Il m'obsédait, tel un fragment d'un rêve oublié, un vacillement d'intelligibilité surgi des profondeurs de mon inconscient. Et puis, le lendemain matin, je compris enfin ce que j'avais vu. Lorsque j'entrai dans la chambre de Barber pour ma visite quotidienne, et qu'il ouvrit les yeux en me souriant, d'un air languissant à cause des analgésiques qu'il avait dans le sang, je me surpris à étudier les contours de ses paupières, en particulier l'espace entre les sourcils et les cils, et tout à coup je réalisai que c'était moi que j'étais en train de regarder. Barber avait les mêmes yeux que les miens. Maintenant que son visage s'était réduit, il m'était devenu possible de le constater. Nous nous ressemblions, il n'y avait pas à s'y tromper. Une fois conscient de ceci, une fois confronté, enfin, avec cette vérité, je n'avais plus le choix, il fallait l'accepter. J'étais le fils de Barber, et je le savais désormais sans l'ombre d'un doute.

Pendant deux semaines encore, tout sembla bien se passer. Les médecins étaient optimistes, et nous commencions à nous réjouir à la perspective qu'on le débarrasse bientôt de son plâtre. Dans les premiers jours d'août, néanmoins, l'état de Barber s'aggrava soudain. Il attrapa une infection quelconque, et les médicaments qu'on lui donna provoquèrent une réaction allergique, qui fit monter sa tension à un niveau critique. De nouvelles analyses révélèrent un diabète que l'on n'avait encore jamais diagnostiqué, et quand, à la recherche d'autres dégâts, les médecins poursuivirent leurs examens, maladies et problèmes vinrent s'ajouter à la liste : de l'angine, un début de goutte, des difficultés circulatoires, Dieu sait quoi encore. On aurait dit que son corps, tout simplement, n'en pouvait plus. Il en avait trop supporté, et maintenant la machine s'effondrait. Ses défenses se trouvaient affaiblies par son énorme perte de poids, et il ne lui restait rien pour lutter, ses cellules sanguines refusaient de monter une contre-attaque. Vers le 20 août, il m'annonça qu'il savait qu'il allait mourir, mais je ne voulus pas l'écouter. "Tiens bon, lui dis-je. Tu seras sorti d'ici avant qu'on lance la première balle des Championnats."

Je ne savais plus ce que j'éprouvais. Le regarder s'en aller était une épreuve paralysante, et dès la fin de la troisième semaine d'août je vécus comme en transe. La seule chose qui comptait alors pour moi était de garder une apparence impassible. Pas de larmes, pas de crises de désespoir, pas de laisser-aller. Je débordais d'espoir et de confiance, mais je devais me douter au fond de moi qu'en réalité la situation était sans issue. Je n'en pris conscience, néanmoins, que tout à la fin, et de la façon la plus détournée. J'étais entré un soir dans un petit restaurant pour un repas tardif. Une des spécialités proposées ce jour-là se trouvait être une tourte au poulet, un plat auquel je n'avais plus goûté depuis ma petite enfance, peut-être depuis l'époque où je vivais encore avec ma mère. Je passai commande à la serveuse, puis m'enfonçai, pendant plusieurs minutes, dans les souvenirs de l'appartement que ma mère et moi avions habité à Boston, revoyant pour la première fois depuis des années la petite table de cuisine où nous mangions ensemble. Puis la serveuse revint et m'informa qu'il n'y avait plus de tourte au poulet. Ce n'était rien du tout, bien sûr. Dans le grand dessein du monde, un simple grain de poussière, une miette infinitésimale d'antimatière, et pourtant j'eus soudain l'impression que le toit s'écroulait sur moi. Il n'y avait plus de tourte au poulet. Si l'on m'avait annoncé qu'un tremblement de terre venait de tuer vingt mille personnes en Californie, je n'aurais pas été plus bouleversé. Je sentis de vraies larmes me monter aux yeux, et ce n'est qu'à cet instant, assis dans ce restaurant en proie au désappointement, que je compris à quel point mon univers était devenu fragile. L'œuf était en train de me glisser entre les doigts et, tôt ou tard, il allait s'écraser.

Barber mourut le 4 septembre, trois jours exactement après cet incident. Il ne pesait plus alors que quatre-vingt-quinze kilos, comme s'il avait déjà à moitié disparu, comme si, une fois ce processus mis en marche, il avait été inévitable que ce qui restait de lui disparaisse à son tour. J'avais besoin de parler à quelqu'un, mais la seule personne à qui je pus penser était Kitty. Il était cinq heures du matin quand je l'appelai, et avant même qu'elle décroche je me rendis compte que je ne lui téléphonais pas seulement pour lui donner les nouvelles. Il fallait que je sache si elle voulait encore de moi.

"Je sais que tu dors, lui dis-je, mais ne raccroche pas avant d'entendre ce que j'ai à te dire.

— M. S. ?" La confusion rendait sa voix étouffée, incertaine. "C'est toi, M. S. ?

— Je suis à Chicago. Sol est mort il y a une heure, et je n'avais personne d'autre à qui parler."

Il me fallut un certain temps pour tout lui raconter. Elle ne voulut d'abord pas me croire, et je me rendis compte, en continuant à lui en détailler les circonstances, combien toute cette histoire paraissait improbable. Oui, disais-je, il s'est cassé le dos en tombant dans une fosse qui venait d'être creusée. Oui, c'est vrai, c'était mon père. Oui, c'est vrai, il est mort cette nuit. Oui, je t'appelle d'une cabine, à l'hôpital. Il y eut une brève interruption lorsque l'opératrice me demanda d'ajouter des pièces, et quand je retrouvai la ligne, j'entendis Kitty qui pleurait à l'autre bout.

"Pauvre Sol, balbutia-t-elle. Pauvre Sol et pauvre M. S. Pauvres tous.

— Je suis désolé, il fallait que je te le dise. Il me semblait que ce ne serait pas bien de ne pas te téléphoner.

— Non, je suis contente que tu l'aies fait. Mais c'est un tel choc. Oh Dieu, M. S., si seulement tu savais combien je t'ai attendu.

— J'ai tout fichu en l'air, hein ?

— Ce n'est pas ta faute. Ce qu'on ressent, on n'y peut rien. Personne n'y peut rien.

— Tu n'imaginais plus m'entendre, je suppose ?

— Plus maintenant. Pendant les premiers mois, je ne pensais à rien d'autre. Mais on ne peut pas vivre comme ça, ce n'est pas possible. Petit à petit, j'ai fini par perdre l'espoir.

— J'ai continué à t'aimer à chaque seconde. Tu sais cela, n'est-ce pas ?"

Il y eut un nouveau silence au bout de la ligne, puis j'entendis qu'elle recommençait à pleurer – des sanglots brisés, lamentables, qui semblaient lui arracher son dernier souffle. "Doux Jésus, M. S., qu'es-tu en train d'essayer de me faire ? Tu me laisses sans nouvelles depuis juin, et puis tu m'appelles de Chicago à cinq heures du matin pour me déchirer le cœur avec ce qui est arrivé à Sol – et tu te mets à parler d'amour ? Ce n'est pas juste. Tu n'as pas le droit de faire ça. Plus maintenant.

— Je ne peux pas supporter de vivre sans toi. J'ai essayé, je n'y arrive pas.

— Eh bien, moi j'ai essayé, et j'y arrive.

— Je ne te crois pas.

— C'était trop dur, M. S. Ma seule chance de survivre était de devenir aussi dure.

— Qu'est-ce que tu es en train de me dire ?

— Il est trop tard. Je ne peux pas me rouvrir à tout ça. Tu m'as presque tuée, tu sais, et je ne veux plus prendre de tels risques.

— Tu as trouvé quelqu'un d'autre, c'est ça ?

— Il s'est passé des mois. Tu t'attendais à ce que je fasse quoi, pendant que tu te baladais à l'autre bout du pays en essayant de te décider ?

— Tu es au lit avec lui en ce moment, n'est-ce pas ?

— Ça ne te regarde pas.

— C'est ça, hein ? Réponds-moi.

— Il se trouve que non. Mais cela ne te donne pas le droit de m'interroger.

— Ça m'est égal qui c'est. Ça ne fait aucune différence.

— Arrête, M. S. Je n'en peux plus, je ne pourrais pas supporter un mot de plus.

— Je t'en supplie, Kitty. Laisse-moi revenir.

— Adieu, Marco. Prends bien soin de toi. S'il te plaît, prends bien soin de toi."

Et elle raccrocha.

J'ensevelis Barber à côté de ma mère. Je n'obtins pas sans peine son admission dans le cimetière de Westlawn – un Gentil solitaire dans une mer de juifs russes et allemands – mais étant donné que la famille Fogg disposait encore d'un emplacement pour une personne, et que techniquement j'étais devenu le chef de la famille, donc propriétaire du lot, je finis par avoir gain de cause. En fait j'ensevelis mon père dans la tombe qui m'était destinée. Eu égard à tout ce qui venait de se passer en quelques mois, cela me semblait la moindre des choses.

Après la conversation avec Kitty, j'avais besoin de tout ce qui pouvait me changer les idées et, à défaut d'autre chose, l'organisation de l'enterrement m'aida à traverser les quatre jours suivants. Quinze jours avant sa mort, Barber, rassemblant les derniers restes de son énergie, m'avait fait don de ses biens, et je disposais donc de l'argent nécessaire. Un testament, c'est trop compliqué, m'avait-il dit, et puisqu'il voulait de toute façon me laisser la totalité, pourquoi pas une simple donation, sans attendre ? Je m'étais efforcé de l'en dissuader, sachant que cette transaction représentait l'ultime acceptation de la défaite, mais avais renoncé à trop insister. Sa vie ne tenait plus qu'à un fil, et j'aurais eu des scrupules à être pour lui un obstacle.

Je réglai la note de l'hôpital, je réglai les pompes funèbres, je réglai d'avance une pierre tombale. Pour officier à l'enterrement, je fis appel au rabbin qui avait présidé à ma bar mitzvah onze ans auparavant. Il était devenu vieux, plus de soixante-dix ans, je pense, et il ne se souvenait pas de mon nom. Je suis à la retraite, protesta-t-il, pourquoi ne vous adressez-vous pas à un autre ? Non, répliquai-je, il faut que ce soit vous, rabbin Green, je ne veux personne d'autre. J'arrivai enfin à le persuader d'accepter en lui proposant, pour stimuler sa bonne volonté, de lui payer le double du tarif normal. Ceci est tout à fait inhabituel, dit-il. Aucun cas n'est habituel, répondis-je. Toute mort est unique.

Le rabbin Green et moi assistâmes seuls aux funérailles. J'avais songé à avertir le Magnus College du décès de Barber, avec l'idée que certains de ses collègues souhaiteraient peut-être venir, mais je décidai de n'en rien faire. Je ne me sentais pas de taille à partager cette journée avec des inconnus. Je n'avais envie de parler à personne. Le rabbin accéda à ma demande de ne pas prononcer d'éloge funèbre en anglais, mais de se borner à la récitation des prières hébraïques traditionnelles. J'avais à cette époque oublié presque tout mon hébreu, et j'étais content de ne pas comprendre ce qu'il disait. Cela me laissait seul avec mes pensées, et c'était bien là ce que je voulais. Le rabbin Green me considérait comme fou, et, durant les heures que nous passâmes ensemble, il maintint entre nous autant de distance qu'il pouvait. J'étais triste pour lui, mais pas au point de modifier mon comportement. L'un dans l'autre, je ne crois pas lui avoir adressé plus de cinq ou six mots. Quand la limousine le déposa devant sa maison, il me prit la main et la serra en la tapotant doucement de la main gauche. Ce geste de consolation devait lui être aussi naturel que de signer son nom, et il en paraissait à peine conscient. "Vous êtes très perturbé, jeune homme, me dit-il. Si vous voulez mon avis, je pense que vous devriez voir un médecin."

Je me fis conduire par le chauffeur à l'*Eden Rock*. Je ne souhaitais pas y passer une nuit de plus et entrepris immédiatement de faire mes bagages. En dix minutes, j'avais expédié la besogne. Je fermai mon sac, m'assis un instant sur le lit et jetai un dernier regard autour de moi. S'il y a des chambres en enfer, me dis-je, c'est à celle-ci qu'elles ressemblent. Sans raison apparente – c'est-à-dire sans raison consciente au moment même – je fermai une main, me levai, et donnai de toutes mes forces un coup de poing dans le mur. Le mince panneau de fibre céda sans résistance et s'ouvrit avec un craquement sourd au passage de mon bras. Je me demandais si le mobilier était d'aussi piètre qualité, et pour m'en assurer je m'emparai d'une chaise. Je l'écrasai contre le bureau et la regardai, ravi, se briser en mille morceaux. Afin de compléter l'expérience, je saisis dans la main droite un des pieds cassés de la chaise et me mis à faire le tour de la chambre en attaquant un objet après l'autre à l'aide de cette matraque improvisée : les lampes, les miroirs, la télévision, tout ce que je rencontrais. Il ne me fallut pas plus de quelques minutes pour détruire la pièce de fond en comble, mais je me sentis incommensurablement mieux, comme si j'avais enfin accompli un acte logique, un acte à la hauteur de l'occasion. Je ne m'attardai guère à contempler mon œuvre. Encore essoufflé par l'effort, je ramassai mes sacs, sortis en courant et pris la route dans la Pontiac rouge.

Je roulai sans interruption pendant douze heures. La nuit tombait lorsque j'arrivai dans l'Iowa, et le monde se réduisait peu à peu à une immensité d'étoiles. Hypnotisé par ma propre solitude, j'aurais voulu ne pas m'arrêter aussi longtemps que j'arriverais à garder les yeux ouverts, et je fixais la ligne blanche sur la route comme si elle eût représenté mon dernier lien avec la terre. Je me trouvais quelque part en plein Nebraska quand enfin je descendis dans un motel où je sombrai dans le sommeil. Je me souviens d'une rumeur de cri-cri dans l'obscurité, du petit bruit sourd que faisaient les papillons de nuit en s'écrasant contre la moustiquaire, des aboiements lointains d'un chien dans un coin reculé de la nuit.

Le lendemain matin, je compris que le hasard m'avait entraîné dans la bonne direction. J'étais parti vers l'ouest, et maintenant que j'étais en chemin je me sentais plus calme, plus maître de moi. Je décidai d'accomplir ce que Barber et moi avions projeté à l'origine, et la certitude d'avoir un but, d'être moins en train de fuir quelque chose que de m'y diriger, me donna le courage d'admettre qu'en réalité je n'avais pas envie d'être mort.

Je n'imaginais pas de trouver jamais la grotte (du début à la fin, cela n'a fait aucun doute), mais le fait de la chercher me paraissait suffisant, capable d'annihiler tout le reste. Il y avait plus de treize mille dollars dans mon sac, ce qui signifiait que rien ne me retenait : je pouvais continuer ma quête jusqu'à épuisement de toutes les possibilités. Je roulai jusqu'à la limite des plaines, logeai une nuit à Denver, puis poursuivis jusqu'à Mesa Verde, où je passai trois ou quatre jours à grimper dans les ruines d'une civilisation éteinte. Je n'arrivais pas à m'y arracher. Je ne m'étais jamais figuré qu'il pût exister en Amérique quelque chose d'aussi ancien, et quand j'arrivai enfin dans l'Utah j'avais l'impression de commencer à comprendre certains des propos d'Effing. Je n'étais pas seulement impressionné par la géographie (tout le monde en est impressionné), je m'apercevais aussi que l'immensité, le vide de ce pays avaient commencé à affecter ma notion du temps. Le présent paraissait devenu sans conséquence, les minutes et les heures trop infimes pour être mesurées en ce lieu, et du moment que l'on ouvrait les yeux au spectacle environnant, on était obligé de penser en termes de siècles, de réaliser qu'un millier d'années ne compte pas plus qu'un battement d'horloge. Pour la première fois de ma vie, je sentais la Terre comme une planète en train de tourbillonner dans l'espace. Je découvrais qu'elle n'était pas grosse, mais petite – presque microscopique. De tous les objets qui peuplent l'univers, aucun n'est plus petit que la Terre.

Dans la ville de Bluff, je trouvai une chambre au *Comb Ridge Motel*, et pendant un mois je passai mes journées à explorer les alentours. J'escaladais des rochers, je rôdais dans les anfractuosités rocailleuses des canyons, je parcourais des kilomètres en voiture. Je découvris ainsi de nombreuses cavernes, mais aucune ne montrait de traces d'habitation. Je fus néanmoins heureux pendant ces quelques semaines, et trouvai dans ma solitude une sorte d'exaltation. Afin d'éviter des heurts déplaisants avec les habitants de Bluff, je veillais à garder les cheveux courts, et l'histoire que je leur avais racontée – me prétendant étudiant en géologie – semblait avoir étouffé la méfiance éventuelle qu'ils pouvaient éprouver à mon endroit. Je n'avais d'autre projet que de poursuivre mes recherches, et j'aurais pu continuer ainsi pendant plusieurs mois encore, en prenant chaque matin mon petit déjeuner à la *Cuisine de Sally* avant de vadrouiller dans le désert jusqu'à la nuit tombée. Un jour, pourtant, je roulai plus loin que d'habitude, au-delà de Monument Valley jusqu'au comptoir navajo d'Oljeto. Ce mot signifie "la lune dans l'eau", ce qui était en soi une raison suffisante pour m'attirer, et quelqu'un m'avait dit à Bluff que les gérants du comptoir, un couple nommé Smith, en savaient davantage sur l'histoire de la région que n'importe qui à des kilomètres à la ronde. Mme Smith était la petite-fille ou l'arrière-petite-fille de Kit Carson, et la maison qu'elle habitait avec son mari était pleine de couvertures et de poteries navajos, on eût dit un musée de l'artisanat indien. Je passai quelques heures avec eux à boire du thé dans la fraîcheur de leur salon obscur, et quand l'occasion se présenta enfin de leur demander s'ils avaient jamais entendu parler d'un certain Georges la Sale Gueule, tous deux répondirent non en secouant la tête. Et les frères Gresham, poursuivis-je, est-ce que ça leur disait quelque chose ? Oui, bien sûr, fit M. Smith, c'était une bande de malfaiteurs, ils ont disparu il y a une cinquantaine d'années. Bert, Frank et Harlan, les derniers des pilleurs de trains. N'avaient-ils pas une cachette quelque part ? interrogeai-je, en m'efforçant de maîtriser mon excitation. Quelqu'un m'a parlé un jour d'une caverne où ils habitaient, très loin dans les montagnes, je crois. Je pense que vous avez raison, dit M. Smith, j'ai entendu quelque chose de ce genre, moi aussi. Ça devait se trouver du côté du Rainbow Bridge. A votre avis, on pourrait la trouver ? demandai-je. On aurait pu, marmonna M. Smith, on aurait pu, mais maintenant on n'arriverait plus à rien. Pourquoi donc ? fis-je. Le lac Powell, répondit-il. Toute cette région est sous l'eau. Il y a environ deux ans que c'est inondé. A moins d'avoir un équipement de plongée sous-marine, on ne risque pas de trouver grand-chose.

Après cela j'abandonnai. Dès l'instant où M. Smith eut prononcé ces mots, je me rendis compte que continuer n'aurait aucun sens. J'avais toujours su qu'il me faudrait arrêter tôt ou tard, mais je n'avais jamais imaginé que ça se passerait de façon si abrupte, avec une irrévocabilité aussi accablante. Je venais de me mettre en train, je m'échauffais à peine à la tâche, et je me retrouvais soudain sans but. Je rentrai à Bluff, passai une dernière nuit au motel et partis le lendemain matin. Je me dirigeai vers le lac Powell, car je voulais voir de mes yeux l'eau qui avait détruit mes beaux projets, mais je ne pouvais guère éprouver de colère envers un lac. Je louai un bateau et passai la journée entière à me promener sur l'eau en essayant de réfléchir à ce que j'allais faire ensuite. Ce problème n'était pas nouveau pour moi, mais mon sentiment de défaite était si énorme que je ne pouvais penser à rien. Ce n'est qu'au moment où, après avoir ramené le bateau au hangar de location, je m'apprêtais à reprendre ma voiture que la décision cessa brutalement de m'appartenir.

La Pontiac avait disparu. Je la cherchai partout, mais, lorsque je réalisai qu'elle ne se trouvait plus à l'endroit où je l'avais garée, je compris qu'elle avait été volée. J'avais mon sac à dos avec moi, et quinze cents dollars en chèques de voyage, mais le reste de l'argent était dans le coffre – plus de dix mille dollars en espèces, mon héritage entier, tout ce que je possédais au monde.

Je montai vers la route, avec l'espoir de me faire prendre en stop, mais aucune voiture ne s'arrêta. Je les injuriais au passage, à chacun de ces bolides je criais des obscénités. Le soir tombait, et comme je continuais sur la grand-route à n'avoir pas de chance, il ne me resta plus qu'à m'enfoncer en trébuchant dans les herbes sèches en quête d'un endroit où passer la nuit. La disparition de la voiture m'avait tellement sonné que l'idée ne m'effleura même pas de la signaler à la police. Quand je me réveillai, le lendemain matin, tout grelottant de froid, il m'apparut comme une évidence que le vol n'avait pas été commis par des hommes. C'était une plaisanterie des dieux, un acte de malveillance divine dont le seul but était de m'écraser.

C'est alors que je commençai à marcher. J'éprouvais une telle colère, je me sentais si offensé par ce qui était arrivé que je cessai de faire signe aux automobilistes. Je marchai toute la journée, du lever au coucher du soleil, comme si marcher avait été un moyen de me venger du sol sous mes pieds. Le lendemain, je fis de même. Et le lendemain. Et puis le lendemain. Pendant trois mois, je continuai à marcher. Je progressais lentement vers l'ouest, avec des haltes dans de petites villes d'où je repartais après un jour ou deux, dormant en plein champ, dans des cavernes, dans des fossés au bord de la route. Les deux premières semaines, j'étais comme un homme qui a été frappé par la foudre. Au-dedans de moi, c'était la tempête, je pleurais, je hurlais comme un dément ; et puis, petit à petit ma colère parut se consumer d'elle-même, et je m'accordai au rythme de mes pas. J'usai paire de bottes après paire de bottes. Vers la fin du premier mois, je recommençai à adresser un peu la parole aux gens. Quelques jours plus tard, j'achetai une boîte de cigares, et ensuite j'en fumai un chaque soir en l'honneur de mon père. A Valentine, dans l'Arizona, une serveuse potelée, nommée Peg, me séduisit dans un restaurant vide aux confins de la ville, tant et si bien que je restai là avec elle pendant dix ou douze jours. A Needles, en Californie, je me foulai la cheville gauche et ne pus plus m'appuyer dessus pendant une semaine, mais à part cela je marchai sans interruption, je marchai vers le Pacifique, porté par un sentiment de bonheur croissant. Une fois que j'aurais atteint l'extrémité du continent, j'étais certain qu'une question importante trouverait sa solution. Je n'avais aucune idée de ce qu'était cette question, mais la réponse avait déjà commencé à prendre forme dans mes pas, et il me suffisait de continuer à marcher pour savoir que je m'étais laissé en arrière, que je n'étais plus la personne que j'avais un jour été.

J'achetai ma cinquième paire de bottes dans un endroit qui s'appelait Lake Elsinore, le 3 janvier 1972. Trois jours plus tard, complètement éreinté, je franchis les hauteurs entourant la ville de Laguna Beach avec quatre cent treize dollars en poche. Du sommet du promontoire, j'apercevais déjà l'océan, mais je continuai à marcher jusque tout au bord de l'eau. Il était quatre heures de l'après-midi quand je me déchaussai et sentis le sable sous mes plantes de pied. J'étais arrivé au bout du monde, et au-delà ne se trouvaient que de l'air et des vagues, un vide qui s'étendait sans obstacle jusqu'aux rives de la Chine. C'est ici que je commence, me dis-je, c'est ici que débute ma vie.

Je restai longtemps debout sur la plage, à attendre la disparition des derniers rayons du soleil. Derrière moi, la ville vaquait à ses affaires, avec des bruits familiers d'Amérique fin de siècle. En suivant du regard la courbe de la côte, je vis s'allumer une à une les lumières des maisons. Puis la lune apparut derrière les montagnes. C'était la pleine lune, elle était ronde et jaune comme une pierre incandescente. Je ne la quittai pas des yeux tandis qu'elle s'élevait dans le ciel nocturne, et ne m'en détournai que lorsqu'elle eut trouvé sa place dans les ténèbres.

PAUL AUSTER EN FRANCE

*Fiction**

Trilogie new-yorkaise
traduit par Pierre Furlan
  – vol. 1 : *Cité de verre*, 1987
  – vol. 2 : *Revenants*, 1988
  – vol. 3 : *La Chambre dérobée*, 1988
Babel n°32, avec une préface de Jean Frémon et une
lecture de Marc Chénetier

L'Invention de la solitude
traduit par Christine Le Bœuf, 1988
Babel n°41, avec une lecture de Pascal Bruckner

Le Voyage d'Anna Blume
traduit par Patrick Ferragut, 1989
Babel n°60, avec une lecture de Claude Grimal

Moon Palace
traduit par Christine Le Bœuf, 1990
Babel, n°68

La Musique du hasard
traduit par Christine Le Bœuf, 1991

Le Conte de Noël d'Auggie Wren
traduit par Christine Le Bœuf, 1991 (hors commerce)

* Toute l'œuvre romanesque de Paul Auster paraît aux éditions Actes Sud
puis en livre de poche Babel.

Léviathan
traduit par Christine Le Bœuf, 1993

Prose

Espaces blancs
traduit par Françoise de Laroque, Unes, 1985 1993

L'Art de la faim
traduit par Christine Le Bœuf, Actes Sud, 1992

Poésie

Unearth
traduit par Philippe Denis, Maeght, 1980

Effigie
traduit par Emmanuel Hocquard, Unes, 1987

Murales
traduit par Danièle Robert, Unes, 1987

Dans la tourmente
traduit par Danièle Robert, Unes, 1988

Fragments du froid
traduit par Danièle Robert, Unes, 1988

A PARAÎTRE

Le Carnet rouge
traduit par Christine Le Bœuf, Actes Sud, juin 1993

Mr Vertigo, roman
traduit par Christine Le Bœuf, Actes Sud, 1994

Disparitions
poésie complète, traduit par Danièle Robert, coédition
Actes Sud / Unes, 1994

TABLE

BABEL

Collection dirigée par Jacques Dubois,
Hubert Nyssen et Jean-Luc Seylaz
Direction éditoriale : Sabine Wespieser

Catalogue

*UNE SÉRIE A NE PAS MANQUER
DANS LA COLLECTION DE POCHE BABEL*

L'ŒUVRE COMPLÈTE DE DOSTOÏEVSKI RETRADUITE
PAR ANDRÉ MARKOWICZ

Dostoïevski – tel qu'on le lisait jusqu'ici en traduction – paraît avoir écrit comme un romancier français du XIXe siècle. "Les traducteurs, écrit André Markowicz, ont toujours *amélioré* son texte, ont toujours voulu le ramener vers une norme française. C'était, je crois, un contresens, peut-être indispensable dans un premier temps pour faire accepter un auteur, mais inutile aujourd'hui, s'agissant d'un écrivain qui fait de la haine de l'*élégance* une doctrine de renaissance du peuple russe." Le pari d'André Markowicz est donc de restituer au romancier russe, dans cette intégrale, sa véritable voix, celle d'un possédé dont la langue est à l'image de sa démesure et de sa passion.

Déjà parus :
Le Joueur
Les Carnets du sous-sol
Polzounkov
(hors commerce)
Les Nuits blanches
La Douce
A paraître prochainement :
L'Idiot
Notes d'hiver sur impressions d'été
Un cœur faible
Les Démons
La Femme d'un autre et le mari sous le lit

Ouvrage réalisé
par les Ateliers graphiques Actes Sud.
Achevé d'imprimer
en octobre 1996
par **Bussière Camedan Imprimeries**
à Saint-Amand-Montrond (Cher)
sur papier des
Papeteries de Navarre
pour le compte
d'Actes Sud
Le Méjan
13200 Arles.

N° d'éditeur : 1354
Dépôt légal
1re édition : avril 1993
N° impr. : 1/2531